Die *New York Times*-Bestsellerautorin **Rachel Griffin** ist an der Westküste Nordamerikas aufgewachsen. Sie hegt eine tiefe Liebe zur Natur, von den Bergen über den Ozean bis hin zu all den hoch aufragenden Bäumen dazwischen. Am wohlsten fühlt sie sich bei einem richtigen Gewitter und hofft, dass sich mehr Vampire in Washington-State niederlassen. Dort lebt sie mit ihrem Mann, einem kleinen Hund und einer wachsenden Sammlung von Zimmerpflanzen. Wenn sie nicht gerade schreibt, wandert sie an der Pazifikküste entlang, liest am Kamin oder trinkt Unmengen von Kaffee und Tee.

Cornelia Stoll, geboren 1953, studierte Anglistik und Pädagogik in Erlangen und Bamberg. Sie übersetzt seit über dreißig Jahren Kinder- und Jugendbücher sowie Sachbücher aus dem Englischen, u. a. von Agatha Christie und Philip Pullman.

RACHEL GRIFFIN

WILD is the WITCH

Verfluchte Nähe

Aus dem Amerikanischen
von Cornelia Stoll

Verlag Friedrich Oetinger · Hamburg

1. Auflage
2023 Verlag Friedrich Oetinger GmbH,
Max-Brauer-Allee 34, 22765 Hamburg
Deutsche Erstausgabe
Alle Rechte vorbehalten
Originalausgabe © 2022 Wild is the Witch
Copyright © 2022 by Rachel Griffin
Published by Arrangement with Rachel Griffin
Dieses Werk wurde vermittelt durch die Literarische Agentur
Thomas Schlück GmbH, 30161 Hannover
© Übersetzung: Aus dem Amerikanischen von Cornelia Stoll
© Umschlaggestaltung: Nicole Hower und Liz Dresner
Unter Verwendung von © Shutterstock,
Siwakorn1933 / NCaan / aksol und unter Verwendung von
© Arcangel, Jasmine Aurora
© Gestaltung des Vor- und Nachsatzes Liz Dresner
unter Verwendung von © Shutterstock, Lisla
© Vignetten unter Verwendung von Shutterstock,
Ivan Atin / mart / galacticus
Druck und Bindung: GGP Media GmbH,
Karl-Marx-Straße 24, 07381 Pößneck, Deutschland
Printed 2023
ISBN: 978-3-7512-0412-5

www.oetinger.de

Für Mir,
der mich auf allen Wegen begleitet,
wie wild er auch sein mag.

Prolog

Der Wind nahm zu. Iris hätte sich darauf konzentrieren sollen, was die Hexe vor ihr sagte. Aber stattdessen lauschte sie auf das Rascheln der Bäume. So sehr konzentrierte sie sich darauf, dass das Geräusch alles andere verdrängte: das Rauschen des Blutes in ihren Adern, das wilde Schlagen ihres Herzens in ihrer Brust. Es wurde lauter und immer lauter, bis selbst die Stimme der Hexe dahinter verklang.

Iris spürte die Gegenwart der Tiere in den umliegenden Wäldern, nahm wahr, wie sich ihre Krallen in den Waldboden bohrten und wie sie ihre Ohren spitzten, wenn in der Ferne ein Zweig knackte. Von zu Hause kannte sie solche Wälder nicht, und es kostete sie alle Kraft, nicht loszurennen und in der Wildnis zu verschwinden. Sie waren wild, diese Tiere, und irgendwie fühlte Iris sich ihnen zugehörig.

»Ms Gray?«

Beim Klang ihres Namens zuckte Iris zusammen. Blinzelnd wendete sie sich wieder Ana zu und versuchte, den Ruf der Wildnis zu ignorieren.

»Haben Sie mir überhaupt zugehört?«

Vergeblich suchte Iris in ihrem Gedächtnis nach den Worten, die die Hexe gesagt hatte. Die Nacht einen Monat zuvor in dem malerischen blauen Haus mit Blick auf den See ging ihr nicht aus dem Kopf. Der Rat hatte Iris aufgefordert, die Ereignisse jener Nacht zu schildern, und sie hatte ihnen alles genau so erzählt, wie sie es in Erinnerung hatte. Jedes einzelne Detail bis hin zu dem ekelerregenden Geruch des Rauchs und dem Schluchzen ihrer besten Freundin.

Menschenfleisch brannte nicht wie Holz. Weder knisterte es, noch sprühte es Funken. Weder verbreitete es Behaglichkeit in eisiger Nacht, noch flackerte es romantisch an einem felsigen Strand. Durch und durch grauenvoll.

Iris wünschte, sie hätte das nie herausfinden müssen.

Sie schluckte und schüttelte den Kopf. »Entschuldigung.«

Ana erhob sich von dem großen Eichentisch, an dem die Mitglieder des Hexenrates saßen. Iris stand ihnen gegenüber, und ihr Kiefer schmerzte vom ständigen Zähneknirschen. Mit ihren Fingern fuhr sie über den steifen Stoff ihres grauen Kleides, das die gleiche Farbe hatte wie die Kieselsteine auf dem perfekt geharkten Weg, der zum Haus ihrer Eltern führte.

Die Hexe trat auf sie zu und streckte Iris ihre Hände entgegen. »Wenn Sie erlauben, werde ich mit dem Verlesen beginnen.«

Iris wandte sich nach rechts auf der Suche nach dem Blick ihres Vaters, doch der hatte seine Augen auf den aufgeweichten Erdboden gerichtet. Ihre Mutter jedoch sah sie direkt an, würde ihrer Tochter niemals ausweichen, nicht einmal, wenn sie wütend, traurig oder ängstlich war. Niemals. Sie nickte kurz, und Iris wandte sich der Hexe zu.

»Ihr habt meine Erlaubnis.«

8

Iris spürte die Wirkung der Magie unmittelbar, die Wärme, die durch ihren Blutkreislauf und ihre Nervenbahnen strömte, die durch ihren Geist glitt, um Lug und Betrug aufzuspüren. Sie hatte ihre Augen geöffnet, aber die Welt um sie herum verschwand, und zurück blieb eine Decke aus Dunkelheit, durch die sternengleich winzige Lichtpunkte schienen.

Es war ein Naturgesetz, dass alle Menschen zweifelsfrei bemerkten, wenn sie Magie ausgesetzt waren. Sie wussten es, sobald sie außer dem Funkeln der Sterne nichts anderes mehr sahen.

Ana war eine der mächtigsten lebenden Stellarinnen und damit eine jener Sternenhexen, deren magische Kraft besonders auf Menschen wirkte. Sie durchleuchtete Iris in Sekundenschnelle.

Die Dunkelheit verblasste, Iris blinzelte, und die Welt wurde wieder sichtbar. Ana beobachtete sie aufmerksam, dann ging sie zurück an den Tisch, an dem der Hexenrat saß.

Iris versuchte, nicht daran zu denken, wie ihre beste Freundin Amy an genau derselben Stelle, an der sie jetzt stand, ihrer magischen Wahrnehmungsfähigkeit beraubt worden war. Es war die grausamste Strafe, die es gab. Nicht mal Amys älteste Schwester, die dem Rat angehörte, konnte sie damals vor diesem Urteil bewahren.

Iris hatte geschlafen, als Amy das Undenkbare getan hatte. Als sie ihren Freund zum Ufer gebracht und ihn in eine Hexe verwandelt hatte, wie er es sich gewünscht hatte. Worum er sie ausdrücklich gebeten hatte. Amy war sich sicher gewesen, dass sie ihm über die Momente danach würde hinweghelfen können, wenn er plötzlich die Magie des Universums sehen und versuchen würde, sie mit aller Kraft an sich zu reißen, obwohl ihn diese Magie bei lebendigem Leib verbrennen konnte. Sie hatte geglaubt, sie könnte ihn davon abhalten, so viel Magie auf sich zu ziehen, dass diese ihn auf der Stelle verbrannte. Sie hatte sich geirrt.

Sie hatte sich geirrt, und Iris war da gewesen.

Iris war von den Schreien aufgewacht und hinausgerannt. Aber sie war zu spät gekommen. Der Junge war von einer Hexe zu Asche verwandelt worden, noch bevor der Mond voll am Himmel stand.

Iris schloss ihre Augen, sie wollte die Erinnerung daran auslöschen. Der Rat erhob sich und umrundete sieben Mal das offene Feld, bevor er sein Urteil fällte. Jede Verhandlung fand im Freien statt, da die Intuition einer Hexe am stärksten war, wenn sie von Natur umgeben war. Dichter Nebel lag über dem Land, und die Hexen verschwanden immer wieder aus dem Sichtfeld, während sie die weite, mit wilden Gräsern und Lavendel bewachsene Wiese umrundeten.

Iris blickte auf die von Löwenzahn übersäte, regennasse Erde. Noch einmal sah sie zu ihren Eltern hinüber, begegnete aber wieder nur dem Blick ihrer Mutter. Als der Rat die siebte Runde beendet hatte, drückte Iris ihre Handfläche auf ihre Brust, um ihr rasendes Herz zu beruhigen.

Die fünf Hexen setzten sich wieder an den langen Eichentisch und blickten Iris an. Ihre Gesichter gaben nichts preis. Als Ana, die Vorsitzende des Rates, sich erhob, wich alle Luft aus Iris' Lungen.

Ana faltete ihre Hände vor sich. Der Wind frischte auf und wehte Strähnen ihres schwarzen Haares in ihr Gesicht, die sie aber nicht zurückstrich.

Sie blickte Iris fest an, als sie das Wort ergriff. »Sie dürfen gehen.«

»Wirklich?«

»Ja. Sie tragen keine Verantwortung für das, was in dieser Nacht geschehen ist. Wir werden unser Urteil heute Nachmittag der Staatsanwaltschaft vorlegen. Da Mr Newports Familie davon abgesehen hat, Anklage gegen Sie zu erheben, wird das Gericht unser Urteil als endgültig akzeptieren.«

Iris atmete aus. Der Hexenrat ging zu mild mit ihr ins Gericht. Iris hatte geahnt, dass in ihrer besten Freundin etwas vorging, hatte gespürt, dass sie etwas plante, das Iris niemals gutheißen würde. Iris hätte wach bleiben müssen, hätte da sein müssen, um es zu verhindern.

Doch sie war eingeschlafen, und Alex Newport war verbrannt.

»Danke«, sagte Iris stockend.

Sie wollte fort von hier, wollte zu ihren Eltern laufen und mit ihnen nach Hause gehen. Aber sie blieb, wo sie war, und sah zu, wie Ana und die übrigen Ratsmitglieder sich entfernten. Amys große Schwester stand als Letzte auf und starrte in Iris' Richtung, ohne sie wirklich anzusehen. Wäre doch nur Amys Urteil so milde ausgefallen.

Sie war frei.

Ein leichter Regen setzte ein. Iris griff nach der Hand ihrer Mutter und umklammerte sie so fest sie nur konnte. Aber ihr

Vater hielt sich weiterhin zurück. In seinen Augen lag eine unerklärliche Traurigkeit, die angesichts des Urteils keinen Sinn ergab.

Als sie sich zum Gehen wandten, trug eine Windbö eine einzelne Vogelfeder an Iris vorbei und ließ sie direkt vor ihre Füße fallen. Sie bückte sich, hob sie auf und hielt die dunkelbraune Feder mit den weißen Sprenkeln den ganzen Weg nach Hause fest umklammert.

I

Zwei Jahre später

Wieder beobachtet mich die Eule. Die meisten Eulen haben Augen, die wie Feuer leuchten – rot, gelb, orange. Nicht aber der Fleckenkauz. Der Fleckenkauz hat pechschwarze Augen, und obwohl er angeblich nachtaktiv ist, weiß er Tag und Nacht, wo ich bin.

Er hat sich sofort für mich interessiert, nachdem wir ihn in unser Wildgehege gebracht hatten. Mom sagt, das sei ein gutes Zeichen, schließlich sind Eulen den Hexen heilig.

Trotzdem läuft mir jedes Mal, wenn ich seine Augen auf mir spüre, ein Schauer über den Rücken. Als sei er vielmehr ein Unheilsbote.

Er sitzt auf dem Ast einer alten Tanne, und wir sehen uns eine Weile an. Als sich das Unbehagen in meinem Magen ausbreitet, wende ich mich ab. Eine feuchte Nase tippt gegen meine Fingerspitzen, und ich blicke auf Winter hinab. Sie ist meine treue Beschützerin, seitdem Mom und ich vor zwei Jahren hierhergezogen sind. Winter beobachtet die Eule mit wachsamen Augen.

»Diese Wölfin würde ihr Leben für dich geben«, sagt Pike hinter mir. Es klingt wie ein Vorwurf, als ob ich Winter mit einem Zauber dazu gebracht hätte, mich zu lieben. Ich drehe mich um und täusche ein Lächeln vor.

Pike Alder weiß nicht, dass ich eine Hexe bin, und selbst wenn er es wüsste – ich würde niemals Magie anwenden, um Zuneigung zu erzwingen.

Winter liebt mich, weil sie spürt, dass sie mir vertrauen kann.

»Ich weiß.« Ich tätschele Winters Kopf, und sie schließt ihre Augen. Auch ich würde mein Leben für sie geben, doch das würde sie niemals zulassen.

Pike runzelt die Stirn, wobei er seine Kiefer aufeinanderpresst und seine Lippen verzieht, als ob er etwas nicht ganz verstanden hätte. Ich merke, wie er versucht, aus mir schlau zu werden, wie er mich durch die Gläser seiner Brille mit dem Schildpattrahmen mustert. Also sage ich etwas, um seine Gedanken zu unterbrechen.

»Was gibt's?«

Er legt den Kopf schief. Egal, was er sagen wird, ich werde es hassen. »Ich dachte nur, du würdest gerne wissen, dass ich auf unseren Bewertungsbögen wieder einmal besser abgeschnitten habe als du.« Er sagt es beiläufig, aber seine Brust hebt sich beim Sprechen.

Ich versuche, möglichst gleichgültig auszusehen, und hoffe, dass Pike nicht bemerkt, wie mir die Hitze den Nacken heraufkriecht. Ich habe hart trainiert, um vor den Besucherinnen und Besuchern unseres Wildgeheges frei sprechen zu können, aber Pike ist ein echtes Naturtalent. Ich gebe es ungern zu, aber er ist gut darin. Großartig sogar.

Und das weiß er.

»Gratuliere«, sage ich und versuche, mir meine Beschämung nicht anmerken zu lassen.

Ich kraule Winter noch einmal kurz, bevor ich an Pike vorbeigehe und mich auf den Weg zum Besucherbüro mache. Es ist bewölkt, über den Bäumen hängt eine schwere graue Decke, und die feuchte Luft verspricht baldigen Regen. Ich schlage den Weg durch den Fichtenwald ein. Überall liegen braune Zapfen, die unter meinen Schritten knirschen.

»Ich könnte dich bei deiner nächsten Tour begleiten und dir Tipps geben«, sagt Pike und passt sich an mein Schritttempo an. »Du weißt schon, Notizen machen, korrigieren, wenn du etwas falsch machst, dir danach Feedback geben. Nächste Woche ist Springbreak, ich hätte also Zeit.«

»Sehr großzügig«, bemerke ich und streiche mir eine Haarsträhne hinters Ohr. »Ist wirklich schon Springbreak?«

»Ja. Eine ganze Woche lang jeden Tag acht Stunden mit dir zusammen.«

»Na toll.«

»Du liebst es doch, wenn ich hier bin.«

»Interessante Wortwahl«, sage ich, drehe den Außenwasserhahn auf und spüle den Dreck von meinen Stiefeln. Pike tut es mir gleich, dann folgt er mir in das kleine Holzgebäude, das uns als Büro dient. Es verströmt immer noch den Duft der Kiefer, aus der es gebaut wurde. Unter mir ächzt der Holzboden, als ich eintrete.

»Ach komm, Iris. Ohne mich würdest du dich doch langweilen. Außerdem tut dir ein bisschen freundschaftliche

Konkurrenz gut. Du würdest es hassen, wenn jemand denken würde, du hättest dir deinen Job hier nicht verdient.« Er zwinkert mir zu und geht in das hintere Büro, bevor ich etwas erwidern kann.

Pike macht mir das Leben schwer, weil das Wildgehege die gemeinnützige Einrichtung meiner Mutter ist. Aber er weiß, dass ich besser als alle anderen mit Tieren umgehen kann. Er geht aufs College, weil er Ornithologe werden und sein ganzes Leben dem Studium der Vögel widmen möchte. Aber seine Lehrbücher und Ferngläser sind nichts im Vergleich zu meiner Magie.

Von der weiß er natürlich nichts.

Es ist seine Arroganz, die mich stört. In der Natur geht es ums Gleichgewicht, aber Pike läuft herum, als gehöre ihm die ganze Welt. Er kennt weder Demut noch Ehrfurcht, respektiert nicht den natürlichen Kreislauf unter ihm, weil er glaubt, ganz oben zu stehen.

Nur ein einziges Mal würde ich ihm gern all das zeigen, das er nicht kennt, die vielen Facetten des Universums, die er verpasst, weil er keine magische Wahrnehmungsfähigkeit besitzt. Aber nichts in der Welt würde mich dazu bringen, einen anderen Menschen an meinen Geheimnissen teilhaben zu lassen, nicht einmal meine unüberwindbare Abneigung gegen Pike Alder.

Mit einem tiefen Seufzer mache ich mich ans Aufräumen. Ich sammle die Besucherformulare der letzten Führung ein und packe die nicht benötigten Broschüren weg. Ich wische die Glasvitrine ab, in der das Merchandise un-

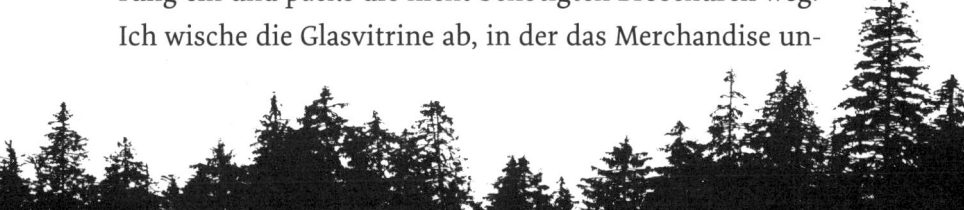

seres Foggy-Mountain-Wildgeheges aufbewahrt wird, und ignoriere Pike, als er hinausgeht und den Fernseher an der Wand anstellt.

Wir benutzen ihn eigentlich nur, um den Besuchergruppen ein kurzes Video vorzuführen, in dem der Zweck des Wildgeheges erklärt wird, aber Pike zieht Hintergrundgeräusche der Stille vor. Ich blende sie normalerweise aus, aber jetzt tönt laut und deutlich das Wort »Hexe« aus dem Lautsprecher, gefolgt von einem Namen – einem Namen, der schwer auf meiner Brust lastet, als sei er ein Ding, sperrig und schmerzhaft.

Bilder von jener Nacht am See überfallen mich, und ich kneife meine Augen zusammen, um sie zu vertreiben. Aber sie kommen immer wieder und wieder, als wären sie der einzige Film in einem Nonstop-Kino. Ich zwinge mich, weiter meiner Arbeit nachzugehen, und achte darauf, dass Pike nicht merkt, wie sehr ich an jedem Wort des Nachrichtensprechers hänge.

Doch umsonst. Meine Handgriffe verlangsamen sich, während ich aufmerksam dem Bericht lausche, und dann schaue ich zum Bildschirm hinüber.

»... eine vorzeitige Entlassung gewährt. Amy Meadows wurde vom Gericht wegen fahrlässiger Tötung verurteilt und vom Hexenrat ihrer magischen Fähigkeiten enthoben ...«

Ich atme aus und merke, dass die Erinnerung an diese Nacht plötzlich etwas weniger auf mir lastet. Die vorzeitige Entlassung ist bewilligt worden. Amy darf nach Hause.

17

»Schlechte Entscheidung«, sagt Pike leise und sieht kopfschüttelnd auf den Bildschirm.

Der Glasreiniger gleitet mir aus den Fingern und fällt zu Boden. Schnell hebe ich ihn wieder auf und versuche, die Beklemmung in meiner Brust loszuwerden. Ich sprühe noch etwas Flüssigkeit auf die Vitrine und wische sie in schnellen Kreisbewegungen ab, dann dasselbe noch mal.

»Denen ist nicht zu trauen«, sagt Pike. Dann, nach einem Moment, ertönt seine Stimme direkt hinter mir. »Ich glaube, jetzt ist es sauber.«

Ich zucke zusammen, weil er mir so nah ist, und lasse fast wieder die Flasche fallen. Ich will ihm sagen, dass er sich irrt, dass es eine Zeit gegeben hat, in der ich Amy alles anvertraut habe. Aber es wäre gefährlich, ihn merken zu lassen, wie sehr ich von der Nachricht über eine Hexe betroffen bin, also stehe ich auf und sage: »Ich habe wieder mal mehr Arbeit, weil du nicht richtig geputzt hast.«

»Ich glaube, ich weiß, wie man Glas reinigt«, entgegnet Pike.

Ich zeige auf die obere Ecke der Vitrine, wo Pike sich gern beim Putzen abstützt. »Deine Fingerabdrücke sind so deutlich, dass ich sie ausschneiden und deiner Mutter als Weihnachtsbaumschmuck schenken könnte.«

Pike lacht, aber ich konzentriere mich schon wieder auf den Fernseher. Die Sendung geht weiter, und Pikes Worte hallen in meinem Kopf nach.

Schlechte Entscheidung.

Denen ist nicht zu trauen.

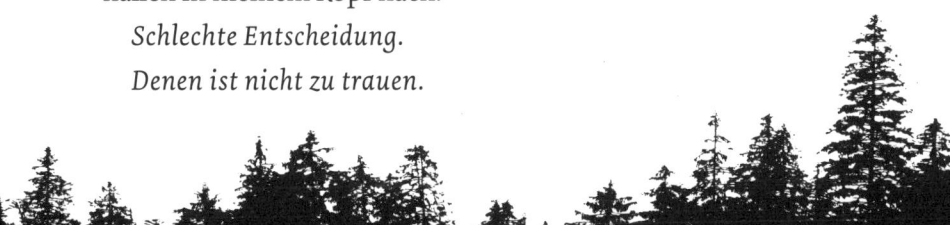

Die Tür geht auf, und Mom kommt herein. Als würde sie sicherstellen wollen, dass ich nichts sage, was ich später bereuen werde.

»Also wirklich, Pike! Du weißt, wie sehr ich es hasse, meinen Tag mit Nachrichten zu beenden.« Mom gibt ihm einen Klaps auf den Arm und schaltet den Fernseher aus, wobei sie mit einem vielsagenden Blick in meine Richtung schaut.

»Tut mir leid, Isobel«, sagt er. »Ich war gerade dabei, zu gehen.«

»Dann bis morgen«, erwidert Mom und verschwindet im Hinterzimmer.

Pike ist schon fast aus der Tür, als er sich noch mal umdreht. »Mist, ich habe vergessen, das Faultiergehege sauber zu machen.« Dabei wirft er mir einen übertrieben entschuldigenden Blick zu, der alles andere als aufrichtig ist. Er sieht auf seine Uhr und schüttelt den Kopf. »Ich habe noch etwas vor und bin schon spät dran. Das macht dir doch nichts aus, oder, Gray?« Sein Gesichtsausdruck verrutscht, und die rechte Seite seines Mundes hebt sich zu einem Grinsen.

»Ich würde dir vielleicht glauben, wenn du es in diesem Monat nicht schon das dritte Mal *vergessen* hättest«, erwidere ich. »Und ja, es macht mir etwas aus.«

»Warum? Musst du irgendwo hin?«

Ich knirsche mit den Zähnen und sage kein Wort. Er weiß, dass ich nie irgendwo hinmuss. Sein Grinsen wird noch breiter. »Hätte ich auch nicht gedacht«, sagt er. Damit hüpft er aus dem Büro und lässt die Tür hinter sich zufallen, sodass ein Schwall kalter Frühlingsluft den kleinen Raum flutet.

»Nicht einmal ein Dankeschön«, murmle ich, drehe mich um und schnappe mir meine Sachen. Ich bin froh, dass er nicht sehen kann, wie meine Haut vor Frustration errötet. Er soll nicht wissen, dass er mich getroffen hat, dass mir seine Worte etwas bedeuten.

Mom kommt aus dem Hinterzimmer und macht das Licht aus. In der Hand hält sie den Thermobecher, aus dem sie jeden Morgen ihren Kaffee trinkt. Sie schlüpft in ihre Jacke und lässt ihr glattes blondes Haar darüberfallen – ein krasser Unterschied zu dem braunen, lockigen Durcheinander, das ich von meinem Vater geerbt habe.

Früher habe ich mein Haar geliebt, aber heute würde ich es am liebsten gegen das meiner Mutter eintauschen.

Mom schließt das Büro ab, und wir gehen nach draußen. Die Wolkendecke wird mit dem voranschreitenden Tag immer dunkler.

»Pike hat mir das Faultiergehege zum Putzen überlassen. Ich muss noch mal los, bevor wir nach Hause gehen«, erkläre ich und kann die Verärgerung in meiner Stimme nicht unterdrücken.

»Das klingt ganz nach ihm«, sagt sie und lacht unbeschwert. »Ich werde in der Zeit meinen Rundgang machen.« Sie geht in Richtung Vogelhaus und ruft mir über die Schulter hinweg zu: »Wir treffen uns in zwanzig Minuten wieder hier!«

Wir gehen in entgegengesetzte Richtungen davon, und ich atme tief die kühle Seeluft ein. Als ich mich dem Faultiergehege nähere, sehe ich einen leuchtend gelben Klebe-

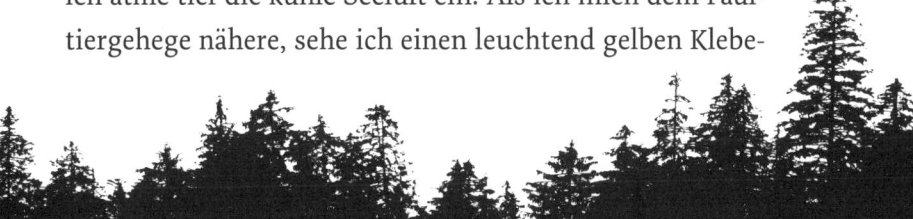

zettel an der Tür, der aus dem Dämmerlicht hervorsticht. Ich erkenne die Handschrift von Pike und lese mit zusammengekniffenen Augen: *Vielen faulen Dank!*

Ich verdrehe die Augen, reiße den Zettel von der Tür, zerknülle ihn und werfe ihn in den Müll. Beim Putzen gebe ich mir Mühe, die Faultiere nicht zu stören, die fast alle noch schlafen. Das gesamte Geld, das wir von den Besuchergruppen erhalten, fließt direkt in die Pflege unserer Tiere. Die Wölfe sind zwar die größte Attraktion bei den Führungen, aber die Faultiere kommen auch immer gut an.

Nach dem Reinigen prüfe ich noch die Temperatur im Gehege, dann schlüpfe ich wieder nach draußen. Mom wartet schon auf mich und legt mir den Arm um die Schulter.

»Wie geht es dir?«, fragt sie. Dabei lehnt sie ihren Kopf an meinen, und ich weiß, dass sie wegen Amy fragt.

»Ich bin froh, dass sie nach Hause darf. Sie hat es verdient.«

»Das stimmt.« Mom drückt mich kurz und fest.

Was in dieser Nacht geschehen ist, war für Amy schlimm genug. Sie wollte doch nur die Magie, die sie so verehrt, mit dem Menschen teilen, den sie liebte. Stattdessen musste sie zusehen, wie er starb. Und nun gibt es so viele Folgeschäden, so viel Schmerz, und ich muss mich immer noch durch die Trümmer arbeiten.

Ich wünsche mir, dass Amy wieder nach Hause kommt. Ich möchte, dass sie Glück und Liebe und einen Weg nach vorn findet. Ich würde mich gern bei ihr melden und fragen, wie es ihr geht. Aber wir haben seit ihrem Prozess nicht mehr miteinander gesprochen, und ich weiß nicht, wie ich

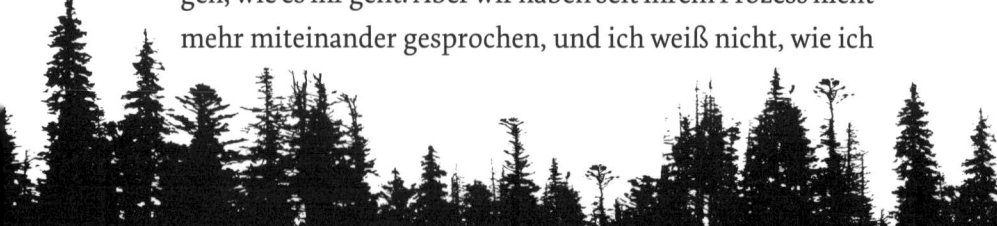

den Faden wieder aufnehmen soll. Zuerst wollte sie mit niemandem sprechen, was für mich in Ordnung war, weil ich ohnehin nicht wusste, was ich hätte sagen sollen. Ich war so wütend auf sie und gleichzeitig voller Sorge. Es war kompliziert, und das ist es immer noch.

Wochen vergingen, dann Monate und Jahre. Und nach all dieser Zeit weiß ich immer noch nicht, was ich sagen soll.

»Vielleicht hilft es dir, einen Schlussstrich zu ziehen.« Mom lässt ihre Arbeitshandschuhe auf das Geländer vor dem Büro fallen und sieht mich an.

»Vielleicht«, entgegne ich, obwohl ich nicht weiß, wie ein Mensch mit so etwas abschließen kann. Wenn ich überhaupt einen Schlussstrich ziehen will. Der Schmerz darüber hält mich wach, ist eine ständige Erinnerung daran, dass manche Dinge am besten im Verborgenen bleiben.

Mehr sage ich nicht, und Mom drängt mich auch nicht dazu. Sie weiß, dass ich mich nach meinem Prozess innerlich verändert habe, dass ich seither Teile von mir verschließe, die ich zuvor offen zur Schau getragen habe. Ich glaube, es macht sie manchmal traurig, dass ich eine so hohe Mauer um mich errichtet habe, die mich vor etwas schützen soll, das sie nicht sehen kann. Dass Zeit und Abstand nicht den Frieden gebracht haben, den sie sich vorgestellt hatte.

»Du nimmst ihn viel zu ernst, weißt du«, unterbricht Mom nach einigen Minuten meine Gedanken.

»Wen?«

Sie zieht die Augenbrauen in die Höhe und neigt demonstrativ den Kopf zur Seite.

»Ach, Pike. Ich wundere mich eher, dass du es nicht tust.«

»Er ist nicht der Erste, der sich über Hexen lustig macht.«

»Ich glaube nicht, dass es ein Scherz war. Aber selbst wenn, er arbeitet mit uns. Und nach allem, was wir wegen mir schon durchmachen mussten ...«

Mom unterbricht mich. »Wie oft muss ich dir noch sagen, dass es nicht deine Schuld war, was in dieser Nacht passiert ist?« Ich will widersprechen, aber Mom fährt fort. »Außerdem, schau dich doch mal um«, sagt sie und deutet auf die vielen Hektar Land um uns. Auf die Tiere, die wir glücklicherweise aufnehmen können. »Sag mir, dass der Umzug nicht das Beste ist, was uns je passieren konnte.«

Sie hat recht. In der Sekunde, in der wir hier angekommen waren, verliebten Mom und ich uns in den Pazifischen Nordwesten. Wir waren aus unserer alten Heimat in den Ebenen von Nebraska vertrieben worden und an einem Ort gelandet, den keiner von uns je wieder verlassen will. Mom hat ihre eigene gemeinnützige Einrichtung gründen können, und jetzt betreiben wir eine der am breitesten aufgestellten Rettungsstationen für Wildtiere der ganzen Westküste.

Manchmal kommt es mir vor wie ein Traum.

Wir fühlen uns hier wohl, aber wir sprechen nicht über das Loch, das in der Folge jener Nacht am See entstanden ist, als wir umziehen mussten und mein Vater sich weigerte, mit uns zu kommen. Dass sein Wunsch, zu bleiben, größer war als seine Sehnsucht nach uns. Dass das, was wir sind, zu viel für ihn wurde. Ein Loch, das auch der Pazifische Nordwesten nicht ganz stopfen kann.

Und doch glaube ich meiner Mutter, wenn sie sagt, dass sie jetzt glücklicher ist. Ich sehe es an der Art, wie sie sich bewegt: mit einer Leichtigkeit, die ich früher nicht von ihr kannte.

»Vielleicht hast du recht«, sage ich, und sie beugt sich zu mir und holt tief Luft, als wolle sie noch etwas sagen. Doch sie bleibt stumm.

»Was ist?«, frage ich.

»Pike ist ein guter Junge und der beste Praktikant, den wir je hatten.«

»Aber er ist auch eine echte Nervensäge.«

Sie runzelt die Stirn über meine Worte, und ich bleibe stehen und sehe sie an. »Sag einfach, was du sagen willst, Mom!«

»Unser Leben hier ist ziemlich fantastisch«, beginnt sie zögernd. »Schaffe kein Problem, wo keins ist.«

Ich seufze. Natürlich hat sie recht. Unser Leben hier ist fantastisch, und genau deshalb klammere ich mich so sehr daran und will es mit allen Mitteln verteidigen. Vielleicht macht Pike wirklich nur dumme Witze, die nichts bedeuten, aber ich bin nicht bereit, aus meiner Deckung zu gehen, um das herauszufinden.

»Es ist wirklich toll hier«, lenke ich etwas versöhnlicher ein.

»Das ist es.« Sie drückt meine Hand und schiebt das Gatter auf, das zum Haus führt, doch ich bleibe stehen.

»Ich komme in ein paar Minuten nach«, sage ich.

»Kraul Winter von mir.«

Ich lächle über ihre Worte und darüber, dass sie mich so

gut kennt. Es ist schon fast dunkel, und ich lasse mir Zeit auf dem Weg zum Wald, wo die Wölfe umherstreifen. In der Ferne quaken Pazifik-Laubfrösche, die Mondsichel lässt die Wolken erstrahlen und taucht die Bäume in ein mildes Licht. Ich trete durch das Metalltor und pfeife nach Winter. Sie kommt angerannt, so wie sie es jeden Abend tut.

Ich setze mich auf den kalten Boden, streichle ihr silbernes Fell und lege meinen Kopf an ihren. Sie drückt sich an mich, und ich denke, dass Mom vielleicht recht hat, dass das Universum es vielleicht von Anfang an wollte, dass wir hier landen.

Ich habe Magie im Blut, aber an diesem Ort herrscht eine eigene Art von Magie. Ich spüre sie jedes Mal, wenn sich die Tannenzweige im Wind wiegen und die Baumkronen vom Nebel verschluckt werden. Ich spüre sie in der salzigen Luft und dem farnbedeckten Boden.

Das hier ist mein Zuhause, das weiß ich so sicher, wie ich Winters Stimmung mit nur einem Blick erkenne.

Hier gehöre ich hin.

Ich sitze noch einige Minuten bei Winter, dann streichele ich sie ein letztes Mal und wünsche ihr eine gute Nacht. Nachdem ich aufgestanden bin, schlüpfe ich durch das Tor hinaus und mache mich auf den Heimweg.

Plötzlich läuft mir ein Schauer über den Rücken, und ich bleibe stehen.

Langsam drehe ich mich um. Ich muss blinzeln, dann sehe ich ihn. Er ist nicht mehr als ein Schatten in der fah-

len Dämmerung, aber dort, in der alten Fichte, sitzt der Fleckenkauz.

Schweigend, still und wachsam.

Immer wachsam.

2

Die meisten Menschen glauben, dass Magie erzeugt wird. Dass sie innerhalb eines Augenblicks aus dem Nichts auftaucht.

Aber das stimmt nicht.

Die Magie ist immer präsent, immer nah. Sie existiert wie die Atome und Partikel des Universums, und wenn genug von ihr zusammengekommen ist, erzeugt sie eine Reaktion, die die meisten als außergewöhnlich bezeichnen würden. Aber die Reaktion selbst ist nicht die Magie, sie zeigt nur, dass die Magie schon zuvor existierte.

Hexen sind in der Lage, die uns umgebende Energie wahrzunehmen und neu zu ordnen, sodass bestimmte Ergebnisse erzielt werden. Es ist ein sechster Sinn, den die meisten Menschen nicht besitzen. Wir können all die chaotischen Partikel bündeln und sie zu etwas Großartigem zusammenführen.

Und weil die Magie aus dem Universum kommt, von jenen Sternen, die alles auf der Erde erschaffen haben, kann sie auf drei Arten eingesetzt werden: bei Pflanzen, bei Tieren und bei Menschen. Jede Hexe beherrscht eine der drei Formen am besten. Mom und ich sind Lunare, Mondhexen – unsere Magie ist bei Tieren am stärksten.

Es ist dieser sechste Sinn, diese angeborene Verbindung

zu unserer Umwelt, der uns unsere magische Kraft verleiht. Deshalb spüre ich, was Tiere wollen, und kann sie so gut beruhigen, deshalb erfahre ich ihre Geschichte schon durch eine einfache Berührung.

Das ist auch der Grund dafür, dass ich mit allen Mitteln verberge, wer ich bin. Denn eine Hexe zu sein, bedeutet nicht nur, gelegentlich zu zaubern. Es bedeutet, die Welt anders zu sehen als die anderen. Es bedeutet, im selben Raum zu sein, ihn aber auf eine ganz eigene Art wahrzunehmen.

Das heißt nicht, dass sich Hexen verstecken *müssen*. Wir sind nicht dazu angehalten. Nachdem allgemein bekannt wurde, dass Magie unmöglich an einer Person angewendet werden kann, ohne dass diese davon weiß, sind Hexen gesellschaftlich akzeptiert worden. Außerdem wurde die Magie stark reguliert, besonders für Stellare, deren magische Kraft vor allem auf Menschen wirkt.

Diese beiden Aspekte führten dazu, dass Hexen weniger gefürchtet und ihnen mehr Vertrauen entgegengebracht wurde, dass Hexen offener über ihre Magie sprechen konnten und ihre jeweiligen Fähigkeiten auch anerkannt wurden. So ist es nun schon seit Generationen, und die Magie ist vollständig mit der Gesellschaft verwoben: angefangen bei den Stellaren, die sich auf Schmerztherapie spezialisiert haben, bis hin zu den Solaren, den Sonnenhexen, die überall auf der Welt in der Landwirtschaft tätig sind.

Aber ich habe mit eigenen Augen gesehen, wie zerbrechlich diese Akzeptanz ist. Deshalb traue ich ihr nicht. Nach der Verhandlung war ich nicht mehr Iris. Ich war eine Hexe.

Und als das Wort mit schwarzer Farbe auf unser Haus gesprüht wurde, das mein Vater mit harter Arbeit aufgebaut hatte, fühlte er sich der Aufgabe nicht mehr gewachsen, ein Mädchen großzuziehen, das Magie im Blut hat.

Im Vergleich zu Amy hatte ich es allerdings noch leicht. Nach dem, was sie erlebte, wurde mir klar, dass ich meine Magie, die ich so sehr liebte, am besten geheim hielt.

Das gilt auch jetzt noch.

Aber Mom und ich haben Glück. Unser Haus grenzt an das Wildgehege, und da wir mit Tieren arbeiten, können wir unsere Magie regelmäßig einsetzen. Es ist eine stille, unsichtbare Art von Magie, für die wir hier nicht wieder ausgeschlossen werden. Sie wird nie dazu führen, dass wir neu anfangen und in eine andere Stadt ziehen müssen, in der man nicht über uns herzieht, uns schräg ansieht oder Worte auf unsere Haustür sprüht.

Das Foggy-Mountain-Wildgehege hat mir mein Leben zurückgegeben, so, wie wir es auch den Tieren zurückgeben wollen, die wir hier aufnehmen. Ich bin jeden einzelnen Tag dankbar dafür, dass wir hier gelandet sind.

Ich schaue auf die Uhr. Ich habe nur noch fünfzehn Minuten, bevor ich zur Arbeit muss, aber fünfzehn Minuten reichen aus. Seit der Nachricht von Amys Entlassung fühle ich mich entblößt und ungeschützt, und wenn ich meine Augen schließe, suchen mich die Erinnerungen heim, die ich so sehr vergessen wollte. Ich habe Amy immer noch nicht verziehen, dass ich sie unbedingt zum Haus am See begleiten sollte, dass sie mir nicht gesagt hat, was sie und Alex vorhatten. Ich dachte, wir würden uns alles anvertrauen, aber ich hatte mich geirrt.

Übergib es der Erde.

Das hat meine Großmutter immer gesagt, wenn meine Gefühle größer wurden als die ganze Welt und ich meinte, unter ihrer Last zusammenzubrechen. Sie hat mir beigebracht, Zaubersprüche zu wirken, die nie zur Anwendung kommen, genau so, als würde ich einen Brief schreiben, den ich nie abschicke. Ich mache das schon seit meiner Kindheit, und manchmal ist es das Einzige, was mich beruhigt, was mich wieder erdet.

Ich hole getrocknete Kräuter aus der Hütte hinter unserem Haus – Beifuß, Lavendel und Zitronenmelisse – und schichte sie zu einem kleinen Haufen auf. Sie sind von einem Kreis aus Steinen umgeben und liegen auf der Asche all der anderen Zaubersprüche, die ich geschrieben, aber nie benutzt habe. Auf all dem, was von meinen Sorgen, Enttäuschungen und Ängsten übrig geblieben ist.

Ich setze mich auf den schmutzigen Boden, wende mein Gesicht zum Steinkreis und fange an. Obwohl ich keine Stellarin bin, weiß ich, wie man einen Zauber schreibt, der sich in Amys Gedanken einbrennt und all die verworrenen Gefühle offenlegt, die ich wegen der Nacht am See habe. Ich weiß, wie ich die Magie, die mich umgibt, neu ordnen kann, damit Amy versteht, dass ich das Beste für sie will, auch wenn ich nicht weiß, wie ich es ihr zeigen soll. Obwohl ich immer noch wütend bin.

Genau das mache ich also. Auf einmal werden all die magischen Partikel in meiner Umgebung sichtbar, und ich ziehe sie zu mir heran. Sie schweben zwischen mir und den Kräutern, und während ich leise die Worte spreche, verwandelt sich die Magie vor mir.

Ein scharfer, metallischer Geruch erfüllt die Luft, zu schwach, um von jemand anderem als einer Hexe wahrgenommen zu werden. Aber er ist da, der unverkennbare Duft von Magie, der Zauber, den ich für Amy gewirkt habe, und er bemächtigt sich meiner Sinne.

Mit einer schnellen Bewegung übergebe ich ihn an die Kräuter und verbinde sie zu einer Einheit. Der Zauber haftet an ihnen, ein lebendiges Wesen, das ich zu Amy schicken könnte, wenn ich wollte. Aber die Magie unterliegt Regeln, und einen Zauber auszusprechen, damit ich mich besser fühle, ist nicht erlaubt.

Das hier ist nur für mich, ein Spruch, der kein anderes Ziel hat, als von der Erde absorbiert zu werden. Ein Brief, der nicht abgeschickt wird. Aber das Ritual reicht schon aus, damit sich meine Schultern entspannen, während ich die Bewegungen ausführe, die meine Großmutter mir beigebracht hat.

Ich nehme die restliche Magie und führe sie direkt über die Kräuter. Dabei prallen die Partikel aufeinander und erhitzen sich. Ich lassen sie kreisen und kreisen, bis so viel Hitze entsteht, dass ein kleiner Funke auf die Erde springt, die Kräuter in Flammen aufgehen und den Zauberspruch mit sich nehmen.

Rauch steigt in die kühle Morgenluft auf, die Überreste

der Magie, die zu Asche verbrannt sind und vom Wind verweht werden. Die Magie gehört jetzt genauso der Erde wie all meine Gefühle für Amy, und auch wenn mein Zauberspruch sie nie erreichen wird, fühle ich mich besser.

Ich erhebe mich, klopfe mir den Schmutz von den Jeans und gehe zum Büro. An diesem Morgen geht ein starker Wind, sodass sich die Baumwipfel unter dem bedeckten Himmel hin und her wiegen. Mein Haar wird vom Wind zerzaust, und die kühle Luft auf meiner warmen Haut fühlt sich angenehm an. Die Ruhe dieses Ortes durchströmt mich, und als ich das Büro erreiche, haben sich einige der Knoten in meinem Bauch gelöst.

Pike ist schon da und hängt gerade seinen Mantel im Hinterzimmer auf. Wie jeden Morgen fahre ich mit den Fingern über das eingravierte Logo auf dem hölzernen Schreibtisch. Ich zeichne den Wolf nach, der den Vollmond anheult, die Umrisse der Berge dahinter und die Buchstaben, die dem Traum, den Mom verwirklicht hat, einen Namen geben.

»Geht's besser?« Mom sieht mich fragend an.

Sie hat von dem Ritual meiner Großmutter nie Gebrauch gemacht und findet es auch nicht richtig, dass ich Zaubersprüche wirke, die nicht legal sind. Auch wenn sie nie zur Anwendung kommen. Sie glaubt, dass Magie immer einen Zweck erfüllen sollte. Dass es Verschwendung ist, Zaubersprüche zu schreiben, die nicht verwendet werden.

Ich habe versucht, ihr zu erklären, wie es mich beruhigt und wie es mir hilft, meine Gefühle zu verarbeiten. Dinge loszulassen, die ich nicht ändern kann. Aber sie konnte es

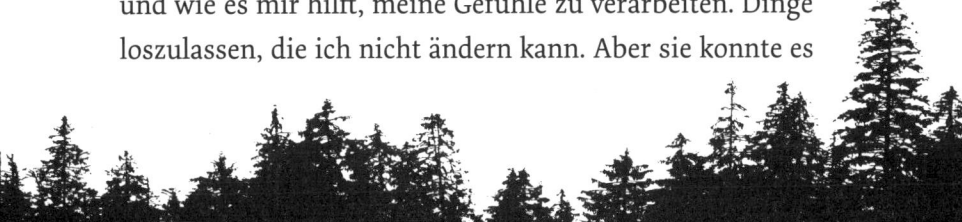

nicht nachvollziehen. Trotzdem hat sie es mir nie verboten. Obwohl sie es nicht versteht, weiß sie, dass es für mich wichtig ist.

»Ja«, antworte ich und küsse sie auf die Wange. »Tut mir leid, dass ich zu spät komme.«

Mom schaut auf die Uhr. »Drei Minuten sind nicht wirklich *zu spät*. Pike entschuldigt sich erst, wenn er mindestens zehn Minuten zu spät kommt«, sagt sie so laut, dass er es hören kann.

»Hey, das ist unfair«, beschwert sich Pike und kommt aus dem Hinterzimmer. »Das war nur ein paarmal, als ich von meinem Studium so eingespannt war. Andere würden von Glück reden, einen so fleißigen Praktikanten zu haben wie mich.«

»Ein fleißiger Praktikant, der zu jeder Stunde Kaffeepause macht«, kontere ich, und Mom schüttelt lachend den Kopf. Ihr Handy klingelt, und sie geht nach hinten, um dranzugehen.

»Wow, du willst mich wohl den Wölfen zum Fraß vorwerfen? Regst du dich etwa immer noch wegen der Faultiere auf?«

»Du meinst, ob ich immer noch sauer darüber bin, dass du mir deine Arbeit aufhalst, weil du beschlossen hast, dass deine Zeit wertvoller ist als meine?« Ich gehe hinter den Schreibtisch und ziehe ein Glas mit Vitamin-D-Tropfen aus der Schublade. »Nein, schon vergessen.«

Nachdem ich sichergegangen bin, dass Mom nicht hinsieht, nehme ich den Deckel ihres Kaffeebechers ab und gebe

einen Tropfen hinein. Ihr Arzt hat ihr die Tropfen verschrieben, aber sie vergisst sie ständig, deshalb sorge ich dafür, dass sie sie nimmt. Ich glaube nicht, dass es ihr etwas ausmachen würde, dass ich ihr Vitamin D in den Kaffee schütte. Aber sie findet, ich mache mir zu viele Sorgen um sie, also gehe ich möglichst unauffällig vor.

»Es klingt irgendwie unhöflich, wenn man es so ausdrückt«, sagt Pike.

»Es *war* unhöflich.« Ich verschließe Moms Becher wieder mit dem Deckel und stelle das Vitamin D weg, als sie hereinkommt und durch ihr Erscheinen verhindert, dass Pike etwas Abfälliges erwidern kann.

»Das war Dan. Die Tierrettung wird in ein paar Minuten mit einem Wolf kommen, den sie oben im Gebirge gefunden haben. Scheint ihm ziemlich schlecht zu gehen, und ich brauche eure Hilfe. Pike, kannst du die Zehn-Uhr-Tour übernehmen?«

»Klar doch«, sagt er und startet direkt damit, das Büro für die erste Gruppe vorzubereiten. Mom nippt an ihrem Kaffee, bevor sie ihren Mantel nimmt und das Büro verlässt. Ich folge ihr, ohne Pike noch eines Blickes zu würdigen.

»Ist es sehr schlimm?«, frage ich sie. Es ist ein kalter Frühlingstag, fast noch winterlich, sodass ich mir die Arme um den Oberkörper schlinge. Mom und ich tragen beide Foggy-Mountain-Baseballcaps, während wir uns über den aufgeweichten Boden einen Weg durch den Wald bahnen.

»Ich weiß nichts Genaues«, antwortet sie.

Die Baumkronen wiegen sich im Wind, und als eine Bö

durch die Äste weht, fallen zahlreiche Tannenzapfen herab. Auf Farn und Moos glitzern die Regentropfen der vergangenen Nacht, und an der Rinde der Kiefern klebt bernsteinfarbener Saft. Aus der Ferne sind Reifen zu hören, die über Schotter fahren, und gerade als wir aus dem Schutz der Bäume auf die Straße treten, kommt Dans Truck in Sicht.

»Hi, Isobel«, ruft Dan aus der Fahrerkabine. Er stellt den Motor ab und zieht sich beim Aussteigen die Jacke an. »Iris«, sagt er und nickt in meine Richtung.

»Hi, Dan«, erwidere ich und gehe zur Ladefläche des Trucks.

»Was hast du für uns?«, fragt Mom.

»Männlich. Vier oder fünf Jahre alt. Von einem Fahrzeug in East Washington angefahren.«

Ich lasse die Ladeklappe herab und sehe in blassgelbe Augen. Der graue Wolf liegt auf der Seite, den Kopf mir zugeneigt, und atmet zitternd. Mom lenkt Dan ab, damit ich mich auf den Wolf konzentrieren kann. Ich spüre, wie zwischen uns eine Verbindung entsteht, eine unsichtbare Schnur, die uns zusammenhält, und ich gebe dem Wolf meine Absichten zu erkennen.

Er weiß, dass ihm keine Gefahr droht.

Er weiß, dass ich ihm helfen will.

Er weiß, dass ich alles in meiner Macht Stehende tun werde, um ihn zu retten.

Seine Augen fallen zu, und ich begutachte schnell die Verletzungen. Das Fell auf seiner rechten Seite ist blutig verkrustet, sodass ich die Wunde unmöglich sehen kann. Ich schließe meine Augen und lausche seinem Atem, spüre, dass er nicht genug Luft bekommt. Der Rhythmus seines Herzens hallt in meinem Kopf wider. Und es schlägt viel zu schnell.

Die inneren Blutungen, die er erlitten hat, sind etwas zurückgegangen. Wenn Mom und ich schnell arbeiten, können wir ihn retten.

»Wir müssen ihn reinbringen«, sage ich. »Ich hole den Wagen.«

Ich eile zum Shop, wo unser Kleintransporter steht. Der waldgrüne Lack ist verblasst, und das Foggy-Mountain-Logo ist mit Schlamm verschmiert, sodass man es kaum erkennen kann. Ich starte den Motor und fahre zu Mom und Dan zurück.

Wir legen den Wolf vorsichtig auf die Ladefläche und fahren ihn in den Schuppen, wo ein langer Metalltisch bereitsteht. Mom hat vor Jahren ein Praktikum bei einem Tierarzt gemacht, bei dem sie sich chirurgische Grundkenntnisse aneignen konnte. In der Stadt denken alle, Mom sei Tierärztin, und sie hat diese Annahme nie korrigiert.

Dabei erkennt sie aufgrund ihrer Verbindung zu den Tieren, was ihnen fehlt und wie sie behandelt werden müssen.

Gemeinsam hieven wir den Wolf auf den Tisch. Dan vergewissert sich noch, dass das Tier uns nicht gefährlich werden kann, dann geht er.

Mom schließt ihre Augen und vertieft ihre Verbindung zu dem verletzten Wolf, scannt mithilfe ihrer Magie seinen Körper und macht seine Verletzungen ausfindig.

»Drei Rippen gebrochen.« Pause. »Leichte innere Blutungen.« Pause. »Die wichtigsten Organe sind unverletzt.« Pause. »Keine Anzeichen einer Infektion.«

Sie öffnet ihre Augen und sieht mich an. »Dann fangen wir mal an.«

Ich ziehe einen Stuhl heran und setze mich an das Tischende, an dem sich der Kopf des Wolfes befindet. Er winselt, und ich schiebe langsam meine Hand zu seiner Schnauze. Daran schnüffelt er ein paarmal und lässt mich dann sein Fell streicheln. Mom schaltet den elektrischen Rasierapparat an, um die Wunde an der Seite des Wolfes freilegen zu können. Er zuckt zusammen, als er das Geräusch hört. Ich schicke mehr Magie in seinen Körper, woraufhin er sich wieder entspannt.

Entgegen der weitverbreiteten Vorstellung können wir nicht mehr Magie erzeugen, als auf der Welt bereits vorhanden ist. Es wird nichts neu geschaffen oder vernichtet. Sie existiert einfach, und wir lenken sie bloß – nach bestem Wissen und Können. Vieles von dem, was wir machen, ist eine Kombination aus Magie und Wissenschaft, Magie und Medizin, Magie und Forschung. Alles arbeitet in perfekter Harmonie zusammen und hält die Dinge im Gleichgewicht. Deshalb kann Mom den Wolf auch nicht durch einfaches Anschauen heilen. Magie ist ein Werkzeug, aber nur eines von vielen.

Vor allem aber können wir keine Kontrolle über Tiere, Pflanzen oder Menschen ausüben. Magie funktioniert nur *mit* der natürlichen Welt, niemals *gegen* sie. Ich kann ein Tier nicht zu etwas zwingen, was es nicht tun will. Aber ich kann

es spüren lassen, was meine Absichten sind, ihm vermitteln, dass es sicher ist, es mit meiner Magie beruhigen und besänftigen. Ich kann versuchen, das Tier zu beeinflussen, es mithilfe von Magie in die eine oder andere Richtung zu lenken, aber letztlich ist es immer Sache des Tieres, was es tut.

Es sind schließlich Wildtiere.

Sobald Mom das Fell abrasiert hat, säubert sie die Wunde, während ich den Wolf so ruhig wie möglich halte. Es ist ein Zwei-Personen-Job: Mom kann ihn mit ihrer Magie nicht gleichzeitig beruhigen und seine Verletzungen versorgen, und wenn ein verängstigter Wolf versucht, zu fliehen, ist die Katastrophe vorprogrammiert. Also sitze ich bei ihm und beruhige ihn, streichle sein Fell und umhülle seine Instinkte mit meiner Magie, bis er sich komplett in Sicherheit fühlt.

Mom arbeitet zügig. Nachdem sie die inneren Blutungen gestoppt hat, näht sie die Wunde an seiner Seite. Als sie fertig ist, höre ich, wie der Herzschlag des Wolfs langsamer wird und er wieder richtig durchatmen kann.

Er wird wieder gesund werden.

Wir bringen ihn in ein Einzelgehege am Rande des Parks, wo er sich ungestört von anderen Tieren erholen kann. Winter kommt angerannt und steckt ihre Schnauze durch den Metallzaun, um dem neuen Wolf möglichst nahe zu kommen.

»Er stellt keine Bedrohung dar«, sage ich ihr. »Er ist verletzt und muss sich erholen. Pass bitte auf ihn auf.«

Nicht in tausend Leben würde mich jemand so sehr lieben wie Winter. Ich kraule sie am Kopf, dann gehe ich ins Büro, um mir saubere Sachen anzuziehen.

Als ich reinkomme, ist Pike bereits da. Er isst ein Sandwich und liest ein Buch.

»Du siehst echt nach Schwerarbeit aus«, sage ich und gehe an ihm vorbei ins Hinterzimmer, wo ich immer ein zusätzliches Sweatshirt aufbewahre. Mein jetziges ist voll von eingetrocknetem Blut. Während ich es mir über den Kopf ziehe, rutscht mein T-Shirt ein Stück nach oben und enthüllt meinen Bauch.

In dem Moment, in dem ich mich umdrehe, fange ich Pikes Blick auf, der mich offenbar beobachtet hat. Er schaut schnell weg. Ich ziehe das Shirt wieder nach unten und streife mir das saubere Sweatshirt über. Als ich Pike wieder ansehe, ist seine helle Haut rot angelaufen. Er räuspert sich, bevor er einen weiteren Bissen von seinem Sandwich nimmt.

»Ich habe Mittagspause«, sagt er und vertieft sich wieder in sein Buch. Es ist großformatig, und auf der linken Seite ist eine detaillierte Zeichnung einer Eule zu sehen. Auf der rechten erkenne ich die Detailansicht eines Flügels.

»Bist du noch nicht bereit für Bücher mit Text?«, frage ich ihn und schaue ihm über die Schulter.

Er verdreht die Augen und würdigt mich keines Blickes. »Das ist ein Lehrbuch«, sagt er. »Für mein Studium, falls dir das was sagt. Nicht jeder hat das Glück, nach der Schule gleich einen Job hinterhergeschmissen zu bekommen.«

Ich habe letztes Jahr meinen Schulabschluss gemacht, und Mom und ich hatten kurz beraten, ob ich aufs College gehen sollte. Aber was hätte mir das gebracht? Ich besitze

bereits alle Fähigkeiten, die ich für die Arbeit im Wildgehege brauche. Wieso vier Jahre in einem Seminarraum verbringen, wenn ich im Schutz des Waldes viel mehr Erfahrungen sammeln kann?

Ich sehe mir die Zeichnung der Eule an. Sie ist detailliert und lebensecht, und die anatomischen Einzelheiten sind genau beschriftet. Ihre dunklen Augen starren mich vom Papier aus an und erinnern mich an den Fleckenkauz draußen. Ich gehe um den Schreibtisch herum und ziehe meinen Regenmantel an.

»Vielleicht hatte ich Glück, aber ich habe mir meinen Platz hier verdient. Dieses Buch kann dir weder Intuition noch Einfühlungsvermögen beibringen. Es kann dich nicht das lehren, was du bräuchtest, um auch nur halb so gut zu sein im Umgang mit den Tieren, wie ich es bin.«

»Vielleicht nicht, aber zumindest arbeite ich daran. Woran arbeitest du eigentlich? Jedenfalls nicht an deiner sozialen Kompetenz, so viel ist sicher.«

»Ich fühle mich mit Tieren eben wohler«, sage ich, beschämt darüber, dass mir dabei die Stimme wegbricht.

Doch das scheint Pike gar nicht zu bemerken. »Schade, dass du keine Hexe bist. Dann könntest du die Leute einfach zwingen, dich zu mögen. Hast du gehört, dass das Mädchen in den Nachrichten nach nur zwei Jahren entlassen wurde?« Er schüttelt den Kopf. »Absurd.«

»Was hast du eigentlich gegen Hexen?« Ich gebe mein Bestes, um ruhig und gleichmäßig zu sprechen und ihn nicht merken zu lassen, wie schwer es mir fällt, ihm diese

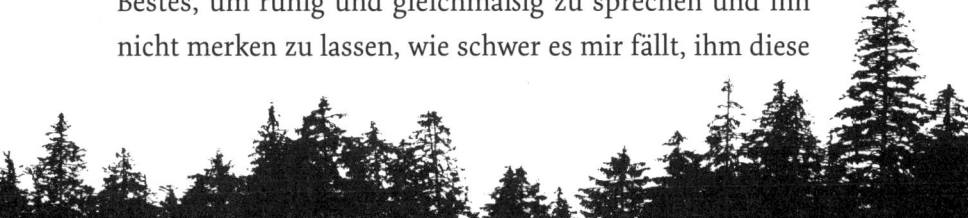

Frage zu stellen. Wenn er weiter mit uns zusammenarbeitet, muss ich das wissen.

Seine haselnussbraunen Augen verfinstern sich, und er schaut auf sein Buch, starrt mit leerem Blick einen Ort an, den ich nicht sehen kann. »Ich vertraue der Magie nicht«, sagt er schließlich.

Seine Worte machen mich traurig. Ich vertraue der Magie mehr als allem anderen auf der Welt, mehr, als ich den meisten Menschen traue. Ich drehe mich kopfschüttelnd um und will sofort das Büro verlassen.

»Das war ein ziemlich tiefer Seufzer.« Alle Ernsthaftigkeit ist aus Pikes Stimme verschwunden.

»Ich habe geseufzt?«

»Sehr tief sogar«, entgegnet er. »Einen ›Ich bin so genervt von Pike, dass ich es hier nicht mehr aushalte‹-Seufzer.«

»Tja, den Effekt hast du eben auf mich.« Meine Worte haben nicht den gleichen scherzhaften Unterton wie seine, sie klingen gereizt und gehässig. Ich kehre um und stütze meine Arme auf dem Schreibtisch ab. »Im Ernst, warum hasst du Hexen so sehr?«

Ich wundere mich selbst darüber, dass meine Stimme dabei wegbricht und ich so beinahe alles preisgebe, was ich vor ihm geheim halte. Ich will, dass er sagt, dass er nur einen Scherz gemacht hat. Dass er Hexen nicht hasst. Meine Handflächen schwitzen, und ich bin plötzlich wieder in Nebraska und starre auf das Wort *Hexe* auf meiner Haustür. Ohne zu verstehen, wie jemand das Wort als Beleidigung benutzen

kann, wie jemand es nicht als etwas Wunderbares ansehen kann.

Pike steht auf und geht um den Schreibtisch herum. Er ist nur wenige Zentimeter von meinem Gesicht entfernt. »Willst du das wirklich wissen?«, fragt er leise.

Ich bringe bloß ein Nicken zustande. Mein Herz rast, und ich schlucke schwer. Ich erwarte, dass er lacht und sagt, es sei nichts, dass er es als einen großen Witz abtut. Aber das macht er nicht.

Er beugt sich zu mir vor und ist jetzt so nah, dass ich ihm die Brille vom Gesicht reißen oder sein welliges braunes Haar glatt streichen könnte. So nah, dass ich den Geruch des Tees in seinem Atem riechen kann.

»Ich werde es dir nicht sagen«, flüstert er. »Aber eines kann ich dir sagen: Das Mädchen in den Nachrichten? Sie hätte diejenige sein müssen, die verbrennt.«

Er dreht sich um und ist zur Tür hinaus, bevor ich etwas erwidern kann.

3

Als Mom und ich an diesem Abend nach Hause kommen, werkelt Sarah bereits in der Küche. Im Haus riecht es nach Kräutern und Gewürzen. Ich ziehe meinen Mantel aus, atme tief durch und versuche, zu vergessen, was Pike vorhin zu mir gesagt hat. Versuche, seinen düsteren Tonfall zu vergessen, der mir Angst macht.

Sie hätte diejenige sein müssen, die verbrennt.

Mom ist nach oben gegangen, um zu duschen, während ich mich in der Küche an die Theke setze. Ich freue mich immer, wenn Sarah da ist – sie bringt alles zum Strahlen. Sie wohnt ein paar Häuser weiter, ist aber immer hier, und ich vermute, dass sie eines Tages zum Abendessen kommen und danach nie wieder gehen wird.

Sie ist einer der Gründe dafür, dass Mom und mir nichts Besseres hätte passieren können, als hierherzuziehen. Mom und Sarah sind schon seit Jahren befreundet, und seitdem wir hier sind, hat sich ihre Freundschaft noch vertieft.

Die Art, wie sie sich ansehen und wie meine Mutter im Haus vor sich hin summt, lindert das stechende Schuldgefühl, das immer noch in meiner Brust sitzt. Vor ein paar Monaten erzählte mir meine Mutter, dass sich ihre Zuneigung in Liebe verwandelt habe. Diese Worte haben etwas in mir geheilt, von dem ich dachte, es sei für immer zerbrochen. Nach allem, was sie mit meinem Vater durchgemacht hat, hat sie hier, im Herzen der Olympic-Halbinsel, ihren Anker gefunden. Und alles, was ich mir wünsche, ist, dass sie weiter so lächelt, summt und fröhlich ist.

Und das Gleiche wünsche ich mir für Sarah.

»Wie war dein Tag, Schätzchen?« Sie reicht mir ein paar grobe Stücke Paprika, die sie noch nicht klein geschnitten hat, weil sie weiß, dass ich sie roh besonders mag.

»Gut«, antworte ich zwischen zwei Bissen. »Wir haben heute einen neuen Wolf reinbekommen. Er ist auf der anderen Seite der Berge von einem Lastwagen angefahren worden, aber er wird schon wieder.«

»Es sind so majestätische Geschöpfe«, sagt sie, und ich muss lächeln, weil sie das immer sagt, wenn wir über Wölfe sprechen. Sarah war die erste enge Freundin meiner Mutter, die ebenfalls eine Hexe ist. Sie hat eine unbändige Ehrfurcht für die Natur, die sie umgibt.

Sie rührt die Soße um, probiert und schmeckt mit etwas Salz ab, dann reicht sie auch mir einen Löffel.

»Köstlich«, bekräftige ich.

Sie zwinkert mir zu. »Das sollte reichen.«

Sie hat ihr langes schwarzes Haar zu einem Pferdeschwanz zurückgebunden, der kaum ihre Lockenpracht zusammenhält. Am Haaransatz haben sich kleine Schweißtropfen auf ihrer goldglänzenden Haut gebildet. Moms Schritte hallen durch das Haus, als sie die Treppe herunterkommt. Sarah schenkt ein Glas Wein ein und reicht es ihr, sobald sie die Küche betritt.

»Danke.« Meine Mutter wirft ihr einen zufriedenen Blick zu.

Ich decke den Tisch, während Sarah das Essen aufträgt und Mom klassische Hintergrundmusik anmacht. Es gibt vieles, was Mom geändert hat, nachdem wir hierhergezogen sind. Viele Gewohnheiten und Traditionen hat sie aufgegeben, aber klassische Musik zum Abendessen gehört zu den Dingen, die geblieben sind.

Ich frage mich, ob sie dabei an Dad denkt.

Sarah und Mom tauschen sich über ihren Tag aus, Mom erzählt vom Wolf, Sarah von ihrem Frühstückscafé, und ich lasse die letzten zehn Stunden Revue passieren, wobei meine Gedanken daran festhängen, was Pike im Büro gesagt hat.

Sie hätte diejenige sein müssen, die verbrennt.

Das ist das einzige Mal, dass er richtig böse geklungen hat. Und das macht mir Angst, denn nach allem, was Mom und ich durchgemacht haben, können wir einen Hexenhasser als Praktikanten wirklich nicht gebrauchen.

Aber es ist nicht nur das. Ich hasse es, wie gespannt ich darauf war, was er sagen würde. Dass ich wirklich gehofft habe, er wäre gar nicht so schlimm und ich würde mir das nur einbilden. Ich hasse es, dass seine Worte mich so schockiert haben und dass ich für einen schrecklichen Moment dachte, ich müsste weinen.

»Iris?«, fragt Mom.

Ich schaue von meinem Essen auf. »Sorry, hast du was gesagt?«

Mom stellt ihr Glas ab und sieht mich an. »Was hast du auf dem Herzen?«

»Nichts, es ist keine große Sache«, wiegle ich ab, aber meine Mutter und Sarah sehen mich an und erwarten, dass ich ihnen erzähle, was mich bedrückt. Leider brauchen sie keine Magie, um meine Gedanken zu lesen. Gefühle zu verbergen, hat noch nie zu meinen Stärken gehört.

»Es ist nur etwas, das Pike gesagt hat. Über Hexen. Er meinte, man könne ihnen nicht trauen. Aber die Art und Weise, *wie* er es gesagt hat, macht mich unruhig. Als wäre es ihm sehr wichtig oder so.« Ich lasse den Teil über Amy weg, weil ich seine Worte einfach nicht wiederholen, nicht laut aussprechen kann.

Mom schenkt sich ein weiteres Glas Wein ein und gießt auch Sarah etwas ein. »Viele Leute trauen Hexen nicht.« Sie sagt es, als würde es sie weder verärgern noch beunruhigen. »Nachdem du neulich so heftig auf die Nachricht über Amy reagiert hast, wollte er dich wahrscheinlich nur wieder aufziehen.«

»Pike sagt viele Dinge, um mich zu nerven«, wende ich ein. »Aber diesmal war es anders. Er klang ... irgendwie kalt. Böse. Ich weiß nicht, ob wir einen Praktikanten behalten sollten, der Hexen ganz offensichtlich nicht mag.«

»Er ist harmlos«, sagt Mom. »Und er wird es sowieso nie herausfinden. Es sei denn, du regst dich weiter über die Nachrichtensendungen auf.« Sie wirft mir einen strengen Blick zu, lacht aber dabei. »Dir gefällt es nur nicht, dass er dir bei der Arbeit Konkurrenz macht.«

»Macht er gar nicht.« Ich klinge angegriffener als beabsichtigt.

Sarah lacht laut auf und stützt ihre Ellbogen auf den Tisch. »Ist das der Junge mit der Brille, der aussieht, als gehöre er in eine Werbung für Fair-Trade-Kaffee?«

»Ich weiß nicht, was du damit meinst«, sage ich, aber Mom hat sich zurückgelehnt und nickt Sarah anerkennend zu. »Igitt, ihr beiden.« Ich schüttele vehement den Kopf. »Mir ist sein Aussehen noch nie aufgefallen.«

Das ist nicht ganz richtig. Am ersten Tag seines Praktikums war mir sehr wohl aufgefallen, wie perfekt zerzaust sein dichtes braunes Haar war und wie seine Brille das Haselnussbraun seiner Augen betonte. Ich bemerkte die blassen Sommersprossen auf seinem Nasenrücken und wie sich das Brillengestell von seiner hellen Haut abhob.

Aber kaum hatte er den Mund aufgemacht, fiel es mir schwer, in ihm etwas anderes zu sehen als die Person, für die ich ihn heute halte: jemanden, den ich absolut nicht ausstehen kann.

»Natürlich nicht.«

Ich setze mein Glas ab, etwas härter als beabsichtigt. »He, Leute, ihr nehmt das nicht ernst genug«, sage ich. »Er könnte ein echtes Problem für uns werden.«

»Iris, Schatz, deine Fürsorglichkeit in allen Ehren. Ich weiß, dass du nur das Beste für uns willst. Aber bitte glaube mir: Du musst dich ein wenig entspannen. Was vor zwei Jahren passiert ist, war tragisch und schrecklich, aber es war nicht die Norm. Hexen werden nicht gemieden und aus ihren Häusern gejagt. Wir sind ein Teil der Gesellschaft wie alle anderen auch. Ich verstehe, warum du diesen Teil von dir verstecken willst, wirklich, aber ich möchte nicht, dass du in Angst lebst.« Ihre Stimme ist sanft, und sie streicht mir eine Haarsträhne hinters Ohr. »Wenn es dich beruhigt: Pikes Praktikum endet zum Semesterende. Und er wird nur erfahren, dass du eine Hexe bist, wenn du es willst.«

»Das würde ich niemals wollen.«

»Dann brauchst du dir auch keine Sorgen zu machen«, sagt sie. Sie hält inne und nimmt einen Schluck Wasser, bevor sie weiterspricht. »Weißt du, Schatz, eines Tages wird es jemanden geben, der es wert ist, deine Geheimnisse zu erfahren.« Sie erhebt sich vom Tisch und räumt ihren Teller ab.

Ich helfe Mom beim Abwasch, danach mache ich mir eine Tasse Tee und verschwinde in meinem Zimmer, bin aber immer noch unruhig. Ich hasse es, Geheimnisse zu haben, und eine Zeit lang dachte ich, das sei überhaupt nicht nötig. Dort, wo wir zuletzt gewohnt haben, habe ich nicht verheimlicht, wer ich bin. Wir waren mit unseren Nachbarinnen und Nachbarn befreundet und luden den Chef meines Vaters zum Essen ein. Wir gingen zu Kirchenfesten und beteiligten uns am Kuchenverkauf der Highschool.

Aber die Nacht mit Amy hat alles verändert. Niemand glaubte, dass Alex wirklich in eine Hexe verwandelt werden wollte. Niemand glaubte, dass es ein missglückter Plan war, der aus der ersten Verliebtheit heraus geboren wurde. Und niemand glaubte, dass ich nichts damit zu tun hatte.

Schnell kam das Gerücht auf, zwei Hexen hätten aus böser Absicht ihren Spaß mit dem armen, ahnungslosen High-

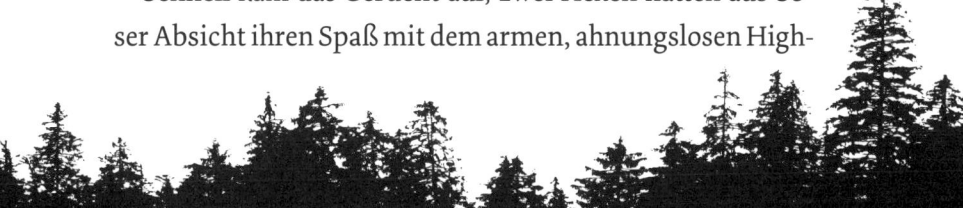

school-Jungen getrieben. Ein Gerücht, das sich wie ein Lauffeuer in der ganzen Stadt verbreitete. Wir konnten ihm nicht entkommen. Selbst nach meinem Prozess, nachdem der Hexenrat mich freigesprochen hatte und das Urteil bekannt wurde, änderte sich nichts. Es wurde nur noch schlimmer. Wir versuchten, es auszusitzen, es zu ignorieren und weiterzuleben wie bisher, aber es gelang uns nicht. Diese Nacht am See verfolgte mich überallhin. Ebenso verfolgte sie meine Eltern.

Daher entschlossen wir, wegzuziehen.

Sobald wir anfingen, darüber zu sprechen, war mir klar, dass Dad nicht viel davon hielt. Schon vor der besagten Nacht hatte Dad immer wieder angedeutet, dass ich weniger mit Amy verkehren und mir neue Freundinnen und Freunde suchen solle, die keine Hexen sind. Er bat meine Mutter, ihre Arbeit bei der Tierrettung aufzugeben und sich etwas anderes zu suchen. Etwas *Normales*, das zu dem *normalen* Leben passte, für das er so hart gearbeitet hatte.

Und als es dann so weit war, wollte er nicht mit uns gehen. Wir hatten schon einmal umziehen müssen, als meine Großmutter durch einen missglückten Zauberspruch versehentlich das Haus in Brand gesetzt hatte. Die Versicherung deckte den Schaden nicht, also packten wir unsere Siebensachen und zogen in eine kleine Stadt in Nebraska, wo die Lebenshaltungskosten niedriger waren und wir neu anfangen konnten.

Ich glaube, damals hörte er auf, zu glauben, dass Magie etwas Wunderbares war, und begann, sie zu verabscheuen.

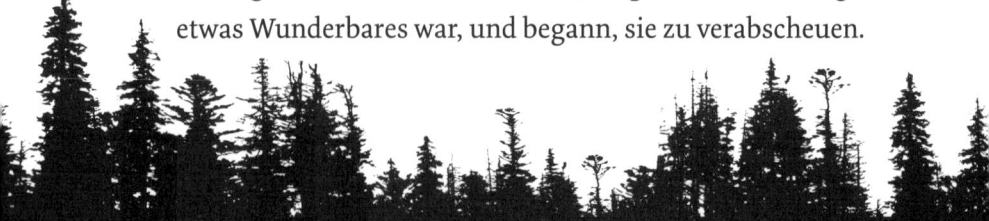

Dad liebte die Stadt in Nebraska. Er liebte seinen Job und den weißen Gartenzaun und den Toyota Camry, der in der Einfahrt stand. Er liebte die Stabilität und die Routine, und letztendlich liebte er diese Dinge mehr als uns.

Also sind wir gegangen, und er ist geblieben.

Und was mir jetzt so zu schaffen macht, ist, dass plötzlich ich es bin, die mehr als alles andere auf der Welt hierbleiben will. Und ich eigentlich gar nicht wütend auf ihn sein dürfte, weil ich das Gleiche will wie er.

Hierbleiben.

Mom und Sarah sind noch unten und unterhalten sich, während ich meinen Tee austrinke und mich bettfertig mache. Aber ich kann nicht schlafen. Ich bin frustriert, weil Mom trotz allem so locker in Bezug auf Pike Alder ist, weil sie sich so sicher ist, dass er nie herausfinden wird, wer wir sind. Er ist eine Gefahr für uns, und sie ist nicht im Geringsten beunruhigt darüber.

Früher hatte ich keine Geheimnisse, und jetzt klammere ich mich an sie, als wären sie meine Rettungsleine. Seit wir hier sind, versuche ich, alles wiedergutzumachen, was wir verloren haben. Ich versuche, uns zu beschützen. Ich möchte sicherstellen, dass wir für den Rest unseres Lebens hierbleiben können. Aber Mom ist kein Sorgenmensch, sie ist so entspannt und unbekümmert, und ich habe das Gefühl, dass ich das ständig ausgleichen muss. Trotz allem, was an unserem letzten Wohnort passiert ist, würde sie niemals verheimlichen, dass wir Hexen sind. Sie tut das nur wegen mir, weil sie weiß, dass ich das brauche und dass ich mich dadurch sicherer fühle. Aber sie selbst würde diese Entscheidung niemals treffen.

Ich glaube aber nicht, dass wir uns diese unbekümmerte Haltung leisten können, und jedes Mal, wenn meine Mutter sagt, ich solle mich entspannen, will ich meine Selbstkontrolle nur noch mehr vertiefen.

Ich höre die Haustür zufallen, dann das Geräusch von einem startenden Motor und von Reifen, die die Kiesauffahrt hinunterrollen. Augenblicke später hallen Moms Schritte auf der Treppe wider, bis die Geräusche vor meiner Tür verstummen. Sie drückt leise die Klinke herunter, und ich schließe die Augen und stelle mich schlafend. Sie soll nicht wissen, dass die Sorgen mich wach halten. Sorgen, von denen sie sich wünscht, dass ich sie nicht hätte.

Sie schließt leise meine Tür und geht den Flur entlang in ihr Zimmer. Im Haus ist es still, bis auf die Geräusche in den Wänden, wenn die Temperatur abkühlt und das Gebäude zur Ruhe kommt.

Ich schließe wieder die Augen, aber alles, was ich sehe, ist Pike, der sich zu mir herüberbeugt. Seine Stimme ist kalt und gemein, sein Blick alles andere als beruhigend.

Ich weiß, ich sollte nicht daran denken, sollte ausatmen und versuchen, zu schlafen, aber mein Herz rast, und mein Geist ist wach, voller Sorgen, Anspannung und Unbehagen.

Nachdem ich eine weitere halbe Stunde wach gelegen habe, stehe ich auf und ziehe mich an. Ich schleiche mich leise die Treppe hinunter und bleibe kurz an der Haustür stehen, um sicherzugehen, dass Mom nicht aufgewacht ist.

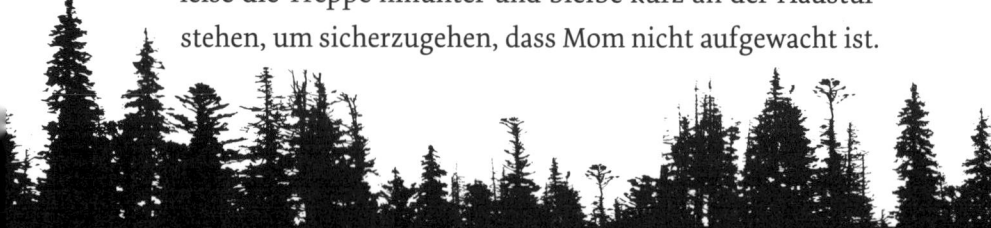

Aus ihrem Zimmer ist nichts zu hören. Also ziehe ich Jacke und Stiefel an, dann schnappe ich mir eine Taschenlampe und gehe in die Nacht hinaus.

Wenn Mom unbedingt möchte, dass Pike sein Praktikum fortsetzt, muss ich es irgendwie bewerkstelligen, dass ich mir nicht so viele Sorgen mache. Ich muss verhindern, dass meine Abneigung gegen ihn noch stärker wird, als sie ohnehin schon ist. Irgendwie muss ich meine Sorgen in den Griff bekommen, und als ich jetzt zur Hütte gehe, vibriert mein ganzer Körper vor Aufregung, als wüsste die Magie in mir bereits, was geschehen wird.

Es ist egal, dass ich gerade erst einen Zauberspruch für Amy geschrieben habe. Pikes Worte sind mir so unter die Haut gegangen, dass ich mich seither auf nichts mehr konzentrieren kann. Heute Nacht, im Schutz der Dunkelheit, werde ich Pike Alder der Erde übergeben.

Ich werde einen Zauberspruch wirken, den ich nie anwenden werde. Aber das Ritual wird mich erden und meine Angst lösen, damit ich weitermachen kann.

Und da der Zauber verschwinden wird, bevor er je genutzt wird, kann er auch Pike Alders Ton annehmen.

Er kann richtig fies werden.

4

Die Nacht ist kalt und klar. Tausende von Sternen funkeln über mir, ich knipse meine Taschenlampe aus und lege den Kopf in den Nacken. Ich erkenne die Milchstraße, ein weißer Widerschein am stockdunklen Himmel, und atme tief ein, als könnte das ganze Universum meine Lungen füllen.

Die Wipfel der Fichten schwanken im Pazifischen Wind in der ansonsten stillen Nacht. Ich ziehe meine Jacke fester um mich und gehe zur Werkbank neben der Hütte.

An der Regenrinne hängt eine kleine, schmutzige Lampe, und ich ziehe an ihrer Schnur. Sie flackert ein paarmal auf, dann springt sie an, und ihr fluoreszierendes Licht ergießt sich in die Nacht. Die Lampe surrt über mir, und zwei Motten umkreisen sie flatternd.

Es gibt kein Zauberbuch und keinen Kessel, keine gemurmelten Flüche und keine Feuerringe. Da ist nur diese Anziehungskraft in mir, die die verstreute Magie zu etwas Mächtigem bündelt.

Ich stoße die alte Holztür zur Hütte auf, aus der ich Wermut und Färberdistel hole. Dann gehe ich wieder nach draußen und sammle Zweige und Äste, um ein ordentliches Feuer zu entfachen. Anschließend mache ich mich an die Arbeit.

Wir Hexen haben eine Art inneren Schalter, mit dem wir

regulieren können, wann wir Magie empfangen. Wir glauben daran, die Dinge möglichst wenig zu stören, daran, dass die Erde ohne unsere ständige Einmischung existiert. Wir legen den Schalter nur um, wenn es unbedingt nötig ist, wenn wir die Magie, die uns umgibt, herbeirufen, damit sie sich zu etwas Neuem zusammensetzt.

Ich atme aus und konzentriere mich auf die Energie um mich herum, die Protonen und Neutronen, Photonen und Myonen. Blende alles aus, bis nur noch die rohe, unberührte Magie übrig ist.

Ich lege den Schalter um, und sofort strömt eine unglaubliche Welle aus Tausenden magischen Partikeln auf mich zu, als wäre ich ein Magnet. Meine Haut erhitzt sich, kribbelt unter dem Gewicht der Magie – eine körperliche Reaktion, von der ich nie genug bekommen kann. Ich bin ein Universum aus Energie und Materie, das von meiner Hülle aus Haut und Knochen zusammengehalten wird.

In der Ferne heult Winter, ein lang gezogener Ruf, der auch die anderen Wölfe ansteckt. Sie wechseln sich gegenseitig ab, bis ein letztes Heulen durch die Nacht hallt und im Nichts verklingt. Wahrscheinlich ist das Winters Art, nach dem neuen Wolf zu sehen, ihm mitten in der Nacht, wenn kein Mensch ihm Gesellschaft leisten kann, Hallo zu sagen und bei ihm zu sein.

Ich lächle bei dem Gedanken.

Die Magie, die mich umhüllt, brennt auf meiner Haut, und nun richte ich meine Aufmerksamkeit auf Pike Alder, auf sein arrogantes Auftreten, auf seinen Hass auf Hexen und

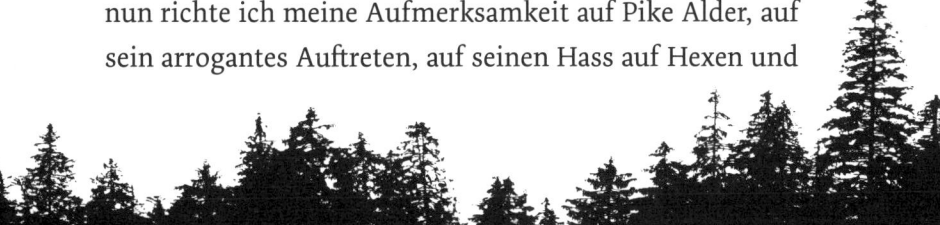

auf seine ständig wechselnden Flanellhemden. Ich konzentriere mich darauf, wie er über die Worte der Nachrichtensprecherin gelacht, die Augen verdreht und Amy als vertrauensunwürdig abgetan hat, ohne auch nur zwei Mal darüber nachzudenken.

Ich erinnere mich an seinen eisigen Tonfall, der mir unter die Haut ging und meinen ganzen Körper in Kälte versetzt hat.

Sie hätte diejenige sein müssen, die verbrennt.

Was würde Pike Alder mehr als alles andere auf der Welt hassen?

Die Antwort schießt mir sofort in den Kopf. Ein Zauber, der so grausam ist, dass man ihn nur einen Fluch nennen kann.

Ein Fluch, der ihn in eine Hexe verwandelt, der ihn zu dem macht, was er am meisten hasst.

Doch die Erinnerung an jene Nacht am See lässt mich zögern. Nicht ohne Grund ist es illegal, einen Menschen in eine Hexe zu verwandeln. Ein Gesetz, das sowohl von regulären Gerichten als auch von Hexengerichten beachtet wird. Die Verwandlung ist gefährlich und unberechenbar. Amy war bereit, alles zu riskieren, weil die Person, die sie liebte, unbedingt erfahren wollte, wie es ist, magische Kräfte zu besitzen.

Als ich in jener Nacht beim See ankam, brannte Alex schon lichterloh. Hinter dem orangeroten Licht konnte ich sein Gesicht nicht sehen, konnte ihm nicht in die Augen blicken. Amy weinte und versuchte ununterbrochen, ihm Magie zu entziehen, obwohl es schon zu spät war. Wenn sie als

Stellarin, deren Magie am wirksamsten bei Menschen ist, Alex nicht helfen konnte, hätte meine Mondmagie erst recht nichts ausrichten können.

Und so war es auch. Ich konnte nichts ausrichten.

Ich kneife meine Augen zusammen und konzentriere mich auf die Geräusche der Nacht. Ich bin nicht an einem stillen See in Nebraska. Ich bin in meinem jetzigen Zuhause auf der Olympic-Halbinsel, umgeben von hundertjährigen, alten Fichten und der salzigen Seeluft des Pazifiks. Es gibt nur mich und das Ritual, das meine Großmutter mir beigebracht hat. Hier ist niemand, dem ich schaden könnte.

Der Zauber wird mit dem Kräuterhaufen verbrennen, und das war's dann. Hoffentlich gehen meine Angst und Frustration mit ihm in Flammen auf, sodass es mir leichter fallen wird, mit jemandem zu arbeiten, der hasst, was ich bin. Pike wird es nie erfahren, und mir wird es besser gehen.

Viel besser. Ich mache mich an die Arbeit.

Meine Haut kribbelt und pikst, als die Magie erwartungsvoll um mich herum vibriert und die Form eines Fluchs annimmt, der einen Jungen in eine Hexe verwandeln kann. Gerade will ich den Zauber an meinen Kräuterhaufen binden, als nacheinander vier laute Rufe die Nacht durchdringen.

Ich schrecke zurück und blinzele zum Nachthimmel hoch, obwohl es völlig aussichtslos ist, in dieser Dunkelheit eine Eule zu entdecken. Aber ich bin mir sicher, dass es der Fleckenkauz ist. Ich weiß es, weil ich spüre, wie er mich beobachtet, wie sich seine großen Augen in mich bohren wie in eine Beute.

Ich suche kurz den Himmel ab, aber da ich nichts mehr höre, kehre ich zu meiner Magie zurück. Doch dann passiert es wieder, dieses Mal näher.

Und lauter.

Vier kurze Rufe, wobei die beiden mittleren Töne dicht beieinander liegen.

Mein Herz rast, meine Haut kribbelt erneut, doch diesmal liegt es nicht am Pulsieren der Magie. Diesmal ist es das eiskalte Grauen. Die Eule ruft wieder und wieder, lauter und lauter, bis ich befürchte, das Geräusch könnte Mom und die ganze Halbinsel aufwecken.

Ich kann mich nicht auf meinen Zauber konzentrieren und entlasse die Magie aus meiner Kontrolle, damit sie sich zerstreut und in die Nacht hinaus flieht. Der Fluch wird warten müssen.

»Sei still!«, rufe ich in Richtung der Eule, meine Stimme unsicher und rau.

Sie hört mich. Ihr Rufen verstummt augenblicklich. Nun ist nur noch das sanfte Wiegen der hoch aufragenden Bäume zu hören, eine Stille, die mir fast schlimmer erscheint als die unaufhörlichen Schreie der Eule.

Ich eile zur Werkbank und schalte das Licht aus, dann nehme ich meine Taschenlampe und gehe eilig und mit gebücktem Kopf zum Haus zurück. Ich schlinge meine Arme um meinen Leib, fühle aber auf dem ganzen Weg, wie mir die Eule mit ihren Augen folgt.

Erst am Haus bemerke ich, wie schnell und flach mein Atem geht. Leise schließe ich die Tür und lehne mich von innen dagegen. Meine Augen fallen zu, und ich atme tief ein, fülle meine Lungen mit der Geborgenheit dieses Ortes, der in so kurzer Zeit zu meinem Zuhause geworden ist.

Ich hänge meine Jacke an die Garderobe und ziehe meine Stiefel aus, dann schleiche ich die Treppe hinauf in mein Schlafzimmer. Nachdem ich meinen Pyjama angezogen habe, krieche ich ins Bett und versuche, meine innere Anspannung zu lösen, damit ich schlafen kann.

Ich versuche, mir einzureden, dass ich überreagiert habe. Weil ich mich von einem einsamen Kauz so erschrecken lasse, dass ich nach Hause renne. Aber auch als sich meine Muskeln entspannen und ich tiefer in meine Matratze sinke, legt sich meine Unruhe nicht.

Eine Windbö heult auf und fegt durch das alte Schlafzimmerfenster. Ich stehe auf, um den Rollladen herunterzulassen. In der Ferne bewegen sich große Schatten, und obwohl ich weiß, dass ich es mir bloß einbilde, meine ich, auf einem Ast die Eule zu sehen, das für Hexen heilige Tier, das mich durch die Fensterscheibe hindurch ansieht.

Als ich am nächsten Morgen aufwache, habe ich immer noch ein ungutes Gefühl. Die unruhige Nacht hat meine Ängste nicht verscheuchen können. Ich gehe die Treppe hinunter in die Küche und spüre, dass ich mich vor der Arbeit unbedingt noch abreagieren muss. Ich lasse Mom in einer Nachricht wissen, dass ich früher losfahre, und als mein Tee fertig ist, gieße ich ihn in einen Thermobecher und trete in die kühle Morgenluft hinaus.

Es hat über Nacht geregnet, ein frischer Frühlingsregen, der den Wald und meine Lungen mit einem erdigen Geruch erfüllt, der mich innerlich beruhigt. Ich habe schon vor langer Zeit festgestellt, dass die Natur die Gabe hat, die verkanteten Zahnräder in meiner Brust zu lockern, die Knoten zu lösen, die ich im Laufe der Jahre immer fester zugezogen habe.

Der Duft von Regen ist Balsam für meine Seele. Ebenso das Geräusch von rauschendem Wasser.

Und wenn das alles nicht hilft, wenn die Sorgen zu groß werden, gebe ich sie an die Erde weiter, wie meine Großmutter es mir beigebracht hat.

Die Welt um mich wird heller, während die Dämmerung dem Licht des Tages weicht. Der Boden unter mir ist feucht, und die Bäume säuseln im leichten Morgenwind. Der Himmel ist verhangen, die Baumkronen von Nebelschleiern verhüllt, und in der Ferne zwitschern Hausfinken.

Die Kräuter und Stöckchen, die ich in der vergangenen Nacht gesammelt habe, sind vom Wind verstreut worden. Ich sammle sie auf und lege sie in den Kreis zurück, den ich für Amys Zauber und auch alle davor benutzt habe. Anschließend nehme ich einen großen Schluck Tee. Die Wärme rinnt meine Kehle hinunter und hilft gegen die Morgenkälte.

Ich habe noch nie einen Zauber unvollendet gelassen. Außerdem sind mir in der Nacht immer und immer wieder Pikes Worte durch den Kopf gegangen, was meine Anspan-

nung noch erhöht hat. Ich will loslassen, wie Mom immer sagt, die Ängste und Sorgen loswerden, und das ist der einzige Weg, den ich kenne.

Also fange ich an.

Alles ist friedlich um mich herum. Ich rufe die Magie zu mir, und sie gleitet herbei, als hätte sie seit letzter Nacht auf mich gewartet. Sie umgibt mich mit Wärme, und über meine Haut tanzt ein energiegeladenes Summen.

Kaum stelle ich mir Pike Alder vor, verwandelt sich die Magie und formt den Fluch, der ihn in eine Hexe verwandeln könnte. Genauer gesagt, in einen Magier.

Hexen werden aus der Erde geboren, sie treten blutverschmiert und schweigend in die Welt und halten ihre Schreie zurück, um zum ersten Mal die Magie auf ihrer Haut zu bewundern. Doch jene, die erst später im Leben die Fähigkeit erlangen, Magie zu lenken, werden Magier genannt. Und es gibt nicht viele von ihnen.

Hexen ist es verboten, andere Menschen zu verwandeln. Fast alle heute lebenden Magier wurden illegal verwandelt oder sind Menschen, die versehentlich von Magie durchtränkt wurden, als die Macht einer Hexe außer Kontrolle geriet.

Ob beabsichtigt oder nicht, durch die überwältigende Präsenz der Magie werden sich die Menschen des sechsten Sinnes bewusst, dieses Schalters, der ihnen, einmal umgelegt, die Fragmente des Universums offenbart. Aber Magier sind gefährlich – sie erhalten in einem einzigen Augenblick Zugriff zu der sie umgebenden Magie. Und wenn keine Hexe anwesend ist, die ihnen beibringt, wie man die Magie kontrolliert, kann Schreckliches passieren.

Genau wie bei Alex Newport: Er riss alle Magie an sich, die er zu fassen bekam, und Amy hatte nicht genug Kraft, ihm zu helfen. Sie konnte ihn nicht davon abhalten, immer mehr an sich zu ziehen. Und es endete mit seinem Tod.

Aber darüber muss ich mir keine Sorgen machen. Wunderbarerweise hat mir meine Großmutter beigebracht, Zaubersprüche zu schreiben, die niemals zum Einsatz kommen. Die alle Gefühle aufnehmen, die sich wie ein aufziehender Sturm in mir zusammenbrauen. Zaubersprüche, die die Ängste und Verletzungen zulassen, die sonst alles verschlingen würden. Und das auf eine Weise, die der Welt um mich herum nicht schadet.

Auch wenn ich Pike nicht mag, schätze ich doch die Ordnung des Universums. Ich will sie nicht ändern. Würde ich Pike in einen Magier verwandeln, könnte ich ihm zwar zeigen, dass Magie nichts Schlechtes ist, dass Hexen nicht die Feindseligkeit verdienen, die er uns entgegenbringt. Dennoch würde ich das niemals tun. Die Vorstellung, Pike etwas anzutun, was er wirklich schrecklich finden würde – auch wenn es gar nicht schrecklich ist –, beruhigt mich trotzdem.

Magie ist ein Geschenk, dessen Pike absolut nicht würdig ist.

Doch der Sinn eines Fluchs ist es gerade, dem Opfer etwas Unvorstellbares anzutun, und in eine Hexe verwandelt zu werden, wäre für Pike unvorstellbar.

Es ist der perfekte Fluch für ihn.

61

Ich spreche die Worte aus, während die magischen Partikel meiner Stimme folgen, sich durch die Luft bewegen und in einen Fluch verwandeln. Sobald er Form angenommen hat, konzentriere ich mich auf die Kräuter im Steinkreis. Ein Zauber dieser Art muss sich an etwas Mächtiges binden, um intakt zu bleiben, deshalb sind die Kräuter das perfekte Behältnis für ihn. Sie sind stark genug, um ihn zu halten, aber sobald ich sie verbrenne, wird sich der Fluch in alle Winde zerstreuen, als hätte er nie existiert. Und er wird meine Ängste mit sich nehmen.

Ein Ritual, das fast so perfekt ist wie die Frau, die es mir beigebracht hat.

Der Fluch nimmt Gestalt an, und als vor mir eine dichte Masse von Magie erstrahlt, weiß ich, dass es so weit ist. Ich atme ein und fülle meine Lungen mit all meinen Sorgen, überwältigenden Gefühlen und schmerzhaften Verletzlichkeiten und setze diese beim Ausatmen zusammen mit dem Fluch frei.

Der Fluch rauscht auf die Kräuter zu, doch bevor er sich mit ihnen verbinden kann, streift ein starker Luftstrom mein Gesicht. Etwas Braunes gerät in mein Sichtfeld, und ein undeutlicher Schatten fliegt an mir vorbei.

Entsetzt beobachte ich, wie der Fleckenkauz genau zwischen mir und dem Steinkreis auftaucht und der Fluch gegen seine Brust prallt. Der Kauz stößt einen rauen Ruf aus, dann fliegt er zu einem nahen Baum und beobachtet mich von oben.

Ich lasse mich auf alle viere fallen und krieche zu dem

Häuflein aus Kräutern und Stöcken, suche nach Anzeichen der Magie, nach Anzeichen des Fluches, den ich geschaffen habe.

Aber da ist nichts.

Langsam stehe ich auf und drehe mich zu den Bäumen. Der Nebel hat sich so weit gelichtet, dass ich die Eule jetzt klar und deutlich sehen kann. Ich schließe meine Augen, konzentriere mich und kann sofort eine Verbindung zu dem Vogel herstellen. Und tatsächlich: Mitten auf seiner Brust sitzt der Fluch.

Ich muss das ungeschehen machen. Magie ist eine lebendige, atmende Kraft, und das bedeutet, dass sie bei der Eule bleiben wird, solange diese lebt. Doch wenn die Eule stirbt, wird der Fluch in die Wildnis entlassen, und dann wird er Pike Alder suchen und finden.

Mein Herz hämmert gegen meine Rippen, und ein kalter Schauer läuft mir über den Rücken. Ich zwinge mich, weiterzuatmen.

Ich muss die Eule nur einfangen und ihr den Fluch abnehmen. Dann kann ich ihn, wie ursprünglich geplant, mit den Kräutern verbinden und alles verbrennen, bis er sich in Rauch auflöst und vom Wind verweht wird.

Die Eule beobachtet mich immer noch von ihrem Platz aus in der alten Fichte, und ich gehe langsam auf sie zu, lasse sie nicht aus den Augen.

Sie neigt ihren Kopf zur Seite und spreizt ihre Flügel.

Bitte, flehe ich sie an. *Bitte nicht.*

Dann fliegt sie davon.

5

Ich suche überall. Ich renne ins Wildgehege und schaue in allen Gegenden nach, die die Eule gern aufsucht: im alten Baumbestand rund um das gesamte Anwesen und in den Baumhöhlen in den riesigen Tannen. Aber vergeblich. Ich laufe zur Voliere in der unsinnigen Hoffnung, dass die Eule vielleicht endlich in ihren Käfig zurückgekehrt ist, aus dem sie vor über einer Woche ausgebrochen ist. Die Buschratte, die wir als Futter hineingelegt haben, ist unberührt und der Käfig immer noch leer.

Die Eule hält sich lieber in den Bäumen und Höhlen auf, was ich ihr nicht übel nehmen kann. Wir haben sie wegen eines gebrochenen Flügels behandelt, und sie ist geflüchtet, sobald sie nach Wochen das erste Mal wieder fliegen konnte. Aber der Bruch ist noch nicht verheilt, und es ist zu früh für sie, allein da draußen zu sein.

Mom hat sich wegen ihrer Flucht keine Sorgen gemacht, weil sich die Eule stets im Bereich des Wildgeheges aufgehalten hat. Sie meint, die Eule würde von allein in die Voliere zurückkehren, wenn sie so weit sei. Aber ich kann nicht riskieren, dass sie das Wildgehege verlässt.

Nachdem meine erste Suche ergebnislos war, renne ich zurück zur Hütte, wo unsere Zauberbücher aufbewahrt werden. Ich stoße die alte Holztür auf und atme die modrige Luft ein. Auf dem alten Holztisch klirren Gläser mit getrockneten Kräutern.

Die Bücher stehen ganz hinten in den Regalen und sind mit einer Staubschicht bedeckt. Wir benutzen sie selten, denn in der Magie geht es um Intuition und darum, auf Vorhandenes zu reagieren. Auch meine Zaubersprüche sind nirgendwo aufgeschrieben, sie entstehen aus einem inneren Gefühl heraus.

Ich hole das große, ledergebundene Buch der Lunaren vom obersten Regalbrett, von dem eine Staubwolke zu mir herunterschwebt. Ich setze mich auf den Steinfußboden und öffne behutsam den Einband. Die Seiten sind vergilbt und abgegriffen, und ich fahre mit den Fingern über die längst getrocknete Tinte. Wir benutzen die Bücher vielleicht nicht so oft wie unsere Vorfahren, aber es erdet mich jedes Mal, wenn ich in ihren Schriften darüber lese, wie sie ihre Magie anwendeten.

Ich blättere die Seiten durch, bis ich den Abschnitt über Raubvögel finde. Mein Herz stockt. Der allererste Vogel, der behandelt wird, ist der Fleckenkauz. Auf meiner Haut bildet sich eine Gänsehaut, als mich eine schreckliche Erkenntnis überkommt, die sich schwer auf meine Brust legt. Ich zwinge mich dazu, ruhig und gleichmäßig zu atmen, aber das Gewicht ist erdrückend.

Ich überfliege die Seite, suche nach etwas, das dem widerspricht, was ich in meinem Innersten bereits weiß. Aber stattdessen sticht ein Wort aus der Seite hervor wie der Vollmond in einer wolkenlosen Nacht.

Verstärker.

Der Fleckenkauz ist heilig für Hexen. Und er ist heilig, weil er ein mächtiger Magieverstärker ist.

Warum habe ich nur so lange gebraucht, bis ich es begriffen habe? Jetzt würde ich alles darum geben, diese Erkenntnis rückgängig zu machen. Kaum habe ich das Wort gelesen, blitzt in meinem Kopf die Erinnerung an eine Kindheitsgeschichte auf, bei der Übelkeit in mir aufsteigt.

Die Stimme meiner Mutter war ruhig, als sie mir die Geschichte einer Hexe erzählte, die vor Hunderten von Jahren lebte und mithilfe einer heiligen Eule Verderben über das Haus des Mörders ihres Ehemannes bringen wollte. Doch sie verstand nicht, wie mächtig die Eule war. Der Fluch zerstörte nicht nur den Mann und die gesamte Ortschaft, sondern auch alle umliegenden Dörfer. Er dehnte sich Meile um Meile aus und machte alles dem Erdboden gleich, was auf seinem Weg lag. Es dauerte mehr als hundert Jahre, bis es in dem verwüsteten Land wieder Anzeichen von Leben gab.

Man erzählt sich, der Geist der Eule suche noch immer das alte Haus heim und ziehe hoch über ihm seine Kreise, für ewig gebunden an das Land, dem der Fluch ursprünglich gegolten habe.

Ich lese hastig, und tatsächlich wird in dem Buch dieselbe Geschichte erzählt.

Mit dem Rücken lehne ich mich an die Wand, ziehe die Knie an meinen Körper und stecke meinen Kopf zwischen meine Beine. Dabei rutscht das Buch von meinem Schoß.

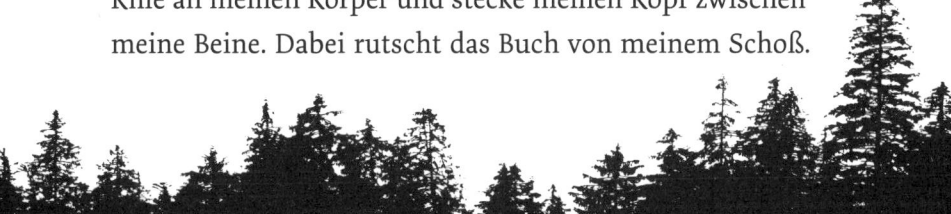

Ich versuche, die aufsteigende Panik zu bewältigen, versuche, mich an die Atemtechniken zu erinnern, die ich gelernt habe. Doch mein Kopf ist wie leer gefegt.

Wenn die Eule ein Verstärker ist und der Fluch entfesselt wird, ist Pike nicht der Einzige, der davon betroffen sein wird. Laut der Geschichte würde der Fluch weit über das vorgesehene Ziel hinausschießen. Wenn dieser Fluch entfesselt werden würde, könnte jeder in der Umgebung davon betroffen sein. Würden dann womöglich alle in Magier verwandelt werden? Bilder von Alex am See schwirren durch meinen Kopf. Ich erinnere mich mit solcher Intensität an den widerlichen Rauch, dass ich ihn förmlich riechen kann. Ich habe keine Ahnung, was passieren würde, keine Ahnung, wie sich der Fluch, den ich geschrieben habe, auf die Umgebung auswirken würde. Aber es wäre eine Katastrophe.

Eine unvorstellbare Katastrophe.

Tränen brennen in meinen Augen und laufen über mein Gesicht. Wenn ich schlucke, schmerzt es, als würde ich einen Stein durch meine Speiseröhre zwingen. Wir besitzen nicht die notwendigen Mittel, um einer ganzen Region zu helfen, die von einem verstärkten Fluch getroffen wird. Eine solche Katastrophe ist seit Jahren nicht mehr geschehen, vielleicht sogar nicht mehr seit der Begebenheit, von der meine Mutter mir erzählt hat. Und das war ein Fluch gegen einen Ort, nicht gegen einen Menschen.

Ist es das, was aus meinem Leben werden wird? Eine Geschichte, die Mütter ihren Kindern zum Einschlafen erzählen?

Ich presse meine Handflächen auf den kalten Steinboden und versuche, mich wieder zu fangen, mein rasendes Herz und meinen Atem zu beruhigen.

Das einzig Gute, das ich aus dem Buch erfahre, ist, dass der Fluch genauso leicht von der Eule gelöst werden kann, wie er an sie gebunden worden ist. Es braucht nur eine *verwandte Behausung*. So steht es geschrieben.

Ich stehe auf und stelle das Buch behutsam ins Regal zurück, dann renne ich zum Wildgehege hinüber. Im ältesten Teil des Waldes angekommen, verlangsame ich meine Schritte und suche hinter einem Baum Deckung für den Fall, dass jemand über das Anwesen spazieren sollte. Ich habe die Eule oft genug gesehen, um mir ein genaues Bild von ihr zu machen: ihre dunklen Augen, der gebogene Schnabel, die weißen Federn, die sich wie Halbmonde über ihre Augen schwingen, ihr braunes Gefieder mit den weißen Flecken. Und obwohl ich sie noch nicht gefunden habe, bin ich sicher, dass sie ganz in der Nähe ist.

Sie trägt ebenso Magie in sich wie ich, also schließe ich meine Augen und suche nach ihr, versuche, ihre Energie zu spüren. Sie trägt einen Fluch mit sich, den ich geschrieben habe – ich werde sie lokalisieren, und dann werde ich sie aufspüren.

Aber vielleicht ist das gar nicht nötig. Ich spüre sie beinahe sofort, ganz in der Nähe. Langsam drehe ich mich in die Richtung des Sogs und öffne meine Augen. Dort, keine vier Bäume von mir entfernt, sitzt der Fleckenkauz und beobachtet mich aus der Aushöhlung in einer alten Tanne heraus. Wenn er nur wüsste, welche Magie er mit sich trägt: einen Fluch, der meine ganze Welt verändern könnte.

Vorsichtig gehe ich einen Schritt auf ihn zu, dann noch einen. Er beobachtet mich, bewegt sich aber nicht vom Fleck. Wenn ich nur nahe genug an ihn herankomme, kann ich den Fluch von ihm nehmen und ihn an etwas Neues binden. An eine *verwandte Behausung*.

Noch zwei Schritte, dann ziehe ich die Kräuter aus meiner Tasche. Die Augen der Eule verfolgen jede meiner Bewegungen. Dann fange ich an.

»Ach, hier bist du«, ertönt hinter mir eine Stimme. »Wie geht es meiner ewigen Zweitbesten?«

Meine Magie verpufft, und die Eule ruckt mit dem Kopf in die Richtung der Stimme. Hilflos muss ich zusehen, wie sie vom Baum abhebt und hoch und immer höher fliegt, vorbei an der Voliere und dem Besucherbüro, über den Zaun und weit in das Land jenseits des Wildgeheges.

Verschwunden.

»Was ist eigentlich dein Problem?«, schreie ich Pike an, ohne darauf zu achten, wie laut und verzweifelt meine Stimme klingt. »Jetzt ist sie weg!« Meine Hände zittern, und mir wird schwindelig.

Komm schon, Iris, sage ich mir. *Reiß dich zusammen. Es ist nichts passiert.*

»He, he, he«, sagt Pike und hält seine Hände hoch. »Ganz ruhig. Ich habe die Eule nicht mal gesehen.«

»Jetzt werde ich sie nie finden.« Ich beobachte den Himmel noch einen Augenblick lang, dann wende ich mich wieder Pike zu. »Bitte sag mir, dass es wenigstens wichtig ist. Ich kann den Gedanken nicht ertragen, dass du die Eule nur verscheucht hast, weil du so unausstehlich bist.«

»Autsch«, sagt Pike, und obwohl er sich um einen lässigen Ton bemüht, zucke ich zusammen, als mir klar wird, was ich gesagt habe.

»Es tut mir leid«, setze ich an, aber Pike winkt ab.

»Deine Mutter sucht dich. Du sollst wegen irgendwas nach Hause kommen«, sagt er und fährt sich mit der Hand durch sein dichtes Haar. Seine Brille ist ihm auf die Nase gerutscht, und er schiebt sie mit einem Finger nach oben und sieht mich an.

Ich lege meinen Kopf in den Nacken und blicke in den Himmel, hoffe irgendwie, dass die Eule zurückgekommen ist, obwohl ich weiß, dass das nicht der Fall ist. Trotzdem suche ich langsam die Baumkronen nach ihr ab.

»Sie ist weg«, sagt Pike. »Wusstest du, dass der Fleckenkauz in den Neunzigern hier in der Gegend richtig berühmt war, als die großen Debatten um die Abholzung geführt wurden? Seine Population ist seit Jahren rückläufig, weil die alten Wälder immer weiter abgeholzt werden. Zu schade, dass du unseren verloren hast.«

»Ich habe ihn nicht verloren«, gebe ich zurück und gehe verzweifelt auf und ab. Er hat recht: Der Fleckenkauz ist eine Eulenart, die im Bundesstaat Washington fast ausgestorben ist, und ich habe das eine Exemplar verloren, das wir in unserem Wildgehege hatten. Ich spüre Pikes Blick auf mir und bleibe stehen. Er merkt, wie aufgelöst ich bin.

»Sieht für mich aber ganz danach aus.« In seiner Stimme liegt ein Hauch von Spott. Ich wende mich ab, damit er nicht sieht, wie ich rot werde und meine Augen funkeln. Ich vergrabe meine Hände in den Taschen, um ihr Zittern zu verbergen. Das wäre alles nicht passiert, wenn Pike nicht so gedankenlos und arrogant wäre und nicht so gehässig über Hexen sprechen würde.

Natürlich hat er mich nicht gezwungen, den Zauber auszusprechen, aber in diesem Augenblick will ich ihn einfach nicht mehr sehen. Ich hatte mich von Pike befreien, meinem Ärger Luft machen wollen, damit meine Abneigung gegen ihn nachlässt. Stattdessen ist jetzt alles schlimmer als je zuvor.

»Wäre es zu viel verlangt, wenn du einmal in deinem Leben nett wärst, oder willst du mir den Tag tatsächlich noch mehr verderben?« Er sieht überrascht aus, als hätte er nicht gemerkt, wie wütend ich bin, aber er erwidert nichts. Ich schüttele den Kopf. »Ich suche jetzt meine Mutter.«

Ich weiß, ich sollte nach Hause gehen, Mom erzählen, was passiert ist, und ihre Hilfe in Anspruch nehmen. Aber ich habe Angst. Das Ausmaß der Katastrophe ist unvorstellbar, und bei dem Gedanken, ihr diese Last aufzubürden, wird mir ganz übel. Stattdessen gehe ich zu dem Waldstück, durch das unsere Wölfe streifen.

Ich betrete das Gehege durch das Metallgatter, gehe zu meinem Lieblingsbaum und lege mich darunter. Schon nach kurzer Zeit kommt Winter und leckt mir das Gesicht ab. Sie

setzt sich neben mich und beobachtet aufmerksam den Zaun. Meine treue Beschützerin.

Ich starre zu den Bäumen hinauf und versuche, meine Gedanken zu ordnen und einen Plan zu machen. Wieder konzentriere ich mich auf die Eule, und es gelingt mir tatsächlich, eine Verbindung zu ihr herzustellen, ihre Anwesenheit zu spüren, obwohl sie inzwischen meilenweit entfernt ist.

Ich werde sie aufspüren und den Fluch von ihr lösen, bevor er jemandem schadet.

Das ist meine einzige Hoffnung.

Ich setze mich auf und lehne mich an Winter, streichle ihr Fell und finde Trost in ihrer Beständigkeit und in dem Wissen, dass sie mir bis ans Ende der Welt folgen würde. Weiter, als mein eigener Vater zu gehen bereit war.

Ich umarme sie kurz, dann stehe ich auf und mache mich auf den Weg nach Hause. Ich habe schon zu viel Zeit vergeudet und muss Mom erzählen, was genau passiert ist, damit ich mich auf die Suche nach der Eule machen kann. Ich weiß nicht, welche Folgen es hätte, wenn der Fluch freigesetzt werden würde, aber ich weiß mit absoluter Sicherheit, dass ich es nicht herausfinden will.

6

Auf dem Heimweg überlege ich mir, was ich meiner Mutter alles sagen möchte. Wie ich ihr von der Eule, dem Fluch und der Tragweite der Situation erzählen kann. Aber als ich bei der Einfahrt ankomme, bleibe ich abrupt stehen. Sarahs Auto steht vor der Tür, und plötzlich frage ich mich, aus welchem Grund ich eigentlich nach Hause kommen sollte.

Als ich ins Haus renne und nach Mom rufe, werde ich sogleich von einem fröhlichen Lachen aus der Küche empfangen.

»Mom? Ist alles in Ordnung?«, frage ich.

Auf dem Küchentisch stehen halb ausgetrunkene Champagnergläser und riesige Mengen an Essen, und ich habe plötzlich das Gefühl, etwas zu unterbrechen.

»Müsst ihr nicht arbeiten?«, frage ich, weil mir nichts Besseres einfällt.

»Immer so verantwortungsbewusst«, sagt Mom, legt ihren Arm um meine Schultern und küsst mich auf den Kopf.

»Ich warte draußen.« Sarah schnappt sich ihr Champagnerglas und geht zur Hintertür hinaus.

»Ich möchte dich etwas fragen, Schatz. Setz dich.« Mom deutet zum Tisch, und ich nehme mit klopfendem Herzen Platz.

»Du machst mich ganz nervös«, sage ich. »Was gibt's denn?«

Mom nimmt auf dem Stuhl neben mir Platz und greift nach meiner Hand. »Ich weiß, dass Sarah und ich noch nicht lange zusammen sind, aber wir sind schon unser halbes Leben lang befreundet«, beginnt sie, und da ergibt alles plötzlich Sinn.

»Oh mein Gott«, sage ich und schiebe meinen Stuhl zurück, um Mom ansehen zu können. »Habt ihr euch verlobt?«

Ein strahlendes Lächeln macht sich auf ihrem Gesicht breit, und sie nickt aufgeregt. Sie hält ihre Hand hoch, an ihrem Finger steckt ein goldener Ring, der wie eine Efeuranke geformt ist.

»Oh, Mom«, sage ich und ziehe sie an mich. »Ich freue mich so für euch.«

Und das meine ich wirklich. Ich meine es mit jeder Faser meines Seins. Mom wendet sich ab und wischt sich eine Träne von der Wange, und ich bin so überwältigt von ihrem Glück, dass alles andere für den Moment vergessen ist.

Meine Mom ist wieder glücklich. Nach allem, was wir durchgemacht haben, nach allem, was mein Vater ihr angetan hat, ist sie glücklich.

»Ist das okay für dich?«, fragt Mom und sieht mich gespannt an.

»*Okay für mich?*«, wiederhole ich und lache. »Ich bin begeistert! Ich liebe Sarah, und ich liebe es, wie glücklich sie dich macht.«

Mom nickt und umarmt mich erneut. Dann geht die Hintertür auf, und kurz darauf schlingt Sarah ihre Arme um uns beide. Es gab eine Zeit, als es unerträglich wehtat, unser altes Leben hinter uns zu lassen, doch heute geht ein Ziehen durch mein Herz, weil wir nach alldem dieses Glück hier gefunden haben.

Aber dann fällt mir die Eule wieder ein, und mir wird eiskalt. Mom und Sarah lassen mich los, und Sarah hält mir die Hand mit ihrem entsprechenden Ring entgegen, worauf ich kaum reagieren kann. Ich sehe, wie meine Mutter strahlt und lacht und sich die Tränen von den Wangen wischt, und bringe es nicht fertig. Ich bringe es nicht übers Herz, ihr von dem Fluch zu erzählen und sie um diesen Moment zu bringen, für den sie so hart gekämpft hat. Ich kann das einfach nicht.

»Iris?«, fragt Mom, und unsere Blicke treffen sich. »Ist alles in Ordnung, Schatz?«

»Entschuldige«, sage ich und zwinge mich zu einem Lächeln. Ich werde ihr diesen Moment nicht ruinieren. »Alles bestens. Ich freue mich so sehr für euch beide.«

Mom lehnt sich in ihrem Stuhl zurück und nippt an ihrem Glas. »Iris, was ist los?«

Sie und Sarah sehen mich besorgt an. Falls ich nichts sage, könnten sie denken, dass ich mich nicht über ihre Verlobung freue. Also entscheide ich mich für eine Halbwahrheit.

»Es geht ums Wildgehege. Aber das kann ich euch auch später erzählen«, erwidere ich und fasse beide an den Händen. »Jetzt wird erst einmal gefeiert.«

»Wir feiern schon den ganzen Morgen, Schätzchen«, sagt

Sarah. »Erzähl uns, was Pike Alder dieses Mal angestellt hat.«

»Es geht ausnahmsweise nicht um ihn«, sage ich, obwohl es in Wirklichkeit nur um ihn geht. »Es ist die Eule.«

»Was ist mit ihr?« Mom richtet sich in ihrem Stuhl auf, das Lächeln verschwindet aus ihrem Gesicht.

»Sie ist weg. Ich habe gesehen, wie sie aus dem Wildgehege geflogen ist. Ich kann sie noch lokalisieren, aber sie ist weit weg. Irgendwo in den Bergen.«

»Sie ist für das Leben in der Wildnis noch nicht bereit«, gibt Mom zu bedenken.

»Ich weiß.«

Mom stellt ihr Glas ab und sieht mich an. »Diese Eule ist heilig, und es gibt nur noch ganz wenige von ihrer Art ...« Sie bricht ab, und ich seufze erleichtert auf.

Ich habe darauf gehofft, dass sie aus Ehrfurcht vor dem Tier meinem Plan zustimmen wird. Der Fleckenkauz ist eine bedrohte Art, und Mom würde keinesfalls ein Tier verlieren wollen, das in unserer Obhut war.

»Ich will sie suchen«, sage ich. »Mit dem verletzten Flügel wird sie nicht weit kommen.«

Mom schweigt nachdenklich. »Es wäre eine gute Erfahrung für dich, sie aufzuspüren. Meinst du, du könntest in ein paar Tagen wieder hier sein?«

»Wenn sie nicht zu weit weggeflogen ist, schon. Ich muss mir nur noch überlegen, wie ich sie dazu bringe, mit mir zurückzukommen, wenn ich sie gefunden habe.«

Mom ist still, und ich merke, dass ihr etwas durch den

Kopf geht. »Ich kann dir ein paar Sachen geben, die dir dabei helfen werden. Aber ich weiß nicht … Mir gefällt die Vorstellung nicht, dass du allein in der Wildnis bist.«

»Ich komm schon klar«, beschwichtige ich und versuche, mir meine Verzweiflung nicht anmerken zu lassen. »Sie ist nicht allzu weit weg. In zwei Tagen bin ich wieder zurück, höchstens.«

Aber Mom schüttelt den Kopf, und mir rutscht das Herz in die Hose, weil meine Chancen sinken. »Ich will nicht, dass du da draußen allein bist.«

»Es macht mir wirklich nichts aus.«

»Aber mir.« Sie hält inne, dann macht sich ein Lächeln auf ihrem Gesicht breit, und mir ist sofort klar, dass mir ihr Vorschlag nicht gefallen wird.

»Wenn es doch nur einen Ornithologen in der Nähe gäbe, der dir helfen könnte.«

»Nein«, sage ich. »Auf gar keinen Fall.«

Mom erhebt sich und trinkt ihren Champagner aus. »Das ist doch eine super Idee.«

»Das ist eine furchtbare Idee.« Ich stehe auf und folge ihr in die Küche. »Im Ernst, Mom! Nein. Wozu denn? Ich kann die Eule ganz allein aufspüren und hierher zurückbringen. Ich brauche Pike nicht.«

Sie lehnt sich an den Küchentisch und sieht mich an. »Du kannst auf keinen Fall deine gesamte Ausrüstung und eine Eule ganz allein die Berge hinunterschleppen. Wenn er Zeit und Lust hat, kommt Pike mit dir.«

Sie geht wieder zum Esstisch und setzt sich neben Sarah.

Ich folge ihr und versuche verzweifelt, ihr meine Sicht der Dinge zu vermitteln. »Er hasst Hexen, Mom. Wenn überhaupt, ist es eine Belastung, ihn dabeizuhaben. Ich kann das allein machen.«

»Er albert doch nur herum, Iris. Er hat es nicht auf dich abgesehen, das verspreche ich dir.«

»Woher willst du das wissen?«, frage ich und spüre Panik in mir aufsteigen.

Mom wirft mir einen traurigen Blick zu und klopft auf den Stuhl neben sich, aber ich setze mich nicht. Ich gehe nervös durch das Zimmer und denke daran, wie viel Zeit ich durch dieses Gespräch verliere.

»Ach, Schätzchen, das glaubst du doch nicht wirklich? Dass er es auf dich abgesehen hat?«

»Nein«, sage ich und bleibe stehen. »Doch. Ich weiß es nicht.« Ich sinke auf den Stuhl und sehe meine Mutter an. »Ich kann ihn einfach nicht ausstehen«, gestehe ich schließlich.

»Tut mir leid, Schatz. Aber mir ist einfach nicht wohl dabei, wenn du allein gehst.«

Ich sehe Sarah flehend an. »Kannst du nicht mitkommen?«

»Das würde ich gern, Liebling, aber das Café braucht mich.«

Ich massiere meine Schläfen und suche nach einer Lösung, um nicht mit Pike Alder durch die Wälder wandern zu müssen.

»Wenn du nicht mit Pike gehen willst, muss ich den Rat anrufen, damit er das regelt. Sie arbeiten für den Schutz von wild lebenden Magieverstärkern und könnten uns helfen«,

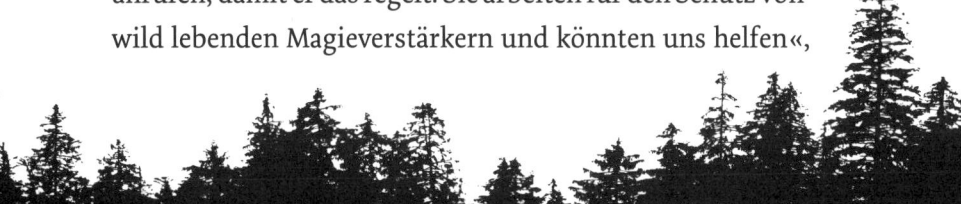

sagt sie. »Soviel ich weiß, war Cassandra erst vor Kurzem hier im Einsatz.«

Bei der Erwähnung von Amys älterer Schwester bekomme ich eine Gänsehaut. Das letzte Mal habe ich sie bei meiner Verhandlung gesehen. Sie beobachtete mich mit neutraler Miene von dem langen Eichentisch aus. Galle steigt mir die Kehle hoch, und ich schlucke sie mühsam herunter.

»Nein«, erwidere ich hastig. »Ich mach das schon.«

Wenn Mom den Hexenrat einschaltet, werden sie den Fluch entdecken. Dann werde ich vor Gericht gestellt, weil ich einen Jungen verflucht habe, Magier zu werden. Die Strafe dafür ist ein gnadenloser Zauber, der meine Fähigkeit, Magie wahrzunehmen, zerstören würde.

Die Magie würde aus meinem Leben verschwinden, als hätte sie nie existiert.

Genau das ist Amy passiert.

Ich zittere bei dieser Vorstellung und atme tief ein, um bei klarem Verstand zu bleiben. Einen weiteren Prozess würde ich nicht durchstehen. Ich darf meine magische Wahrnehmungsfähigkeit nicht verlieren. Das geht einfach nicht. Ich würde den Teil von mir verlieren, der mich ausmacht. Ich muss wenigstens versuchen, die Eule zurückzubringen.

Ich stehe auf, tigere wieder durch das Zimmer und fahre mir mit den Händen durch die Haare.

Es bleibt mir wohl nur eine Möglichkeit.

»Gut«, sage ich schließlich. »Ich werde Pike bitten, mit mir zu gehen. Aber schalte nicht den Rat ein. Ich möchte das allein schaffen.«

»Abgemacht.« Mom klingt zufrieden. »Das wird eine gute Erfahrung für dich sein.«

»Wenn er überhaupt damit einverstanden ist.«

»Das sollte nicht allzu schwierig sein«, sagt Mom.

»Wie meinst du das?«

»Pike nervt mich schon die ganze Zeit damit, Formulare für das Ferienprogramm an seiner Universität einzureichen, damit er den Sommer über hier arbeiten und Punkte dafür sammeln kann.«

»Das ist nicht dein Ernst. Den ganzen Sommer?«

Mom sieht mich entschuldigend an. »Ich bin noch nicht dazu gekommen und wollte natürlich erst mit dir reden, bevor ich mich entscheide.«

»Es ist nur ... so viele Tage mit ihm zusammen?«

Sarah lacht auf ihre leichte, luftige Art, die mir unter anderen Umständen ein Lächeln aufs Gesicht gezaubert hätte. Sie steht auf und beginnt, den Tisch abzuräumen, aber Mom sieht mich aufmerksam an.

»Wenn du das absolut nicht willst, lass ich es. Das Wildgehege gehört uns beiden. Wir fällen jede Entscheidung gemeinsam.«

»Danke, Mom. Dann werde ich ihn erst fragen, ob er mitgehen will, ohne ihm eine Gegenleistung anzubieten.«

»Ein letzter Strohhalm«, sagt sie und kann das Lächeln, das sich auf ihr Gesicht schleicht, kaum verbergen. »Clever.«

Ich schüttele den Kopf und gehe in die Küche. Pike ist ein guter Praktikant, das muss ich ihm lassen, aber ich wünschte, Mom würde ihn stärker als Bedrohung sehen. Stattdessen habe ich den Eindruck, dass ihr das alles hier Spaß macht. Wenn sie wüsste, was auf dem Spiel steht.

Ich beglückwünsche und umarme Mom und Sarah noch einmal, dann mache ich mich auf die Suche nach Pike. Ich würde alles darum geben, Mom weiterhin lächeln zu sehen und diese Leichtigkeit in ihrer Stimme zu hören.

Alles.

Ich würde sogar mehrere Tage mit Pike Alder in den Wäldern verbringen.

7

Pike verabschiedet gerade eine Besuchergruppe, und ich sehe ihn grinsen und winken. Ein Mädchen, das ungefähr in meinem Alter ist, schenkt ihm ein schüchternes Lächeln, und als er ihr für ihr Kommen dankt, sieht sie zu Boden und errötet leicht. Sie gibt ihm einen kleinen Zettel und beeilt sich dann, ihre Eltern einzuholen.

An einem normalen Tag würde ich das arme Mädchen warnen wollen, aber jetzt sehe ich nur eine Zukunft vor mir, die wegen dieses Fluchs in Scherben liegt. Wegen mir.

Am liebsten würde ich mich umdrehen und die Sache allein erledigen, ohne Pike. Aber dann denke ich an Mom und Sarah drüben im Haus. Ich tue es für sie. Also rufe ich seinen Namen.

Pike schaut von dem Zettel auf und steckt ihn in seine Tasche.

»Da bist du ja wieder«, sagt er. »Alles in Ordnung?«

»Alles bestens«, antworte ich etwas zu hastig. »Ich meine, mit meiner Mutter. Alles super.«

»Okay.«

Ich stoße die Stiefelspitze in den Matsch und bringe kein Wort heraus. Ein starker Wind kommt auf und bläst meine lockigen Haare in alle Richtungen. Ich versuche, sie mit den

Händen zu bändigen. Pike sieht mich an, als würde er sich amüsieren, und das macht mich wütend.

»Warum bist du so komisch?«, fragt er, zieht eine Augenbraue hoch und legt den Kopf zur Seite.

»Ich bin nicht komisch«, wehre ich ab, obwohl ich sehr wohl weiß, wie seltsam ich mich verhalte.

Er hebt die Hände in die Luft, als wolle er sich ergeben, und geht dann zurück ins Büro.

»Warte«, sage ich, und er dreht sich zu mir um. »Willst du spazieren gehen?«

»Spazieren? Eigentlich nicht.«

Ich seufze und hoffe, dass er es hört.

»Tu mir den Gefallen.«

»Okay.« Er nimmt seine Jacke und schlüpft hinein. »Dann eben spazieren.«

Ich stecke meine Hände in die Taschen, und wir machen uns auf den Weg, der sich am Rande des Wildgeheges durch den Wald schlängelt. »Diese Eule ist wirklich wichtig für mich«, bringe ich schließlich hervor. »Es gibt nicht mehr viele Fleckenkäuze, und er ist mit seinem Flügel noch nicht bereit für die Wildnis. Er stand unter unserem Schutz, und wir haben ihn im Stich gelassen.«

Mir ist peinlich, dass meine Stimme zittert. Ich schlucke und hole tief Luft, um meine Atmung zu beruhigen.

»*Du* hast ihn im Stich gelassen«, korrigiert Pike. »Ich war mit den Besuchergruppen beschäftigt. Hätte ich in der Voliere gearbeitet, wäre er niemals entkommen.«

»Ernsthaft? Willst du mir jetzt die Schuld zuschieben,

obwohl ich gerade versuche, das wieder in Ordnung zu bringen?«

»Ich stelle die Dinge nur richtig.«

»Du bist ein Arsch.« Die Worte kommen aus meinem Mund, ohne dass ich vorher darüber nachdenken konnte. Pike bleibt stehen und sieht mich mit einer hochgezogenen Augenbraue an.

»Wenigstens bin ich ein Arsch, der recht hat.«

»Ich bin ernsthaft schockiert, dass du überhaupt Freunde hast«, sage ich und sehe ihn wütend an.

»Und ich bin überhaupt nicht schockiert, dass du keine hast.«

Seine Worte treffen mich, und ich sehe beschämt zu Boden. Früher hatte ich Freundinnen und Freunde, damals in Nebraska hatte ich sogar eine Menge davon. Zumindest dachte ich das. Dann starb Alex, und Amy kam ins Gefängnis, und mein Telefon verstummte, und mein Tisch in der Schulmensa leerte sich. Die Stimmen der Schülerinnen und Schüler, die mich früher in der Klasse gegrüßt hatten, wurden zu einem Flüstern hinter meinem Rücken. Die Tatsache, dass ich eine Hexe war, spielte plötzlich eine größere Rolle als je zuvor.

Nachdem wir hierhergezogen waren, ermutigte mich Mom, neue Freundinnen und Freunde zu finden und mich an Schulaktivitäten zu beteiligen. Aber dann begannen wir die Arbeit im Wildgehege, und mir war es wichtiger, jeden Tag möglichst schnell nach Hause zu kommen, um nach den Tieren zu sehen. Ich vermisse sie, wenn ich in der Schule war, und wusste, dass sie mich auch vermissten. Sie wurden meine besten Freundinnen und Freunde, und irgendwann vergaß ich, nach menschlichen Bekanntschaften Ausschau zu halten.

»Lässt du mich nun zur Sache kommen oder nicht?«, frage ich möglichst unaufgeregt.

»Nur zu.« Er setzt sich in Bewegung, doch seine Worte haben mich so schwer getroffen, dass ich einige Sekunden brauche, bevor ich ihn einhole.

»Ich will die Eule aufspüren«, erkläre ich. »Ich will sie finden und zurückzubringen.«

»Ich wusste nicht, dass sie gechipt ist«, sagt Pike, und mir wird plötzlich schlecht. Natürlich denkt Pike, dass wir die Eule nur aufspüren könnten, wenn wir sie mit einem Peilsender markiert hätten. Das haben wir aber nicht. Ich werde sie mithilfe von Magie aufspüren. Aber wenn Pike sieht, dass der Vogel keinen Sender trägt, wird er wahrscheinlich eine Menge Fragen haben.

Mit solchen Fragen kann ich fertigwerden. Mit einem verstärkten Fluch aber nicht, also lüge ich. »Doch, am Tag, nachdem er hier ankam.«

»Das würde es einfacher machen«, murmelt Pike, mehr zu sich selbst als zu mir. Der Wind wird stärker, und es fängt an, zu regnen. Ich ziehe meine Kapuze über den Kopf, und Pike tut es mir gleich. »Du brauchst meine Erlaubnis nicht, weißt du.«

»Ist mir klar«, sage ich und mache mich wieder auf den Weg zum Büro.

»Warum fragst du dann?«

»Ich dachte nur ... Zu zweit wäre es vielleicht einfacher«, bringe ich unter größter Überwindung hervor und halte meinen Blick gesenkt.

Pike bleibt stehen und sieht mich verblüfft an. »Fragst du mich, ob ich dich begleite?«

»Leider«, gestehe ich. Zu einer netteren Antwort bin ich nicht in der Lage.

Pike lacht laut los. »Du weißt, dass es Tage dauern kann, oder? Und auch nur, wenn wir Glück haben. Wo ist der Fleckenkauz jetzt?«

»In der Nähe von Cedar Creek, in den Olympic Mountains.«

»Du willst also mit mir durchs Gebirge wandern? Nur wir zwei?«

»*Wollen* ist definitiv nicht das Wort, das ich benutzen würde.«

Es regnet jetzt richtig stark, aber ich brauche eine Antwort von ihm. Ich stütze meine Hände in die Hüften und sehe ihn an, beobachte, wie die Regentropfen auf seine Brillengläser spritzen. Er schüttelt den Kopf.

»Ich würde dir gerne helfen, Gray, wirklich. Aber mit dir durch den Wald zu marschieren, ist nicht gerade das, was ich mir unter einer guten Zeit vorstelle.«

»Ich finde die Idee auch nicht toll, aber ich dachte, es könnte für dein Studienfach eine nützliche Erfahrung sein. Außerdem wolltest du doch sowieso deine ganzen Semesterferien im Wildgehege verbringen.«

»Hast du daran gedacht, dass ich abends vielleicht etwas anderes vorhaben könnte?«

»Nicht wirklich, nein«, gebe ich zu. »Hast du?«

Pike lächelt. »*National Geographic* bringt eine vierteilige Doku über Raubvögel«, sprudelt es aufgeregt aus ihm hervor.

»Das sind also deine Pläne? Eine Doku von *National Geographic* anzuschauen?«

»Ja«, antwortet er, ohne einen Hauch von Verlegenheit in seiner Stimme.

Ich seufze. »Komm schon, Pike, hilf mir.«

»Warum?«

»Weil du behauptest, die Tiere hier seien dir wichtig.«

»Mir sind die Tiere hier sehr wichtig. Ich kümmere mich sogar so sehr um sie, dass sie mir nicht entkommen«, sagt er, was mich dermaßen nervt, dass ich ihn fast stehen lasse. Dann zieht Pike einen Mundwinkel in die Höhe. »Ich bin dabei.«

Ich stocke. »Wirklich?«

»Wenn Isobel den Papierkram für ein Ferienprogramm an meiner Universität einreicht.« Er lächelt triumphierend, und ich stöhne auf. So viel zum letzten Strohhalm.

»Wir haben schon darüber gesprochen. Sie erledigt das«, sage ich.

»Dann haben wir einen Deal.« Er streckt mir die Hand hin, die ich nicht annehme, doch das scheint ihn nicht zu stören. »Ich habe immer noch kein Projekt für meine Abschlussarbeit gefunden. Vielleicht könnte ich diesen Ausflug dafür nutzen. Mein Prof wird begeistert sein.«

»Na ja, solange dein Professor *begeistert sein* wird ...«, äffe ich ihn nach.

Pike verdreht die Augen. »Weißt du, Iris, solange wir zusammen sind, könnte ich dir helfen, an deiner Sozialkompetenz zu arbeiten. Das würde mir nichts ausmachen.«

»Ist dir jemals in den Sinn gekommen, dass ich gut mit Menschen umgehen kann und du das Problem bist?«

»Nein«, sagt er. »Nicht ein einziges Mal.«

Ich seufze laut und schüttle den Kopf. »Ich bereue jetzt schon, dass ich dich gefragt habe.«

»Und ich bereue jetzt schon, dass ich Ja gesagt habe.«

Pike sieht mich mit einem merkwürdigen Blick an, den ich nicht deuten kann. Er sieht fast traurig aus. Doch schon ist der Blick wieder verschwunden. »Nur damit du es weißt«, sagt er und beugt sich zu mir vor, »ich hätte die Eule auch so gesucht. Aber die Chance, dich den ganzen Sommer lang zu nerven, ist eindeutig ein Bonus.«

Am liebsten möchte ich mich wütend umdrehen und ihn hier draußen stehen lassen, bin aber stattdessen erleichtert. Und entsetzt, als meine Augen plötzlich feucht werden. Ich blinzle mehrmals und schaue zur Seite.

»Danke«, bringe ich hervor, »fürs Mitkommen.«

Vielleicht wird das eine dieser wilden Geschichten werden, die ich erzähle, wenn ich älter bin. Wie ich fast im Alleingang den Pazifischen Nordwesten zerstört habe wegen eines Jungen, der meine Gefühle verletzt hat. Vielleicht werde ich irgendwann einmal sogar darüber lachen.

Wahrscheinlicher ist allerdings, dass ich diesen Fehler für

den Rest meines Lebens in meinem Herzen tragen werde, ein körperlicher Schmerz, der mich daran erinnert, wie flüchtig das Glück ist. Dass es durch eine einzige Entscheidung verloren gehen kann. Selbst wenn ich das wieder in Ordnung bringen kann, das Chaos rückgängig machen, das ich angerichtet habe, wird mich dieser Fehler verfolgen.

»Du weißt, dass wir sie vielleicht nicht kriegen, oder?« Pike unterbricht meine Gedanken. »Selbst wenn wir wissen, wo sie ist, wird sie in den Bäumen schwer zu entdecken sein. Und vor allem ist sie nachtaktiv. Wir können sie nicht einfach bitten, herunterzufliegen und in einen Käfig zu steigen.«

»Das weiß ich«, sage ich und gehe ins Büro zurück.

»Du sahst gerade so erleichtert aus, und ich wollte dir nur sagen, dass wir sie vielleicht gar nicht hierher zurückbringen können.«

»Ich sagte, ich weiß das.« Die Worte kommen schnell und angespannt aus meinem Mund. Ich drücke mit der Hand auf meine Brust, um die zunehmende Anspannung zu lösen. Selbst wenn Pike recht hat und wir die Eule nicht zurückholen können, kann ich versuchen, den Fluch zu lösen, wenn ich nahe genug an sie herankomme. Das würde allerdings bedeuten, dass ich in Pikes Gegenwart Magie anwenden müsste. Es wäre also der allerletzte Ausweg.

Pike sagt nichts weiter, also betreten wir das Büro und ziehen schweigend unsere Jacken und Stiefel aus. Als er sich zur Hinterzimmertür umdreht, packe ich ihn am Arm. Er schaut auf die Stelle hinunter, wo meine Finger seinen Un-

terarm umfassen, dann hebt er langsam seinen Blick und guckt mich an.

»Hör zu, ich erwarte nicht, dass du das verstehst, aber ich brauche Hoffnung. Ich weiß, es ist unwahrscheinlich. Ich weiß, dass vieles dagegenspricht und dass die Eule ein Wildtier ist, das seinen eigenen Kopf hat. Ich weiß das alles. Aber ich muss Hoffnung haben.« Ich halte kurz inne, bevor ich weiterspreche. »Bitte lass mir die Hoffnung.«

»Okay.« Es ist das erste Mal, dass er freundlich klingt. Es passt nicht ganz zu ihm. Der Kontrast zu seiner sonst so arroganten und spöttischen Art ist zu stark.

Ich nicke und lasse seinen Arm los, doch er bewegt sich nicht und schaut mir länger als erwartet in die Augen. Dann geht er ins Hinterzimmer. Ich atme langsam aus, lege meine Fingerspitzen an die Schläfen und versuche, meine Kopfschmerzen wegzumassieren.

Ich habe ihm schon zu viel offenbart. Immerhin weiß er jetzt, wie viel mir das Unterfangen bedeutet. Es ist höchste Zeit, zur Normalität zurückzukehren und meine Angst, so gut es geht, zu verbergen. Denn meine Art, mit Angst umzugehen und mich wieder zu erden, ist die Magie. Und wenn ich mit Pike allein sein werde, muss ich dafür sorgen, dass dieser Schalter jede Sekunde eines jeden Tages ausgeschaltet bleibt.

Er darf sie nicht sehen, nicht einmal für einen Augenblick, nicht einmal so flüchtig, dass er sich bloß fragt, ob er überhaupt etwas gesehen hat. Denn wer einmal Verdacht geschöpft hat, vergisst das nie mehr. Das ist das Problem mit

der Magie: Die Menschen wollen sie einerseits sehen und spüren, wollen aber gleichzeitig nichts von ihr wissen.

Die Magie ist wie ein Echo von etwas Ungreifbarem, ein Flüstern darüber, dass es in diesem Leben mehr gibt als das, was man mit bloßen Augen sehen kann.

Alles an dieser Reise wird an die Grenzen von Pikes Verstand stoßen und auf magische Kräfte hinweisen. Er wird sich in einem jahrhundertealten, wilden Wald aus riesigen, uralten Bäumen befinden. Er wird einem Vogel folgen, der einen Fluch mit sich trägt. Ein Fluch, der für ihn geschrieben wurde. Und das alles wird er an der Seite einer Hexe erleben, die den Vogel mithilfe ihres magischen Instinkts aufspürt.

Er wird wie nie zuvor von Magie umgeben sein, und ich werde mich in jeder einzelnen Sekunde schützen müssen. Werde mit äußerster Wachsamkeit mein Geheimnis verbergen müssen, als hinge mein Leben davon ab. Denn es hängt davon ab.

»Hey«, sagt Pike, der aus dem Hinterzimmer kommt. Ich zucke zusammen. Er zieht seine Jacke über und sieht mich an. »Du siehst so verängstigt aus.«

»Ach«, winke ich ab, »ich habe nur daran gedacht, wie schrecklich es werden wird, mehrere Tage mit dir im Wald zu verbringen.« Ich bin froh, dass ich wieder zu meinem leichten, unbeschwerten Ton gefunden habe.

Pike grinst. »Es gibt wohl kaum etwas Schrecklicheres als eine Bergtour mit einem erfahrenen Wanderer, der auf alles vorbereitet ist und über ein großes Wissen über Vögel verfügt.«

»Ich habe deine Persönlichkeit in die Gleichung miteinbezogen«, füge ich hinzu.

Darüber muss er lachen, ein echtes Lachen, das mich überrascht. »Du bist auch kein Zuckerschlecken«, entgegnet er.

»Ja, aber der Unterschied ist, dass ich das im Gegensatz zu dir auch nicht von mir denke.«

Er schüttelt den Kopf, lächelt aber immer noch. »Ich gehe jetzt nach Hause, um zu packen. Das solltest du auch tun. Lass uns für den Anfang von zwei Nächten ausgehen und hoffen, dass es nicht länger dauert. Wir treffen uns in zwei Stunden wieder hier.«

Wir sind noch nicht einmal losgewandert, und er sagt mir schon, was ich tun soll. Zwei Nächte klingen unerträglich, aber ich weiß, dass es nichts ist im Vergleich zu der Katastrophe, die ich um jeden Preis verhindern muss. Ich weiß, dass es das wert ist, wenn wir so die Eule sicher wieder zurückbringen können.

»Zwei Stunden«, wiederhole ich und gehe zur Tür. »Sei pünktlich.«

8

Mom und Sarah helfen mir beim Packen. Mom steckt alles Notwendige in meinen Rucksack, und Sarah versorgt mich mit einer Wochenration von selbst gemachtem Knuspermüsli. Sie scheinen sich überhaupt keine Sorgen zu machen. Wenn überhaupt, dann wirken sie eher begeistert.

Ich aber würde meine Mutter am liebsten an den Händen fassen und ihr sagen, in welcher furchtbaren Situation wir stecken und wie sehr ich alles vermasselt habe. Ich will ihr sagen, dass das kein Freizeitabenteuer und überhaupt nicht lustig ist. Dass ich Angst habe, dass Pike mich irgendwie durchschaut und ich unser Geheimnis verrate.

Aber mehr als alles andere wünsche ich mir, dass ich ohne Angst dazu stehen könnte, wer und was ich bin. Dass es mir egal wäre, ob Pike es erfährt oder nicht. Wenn es mir egal wäre, würde ich so viel Freiheit gewinnen, so viel Sicherheit. Amy hat mir immer gesagt, ich würde mich zu sehr um Dinge sorgen, die es nicht wert sind. Ich will mir gar nicht vorstellen, was sie über meine Sorgen bezüglich Pike denken würde.

Ich kontrolliere noch einmal mein Gepäck, befestige mein Zelt am Boden meines Rucksacks und schaue auf die Uhr. Ich habe noch zwanzig Minuten, bis ich mich mit Pike treffe.

»Hast du alles, was du brauchst?«, fragt Mom.

»Ich glaube schon«, antworte ich, hole noch einen Fleecepulli aus meinem Schrank und ziehe ihn mir über mein T-Shirt. »Und du kommst in den nächsten Tagen allein mit dem Wildgehege zurecht?«

»Ich komme schon klar. Sarah wird mir nachmittags helfen, und wir haben erst am Wochenende wieder eine Besuchertour.«

Mom sitzt auf meinem Bett, und ich nehme neben ihr Platz. »Ich komme zurück, so schnell ich kann.«

»Wir schaffen das schon«, sagt sie wieder. »Sei einfach vorsichtig und schau, dass alles mit der Eule gut klappt.«

»Ganz bestimmt«, verspreche ich.

Wir schweigen einen Moment, dann verlagert Mom ihre Position und zieht etwas aus ihrer Tasche. Sie hält den Gegenstand so in der Hand, dass ich nicht sehen kann, was es ist. Sie sieht mich entschuldigend an und lächelt verlegen. »Ich weiß, du hasst ihn, aber sei vorsichtig«, sagt sie schließlich.

Ich schaue auf ihre geschlossene Hand hinunter und dann entsetzt in ihr Gesicht.

»Ich hoffe, das ist nicht das, was ich denke.« Beschämt spüre ich, dass ich knallrot geworden bin.

»Nur für den Fall«, sagt sie abwehrend.

Ich stehe auf, hebe meinen Rucksack vom Boden und hieve ihn mir auf die Schultern. »Ich garantiere dir, dass das nicht nötig sein wird.«

Mom richtet sich ebenfalls auf, zieht meine Gurte fest und öffnet dann eine der hinteren Rucksacktaschen. »Nimm es

einfach. Du wirst gar nicht merken, dass es da ist«, sagt sie und steckt es hinein. Dann lacht sie. »Ha! Ist das nicht einer dieser Werbeslogans?«

Bevor ich vor Scham sterbe und gar keine Chance mehr habe, die Eule zu finden, erwidere ich: »Okay, toll, vielen Dank auch«, gehe aus dem Zimmer und eile die Treppe hinunter.

Sarah wartet unten auf mich, und als sie mich sieht, lacht sie auf. »Was ist mit dir passiert? Dein Gesicht hat fast die Farbe meiner Tomatensoße.«

»Mom ist passiert!«

»Ahhh«, macht sie. »Hier, nimm das. Dann geht es dir gleich besser.« Sie reicht mir ein ofenwarmes Brombeerküchlein und umarmt mich dann.

»Die duften köstlich«, sagt Mom, die gerade die Treppe heruntergekommen ist. Sie streicht mir mit der Hand über die Haare.

»Ich hab dir eins aufgehoben.«

»Oder zwei?«, fragt Mom und zieht mich an sich. »Ich werde dich vermissen, meine Kleine.«

»Ich dich auch. Ich melde mich, wenn es geht. Aber ich glaube, der Empfang wird nicht so gut sein. Spätestens am Mittwoch rufe ich dich an.«

»Hört sich gut an.« Mom reicht mir meine Jacke. »Du hast dich im Wald schon immer wohler gefühlt als in der Enge eines Hauses. Wenn jemand unsere Eule zurückbringen kann, dann du.«

»Danke, Mom.«

»Und vergiss nicht: Keine Magie und kein Gerede über Hexen.«

»Ich weiß«, sage ich und rücke den Rucksack gerade. »Sonst noch was?«

»Ja.« Mom nimmt meine Hand. Sie drückt sie kurz und lächelt. »Hab ein bisschen Spaß.«

Ich weiß, dass sie das ganz harmlos meint, aber nach unserem Gespräch oben in meinem Zimmer kann ich mir einen ungläubigen Blick nicht verkneifen. Sie scheint eins und eins zusammenzuzählen und sieht mich bestürzt an. »So habe ich das nicht gemeint!«

»Was denn?«, will Sarah wissen.

»Ich gehe jetzt.« Mit diesen Worten bin ich auch schon draußen, bevor Mom eine Chance hat, zu antworten.

Der Regen setzt wieder ein. Ich ziehe meine Kapuze auf und vergewissere mich, dass mein Regenschutz den ganzen Rucksack bedeckt. Ich blicke zurück, um zu sehen, ob Mom oder Sarah nach draußen gekommen sind, aber der Hof ist leer. Ein Kaninchen flitzt aus den Büschen in den Wald, und ich schlüpfe schnell in die Hütte, in der wir unsere Kräuter aufbewahren.

Das Bündel aus Wermut und Färberdistel, das für Pikes Fluch bestimmt war, liegt immer noch unangetastet da. Ich nehme es und greife mir auch noch ein paar Hölzchen zum Anzünden. Außerdem hole ich aus einem Krug noch etwas Kalmuswurzel, die den Bindungszauber verstärkt, und packe alles in meinen Rucksack.

Wahrscheinlich werde ich das alles gar nicht brauchen,

denn mein Ziel ist es, die Eule ins Gehege zurückzubringen und mich hier mit dem Fluch zu befassen. Aber ohne einen Plan B fühle ich mich nicht wohl, und ich möchte darauf vorbereitet sein, den Fluch in den Bergen zu lösen, falls es dazu kommen sollte.

Ich schalte das Licht aus und schließe die Tür, dann gehe ich Richtung Wildgehege. Vor mir erscheint das eingezäunte Areal, in dem die Wölfe die meiste Zeit verbringen. Nachdem ich es betreten habe, rufe ich nach Winter. Sekunden später springt sie auf mich zu und umkreist meine Beine.

»Ich bin ein paar Tage weg«, erzähle ich ihr und fahre mit den Fingern durch ihr Fell. »Kümmere dich um Mom, während ich unterwegs bin. Ich werde versuchen, mich um alles andere zu kümmern.«

Ich gebe mir drei Tage, um das Problem zu lösen, und wenn ich es nicht allein schaffe, werde ich Hilfe holen. Der Hexenrat stationiert Solare in Gebieten, in denen Verstärker leben, um sie zu pflegen und ihre Lebensräume zu erhalten. Ich hoffe inständig, dass ich die Eule vor ihnen finde. Sollte aber das Schlimmste eintreten und die Eule verletzt sein, wird zumindest innerhalb weniger Stunden jemand da sein, der ihr helfen kann.

Winter drückt ihren Kopf an meine Oberschenkel, und ich gebe ihr noch ein paar Streicheleinheiten, bevor ich durch das Gatter trete. Sie rennt zum Zaun, steckt ihre Schnauze hindurch und beobachtet mich, während ich mich entferne. Ihr Anblick zerreißt mir das Herz.

Wie leicht könnte mir das alles hier genommen werden.

Es verunsichert mich, dass Cassandra in der Nähe stationiert ist und möglicherweise eingreifen könnte, wenn ich es nicht allein schaffe. Bei Amys Prozess gehörte sie dem Rat an, und als das Urteil verkündet wurde, bestand sie darauf, Amy persönlich ihre magischen Fähigkeiten zu entziehen.

Vielleicht konnte sie nicht ertragen, was sie getan hatte, und hat deshalb um Versetzung gebeten. Vielleicht war es aber auch nur eine Formsache. So oder so, durch ihre Anwesenheit in den Olympic Mountains fühlt sich das Ganze noch schwieriger an. Irgendwie dringlicher, so als könnte sie jeden Moment auftauchen und auch mir meine Magie wegnehmen.

Mir ist klar, wie egoistisch es ist, dass ich mir so viele Gedanken über meine Magie mache, wenn ganz andere Dinge auf dem Spiel stehen. Aber es wäre verheerend, wenn ich das verlöre, was ich mehr liebe als alles andere auf der Welt.

Ich atme tief durch und schiebe diese Gedanken erst einmal beiseite. Das ist ein absolutes Worst-Case-Szenario, und so weit bin ich noch nicht. Nicht einmal annähernd.

Pike und ich kommen zur gleichen Zeit im Büro an, und ich muss unwillkürlich loslachen. Er ist nicht übermäßig groß, ziemlich schlank, und sein Rucksack sieht aus, als ob eine fünfköpfige Familie bequem darin Platz finden würde.

»Dein Rucksack ist größer als du selbst. Kannst du überhaupt aufrecht stehen?«, frage ich und schüttle den Kopf darüber, wie lächerlich er aussieht.

»Das nennt man vorbereitet sein, Gray.«

Bevor ich ihn aufhalten kann, zieht Pike mir den Rucksack vom Rücken, entfernt den Regenschutz und inspiziert den Inhalt. Ich habe keine Ahnung, wo Mom das Kondom versteckt hat, und versuche verzweifelt, ihm den Rucksack wieder zu entreißen.

»Womit willst du uns retten, wenn wir in Schwierigkeiten geraten? Mit einem Kilo Power-Riegeln?«, fragt er und hält die Packung hoch über seinen Kopf, als ich nach ihr greifen will.

Ich schiebe ihn beiseite, schnappe mir meinen Rucksack, verschließe ihn und schultere ihn wieder. »Sich zu ernähren, ist wichtig für das Überleben«, gebe ich zurück und danke Gott und allen guten Geistern dafür, dass Pike das Kondom nicht entdeckt hat. »Außerdem sind Power-Riegel extrem lange haltbar.«

»Wenn wir in eine Situation geraten, in der wir auf deine Power-Riegel angewiesen sind, um unseren Nährstoffbedarf zu decken, ist etwas sehr schiefgelaufen.«

»Du bist eben auf deine Weise ausgerüstet und ich auf meine. Außerdem, wer sagt denn, dass ich sie mit dir teilen würde?«

»Noch nicht einmal unterwegs, und schon streitet ihr? Ihr habt ja einen richtig tollen Start«, sagt Mom von der Tür des Büros aus.

»Hey, Isobel«, gibt Pike zurück und fährt sich mit der Hand durchs Haar. »Wir bleiben einfach bei dem, was wir gut können.«

»Wie wäre es mal mit einer kleinen Abwandlung? Man weiß ja nie, es könnte Spaß machen.«

Spaß. Da ist es wieder, dieses Wort.

Ich seufze und nehme meine Mutter in den Arm. »Danke, dass du dich noch von uns verabschiedest.«

»Ist doch klar. Viel Glück da draußen.«

Pike geht als Erster hinaus, und ich werfe meiner Mutter einen verärgerten Blick zu und verdrehe die Augen. Er ist wirklich unausstehlich. Sie lacht, und ich winke ihr ein letztes Mal zu, dann folge ich Pike zu seinem Auto.

Er öffnet die Heckklappe seines alten Subaru, in dem sogar noch mehr Ausrüstung rumliegt. Kühlboxen und Klappstühle, Wanderstöcke und Wasserkanister.

»Für wie viele Tage wolltest du noch mal packen?«, frage ich und werfe meinen Rucksack in den Kofferraum.

»Zwei Tage«, antwortet Pike, ohne auf meinen sarkastischen Unterton einzugehen. Er schaut zu, wie ich meine Sachen in sein Auto packe, und seufzt. »Du machst das falsch.«

Er holt meinen Rucksack aus dem Kofferraum, ordnet sämtliches Gepäck neu und legt ihn wieder hinein.

»Ich wusste nicht, dass es eine falsche Art gibt, ein Auto zu beladen«, sage ich.

»Für fast alles gibt es eine falsche Art.«

Er verbringt noch ein paar Minuten damit, alles im Kofferraum zu sortieren, dann steigen wir ein, und Pike startet den Motor. Wir fahren die Schotterstraße hinunter, und ich schaue aus dem Fenster. Als wir am Wolfsgehe vorbeikommen, lege ich meine Finger an die Scheibe. Winter hat ihre Schnauze immer noch durch den Zaun gesteckt und beobachtet das Auto, als wir vorbeifahren.

Wenn die ganze Sache missglückt und der Hexenrat hinter mir her sein sollte, wenn er meine magischen Fähigkeiten ausschaltet, würde Winter unsere Verbindung dann noch spüren? Würde sie mich in ihrem tiefsten Innern immer noch kennen, auch wenn meine Magie weg wäre?

Den Gedanken kann ich kaum ertragen. Pike macht Musik an. Ich möchte ihn schon bitten, sie auszuschalten, denn ich bin mir sicher, dass er etwas aussucht, was genauso schrecklich ist wie er selbst. Aber sie ist überhaupt nicht schrecklich. Sie ist schön.

»Was ist das?«, frage ich, und es sind meine ersten Worte, seit wir das Wildgehege hinter uns gelassen haben.

»The Album Leaf«, antwortet er und sieht mich aus dem Augenwinkel an. »Gefällt es dir?« Er stellt die Frage so, als wäre sie ein Test. Als würde er mich aus dem Auto schmeißen, wenn ich das Falsche sage.

Ich antworte nicht sofort, sondern höre stattdessen zu. Die Musik ist sanft und beruhigend wie ein rauschender Fluss. Sie erfüllt das Auto mit langsamen Klängen, lässt sich Zeit und führt mich einen Moment lang an einen Ort, wo es keinen Fluch, keinen Hexenrat und keine Angst gibt. Sie gibt mir ein Gefühl von Sicherheit.

»Ich liebe es«, sage ich, und der Anflug eines Lächelns umspielt Pikes Mund. Er antwortet nicht, aber er streckt die Hand aus und dreht die Lautstärke auf. Ich lehne meinen Kopf an die kalte Glasscheibe, schließe die Augen und stelle mir vor, wie es der Eule wohl gehen wird, wenn wir sie nach Hause bringen.

In meinem Kopf spiele ich die Ereignisse des Morgens immer wieder durch. Was habe ich falsch gemacht, wie konnte etwas, das die Dinge besser machen sollte, diese so viel schlimmer machen? Bei dem Gedanken daran, wie die Eule genau in der richtigen Sekunde scheinbar absichtlich vom Baum herabschoss, um den Fluch zu stehlen, bekomme ich eine Gänsehaut.

Als hätte sie gewusst, was ich vorhabe.

Die Eule bleibt unerreichbar für mich. Ich kann zwar dem Fluch in ihr nachspüren, weiß, wann sie mich beobachtet, aber ich komme nicht an ihr innerstes Wesen heran. Ich spüre nicht, was sie will oder braucht, ganz anders als bei Winter und den meisten anderen Tieren im Wildgehege. Sie ist mir ein Rätsel, und gleichzeitig habe ich den quälenden Verdacht, dass ich ihr völlig ausgeliefert bin.

»Könntest du nachsehen, ob der Fleckenkauz noch an der gleichen Stelle ist?«, unterbricht Pike meine Gedanken.

»Warum?«, frage ich etwas zu schnell und mache mir sofort Vorwürfe. Wenn Pike keinen Verdacht schöpfen soll, muss ich aufhören, mich so zu verhalten. »Ich will nur meinen Akku schonen«, füge ich schnell hinzu und hoffe, dass ihm die Erklärung sinnvoll genug erscheint.

Er zieht eine Augenbraue nach oben und wirft mir einen kurzen Blick zu, bevor er wieder auf die Straße sieht. »Wir müssen bald die Ausfahrt nehmen, und ich möchte sicher sein, dass wir immer noch auf dem richtigen Weg sind«, erklärt er. »Außerdem habe ich Powerbanks zum Aufladen mitgebracht.«

Das war ja klar. »Du bist eben sehr gut ausgerüstet.«

»Ganz genau.«

Ich nehme mein Handy hervor, rufe die Ortungs-App auf und danke im Stillen den Göttern, dass ich die App überhaupt installiert habe. Wir haben früher manchmal Tiere markiert, und manche kamen zu uns, die bereits eine Markierung trugen. Ich öffne die App und tue so, als würde ich nach dem Fleckenkauz suchen.

Währenddessen finde ich meine Verbindung zu dem Vogel und spüre, wie sich die magischen Partikel zwischen uns ausrichten: ein stetiger Strom, der sich vom Fluch an seiner Brust bis zu mir zieht. Ich staune darüber, wie stark die Verbindung ist, wie stark der Fluch magisch aufgeladen ist.

In den uralten Wäldern leben viele Tiere, aber der Fleckenkauz ist der einzige echte Verstärker. Er ist ein besonderes Wesen, vor dem ich sowohl Ehrfurcht als auch Angst habe.

»Er ist immer noch da«, sage ich.

»Gut. Hoffentlich hat er ein altes Nest oder eine Höhle gefunden, die ihm gefällt. Ich habe mir vorhin die Karten angesehen. Es gibt eine Holzfällerstraße, die weit in das Naturschutzgebiet hineinführt. Wir können das Auto wahrscheinlich ziemlich nah am Lager abstellen, je nachdem, wo die Eule genau ist.«

»Klingt gut.«

Der letzte Ton des Songs verklingt, und im Auto breitet sich Stille aus. Bevor ich Pike bitten kann, das Album noch einmal zu spielen, streckt er die Hand aus, drückt auf *Play*, und es beginnt von vorn.

9

Wir biegen von der Hauptstraße auf einen schmalen, unbefestigten Weg ab, der gerade so breit ist, dass ein einzelnes Auto darauf Platz hat. Der Weg ist mit Schlaglöchern übersät, sodass wir auf unserer Fahrt bergauf hin und her holpern. Im Kofferraum scheppert die Ausrüstung, und ich halte mich sicherheitshalber am Türgriff fest.

»Fast da«, sagt Pike.

Nach ein paar Minuten erreichen wir einen kleinen geschotterten Parkstreifen. Wir sind die einzigen Menschen hier.

Es hat die ganze Fahrt über geregnet, aber wie durch ein Wunder hört der Regen in diesem Moment auf. Pike holt eine Karte heraus, auf der alle Wanderwege in der Gegend eingezeichnet sind, und sucht die beste Route nach oben. Er schiebt sich die Brille auf die Nase und klopft mit einem Bleistift auf das Armaturenbrett, während ich anfange, die Ausrüstung aus dem Kofferraum zu holen.

Dicke graue Wolken bedecken den Himmel, bald wird der Regen wieder einsetzen. Im Pazifischen Nordwesten ist das Frühjahr eine Zeit, in der das Wetter verrücktspielt und an ein und demselben Tag zwischen Hagel, Sonne und Regen schwankt. Manchmal sogar innerhalb ein und derselben Stunde.

Es hat etwas Spielerisches an sich, als würde das Wetter jede Facette seiner Persönlichkeit genießen und jede Variante begrüßen, in der es die Erde bedecken kann.

Ich hole meinen Rucksack aus dem Kofferraum, setze ihn auf und ziehe die Gurte um Brust und Taille fest. Pike scheint auf der Karte gefunden zu haben, was er gesucht hat, denn er rollt sie wieder zusammen. Dann holt er ebenfalls seinen Rucksack heraus. Er schultert ihn, und ich muss ein Lachen unterdrücken, als er fast nach hinten kippt.

Er passt die Gurte an und holt dann eine kleine Kühlbox aus dem Auto.

»Was ist da drin?«, frage ich, verwundert darüber, dass er sie den ganzen Weg mitschleppen will.

»Essen.« Er schnappt sich einen zweiten Behälter aus dem Kofferraum und schlägt die Luke zu. »Das ist zwar nichts im Vergleich zu deinem Vorrat an Power-Riegeln, aber es muss reichen.«

»Okay, schon verstanden, du magst keine Power-Riegel. Wenn wir irgendwo festsitzen und sie unsere einzige Überlebenschance sind, werde ich dich ganz bestimmt nicht zwingen, einen zu essen.«

»Das ist alles, worum ich bitte«, erwidert er.

Er reicht mir den zweiten Behälter, der bei näherer Betrachtung wie eine Tiertransportbox aussieht, schließt sein Auto ab und steckt den Schlüssel ein. »Da ist Futter für die Eule drin.«

Er macht sich auf den Weg, ich direkt hinter ihm. Es ist später Nachmittag, aber wegen der dichten Wolkendecke ist es bereits dunkel und kalt. Wir schweigen eine Weile, und ich lausche den Geräuschen unserer Atmung, die beim Anstieg des Berges schneller wird. Es ist friedlich hier, und im Schutz der Bäume erscheint die bevorstehende Aufgabe weniger beängstigend.

Vielleicht finden wir die Eule und können sie zurückbringen.

Vielleicht wird mein Fluch nicht auf die ganze Region losgelassen.

Vielleicht kann Mom ihr Glück genießen und sich so daran gewöhnen, dass sie vergisst, jemals unglücklich gewesen zu sein.

Ich mache behutsam einen Schritt nach dem anderen, um nicht auf den regennassen, glitschigen Wurzeln und Steinen auszurutschen. Von den Ästen tropft Wasser auf meine Haare, und meine Knöchel streifen den nassen Farn, sodass meine Socken feucht werden.

Aber Regen hat mir noch nie etwas ausgemacht.

»Darf ich dich etwas fragen?«, sagt Pike, nachdem er die meiste Zeit geschwiegen hat. Er dreht sich nicht um und verlangsamt auch seine Schritte nicht.

»Klar«, antworte ich.

»Warum magst du mich nicht?« Damit trifft er mich unvorbereitet, und ich schiebe die Antwort etwas hinaus. Wir sind erst ein paar Stunden unterwegs, und schon stellt er schwierige Fragen.

Schweigend gehen wir noch ein paar Schritte, und ich überlege, was ich sagen soll. Ich entscheide mich für die

Wahrheit. Es ist schon schwer genug, dass ich so viel von mir verbergen muss, dann möchte ich wenigstens mit den anderen Bereichen meines Lebens ehrlich sein.

»Weil du arrogant bist. Du denkst, dass du die Dinge auf die einzig richtige Weise machst, und alle, die es anders machen, liegen falsch. Du trittst gegen andere an, nur um des Wettbewerbs willen. Und während du stundenlang über Vögel liest, entgeht dir oft genug das Wunder ihrer Existenz. Wenn du sie beobachtest, schwirren lauter Fakten in deinem Kopf herum, aber du hast keine Ehrfurcht vor ihnen. Oft habe ich das Gefühl, dass du ihnen etwas beibringen willst, anstatt von ihnen zu lernen. Das ist vielleicht der Hauptgrund: Du tust, als gäbe es für dich nichts mehr zu lernen.«

Pike schweigt eine Weile, und ich denke schon, dass er gar nicht antworten wird. Aber dann tut er es doch. »Das ist eine lange Liste«, sagt er. Er klingt nicht verletzt oder verärgert. Eher gleichgültig, als ob ich über jemand anderen gesprochen hätte.

»Tue ich dir unrecht?«

Er bleibt stehen, dreht sich langsam um und sieht mich an. Auf seiner Stirn glänzt Schweiß, und seine Brille ist auf den Nasenrücken gerutscht. Er mustert mein Gesicht, als suche er etwas. »Nein«, antwortet er schließlich.

Als sein Blick meine Augen trifft, weigere ich mich, wegzusehen. Das bin ich ihm schuldig nach allem, was ich gesagt habe. Mehrere Atemzüge lang sehen wir uns einfach nur an, wobei sein Gesichtsausdruck nichts preisgibt. Nach

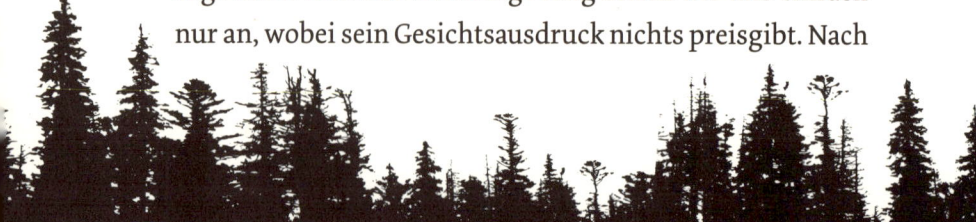

einem weiteren Moment dreht er sich um und geht weiter. Den Rest des Aufstiegs schweigen wir. Irgendwann biegt Pike vom Weg ab zu einer Lichtung, die für Wanderer eingerichtet wurde. In der Mitte gibt es einen Steinkreis mit einem Aschehaufen, außerdem eine ebene Fläche, auf der wir unsere Zelte aufstellen können.

Nicht weit von uns ist ein Fluss, ich kann sogar sein Rauschen hören. Alles ist nass, die Erde, die Bäume und die Felsen, und obwohl es noch nicht regnet, spüre ich die Feuchtigkeit in der Luft. Pike nimmt seinen Rucksack ab und bindet sein Zelt los, während ich die Augen schließe und nach der Eule suche. Mein Herz klopft schneller, und Hoffnung keimt in mir auf, als ich feststelle, dass sie ganz in der Nähe ist, höchstens noch zwanzig Minuten tiefer in den Wald hinein.

Unwillkürlich folge ich der Kraft der Magie, verlasse die Lichtung und betrete den dichten Wald.

»Wohin gehst du?«, ruft mir Pike hinterher.

»Die Eule suchen.«

»Es ist fast dunkel«, sagt er und rollt sein Zelt aus. »Wir müssen das Lager aufschlagen.«

»Aber sie ist ganz in der Nähe.«

»Es spielt keine Rolle, wie nah sie ist. Im Dunkeln können wir die Eule sowieso nicht den Berg hinunterschaffen, außerdem brauchen wir einen Schlafplatz. Eulen sind Gewohnheitstiere – wenn sie einen Ort gefunden haben, wo es ihnen gefällt, werden sie dort auch bleiben.«

Ich stehe am Rande der Lichtung, und jede Faser meines

Körpers strebt zur Eule hin. Aber Pike hat recht. Es ist vernünftiger, uns jetzt einzurichten und vorbereitet zu sein, wenn die Zeit für die Eule gekommen ist.

Ich gehe zurück auf die Lichtung, setze meinen Rucksack ab und nehme schnell einen Schluck Wasser, bevor ich loslege und mein Zelt neben dem von Pike aufstelle. Der Geruch von Nylon löst zahlreiche Erinnerungen in mir aus. Dad liebte das Campen, und solange ich mich erinnern kann, haben wir jeden Sommer gezeltet.

Ich weiß gar nicht mehr, ob mir das Zelten anfangs überhaupt gefiel oder ob ich es nur mochte, weil Dad durch den Aufenthalt in der Natur wieder er selbst wurde. Seine Augen strahlten, und in seinen Schultern löste sich die Anspannung. Er brachte mir bei, wie man fischt und eine Angel auswirft, wie man Wasser filtert und Feuer macht. Er lehrte mich, wie befriedigend es sein kann, statt der Magie die Hände zu benutzen.

Heute frage ich mich, ob er mir das alles beigebracht hat, weil er die Magie ablehnte. Das ist das Schlimmste daran, von jemandem verletzt zu werden, der einen keinesfalls verletzen sollte. Plötzlich misstraust du all den schönen Dingen, die den hässlichen vorausgegangen sind, und fragst dich, ob auch hinter den Momenten, die du für perfekt gehalten hast, in Wirklichkeit eine böse Absicht steckte.

Der Wind frischt auf, weht den Geruch von Nylon davon und vertreibt die Erinnerungen. Als mein Zelt endlich steht, hat Pike bereits ein Feuer entfacht.

Neben der Feuerstelle liegt ein großes Feuerzeug, und ich

ziehe eine Augenbraue nach oben. »Das ist geschummelt«, sage ich.

»Das ist effizient«, entgegnet er.

Er holt eine Plane aus seinem Rucksack und breitet sie auf dem Boden aus. Dann bedeutet er mir, mich zu setzen. Er öffnet die Kühlbox und beginnt mit dem Abendessen. Wirklich erstaunlich, *wie* gut ausgerüstet er ist. Ich werde niemals zugeben, dass ich fest davon ausgegangen bin, mich die nächsten Tage ausschließlich von Sarahs Müsli und den Power-Riegeln zu ernähren.

»Darf ich dich etwas fragen?«

Pike sieht von seinen Essensvorbereitungen auf und schaut mich über seine Brille hinweg an. Er nickt.

»Warum magst du mich nicht?«

Seine Hände schweben über den Sandwiches, die er zubereitet, und als er spricht, wendet er seinen Blick nicht vom Essen ab. »Weil du so tust, als ob die ganze Welt dein Feind wäre. Du freundest dich kaum mit jemandem an und bist schnell dabei, andere zurückzuweisen. Du gibst niemandem einen Vertrauensvorschuss und bist so sehr damit beschäftigt, was irgendwann einmal schiefgehen könnte, dass du die Gegenwart nicht genießen kannst.« Er schnappt sich eine Tüte Chips und platziert ein paar davon auf jedem Sandwich.

Seine Worte haben eine seltsame Wirkung auf mich, machen das Gegenteil von dem, was ich angenommen hätte. Ich fühle mich nicht beleidigt oder verärgert, sondern bloßgestellt. Es ist ein unangenehmes Gefühl, meine Haut beginnt zu kribbeln, und jeder Teil von mir möchte sich verkriechen.

Wenn er diese Dinge so deutlich erkennt, was weiß er dann noch von mir?

»Das ist eine lange Liste«, sage ich schließlich.

»Tue ich dir unrecht?« Er blickt zu mir auf und fixiert mich mehrere Sekunden lang mit seinem Blick. Der Widerschein des Feuers tanzt auf seiner Brille, und eine Haarsträhne fällt ihm ins Gesicht.

»Nein.«

Er nickt und macht sich wieder an unser Abendessen. Ich möchte seine Worte abschütteln, also frage ich das Einzige, was mir einfällt, während ich ihm zusehe: »Verteilst du da etwa Chips auf den Sandwiches?«

»Tue ich«, sagt er und drückt die obere Scheibe Brot auf die Chips. »Bitte sag jetzt nicht, dass du noch nie Sandwiches mit Chips gegessen hast.«

Ich beobachte ihn und sehe wohl nicht sehr überzeugt aus, denn er reicht mir das Sandwich und sagt: »Das wird dein Leben verändern.«

»Kann ich mir nicht vorstellen.«

»Probier es einfach.«

Ich beiße ab, während Pike zusieht, und bin überrascht, wie groß der Unterschied ist. »Okay, das ist wirklich ziemlich gut.«

Pike sieht zufrieden aus und lässt sich neben mir auf der Plane nieder. »Freut mich, dass es dir schmeckt.«

»Die meisten Leute wissen nicht, wie perfekt ein kaltes Käsesandwich sein kann«, sage ich.

»Ich glaube, ich esse heute zum ersten Mal eins. Ich habe

nie gesehen, wie du Fleisch isst. Also habe ich versucht, etwas Vegetarisches zu finden, das einfach zu machen ist. Und Chips passen zu allem.« Er beißt von seinem Sandwich ab, lehnt sich zurück und stützt sich lässig auf den Armen ab. Mir verschlägt es einen Moment lang die Sprache.

Pike hat also bemerkt, dass ich Vegetarierin bin. Nicht nur das, er hat auch entsprechenden Proviant für mich eingepackt. Das ist eine ganz neue Seite an ihm, die nicht in das Bild passt, das ich sonst von ihm habe. Ich mustere ihn im fahlen Dämmerlicht neugierig.

»Danke«, sage ich. Er fixiert mich mit seinem Blick, ich blinzle und konzentriere mich wieder auf mein Essen.

Während wir essen, knistert das Feuer, und der Wind weht genau in die richtige Richtung, sodass der Rauch von uns weggetrieben wird. Ich schaue zu den Bäumen hinauf und prüfe meine Verbindung zur Eule. Sie befindet sich tatsächlich noch an derselben Stelle.

Ich atme erleichtert auf und esse so schnell wie möglich zu Ende. Dann erhebe ich mich, räume auf und stelle mich vor Pike hin. »Okay, Zeit zu gehen«, sage ich.

Er sieht mich an, macht aber keine Anstalten, aufzustehen. »Wir suchen die Eule nicht heute Abend.«

»Doch, genau das tun wir«, sage ich.

»Iris, sie wird bald auf die Jagd gehen. Bis wir sie gefunden haben, wird es dunkel sein. Wir werden sie jetzt nicht finden, geschweige denn fangen. Wir müssen bis zum Morgen warten.«

»Ich habe es satt, zu warten«, entgegne ich. »Warum sind

wir heute überhaupt hergekommen, wenn wir die Zeit gar nicht nutzen?«

»Um uns vorzubereiten. Du kannst nicht einfach zu der Eule gehen und sie höflich bitten, mit uns zu Abend zu essen. So funktioniert das nicht.«

»Ach, weil du so genau weißt, wie man Eulen im Wald aufspürt?«

»Das ist nur gesunder Menschenverstand«, erwidert er genervt. »Heute Nacht ist sie auf Jagd. Morgen früh wird sie sich ausruhen. Wir werden sie gleich nach dem Aufstehen aufspüren. Bei dieser Dunkelheit können wir sowieso nichts ausrichten, also entspann dich ein bisschen.«

»Mein Gott, ich habe es so satt, dass man mir ständig sagt, ich soll mich entspannen.« Ich habe die Worte eher zu mir selbst gesagt, aber Pike antwortet trotzdem.

»Vielleicht solltest du darauf hören.«

»Wenn das so einfach wäre! Als könntest du dich einfach dazu entscheiden, zu entspannen.« Ich schaue weg. »Du verstehst das nicht.« Ich bin zu müde, um zu streiten, zu müde, mich auf einen Schlagabtausch einzulassen, bei dem derjenige mit der schnellsten Auffassungsgabe gewinnt. Pike ist die ganze Zeit über voller Sarkasmus, aber ich will nachdenken, bevor ich spreche, und sagen, was ich wirklich meine. Ich will nicht clever sein müssen, vor allem, wenn ich mich ganz und gar nicht danach fühle.

»Soll ich das denn?«, fragt er.

»Sollst du was?«

»Es verstehen. Ich habe nämlich den unverkennbaren Eindruck, dass ich dich gar nicht verstehen soll.« Es sagt es so, als wolle er damit etwas Tiefgründiges andeuten, aber ich kann nicht genau sagen, was es ist.

»Es ist nicht meine Art, mich Leuten zu erklären, die mich anscheinend missverstehen wollen.«

Er geht nicht darauf ein, sondern sieht mich nur kurz an und richtet seine Aufmerksamkeit dann wieder auf das Feuer.

»Also, dann gehe ich heute Abend nicht«, sage ich schließlich. Die Eule scheint sich dort, wo sie ist, wohlzufühlen. Morgen früh stehen die Chancen besser, sie zu finden.

»Das ist eine gute Entscheidung.« Ich höre die Genugtuung in seiner Stimme, sage aber nichts. »Wie wäre es, wenn ich dir stattdessen noch einen Schokocracker mache?«

»Du hast die Zutaten für Schokocracker dabei?«

»Selbstverständlich.«

Ich setze mich auf die Plane und sehe zu, wie er ein Marshmallow aufspießt und es über dem Feuer röstet. Graue Rauchschwaden wehen in die Bäume, und das fahle Blau der Dämmerung weicht der Dunkelheit. Ich stütze mich auf den Händen ab und versuche, die Erhabenheit dieses Ortes zu genießen, obwohl ich mit einem Jungen hier bin, den ich verfluchen wollte.

Pike konzentriert sich auf das Rösten des Marshmallows. Einen Moment lang empfinde ich Schuld für das, was ich getan habe, Schuld, weil Pike keine Ahnung hat, was für ihn auf dieser Reise auf dem Spiel steht. Doch dann denke ich an die ganzen Diskussionen zwischen uns und fühle mich wieder bestätigt.

Natürlich war nicht vorgesehen, dass die Eule den Fluch stiehlt, aber ich habe auch nicht vergessen, warum ich den Fluch geschrieben habe. Ich wollte den Fluch der Erde übergeben, und das will ich auch jetzt noch.

Pike zieht das Marshmallow aus dem Feuer, und eine kleine Flamme züngelt daraus hervor. Er pustet sie aus und klebt die Marshmallowmasse zusammen mit etwas Schokolade zwischen zwei Graham Cracker.

»Nachtisch«, sagte er und reicht mir den Schokocracker.

Ich nehme ihn entgegen und sehe ihm dabei zu, wie er seinen eigenen zubereitet. Ich weiß nicht, warum er das alles tut. Warum er Essen für mich mitgebracht hat, warum er seine Arroganz und seine herablassenden Kommentare mit freundlichen Momenten durchsetzt. Es wäre so viel einfacher, wenn er die ganze Zeit über schrecklich wäre. Doch im Moment steigt Übelkeit in mir auf bei dem Gedanken, er könnte herausfinden, warum wir wirklich hier sind. Ich versuche, ruhig zu bleiben und mich auf das Hier und Jetzt einzulassen, aber das ist so schwer.

Das ist es, was Leute wie Pike nicht verstehen. Ich genieße den gegenwärtigen Augenblick nicht, weil ich es nicht kann. Es ist mir schlicht unmöglich, da ich weiß, was alles am Horizont auf mich wartet. Deshalb nicht gemocht zu werden, kommt mir besonders gemein vor. Plötzlich möchte ich nicht mehr neben ihm sitzen.

»Ich glaube, ich gehe jetzt schlafen«, sage ich und stehe auf.

Pike sieht zu mir auf. »Willst du nicht noch einen Schokocracker?« Die Frage überrumpelt mich, sie klingt, als wäre er enttäuscht, dass ich gehe. Er sagt es ganz selbstverständlich, mit einer Aufrichtigkeit in der Stimme, die so selten vorkommt, dass mir ganz komisch im Magen wird. Fast setze ich mich wieder hin, aber ich bremse mich. Das Letzte, was ich jetzt gebrauchen kann, ist, Dingen eine Bedeutung zuzuschreiben, die keine haben.

»Nein, danke.« Ohne ein weiteres Wort gehe ich zu meinem Zelt und spüre dabei, wie er mir mit seinen Blicken folgt. Meine Kehle fühlt sich wie zugeschnürt an.

Ich knipse meine Taschenlampe an und ziehe mir einen Pullover über, dann schlüpfe ich in meinen Schlafsack und ziehe ihn bis zum Kinn hoch. Ich höre, wie Pike auf dem Zeltplatz aufräumt und alle Spuren von Essen und Müll beseitigt. Dann löscht er das Feuer, schließt den Reißverschluss seines Zeltes, und die Welt wird still.

Ich liege mit offenen Augen da und starre zum Zeltdach hinauf, obwohl es so dunkel ist, dass ich kaum etwas sehen kann. Ich frage mich, ob Pike eingeschlafen ist oder ob er auch zu seinem Zeltdach hinaufstarrt.

Äste flüstern im Wind, und ein leichter Regen setzt ein, der gegen den Nylonstoff klopft. Es klingt schön und beruhigend, und ich verkrieche mich tiefer in meinen Schlafsack.

Gerade als meine Augenlider schwer werden, ertönen in der Ferne vier laute Eulenrufe.

10

Ein Kratzen weckt mich auf. Ich blinzle einige Male, damit sich meine Augen an das Licht gewöhnen. Dann setze ich mich auf und lausche. Ein Schatten bewegt sich an der Vorderseite meines Zeltes vorbei, dann folgt ein tiefes, kehliges Geräusch. Ich schlüpfe leise aus meinem Schlafsack und ziehe meine Schuhe an, bevor ich langsam den Reißverschluss aufziehe und hinausschaue.

Aus Pikes Zelt ist nichts zu hören, sein Reißverschluss ist immer noch vollständig geschlossen. Er schläft noch. Ich lasse meinen Blick über den Zeltplatz schweifen. Dort an der Feuerstelle streift ein riesiger Puma hin und her. Ich trete hinaus und richte mich langsam zu voller Größe auf. Ich fröstele in der kalten Morgenluft. Das Tier sieht ruckartig zu mir herüber. Es legt seine Ohren an und knurrt laut und aufgeregt.

»Hallo«, flüstere ich und sehe ihm unverwandt in die Augen. »Ich tue dir nichts.«

Er beobachtet mich. Behutsam spüre ich seine Magie auf und bündele sie, damit ich mich mit ihm verbinden kann. Die Partikel greifen ineinander und bilden ein starkes, unsichtbares Band zwischen dem Puma und mir. Er wirkt überrascht und knurrt, doch ich habe keine Angst. Wahrscheinlich ist er noch nie einer Hexe begegnet, hat noch nie gespürt, wie die Magie in und um ihn zum Leben erwacht.

Selbst die stärksten Tiere der Wildnis hüten sich davor, verletzt zu werden.

Ich ziehe seine Magie zu mir hinüber und gebe ihm die Möglichkeit, mich von innen und außen zu durchsuchen. Er soll alles sehen und wissen, dass er in Sicherheit ist. Unentwegt sieht mich der Puma an, aber seine Ohren entspannen sich ein wenig. Langsam wird seine Haltung weniger aggressiv.

»Alles gut«, sage ich. »Zeit zu gehen.«

Ich kann ihn nicht zwingen, aber ich habe ihn mit meiner Magie umhüllt und ihm den Instinkt eingegeben, unser Camp zu verlassen. Trotzdem ist es seine Entscheidung. Der Puma sieht noch einen Moment lang zu mir herüber, dann beugt er sich dem Drang, dreht sich um und will gerade verschwinden, als der Reißverschluss von Pikes Zelt die Stille durchbricht.

»Pike«, sage ich und behalte den Puma im Auge, »bleib in deinem Zelt.«

Aber er hört nicht, stolpert beim Herauskommen über eine Zeltschnur und fällt der Länge nach auf den Boden. Normalerweise wäre das der Höhepunkt meines Tages, aber vor uns steht ein Puma, und Pike verhält sich gerade wie ein Beutetier.

»Zuhören ist nicht dein Ding, oder?« Meine Stimme klingt genervt und angespannt.

Pike kramt nach seiner Brille und setzt sie auf, und ich kann den exakten Moment sehen, in dem er den Puma bemerkt. Er reißt die Augen auf und streckt seine Hand nach mir aus, als wolle er mich davon abhalten, weiterzugehen.

»Iris, keine Bewegung. Da ist ein Puma!«

»Das weiß ich«, zische ich. »Genau deshalb habe ich gesagt, du sollst im Zelt bleiben.«

Der Puma knurrt und pirscht sich an Pike heran.

»Okay, beweg dich nicht. Mach laute Geräusche. Sieh ihm nicht in die Augen. Scheiße, mein Bärenspray ist im Zelt.« Pike rattert Fakten herunter, als wären sie seine Rettung, aber er ist immer noch wie erstarrt.

»Herrgott noch mal, steh auf! Er denkt, du bist Beute!«

Aber es ist zu spät. Der Puma macht einen Satz auf ihn zu, Pike schlägt schützend die Arme über seinen Kopf, und ich stelle die magische Verbindung hektisch wieder her, um so die Aufmerksamkeit des Pumas auf mich zu lenken.

»Halt!«, schreie ich.

Er ist offensichtlich überrascht und verwirrt von der Magie, die ihn durchströmt, und verfehlt Pike nur um ein Haar. Wie erstarrt bleibt er stehen, und ich versuche, ihn, so gut es geht, zu beruhigen. Langsam lässt sich der Puma wieder auf die Verbindung zwischen uns ein und entspannt sich etwas. Pike schafft es, sich auf seine Hände und Knie zu stützen, der Puma keine fünf Zentimeter von seinem Gesicht entfernt.

Er sieht zwischen dem Puma und mir hin und her.

»Steh endlich auf!«, wiederhole ich.

Pike kommt meinem Befehl nach, sodass ich die Magie des Pumas erleichtert auf mich zurücklenken kann, um ihm wieder und wieder zu sagen, dass wir keine Beute sind.

»Geh«, flüstere ich so leise, dass Pike es nicht hören kann.

Er wendet seinen Kopf ein letztes Mal zu Pike und knurrt. Dann sieht er mich an, dreht sich um und rennt davon.

Ich atme erleichtert aus und fahre mir mit den Händen durch die Haare. Meine Stirn und mein Nacken sind schweißnass. Ich gehe auf dem Zeltplatz hin und her, um meine Nerven zu beruhigen.

»Was zum Teufel war das?«, fragt Pike verunsichert.

»Ein Puma.«

»Du weißt, dass das nicht meine Frage war«, sagt er und nimmt seine Brille ab. Aus seiner Tasche zieht er ein Brillenputztuch hervor und wischt die Gläser ab. Erst jetzt bemerke ich, dass Pike einen Schlafanzug trägt. Genauer, einen marineblauen Nadelstreifenpyjama mit farblich abgestimmtem Kragen, Knöpfen und einer Tasche, in der er offensichtlich ein Reinigungstuch aufbewahrt. Ich glaube, ich habe noch nie jemanden in einem Pyjama-Set gesehen, und muss ein Lachen unterdrücken.

»Hübscher Schlafanzug«, sage ich und versuche, seine Angespanntheit etwas zu lösen. Aber je länger ich ihn ansehe, desto besser sieht er aus, sodass ich verlegen den Blick senke.

Der Pyjama steht ihm.

»Ernsthaft jetzt. Der Puma wollte mich gerade angreifen und hat von mir abgelassen ... Auf dein Kommando hin.«

»Meinst du das so ernst wie diesen Schlafanzug?«

Aber er antwortet nicht, und ich merke, wie verstört er ist. Wie er noch einmal durchspielt, was gerade geschehen ist, und es nicht auf die Reihe kriegt.

»Sie mögen keine lauten Geräusche«, erkläre ich schließlich so ruhig wie möglich. »Schreien war das Einzige, was mir eingefallen ist. Und mit einem Stein zu werfen.«

Es gab zwar keinen Stein, aber Pike soll glauben, dass nichts Besonderes geschehen ist. Dass wir einfach Glück gehabt haben.

»Ich habe nicht gesehen, dass du etwas geworfen hast«, sagt Pike.

»Du warst ein bisschen abgelenkt.«

»Ich hätte es bemerkt, wenn du einen Stein geworfen hättest«, beharrt er. Ich kann sehen, wie er die Situation immer und immer wieder in seinem Kopf durchspielt, aber einfach nicht schlau daraus wird. Er runzelt die Stirn.

»Du hast mit dem Gesicht im Dreck gelegen und konntest gar keine Steine sehen«, entgegne ich leichthin. »Sei nicht so streng mit dir.«

Er antwortet nicht, und mein Magen krampft sich zusammen, als ich sehe, wie verwirrt er ist. Ich möchte ihm sagen, dass er recht hat, dass er ganz richtig gesehen hat, aber ich traue mich nicht. »Weißt du, ein ›Danke, dass du mir das Leben gerettet hast‹ wäre eigentlich angebracht«, sage ich.

Er zieht eine Augenbraue in die Höhe. »Ich hätte mich selbst verteidigen können.«

»Du bist gestürzt, als du aus dem Zelt gekommen bist, Pike. Damit warst du von Anfang an in einem entscheidenden Nachteil.«

Seine Wangen färben sich ganz leicht rosa, was ich bei jedem anderen ziemlich süß gefunden hätte.

»Fürs Protokoll: Das ist mir noch nie passiert.«

»Da bin ich aber froh, dass ich diesen seltenen Moment miterleben durfte.«

Er lacht und schüttelt den Kopf, dann fährt er sich mit der Hand durch die Haare. Er regt sich langsam wieder ab, sodass sich auch mein Herzschlag wieder beruhigt. Vielleicht ahnt er ja gar nichts. Vielleicht haben sich seine Fragen schon wieder verflüchtigt, und er hat keinen Verdacht geschöpft.

»Darf ich mich mit einem Frühstück revanchieren?«

Ich will nicht frühstücken. Ich will mich auf den Weg machen und die Eule suchen, sie einfangen und in das Wildgehege bringen. Aber Pike hat gerade mit seinem Gesicht vor mir im Dreck gelegen und ist dann fast von einem Puma angefallen worden. Ich bin ihm das mit dem Frühstück also irgendwie schuldig.

»Klar, Frühstück wäre toll.«

Erleichtert geht er zurück zu seinem Zelt und holt die Kühlbox. Seine Schultern sind hochgezogen und der Kopf leicht nach unten geneigt. Die Röte ist von seinen Wangen gewichen, aber er sieht so verletzlich aus, wie ich ihn noch nie gesehen habe.

»Was denn?«, fragt er, und ich merke, dass ich ihn angestarrt habe.

Ich räuspere mich und schaue schnell weg. »Nichts. Ich mache einen kurzen Spaziergang, während du das Frühstück zubereitest.« Ohne seine Antwort abzuwarten, gehe ich in den Wald. Ich möchte am liebsten ausblenden, dass

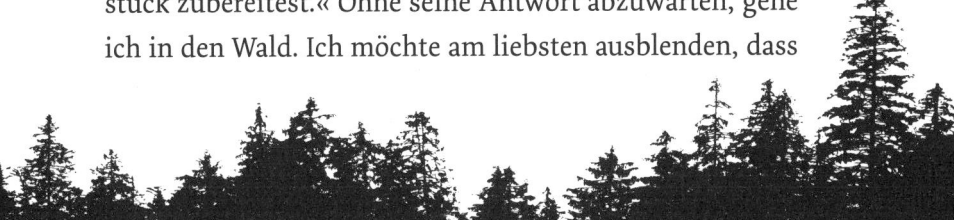

ich ihn gern noch länger angesehen hätte, dass seine Verlegenheit ihn irgendwie hat weicher erscheinen lassen.

Mir wird übel bei dem Gedanken, dass wir noch nicht einmal vierundzwanzig Stunden hier sind und ich in seiner Gegenwart bereits Magie anwenden musste.

Ich beruhige mich damit, dass seine Scham alles andere überschatten wird. Dass er angesichts seines verletzten Egos die noch offenen Fragen vergessen wird. Und selbst wenn das nicht stimmt: Er hat nichts, rein gar nichts gesehen, und zwar, weil es nichts zu sehen gab.

Ich atme die klare Morgenluft ein. Das war nur ein kleiner Ausrutscher. Von nun an wird alles glattlaufen. Es muss glattlaufen.

Pike ruft nach mir. Ich hole noch einmal tief Luft, dann gehe ich zum Zeltplatz zurück. Er reicht mir einen Teller mit Brötchen und heller Bratensoße, und da merke ich erst, wie hungrig ich eigentlich bin.

Ich nehme auf der Plane Platz, und er gibt mir eine Gabel. Seine Hände sind von dem Sturz aufgeschürft. Ich stelle den Teller beiseite und rücke etwas näher an ihn heran.

»Bist du verletzt?«, frage ich.

Er folgt meinem Blick und dreht seine Handflächen nach oben. Dass er sie mir so bereitwillig zeigt, nimmt mir den Druck von der Brust.

»Am meisten schmerzt mein verletzter Stolz«, gesteht er.

»Bis der wieder heil ist, wird es wahrscheinlich noch eine Weile dauern. Aber lass mich dir wenigstens mit deinen Händen helfen.«

»Das geht schon«, sagt er, aber ich bin bereits aufgestanden und hole aus meinem Rucksack das Erste-Hilfe-Täschchen. Dann nehme ich meine Wasserflasche und ein sauberes T-Shirt.

Ich bringe alles zurück zur Plane und setze mich mit gekreuzten Beinen vor ihn hin. Wortlos streckt er mir seine Hände hin. Ich gieße etwas Wasser über seine Handflächen, um sie zu säubern, tupfe sie mit dem Hemd trocken und reiße dann die Verpackung eines antiseptischen Tuchs auf.

»Jetzt brennt es ein bisschen«, warne ich ihn, nehme seine Hand und wische mit dem Tuch über die Schürfstellen. Er zieht scharf die Luft ein, woraufhin ich seine Hand dicht an meinen Mund hebe und sanft auf seine Handfläche puste, um den Schmerz zu lindern. Dabei spüre ich seinen Blick auf mir, erwidere ihn aber nicht. Dann nehme ich die andere Hand und verfahre genauso.

Seine Haut fühlt sich warm und rau an. Nachdem ich seine Wunden gereinigt habe, bleibt er noch einen Moment bewegungslos sitzen. Er schaut mich mit einem seltsamen Ausdruck an, fast so, als würde er mich eingehend studieren, und aus irgendeinem Grund fällt es mir plötzlich schwer, zu atmen. Ich sitze so still wie möglich da, selbst als der Wind mir die Haare ins Gesicht weht und meine Serviette über die Plane flattert. Dann scheint er zu merken, dass seine Hand immer noch in meiner liegt, denn er zieht sie langsam zurück und räuspert sich.

»Danke«, sagt er.

Ich blinzele ein paarmal und finde in die Gegenwart zurück, ignoriere, was auch immer gerade zwischen uns geschehen ist. Nichts. Es war nichts. »Gern geschehen.«

Das Erste-Hilfe-Täschchen bringe ich in mein Zelt zurück und brauche ein paar Minuten, um mich zu sammeln. Als ich zu Pike auf die Plane zurückkehre, essen wir unser Frühstück in relativer Stille, lauschen dem morgendlichen Vogelzwitschern und dem Rauschen des Flusses, der sich zwischen den Bäumen hindurchschlängelt. Es ist friedlich und ruhig, und ich wünschte, ich könnte den Moment mehr genießen, wünschte, ich könnte ihn tief in mich aufnehmen in dem Wissen, dass nichts weiter von mir gefordert wäre, als zu sein.

Einfach nur zu sein.

Stattdessen ist mein Inneres ruhelos, und ich habe nur eins im Sinn: die Eule zu finden und die ganze Sache hinter mich zu bringen.

»Woran denkst du gerade?«, fragt Pike und sieht mich über seinen Brillenrand hinweg an.

»An die Eule.«

Er stellt seinen Teller auf der Plane ab, lehnt sich zurück auf seine Ellbogen und sieht zu den Bäumen hinauf. »Warum machst du dir so viele Gedanken? Wegen der Eule, meine ich. Ich weiß, dass sie eine bedrohte Art ist, aber du scheinst es irgendwie persönlich zu nehmen.«

Meine Handflächen beginnen, zu schwitzen, aber ich erinnere mich daran, dass Pike rein gar nichts wissen kann. Ich schiebe mein Frühstück beiseite, stütze meine Ellbogen auf den Knien auf und versuche, möglichst gelassen auszusehen.

»Ich glaube, das hat mit mehreren Dingen zu tun. Der Fleckenkauz ist eine bedrohte Art, wie du gesagt hast, und es gibt nicht mehr viele im Bundesstaat Washington. Ich wäre sehr unglücklich, wenn wir einen verlieren würden, den wir hätten retten können. Aber es ist nicht nur das.« Ich unterbreche mich und beschließe, dass eine Halbwahrheit es tun muss. »Ich weiß, es klingt lächerlich, aber seit er aus seinem Gehege geflüchtet ist, hat er mich beobachtet. Er ist mir durch das ganze Wildgehege gefolgt und schien immer zu wissen, wo ich bin. Und nachdem er eine Woche lang ständig in meiner Nähe war und sich vergewissert hat, dass ich in Sicherheit bin, habe ich einfach das Gefühl, dass ich ihm dasselbe schuldig bin.«

Ich zucke mit den Schultern, lehne meinen Kopf zurück und lasse mir den Wind um die Nase wehen. Ich sage Pike nicht, dass die Eule sich für mich wie ein böses Omen angefühlt hat, dass mich jedes Mal ein Grauen ergriff, wenn sie mich beobachtete. Die Wahrheit ist, dass die Eule mir Unbehagen bereitet, was mir bei Tieren selten geschieht. Ich muss Pike verständlich machen, wie wichtig mir die Eule ist.

»Das klingt nicht lächerlich.« Er schweigt eine Weile, und ich glaube schon, dass er nicht mehr dazu sagen will. Doch dann sieht er mich wieder an mit einem seltsam ernsten Ausdruck. »Ich habe noch eine Liste«, sagt er schließlich.

Das habe ich nicht erwartet. Hat er mich falsch verstanden? »Was?«

»Abgesehen von der Liste mit den Gründen, warum ich dich nicht mag.«

»Aha ...« Ich weiß nicht so recht, worauf er hinauswill.

»Es ist eine Liste von Dingen, die ich an dir mag. Und deine Hingabe zu Tieren steht auch darauf.«

Ich starre ihn fassungslos an. Pike ist nie ernst, was einer der Gründe ist, weshalb ich ihn nicht leiden kann. Aber jetzt gerade höre ich keinen Sarkasmus und keinen Spott aus seiner Stimme heraus. Wir sehen uns an, und ich realisiere, dass er das wirklich ernst meint. Er meint es nicht nur ernst, sondern er hat genau die Eigenschaft herausgepickt, die ich am meisten an mir selbst mag.

Ich zucke mit den Schultern und wende den Blick von ihm ab.

»Danke«, erwidere ich leise und ohne ihn anzusehen.

»Na ja, kein Grund, komisch zu werden. Es ist eine kurze Liste.« Er steht auf und streckt sich. Sein Pyjamaoberteil rutscht bei der Bewegung an seinem Körper hinauf und enthüllt einen Streifen heller Haut und eine Spur von Haaren, die nach Süden führt.

Süden.

Hitze steigt mir in den Nacken, und ich schaue schnell weg. Hoffentlich hat Pike nichts bemerkt. Ich kann ihn nicht leiden – es sollte mir egal sein, ob er eine Liste führt über Dinge, die er an mir mag, oder ob mich völlig sinnloserweise ein Streifen seiner Haare fasziniert.

Ich stehe auf, schaue zu den Bäumen hinüber, in den Himmel und sonst wohin, nur um nicht ihn ansehen zu müssen, und bin erleichtert, als er weiterspricht.

»Dann machen wir uns mal auf die Suche nach deiner Eule.«

Seine Worte sind so passend, so schön, dass sie mich fast vergessen lassen, was ich gerade gesehen habe.

Fast.

II

Ich schnappe mir meinen Trinkrucksack und stecke einen Power-Riegel ein, dann treffe ich Pike an der Feuerstelle. Zu meiner Enttäuschung hat er beschlossen, die Eule nicht im Schlafanzug zu suchen, und trägt jetzt eine grüngraue Wanderhose und ein weißes T-Shirt. Der Morgen ist frisch, die Wolken von letzter Nacht haben sich verzogen und geben den Blick auf einen kristallblauen Himmel frei, die Luft ist kühl und hat die perfekte Klarheit. Wir sind zwischen den stillen Bäumen ausschließlich von Geräuschen der Natur umgeben. Wäre ich die Eule, wäre ich wohl auch hierhergekommen.

Das Sonnenlicht dringt durch die Äste und wirft goldene Tupfer auf den Waldboden. Leise spreche ich mit der Eule und bitte sie, zu bleiben, wo sie ist.

Wir sind fast da, sage ich zu ihr. *Bleib einfach, wo du bist.*

»Alles bereit?«, fragt Pike, und ich nicke. Er schnappt sich den Behälter mit dem Eulenfutter, dann holt er einen Kompass aus seiner Tasche und geht los.

»Ich führe«, sage ich und überhole ihn schnell.

»Ich habe den Kompass.« Er geht schneller, um mich einzuholen, und passt sich dann meinem Schritttempo an, damit ich nicht vor ihm hergehen kann.

»Ich habe die Koordinaten.«

Er stößt laut die Luft aus und sieht mich von der Seite an, dann schüttelt er den Kopf und bedeutet mir, dass ich zuerst gehen soll. »Es ist wirklich nicht immer ganz einfach mit dir.«

Ich möchte ihm sagen, dass es mit mir *viel einfacher* ist, weil ich spüren kann, wo der Vogel ist. Wir müssen nicht anhalten und Karten, Kompasse oder Peilsender studieren. Aber ich sage lieber nichts und gehe vor ihm her.

»Ich habe die Karte genau mit den Koordinaten abgeglichen«, sage ich ihm. »Ich weiß genau, wo sie ist.«

»Wie du meinst.«

Wir lassen den Zeltplatz hinter uns und beginnen unsere Wanderung. So tief im Wald gibt es weder Pfad noch Weg, und wir kommen nur langsam voran, steigen über umgestürzte Bäume und frei liegende Wurzeln, umgehen Farne und moosbewachsene Felsblöcke. Die Erde ist feucht vom Regen, und der Wald riecht erdig und sauber.

Nach ein paar Minuten wird das Gelände steiler und der Aufstieg deutlich mühsamer. Hinter mir atmet Pike gleichmäßig und tief, ein Geräusch, das mich irgendwie beruhigt. Vielleicht vermittelt es mir das Gefühl, dass ich nicht allein bin, dass ich noch jemanden habe, mit dem ich das alles hier durchstehe.

Doch das stimmt nicht, und es wäre töricht, darauf zu hoffen. Diese Lektion hat mein Vater mich gelehrt: Menschen, die keine Magie besitzen, werden niemals bereit sein, gemeinsam mit Menschen, die Magie besitzen, Gefahren durchzustehen. Früher oder später wird es ihnen zu viel werden.

Trotzdem lausche ich auf Pikes Atemzüge, die sich von den Geräuschen des Waldes abheben. Und einen Moment lang rede ich mir ein, eine Wanderung mit einem Jungen zu machen, den ich mag, und nicht mit einem Jungen, den ich verflucht habe.

»Wir sollten ihm einen Namen geben«, unterbricht Pike meine Gedanken.

»Ihm einen Namen geben?«, frage ich.

»Dem Fleckenkauz. Wir haben ihm keinen Namen gegeben, als er ins Wildgehege kam. Aber jetzt, wo wir auf der Suche nach ihm durch den Wald wandern, wäre vielleicht ein guter Zeitpunkt dafür.«

Ein niedrig hängender Ast versperrt uns den Weg. Ich schiebe ihn beiseite und warte, bis Pike an ihm vorbei ist, dann lasse ich ihn wieder zurückschnappen.

»Gute Idee«, antworte ich. »Hast du irgendwelche Vorschläge?« Ich überhole Pike wieder und setze den Aufstieg fort. Die Luft wird immer kälter.

»Der Name Alfred hat mir schon immer gut gefallen.«

»Er sieht nicht aus wie ein Alfred.« Ich drücke meine Hand auf den Stamm einer Douglastanne und atme kurz durch. Die dicke graue Rinde ist zerklüftet und fühlt sich rau an, tiefe Furchen ziehen sich über die gesamte Länge des Stammes. Pike bleibt neben mir stehen und nimmt einen Schluck von seinem Wasser.

»Hast du eine bessere Idee?«

Omen. Vorbote. Träger des Fluches. Aber das kann ich nicht sagen, also schlage ich stattdessen *Twilight* vor.

»Wie das Buch?«

»Ich dachte eher an die Tageszeit, aber ich bin entzückt, dass du zuerst an das Buch gedacht hast.« Ich löse den Trinkschlauch von meinem Rucksack und nehme einen großen Schluck Wasser.

»Ich fand es nicht schlecht«, erwidert Pike, woraufhin ich mich beinahe verschlucke.

»Du hast *Twilight* gelesen?«

»Ja. Ich bin in der Nähe von Forks aufgewachsen, also dachte ich mir, ich schaue mal, was es mit dem ganzen Hype auf sich hat.«

»Und?«

»Ich fand ihn berechtigt.« Er zuckt mit den Schultern und nimmt einen weiteren Schluck von seinem Wasser, während ich mir unweigerlich vorstelle, wie Pike sich beim Lesen die Brille zurechtrückt, völlig gebannt von der Liebesgeschichte zwischen einem Menschen und einem Vampir. Ich frage mich, ob er in seinem zusammenpassenden Schlafanzug liest, und bei diesem Gedanken erscheint er mir gleich noch nahbarer.

Ich räuspere mich und schaue weg. Es handelt sich hier um Pike. Den Hexen hassenden, arroganten, sarkastischen Pike. Aber zum ersten Mal ist mir nicht ganz klar, warum ich ihn eigentlich verflucht habe. Als ob diese Reise unsere vergangenen Begegnungen in einem milderen Licht erscheinen lässt.

»Du steckst voller Überraschungen«, sage ich schließlich. Ich hole tief Luft und setze mich wieder in Bewegung.

»Könntest du kurz den Kompass checken? Gehen wir immer noch nach Nordwesten?«

»Erstaunlicherweise ja«, erwidert Pike. »Es stimmt also, dass du die Karte studiert hast.«

»Du bist nicht der Einzige, der sich vorbereitet hat.«

Das Rauschen des Flusses hat sich entfernt, und ich beschleunige meine Schritte, als ich merke, wie nah wir der Eule sind.

»Okay, zurück zum Namen«, sagt Pike. »Wie wäre es mit MacGuffin?«

»MacGuffin? Wie diese Figur in Filmen, die die Handlung zwar auslöst, aber ansonsten eigentlich keine große Rolle spielt?«

»Ganz genau. Die Eule, die weggeflogen ist, hat uns erst zu dieser Reise veranlasst. Sie ist also ein MacGuffin par excellence.«

»Wow«, sage ich mit übertriebener Betonung. »Das ist selbst für dich extrem nerdy.«

»Der Name ist perfekt, und du bist nur sauer, dass du nicht selbst darauf gekommen bist.«

»Ich glaube nicht, dass er der Eule gefällt«, presse ich zwischen zwei Atemzügen hervor. Mir wird immer enger um die Brust, je höher wir kommen, sodass ich mein Tempo verlangsame. »Sie hat immer so einen ernsten Gesichtsausdruck.«

Ich höre, wie Pike hinter mir stolpert, aber als ich mich umdrehe, hat er sich schon wieder gefangen.

»Hier gibt's nichts zu sehen«, sagt er. »Sie kann auch ein ernster MacGuffin sein. Das passt total.«

Ich seufze und schüttle den Kopf. »Gut. Dann eben Mac-Guffin.«

Kletten kratzen an meinen Knöcheln, und meine Lunge brennt vor Anstrengung. Schließlich bleibe ich stehen, schwinge meinen Rucksack nach vorn und krame meinen Inhalator aus der Tasche.

»Hast du Asthma?«, will Pike wissen.

»Ja.« Ich nehme zwei Stöße und verstaue ihn wieder im Rucksack.

»Das habe ich nicht gewusst.«

»Woher auch?«, frage ich und merke, wie wenig wir voneinander wissen. Belanglose Konkurrenzkämpfe und Streitereien bei der Arbeit führen nicht wirklich zu einer tiefergehenden Beziehung, und manchmal fühlt es sich so an, als wären sein Spott und mein Schweigen nur ein Schutzschild, um den anderen auf Distanz zu halten. Inzwischen weiß ich, dass da ein echter Mensch vor mir steht, mit Ängsten und Hoffnungen, Schmerzen und Wünschen, und langsam glaube ich, es wäre schön, diesen Menschen kennenzulernen.

Aber er hat keinen Grund, mir seine Gefühle zu zeigen, und ich kann es ihm nicht verdenken. Schließlich habe ich ihn verflucht.

»Stimmt, keine Ahnung«, murmelt er. Seine Stimme klingt unsicher.

Bevor ich mich wieder auf den Weg mache, prüfe ich meine Verbindung zur Eule. Ganz deutlich spüre ich die Magie, stark, kühn und vor Anspannung vibrierend. Ich hole mein Handy hervor, rufe die Karten auf, die ich auf dem Weg

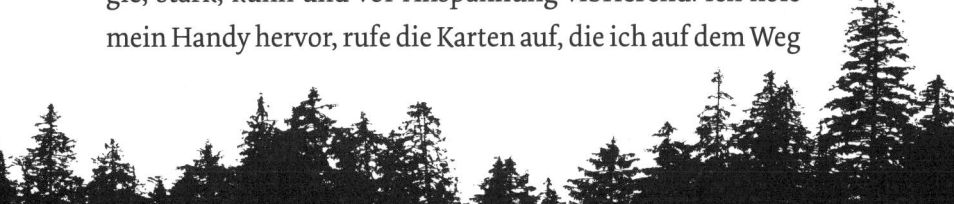

hierher heruntergeladen habe, und zoome hinein, um Pike die Koordinaten zu zeigen.

»Wir sind da«, verkünde ich.

»Verdammt, Gray. Ich bin beeindruckt. Du bist kein einziges Mal falsch abgebogen.«

Ich verbeuge mich leicht, dann sehe ich zu den Bäumen hinauf. »Jetzt müssen wir sie nur noch finden.«

»Okay, wir suchen nach Hohlräumen oder alten Nestern. Auch nach Vorsprüngen. Das sind die wahrscheinlichsten Orte, an denen sie sich aufhält.«

»Verstanden.«

Wir verteilen uns, und ich beobachte, wie Pike sein Fernglas zückt und die Bäume systematisch nach der Eule absucht. Als er in die richtige Richtung geht, will ich ihm sagen, dass es wärmer wird, aber ich halte meinen Mund. Er soll die Eule selbst finden.

Ich weiß, wohin ich gehen muss, aber ich schlage erst die entgegengesetzte Richtung ein, um keinen Verdacht aufkommen zu lassen. Ich tue so, als ob ich in Astlöcher schauen und nach weit entfernten Nestern suchen würde, und schlängele mich auf diese Weise langsam durch den alten Baumbestand. Dieser Wald birgt so viel Magie, absorbiert die magischen Partikel schon seit Hunderten von Jahren und bewahrt sie in seinen Stämmen. Ich empfinde gleichermaßen Wut und Trauer, weil ich weiß, dass diese Wälder immer kleiner und weniger und damit auch die natürlichen Lebensräume der Tiere zerstört werden.

Wir Hexen wissen nicht genau, warum Fleckenkäuze Verstärker sind, aber wir vermuten, es hat etwas mit ihrer Vorliebe für alte Wälder zu tun. Sie verbringen ihre Tage und Nächte an Orten, die von Magie durchtränkt sind. Aber wenn es diese Wälder nicht mehr gibt, wird es auch den Fleckenkauz nicht mehr geben.

Nachdem etwas Zeit verstrichen ist, mache ich mich auf den Weg zur Eule, gehe aber bewusst langsam, damit Pike noch eine Chance hat, sie zu finden. Als er jedoch wieder die falsche Richtung einschlägt, folge ich meiner Verbindung zu dem Vogel und entdecke ihn in einem seichten Hohlraum in einer hoch aufragenden Douglastanne. Da oben sitzt er, der Fleckenkauz.

Er starrt mich mit seinen großen Augen reglos an. Dabei sieht er weder überrascht noch erschrocken oder ängstlich aus. Wenn überhaupt, dann sieht er ... zufrieden aus. Als ob er darauf gewartet hätte, dass ich ihn finde.

»Hi«, wispere ich so leise, dass Pike es nicht hören kann. Die Höhle befindet sich relativ weit unten im Baum. Ich durchleuchte die Eule mit einem Schub Magie und stelle fest, dass sich der Zustand ihres Flügels seit ihrem Verschwinden verschlechtert hat.

In meiner Brust keimt Hoffnung auf, ein schmerzhaftes Pochen, das durch meinen ganzen Körper geht. Ich habe sie gefunden. Jetzt muss ich sie nur noch in das Wildgehege zurückbringen und den Fluch lösen. Dann kann ich mich ganz der Heilung ihres Flügels widmen.

»Pike, hier ist sie«, sage ich, ohne meine Augen von dem Vogel zu wenden.

Pike kommt zu mir herüber und bleibt neben mir stehen, das Fernglas hängt an seinem Hals. Er schaut in die Höhle, und ein Lächeln macht sich auf seinem Gesicht breit.

»Hi, MacGuffin. Du bist eine echte Augenweide!«

MacGuffin starrt uns an und schüttelt den Kopf, und ich habe wieder einmal das Gefühl, dass er diese ganze Situation aus irgendeinem Grund inszeniert, den ich nicht verstehe.

Wir halten einige Meter Abstand, damit er sich nicht bedroht fühlt, aber das scheint keine große Rolle für ihn zu spielen. Er erkennt mich.

»Ein wirklich schöner Vogel.« Pike betrachtet die Eule durch sein Fernglas.

»Eher eine echte Nervensäge«, murmle ich, schiebe im Stillen aber sofort eine Entschuldigung hinterher.

Pike lacht und nimmt sein Fernglas herunter. »Das gehört sich auch so für einen richtigen MacGuffin.«

»Wow, du bist wirklich richtig stolz auf diesen Namen.«

»Bin ich«, entgegnet Pike und stellt seinen Rucksack ab. »Das war ein absoluter Geniestreich.«

Ich gehe ein paar Schritte zur Seite, um die Höhle zu inspizieren und einen bestmöglichen Blick auf die Eule zu bekommen. Sie sieht in dem dicken, alten Baum entspannt und glücklich aus. Interessiert beobachtet sie uns, macht aber keine Anstalten, zu uns zu fliegen. Nach dem Zustand ihres Flügels zu urteilen, hat sie vermutlich nicht viel gejagt, trotzdem wirkt sie nicht unruhig oder geschwächt.

Im Wildgehege haben wir Geräte, mit denen wir die Tiere bei Bedarf einfangen können, trotzdem handelt es sich immer noch um Wildtiere mit einem starken eigenen Willen. Ich könnte versuchen, sie mithilfe von Magie anzulocken, aber offenbar hat meine Magie keine große Wirkung auf sie. Sie hat sich bereits an das Gefühl gewöhnt und wird von ihr nicht so angezogen wie ein Tier, das ihr zum ersten Mal begegnet.

Außerdem ist ihr Flügel trotz seiner Verletzung noch funktionsfähig. Wenn sie sich bedroht fühlt, wird sie wegfliegen.

Die bittere Wahrheit ist, dass Pike und ich sie mit allen möglichen Tricks anlocken können, sie aber nur kommt, wenn sie es will. Wenn nicht, haben wir Pech gehabt.

»Also, was machen wir jetzt?«, frage ich, stelle meinen Rucksack neben den von Pike und lehne mich an einen Baumstamm. »Sie scheint sich in dieser Höhle pudelwohl zu fühlen.«

»Sieht ganz danach aus«, stimmt Pike zu. »Ich denke, wir starten gleich mit der Lebendfalle. Das ist ziemlich simpel, da wir sie nicht verletzen wollen. Und es ist unsere beste Chance, besonders, wenn sie heute Nacht nicht viel gejagt hat. Die meisten Tiere, ob Wild- oder Haustiere, sind extrem nahrungsorientiert«, führt er aus. »MacGuffin ist da nicht anders.«

»Klingt gut.«

Pike holt zwei flache Pappkartons aus seinem Rucksack und faltet sie auseinander. Dann reicht er mir mehrere Handtücher. Ein Handtuch legt er in den unteren Karton, stützt den Deckel mit einem Stock ab und macht die Eulenfalle fer-

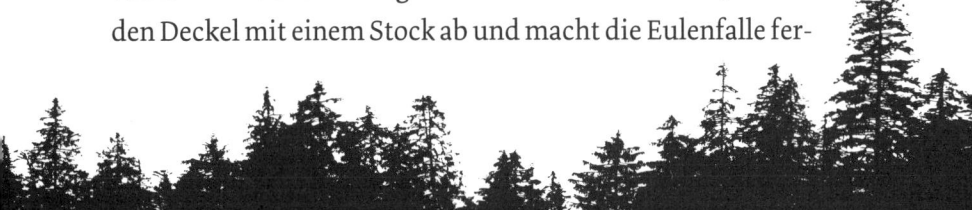

tig. Je länger ich ihn dabei beobachte, desto größer werden meine Ängste.

Der Fluch, den die Eule mit sich trägt, ist so stark und mächtig, dass ich ihn von hier aus spüren kann. Pike ist nur wenige Meter von ihm entfernt, von einem Fluch, der ihn in einen Magier verwandeln könnte und durch den er wie ein Baum während der kalifornischen Dürre in Flammen aufgehen könnte.

Ich schlucke schwer, versuche, mich auf die Eule zu konzentrieren, die Erinnerungen an Alex sowie Visionen von Pike zu verscheuchen. Versuche, mich zu zwingen, in dem gegenwärtigen Moment zu bleiben. Es gibt kein Feuer, keine Flammen. Keine unmittelbare Gefahr.

Es geht uns gut. Pike geht es gut.

»Iris?« Pike blickt mich an. »Du warst gerade ganz abwesend.«

»Oh, tut mir leid«, sage ich und sehe, dass die Falle fast fertig ist. »Ich war abgelenkt.«

»Also, pass gut auf, der nächste Teil ist knifflig.« Er öffnet den Deckel des einen Behälters gerade so weit, dass er eine der Waldratten herausholen kann. Das Tier zappelt in seiner Hand herum, aber nach ein paar Versuchen hat Pike die Falle erfolgreich bestückt.

Die Eule beobachtet uns die ganze Zeit.

»Okay, geben wir ihr Freiraum und schauen, ob sie Hunger hat«, sage ich.

Pike und ich entfernen uns und setzen uns hinter einen großen Baum. Nah genug, um zu sehen, was passiert, weit genug weg, damit sich die Eule sicher fühlen kann. Natürlich weiß sie, dass wir hier sind – sie kann uns immer noch hören, und sowieso scheint sie immer zu wissen, wo ich bin –, aber die Wahrscheinlichkeit, dass sie zum Fressen rauskommt, ist viel größer, wenn sie sich von uns nicht bedroht fühlt.

Wir sitzen auf der Erde, während Pike das Fernglas an seine Augen hebt und MacGuffin beobachtet. Wir sprechen nicht miteinander, und ich flehe die Eule immer wieder stumm an, aus ihrer Höhle zu kommen und zu fressen. Aber selbst von meinem Standort aus erkenne ich, dass die Eule nicht die Waldratte beäugt. Sie beäugt uns.

»Sie ist nicht interessiert«, bringe ich schließlich hervor, nachdem fast eine Stunde vergangen ist.

»Gib ihr noch etwas Zeit.«

»Sie ist ein Tier. Wenn sie wollte, hätte sie längst zugegriffen. Wildtiere sind für Belohnungsaufschübe normalerweise nicht zu haben.«

Pike setzt sein Fernglas wieder an, obwohl sich die Eule nicht bewegt hat.

»Wonach suchst du?«, frage ich.

»Ich weiß es nicht«, erwidert Pike mit angespannter Stimme. »Du frustrierst mich.«

»Und der Blick durchs Fernglas hilft dir dagegen?« Ich spreche leise, um die Eule nicht zu erschrecken. Aber es ist klar, dass wir einen neuen Plan brauchen.

»Nein, aber es gibt mir wenigstens das Gefühl, etwas zu tun«, sagt er. »Lass mich das einfach auf meine Art machen, okay?«

»Deine Art funktioniert aber nicht.«

Pike antwortet nicht und schaut stattdessen weiter durch sein Fernglas. Ich strecke meine Hand aus, möchte es ihm wegschnappen, aber er zuckt zurück und sieht mich böse an. »Das ist ein Swarovski-Optik-Fernglas mit acht Komma fünf mal zweiundvierzig EL mit dem FieldPro-Paket. Fass es nicht an.«

Wie aus der Pistole geschossen rattert er die exakten Modelldaten herunter, als hätte er schon oft damit geprahlt. Ich sehe ihn genervt an.

»Im Ernst, Pike. Wir müssen uns etwas Neues überlegen.«

»Dieser Plan funktioniert sehr gut.« Er bewegt sich nicht von der Stelle und dreht auch nicht den Kopf, um mich anzusehen. Er bleibt stur sitzen und beobachtet die Eule in ihrer Höhle, als würde sie jeden Augenblick zu uns herunterfliegen.

»Dann mache ich eben selbst etwas.« Ich stehe auf und klopfe mir den Schmutz von der Hose. Meine Kräuter sind in meinem Tagesrucksack, und ich werde nicht riskieren, die Eule wieder entkommen zu lassen. Keinesfalls.

Ich schnappe mir das Handtuch vom Boden, bin aber nicht schnell genug, da hat Pike es schon an der anderen Seite gepackt. Er steht auf und sieht mich an.

»Das meinst du jetzt nicht ernst? Willst du mit dem Handtuch Tauziehen spielen?« Ich versuche, es ihm wegzunehmen, aber er packt es noch fester an.

»Wenn es nicht anders geht. Warum hast du mich den ganzen Weg hierhergebracht, wenn du nicht auf mich hörst?«

»Tut mir leid, wann habe ich gesagt, dass ich mich jedem deiner Befehle unterwerfe, wenn du mitkommst?«

Pike zerrt an dem Handtuch, bis es mir durch die Finger gleitet. »Ich kenne mich mit diesen Dingen besser aus als du.«

»Ja, deine Zeit im Klassenzimmer zahlt sich endlich aus.«

Pike möchte gerade antworten, als die Eule einen schrillen Schrei ausstößt.

Nein.

Verzweifelt renne ich zur Höhle, will die Eule beruhigen, ihr versichern, dass ihr nichts geschieht. Dass alles in Ordnung ist.

Doch zu spät.

Sie stürzt sich vom Baum, schlägt mit den Flügeln und fliegt hoch und immer höher. Ihr Flügel ist noch zu schwach, und ich zittere bei der Vorstellung, wie sehr sie ihn belastet.

»Nein!«, rufe ich und flehe die Eule an, zurückzukommen.

Ich renne hinter ihr her, kann sie aber nicht einholen. Ich greife nach der Magie in ihr, umhülle sie mit meiner eigenen und tue alles in meiner Macht Stehende, um sie zurück auf den Boden zu locken. Dabei lasse ich sie spüren, wie entsetzt ich bin, und flehe sie an, zurückzukommen.

Aber es funktioniert nicht.

Sie kennt die Magie, und sie kennt mich.

Als sie eine Lichtung findet, fliegt sie über das Blätterdach der Bäume. Dann ist sie weg. Und mit ihr all meine Hoffnungen.

12

Wir wandern schweigend zurück zum Zeltplatz. Pike ist einige Schritte vor mir. Er sieht aus, als wollte er wütend davonstürmen, was mir nur recht wäre. Meine Augen brennen, und ich will nicht, dass er mich weinen sieht. Ich denke nicht, dass Weinen ein Zeichen von Schwäche ist – ganz bestimmt nicht. Es ist nur, dass mich das Weinen verletzlich macht, und ich bin vorsichtig, wem gegenüber ich mich verletzlich zeige.

Die Sicht wird schlechter, da sich die Dämmerung über die Bäume legt und alles in ein staubiges Grau einhüllt. Ein ganzer Tag vertan, und nichts ist erreicht. Ich bleibe stehen, lehne mich an eine verwitterte Fichte und weine.

Meine Mutter sagt immer, ein epischer Heulkrampf könne fast alles heilen. Obwohl ich nicht glaube, dass ich die Eule nur deshalb wiederfinde, weil ich an einem Baum lehne und mir die Tränen über das Gesicht laufen, kann ich nicht leugnen, dass es hilft.

Ich weiß nicht, wie lange ich hier schon gestanden habe, aber als ich mir die Wangen abwische und weitergehe, erwacht der nächtliche Wald zu Leben. Fledermäuse flattern über mir, und Grillen zirpen, aber Pikes Schritte sind längst verhallt. Ich traue mich nicht, ihn mithilfe magischer Kräfte zu suchen – sie würden nur funktionieren, wenn sie ihn berührten. Und dann würde er das unverkennbare Sternenlicht sehen, das mit ihnen einhergeht.

Dann wüsste er Bescheid. Aber auf unserem Zeltplatz gibt es nichts anderes, womit ich mich magisch verbinden könnte, und unser einziger Kompass ist bei Pike.

Ich habe mich verirrt, bin verloren, genau wie meine Hoffnung. Genau wie die Eule.

Ich sehe mich um und atme langsam aus. Es hat keinen Zweck, den Zeltplatz zu suchen. In der Dunkelheit werde ich ihn nie finden. Besser, ich bleibe hier, auf demselben Pfad, den Pike und ich zusammen gegangen sind. Ich will nicht riskieren, zu weit vom Weg abzukommen.

Ich lasse mich auf den Boden sinken und ziehe die Knie an die Brust, dann lehne ich meinen Kopf an den Stamm der Fichte und schließe die Augen. Ihre Wurzeln schlängeln sich durch die Erde, sie wiegen mich in ihren Armen und sagen mir, dass ich in Sicherheit bin. Meine Augen sind müde vom Weinen, ich verschränke die Arme vor der Brust, atme in den Baum hinein und lasse mich fallen.

Als mir kalt wird, hülle ich mich in Magie ein. Tausende von winzigen Partikeln prallen auf meine Haut und erzeugen genug Hitze, um mich warm zu halten. Als ich endlich aufhöre, zu zittern, versuche ich, mit der Eule Verbindung aufzunehmen, und richte meine ganze Aufmerksamkeit darauf, sie zu finden.

Ich atme erleichtert aus, als ich sie nach wenigen Augenblicken finde, bin unendlich dankbar darüber, dass sie noch da draußen ist.

Unsere Verbindung ist stark, die Eule lässt mich ihre Magie spüren, als wolle sie, dass ich ihre Spur aufnehme. Sie will sich nicht von meiner Magie beeinflussen lassen, aber sie will gefunden werden. Ich konzentriere mich auf den Sog, auf die Richtung, aus der er kommt, und lokalisiere ihn etwa acht Meilen nordwestlich von hier. Wir müssen morgen zusammenpacken und einen neuen Ausgangspunkt für unsere Wanderung finden. Aber wenigstens ist sie noch in der Nähe.

Sie lebt und atmet und trägt immer noch meinen unglückseligen Fluch.

Jetzt, da ich weiß, dass sie in Sicherheit ist, kann ich mich ausruhen. Ich kuschele mich wieder an die Fichte, eingehüllt in Magie, von Wurzeln getragen, und drifte langsam in den Schlaf. Für einen kurzen Moment spüre ich Frieden in mir aufsteigen.

Dann: »Iris!«

Ich schrecke auf, öffne die Augen und blinzle in die Dunkelheit.

»Iris!« Die Stimme kommt näher.

»Pike?« Ich befinde mich noch im Halbschlaf und reibe mir die Augen.

»Bleib, wo du bist!«, ruft er. »Ich komme!« Seine Stimme klingt drängend. Regelrecht besorgt. Ein leises Lächeln huscht über meine Lippen.

»Hier drüben!«, rufe ich zurück, und mir wird klar, dass Pike wahrscheinlich denkt, dass ich verängstigt und verloren bin so ganz allein im Wald.

Schon kann ich seine Schritte hören, als bereits seine

Stirnlampe in Sicht kommt, die in der Dunkelheit auf und ab wippt. Das Licht streift mein Gesicht, während er auf mich zueilt.

Er kniet sich vor mich auf den Boden und begutachtet mich von Kopf bis Fuß. »Bist du verletzt?«

»Nein, warum sollte ich verletzt sein?«

»Weil du nicht mit mir mitgekommen bist«, antwortet er. »Was zum Teufel ist passiert?«

»Nichts. Ich war wegen der Eule so aufgewühlt, dass ich meine Gefühle erst wieder in den Griff kriegen musste. Ich habe nicht bemerkt, wie spät es geworden ist.«

»Mein Gott, Iris. Ich war krank vor Sorge.« Er steht auf und fährt sich mit einer Hand durch die Haare. »So etwas kannst du nicht machen, okay? Wenn du Zeit für dich brauchst, gut. Aber sag mir wenigstens vorher Bescheid.«

»Es tut mir leid«, lenke ich ein, stehe auf und wische mir den Schmutz von der Hose. Sie ist völlig durchnässt, und ich zittere. »Es tut mir leid. Das wird nicht wieder vorkommen.«

Pike bleibt stehen, sein Scheinwerferlicht tanzt über mein Gesicht und beleuchtet die Bäume hinter mir. Ich wünschte, ich könnte ihn besser sehen, könnte sehen, wie Wut und Sorge sich auf seinem Gesicht abzeichnen. Sein Tonfall, seine Eindringlichkeit, seine angespannte Haltung, all das berührt etwas in mir und bringt etwas von mir ins Wanken.

»Danke, dass du nach mir gesucht hast.«

Erst antwortet er nicht, aber ich spüre seinen forschenden Blick auf mir.

»Ich bin froh, dass es dir gut geht«, sagt er schließlich,

und obwohl es dunkel ist, schaue ich zu Boden und weiß nicht, was ich sagen soll.

Schließlich hebe ich meinen Rucksack auf, schultere ihn und folge Pike zurück zum Zeltplatz. Den Rest des Weges sagt er kein Wort, und als wir angekommen sind, kümmert er sich um das Lagerfeuer.

»Nochmals danke«, unterbreche ich die Stille.

Pike unterbricht seine Arbeit und sieht zu mir hoch, sein Gesichtsausdruck ist unergründlich. Dann regt sich etwas in seiner Miene, und er sieht nach unten. »Gern geschehen.«

»Ich wollte dich wirklich nicht beunruhigen.«

»Ich weiß.« Seine Stimme ist weicher und verliert etwas von ihrer bisherigen Schwere. »Es sah nicht so aus, als hätte ich Grund gehabt, mir Sorgen zu machen. Du hast ziemlich bequem dagelegen, als ich dich fand.«

»Ich war fast eingeschlafen«, gestehe ich.

Er lacht laut auf, und der Klang tut mir überraschend gut. »Das glaube ich sofort.«

»Ich habe Bäume immer gemocht«, verteidige ich mich. »Früher habe ich meine Eltern angebettelt, dass ich draußen schlafen durfte. Das Gefühl, von Natur umgeben zu sein, hat mich immer beruhigt.«

»Hast du das als Kind oft gebraucht? Beruhigt zu werden?« Er unterbricht seine Tätigkeit und sieht mich an. Sein Gesicht lässt sich im Abendlicht nur verschwommen erkennen.

»Ja«, gestehe ich und zupfe am Saum meiner Jacke. »Ich glaube schon. Ich war mir der Dinge, die ich verlieren könnte, immer sehr bewusst. Wahrscheinlich zu bewusst.«

»Was für Dinge?«

»Alles«, antworte ich. »Meine Familie, meine Freunde, mein Zuhause, meine Gesundheit. Alles.«

Pike beschäftigt sich weiter mit dem Feuer. Plötzlich erwachen die Flammen zum Leben und werfen ein warmes, orangefarbenes Licht auf sein Gesicht. Er wischt sich die Hände ab und setzt sich auf die Plane, dann treffen sich unsere Blicke.

»Hast du etwas verloren?«

Ich schlucke schwer. »Ja«, bringe ich hervor und schäme mich für meine heisere Stimme.

»Und trotzdem geht das Leben weiter. Irgendwie findet man einen Weg, weiterzumachen.« Ich sehe ihn an und bin nicht mehr sicher, ob wir über mich reden. Dann räuspert er sich, lehnt sich zurück und atmet tief ein. »Die Bäume helfen einem wirklich«, fügt er nach kurzer Pause hinzu.

Ich reagiere nicht sofort, bin zwischen der Gegenwart und den Geistern der Vergangenheit gefangen, die mich daran erinnern, wie viel mehr ich möglicherweise noch zu verlieren habe. Ich frage mich, worüber Amy und Alex vor jener Nacht gesprochen haben, ob sie über Verlust oder nur über Magie gesprochen haben.

»Auch Wasser hilft. Flüsse und Seen und Regen. Sogar das Rauschen des Wassers aus dem Wasserhahn bringt notfalls Erleichterung.« Ich bin plötzlich verlegen und schaue zu Boden, weil ich den Ausdruck auf Pikes Gesicht nicht sehen will. Ich habe Angst, dass er sich über die Dinge lustig macht, die ich noch nie zuvor jemandem erzählt habe.

Ich spüre seinen Blick auf mir. Sofort steigt mir Hitze in

den Nacken und ins Gesicht, kämpft gegen die kühle Frühlingsnacht an. Er holt tief Luft. Dann: »Du bist ein bemerkenswerter Mensch.«

Meine Reaktion ist ganz instinktiv, ich fühle die Worte mehr, als dass ich sie höre. Worte wie diese sagt man gewöhnlich nicht einfach so, es ist kein *Du bist cool* oder sogar ein *Ich mag dich*. Die Art, wie er die Worte sagt, trifft mich besonders. Als würde es sich um eine Tatsache handeln, als hätten sie gar nicht die Bedeutung, die ich ihnen gebe.

»Das hört sich fast wie ein Kompliment an.« Ich versuche, möglichst unbekümmert zu klingen, um meine Emotionen in Schach zu halten.

»Du weißt, dass *ungewöhnlich* ein Synonym für *bemerkenswert* ist, oder?«, entgegnet er und legt seinen Kopf schief.

Jetzt muss ich lachen und bin plötzlich dankbar für Pikes lockere Art. Dafür, wie er in einem Atemzug die Schwere eines Themas in etwas Leichtes verwandeln kann.

»Willst du noch ein paar Schokocracker?«, fragt er. »Für ein paar reichen unsere Zutaten noch.«

»Klar. Gib mir ein paar Minuten, damit ich mich umziehen kann.«

Ich stehe auf und will zu meinem Zelt hinübergehen, als Pike mich aufhält. »Iris.«

Er tritt nah an mich heran, so nah, dass ich seinen Atem auf meiner Haut spüre. Auf meinen Armen bildet sich eine Gänsehaut, und ich bleibe stehen, erstarre in seiner Nähe.

»Ich habe es als Kompliment gemeint.« Seine Stimme ist dabei ganz ruhig. Wir sind so weit vom Feuer entfernt, dass ich ihn nur als Schatten sehe, nur die Wärme seines Körpers wahrnehme. Und vielleicht ist es besser so, besser, dass ich nicht sehen kann, ob seine Worte auch seine Augen erreicht haben, ob sein Blick auf meine Lippen gerichtet war.

Es ist besser, dass er nicht gesehen hat, wie ich sein Gesicht nach Zeichen abgesucht habe, wie ich mich danach gesehnt habe, jedes Detail seiner Mimik zu erkennen.

Besser.

Ich gehe weiter, weiß nicht, was ich sagen soll oder ob ich meine Stimme überhaupt unter Kontrolle habe. Im geschützten Raum meines Zeltes spiele ich seine Worte in meinem Kopf durch und überlege, wann Pike von jemandem, der mir das Leben schwer macht, zu jemandem geworden ist, der im Wald nach mir sucht.

Das mir bereits sehr vertraute schlechte Gewissen presst meine Brust zusammen, sobald ich an den Fluch denke, der diese ganze Reise ausgelöst hat. Pike bereitet Essen für mich zu, sucht mich im Wald und hält mich für bemerkenswert. Und ich habe ihn verflucht.

Furcht macht sich in meinem Magen breit. Ich nehme noch einmal Verbindung zu der Eule auf und vergewissere mich, dass mein Fluch sicher unter ihren Flügeln verborgen ist. Ihre Magie strömt zu mir hin, und ich atme erleichtert aus. Ich versuche, mir einzureden, jetzt erst einmal einen Schokocracker zu genießen, gut zu schlafen und morgen wieder von Neuem anzufangen.

Ich ziehe meine Jogginghose an, binde mein Haar zu einem Dutt zusammen, dann schnappe ich mir meine Decke und geselle mich zu Pike auf die Plane. Es ist angenehm warm am Feuer, Pike hat ein Marshmallow aufgespießt und röstet es.

»Perfektes Timing«, sagt er, nimmt das Marshmallow vom Spieß und platziert es zwischen zwei Graham Cracker. »Der hier sieht richtig gut aus.«

Er reicht ihn mir, und ich verschlinge ihn in einem Bissen. Ich hatte gar nicht bemerkt, wie hungrig ich bin.

Pike macht sich auch einen und wirft mir einen entschuldigenden Blick zu, als er fertig ist. »Schade, dass ich nicht mehr mitgenommen habe.«

»Wenn wir morgen einkaufen gehen, können wir noch Zutaten besorgen«, schlage ich vor, ziehe die Decke über meinen Schoß und stecke die Hände unter den Stoff, um sie zu wärmen.

»Willst du immer noch, dass ich mit dir komme?«, fragt er und klingt aufrichtig überrascht.

Mir fällt auf, dass ich ganz selbstverständlich davon ausgegangen bin, dass er mitkommt. Dass ich nicht einmal in Betracht gezogen habe, allein zu gehen. »Klar«, sage ich betont locker. »Wenn du willst.«

»Ja.«

»Dann ist es abgemacht.«

Ich lege mich auf den Rücken und schaue hinauf zu den Sternen – Tausende weiße Lichter in einem Meer von Dunkelheit. Manchmal bin ich von alldem überwältigt, von der Unendlichkeit dieses Lebens, von dem absoluten Wunder, dass ich in diesem Moment existiere. Da draußen in diesem Universum gibt es so viel Magie, viel mehr, als das Auge sehen kann, und sie erreicht Entfernungen, die kein Verstand erfassen kann.

Die Plane wirft leichte Falten, als Pike sich ebenfalls hinlegt, nur wenige Zentimeter von mir entfernt. Ohne ein Wort schiebe ich eine Ecke meiner Decke zu ihm hinüber. Er nimmt sie und bedeckt seine Beine. Das Feuer knistert und knackt neben uns, aber ansonsten ist die Nacht ruhig. Lautlos.

»Wusstest du, dass im Weltraum absolute Stille herrscht?«, fragt Pike, während er in den Himmel starrt. »Es gibt keine Atmosphäre, also kann sich der Schall nicht ausbreiten.« Er macht eine Pause, bevor er weiterspricht. »Manchmal frage ich mich, wie es wohl wäre, von dieser Art von Stille umgeben zu sein.«

Es überrascht mich, dass Pike jemals von Stille umgeben sein will. Ich lerne gerade wirklich eine ganz andere Seite von ihm kennen.

»Perfekt«, sagen wir beide gleichzeitig.

Ich drehe langsam meinen Kopf zu ihm, und er tut dasselbe. Der Schein des Feuers tanzt auf seiner Brille und wirft Schatten auf sein Gesicht.

Er fixiert mich mit seinen Augen. »Es tut mir leid wegen vorhin.«

»Mir tut es auch leid. Ich hätte nicht so ausrasten dürfen.«

»Ich habe dir keine andere Wahl gelassen«, gibt er zu und schaut zu Boden, als ob er überlegen würde, ob er noch etwas sagen will. Er entscheidet sich dagegen, sodass sich Schweigen zwischen uns breitmacht.

Nach einigen Minuten greife ich in meine Tasche, krame etwas hervor und halte es Pike vor die Nase.

»Iris Gray, bietest du mir etwa einen deiner kostbaren Power-Riegel an?«

»Ganz genau«, antworte ich feierlich und reiche ihm den Riegel. »Ein Friedensangebot, sozusagen.«

»Ich bin aufrichtig gerührt.« Als er den Riegel entgegennimmt, streift er mit seinen Fingerspitzen meine Hand. Ich halte die Luft an und bleibe reglos liegen, denn ich bin mir meiner Hand plötzlich so bewusst wie nie zuvor.

Es sollte eine alberne Geste sein, ein Scherz, aber er sieht mich so ernsthaft an, dass tief in meinem Inneren etwas aufgewirbelt wird. Etwas, das mir bisher völlig unbekannt war. Meine Hand verharrt immer noch regungslos in der Luft, Pikes Fingerspitzen ruhen sanft auf meiner Haut. Der Feuerschein ist hell genug, um zu sehen, wie sein Blick sich verändert, wie darin eine Frage statt einer Antwort steht, als er mit seinen Augen meinen Mund sucht.

Er schluckt, und ich sehe, wie sich sein Kehlkopf dabei auf und ab bewegt. Langsam zieht er seine Finger von meiner Hand zurück. An die Stelle seiner warmen Berührung tritt die kalte Nachtluft.

»Es ist spät geworden«, raunt er und erhebt sich.

Ich blinzle ein paarmal und komme langsam wieder zu mir. Pike bietet mir seine Hand an, aber nach dem Moment gerade eben traue ich mir nicht genug über den Weg, um sie anzunehmen. Also stehe ich ohne seine Hilfe auf und nehme meine Decke.

Pike räumt unseren Müll auf, bevor er das Feuer löscht. Dann knipst er eine Taschenlampe an und begleitet mich zu meinem Zelt.

»Danke noch mal«, sage ich, ohne ihm in die Augen zu sehen. »Dafür, dass du zu mir zurückgekommen bist.«

»Gern geschehen.«

»Gute Nacht«, murmle ich, öffne den Reißverschluss meines Zeltes und schiebe mich hinein.

Nachdem ich in meinen Schlafsack geschlüpft bin, ziehe ich mir zusätzlich die Decke über. Noch vor wenigen Augenblicken haben Pike und ich gemeinsam darunter gelegen und zu den Sternen hinaufgeschaut. Ich höre, wie er sein Zelt öffnet und sich bettfertig macht. Dann wird es ruhig, und nur noch die Geräusche der Waldtiere sind zu hören.

Trotzdem strenge ich mich an, ihn zu hören – ob er schnell einschläft oder ob er so wie ich im Bett liegt und nachdenkt. Selbst an guten Tagen kann ich meinen Verstand nicht zur Ruhe bringen. Und an den schlechten Tagen wiederhole ich jedes kleinste Detail so lange, bis ich am liebsten schreien würde.

Pike sagt, dass im Weltraum absolute Stille herrscht, dass der Schall sich nicht ausbreiten kann, und ich frage mich, ob das auch für meine Gedanken gelten könnte. Vielleicht könnte ich hoch und immer höher schweben, und irgendwo weit oben würden meine Gedanken einfach ... stillstehen.

Ich schließe die Augen und vertiefe mich in diese Idee, stelle mir vor, wie ich in den Himmel aufsteige und die Welt immer leiser wird, bis plötzlich nichts mehr zu hören ist.

Ein Rascheln dringt aus Pikes Zelt zu mir herüber, und ich frage mich, ob er noch wach ist oder sich nur im Traum umdreht und fest schläft. Dann höre ich das unverwechselbare Geräusch eines Papiers, das aufgerissen wird, und schlage schnell meine Hand auf den Mund, um das Lachen zu unterdrücken, das mir in der Kehle aufsteigt.

Pike Alder isst den Power-Riegel, den ich ihm gegeben habe.

Und aus irgendeinem Grund macht mich das auf unerwartete Weise glücklich.

13

Ich wache davon auf, dass Pike auf dem Zeltplatz umhergeht und vor sich hin summt. Gerade als ich mir die Augen reibe und gähne, fällt mir schlagartig die Eule ein, und Panik packt mich. Eilig bündele ich meine Magie und versuche, mich mit dem Vogel zu verbinden. Ich muss wissen, ob er noch in der Nähe ist.

Nach und nach spürt die Magie ihn auf, und das Bild in meinem Kopf wird immer deutlicher. Schließlich ist es kristallklar und zeigt mir seinen Standort. Erleichtert atme ich aus.

Die Eule ist immer noch dort, wo ich sie gestern, nachdem sie weggeflogen ist, aufgespürt habe. Etwas sagt mir, dass sie auch dort bleiben wird. Dass sie auf mich wartet.

Ich schlüpfe aus meinem Schlafsack und binde mein Haar zu einem Dutt zusammen. Wahrscheinlich sehe ich fürchterlich aus, mit meinen zerzausten, lockigen Haaren und meinen noch ganz müden Augen. Aber ich hatte noch nie vor, Pike Alder zu beeindrucken, also werde ich auch jetzt nicht damit anfangen.

Als ich aus meinem Zelt komme, ist Pike schon dabei, seins abzubauen. Der Großteil seiner Sachen ist ordentlich an der Seite gestapelt. Gerade zieht er die Zeltstangen heraus und wirft sie auf den Boden.

»Guten Morgen«, begrüßt er mich und dreht sich zu mir um.

Es kostet mich all meine Beherrschung, ihn nicht auf seinen Mitternachtssnack anzusprechen, doch ich widerstehe. »Morgen«, sage ich, greife nach der Tüte mit Sarahs Knuspermüsli und schiebe mir eine Handvoll in den Mund.

»Was isst du da?«, fragt Pike und sieht zu mir herüber. Sein Blick bleibt einen Moment zu lange an der Tüte hängen, und ich muss fast lachen.

»Selbst gemachtes Knuspermüsli«, erkläre ich und reiche es ihm. »Du kannst gerne etwas davon haben. Sarah hat mir genug für ein ganzes Jahr mitgegeben.«

Pike greift gierig nach der Tüte und schüttet sich eine große Portion in seine Hand. Ihm sind Sarahs Backkünste wohlbekannt, denn Sarah gibt Mom und mir oft ihre Kreationen mit auf die Arbeit.

»Gott segne sie«, sagt Pike, nachdem er aufgegessen hat. Ich reiche ihm die Tüte erneut, und er bedient sich.

»Sie ist wirklich ein wundervoller Mensch«, werfe ich ein und muss sofort an die Verlobung von Mom und Sarah denken. Dabei werde ich von einer so großen Freude erfüllt, die ich direkt körperlich spüren kann. »Meine Mutter und Sarah haben sich verlobt«, platzt es aus mir heraus, weil ich es einfach mit jemandem teilen will.

»Wow«, sagt Pike und isst noch mehr Müsli. »Das ist fantastisch. Sie passen gut zusammen.«

»Finde ich auch.«

Ihre Beziehung ist mir immer ganz natürlich erschienen,

und ich frage mich, wie lange Mom und Sarah schon zusammen gewesen sind, bevor sie realisiert haben, dass sie zusammen sind. Vielleicht ist ihnen eines Tages klar geworden, dass sie sich abends nie wieder voneinander verabschieden wollen, so wie Sterne in der Dunkelheit – sie sind schon immer da gewesen, aber es braucht einen wolkenlosen Himmel, weit weg von den Lichtern der Stadt, um sie zu sehen.

Plötzlich schaut Pike mich an. »Und wie geht es dir damit?« Sein Ton ist freundlich, als wolle er es wirklich wissen, und ich muss unwillkürlich lächeln.

»Ich bin begeistert. Ich bewundere Sarah, und sie macht meine Mutter so glücklich, wie ich sie seit langer Zeit nicht mehr gesehen habe.«

»Kein Wunder bei all ihrem tollen Essen.«

»Ich weiß, und das ist nur die Zugabe. Sie ist wunderbar, und ich kann es kaum erwarten, bis sie bei uns einzieht. Sie ist ein richtiger Sonnenschein.«

»Den Eindruck habe ich nach den wenigen Begegnungen mit ihr auch.«

Seine Äußerung macht mich glücklich, weil sie zeigt, dass Pike diese Eigenschaften ebenfalls in ihr erkannt hat. Er bemerkt mehr, ist aufmerksamer, als er vorgibt, zu sein. Und ich frage mich, warum er das verbirgt, warum es für ihn so oft die einzige Option zu sein scheint, sich zu verstecken.

Pike macht sich wieder ans Packen, während mir klar wird, dass ich ihm gerade etwas sehr Persönliches mitgeteilt habe, etwas, das mich sehr glücklich macht. Er hätte den Moment mit einem seiner sarkastischen Kommentare oder seinen Sticheleien ruinieren können, aber das hat er nicht. Er hat sich mit mir gefreut, und das war ein bedeutendes Ereignis für uns beide. Irgendwie wichtig.

»Ich gehe jetzt packen«, sage ich und wende mich meinem Zelt zu.

»Soll ich dir helfen?«

»Wirklich?«

»Kling nicht so überrascht.«

»Ich glaube, du hast mir im Wildgehege kein einziges Mal deine Hilfe angeboten«, erinnere ich ihn.

»Das ist etwas anderes. Im Wildgehege sind wir Gegner. Es würde keinen Sinn machen, dir zu helfen. Aber hier sind wir Verbündete, die auf dasselbe Ziel hinarbeiten.«

»Ich kann nicht glauben, dass du uns gerade mit den Begriffen *Gegner* und *Verbündete* beschrieben hast«, entgegne ich und ziehe meinen Rucksack aus dem Zelt.

»Wirklich? Ich finde die beiden Begriffe eigentlich sehr passend.«

»Vielleicht hast du sogar recht. Ich schätze, ich bin einfach immer noch darüber schockiert, dass du nun mal so bist.«

Darüber muss er lachen, und in meinem Bauch macht sich ein seltsames Gefühl breit. Bin ich etwa stolz darauf, ihn zum Lachen gebracht zu haben? Ich verdränge den Gedanken und räume weiter meine Sachen aus dem Zelt.

Während ich packe, baut Pike mein Zelt ab. Nachdem wir uns vergewissert haben, dass wir auf dem Platz nichts zurückgelassen haben, machen wir uns auf den Rückweg zum

Auto. Kurz vor dem Parkplatz bleibe ich stehen, um etwas zu trinken. Pike fischt sein Handy aus seinem Rucksack und schaltet es ein. Es piepst mehrmals hintereinander.

»Wieder im Netz«, sagt Pike und schaut auf den Bildschirm. Dann ändert sich sein Gesichtsausdruck, und er sieht besorgt aus.

»Alles in Ordnung?«

»Ja, es ist nur ... Oh Mann, ich fühle mich schrecklich. Ich hatte gestern Abend ein Date und habe es total vergessen. Sie hat mir ein paar Nachrichten geschickt und zweimal angerufen.«

Ich habe zwar immer angenommen, dass Pike datet, aber es jetzt aus seinem Munde zu hören, verunsichert mich. Ich nehme einen Schluck Wasser und versuche, möglichst normal zu wirken. Desinteressiert.

»Deine Freundin?«, frage ich. Ich habe keine Ahnung, ob Pike eine Freundin hat oder nicht. Die Frage ist mir einfach so herausgerutscht.

Er unterbricht sein Tippen, sieht mich an und zieht einen Mundwinkel nach oben. »Fragst du, ob ich vergeben bin, Iris?«

»Nein. Warum sollte mich das kümmern?«

»Ich weiß es nicht, sag du es mir«, antwortet Pike und genießt die Situation ein bisschen zu sehr. Seine Daumen schweben über der Tastatur, aber er tippt nicht weiter.

»Ich führe hier nur eine freundliche Konversation.« Ich nehme noch einen Schluck Wasser, dann gehe ich weiter bergab. Ich ärgere mich über Pike, weil er meine Frage nicht beantwortet. Und ich ärgere mich über mich selbst, weil es mich interessiert.

»Nur von Freund zu Freund, warum datest du eigentlich nicht?«

»Wie kommst du darauf, dass ich nicht date?«, frage ich. Seine Annahme nervt mich, obwohl er recht hat.

»Tust du?«

Ich bleibe stehen. »Nein.«

»Warum nicht?«

»Ich weiß es nicht. Ich, ähm … glaube einfach nicht, dass ich gut darin wäre.« Meine Stimme wird leise, und ich hoffe, Pike merkt es nicht. Ich bin froh, dass er hinter mir geht und mein Gesicht nicht sehen kann. »Ich bin nicht wie du. Ich kann mich nicht einfach mit einer beliebigen Person treffen und über irgendetwas reden. Ich brauche eine Weile, bis ich mich mit jemandem wohlfühle.«

»Mit mir kommst du doch gut zurecht«, gibt er zu bedenken.

»Ich will bei dir auch keinen Eindruck machen«, erwidere ich.

Pike bleibt stehen, und ich drehe mich zu ihm um. »Genau das ist dein Problem.«

»Was meinst du damit?«, frage ich genervt und möchte eigentlich das Thema wechseln.

»Du solltest nicht versuchen, jemanden zu beeindrucken. Es sollte genau andersherum sein.«

»Und das sagt ausgerechnet die Person, die meint, dass ich nicht gut mit Menschen umgehen kann«, erinnere ich ihn.

»Ich meine es ernst. Du bist klug und talentiert und einer der interessantesten Menschen, die ich je getroffen habe. Und du bist mit einem Wolf befreundet, was ziemlich krass ist.« Er hält inne. »Du musst niemanden beeindrucken.«

Ich lache und verdrehe die Augen, aber er sieht mich auf eine Art und Weise an, die mich innehalten lässt.

»Du bist diejenige, die man beeindrucken muss, Iris.« Er sagt die Worte langsam, deutlich, als ob er möchte, dass ich sie wiederhole, als ob es ihm wichtig ist, dass ich sie verstehe.

Ich schaue zu Boden und weiß nicht, was ich antworten soll. »Sollte ich mich dazu entschließen, den Dating-Pool mit meiner Anwesenheit zu beehren, werde ich das im Hinterkopf behalten.« Ich sage es wie einen Witz, aber ich meine es ernst. Ich werde mir merken, was er gesagt hat.

Beim Auto angekommen, beginnt Pike, den Kofferraum zu beladen. Währenddessen rufe ich die Karten auf. Ich setze mich auf die Kühlerhaube, um sie zu studieren, dann kommt Pike zu mir und setzt sich neben mich.

»Sie ist nicht meine Freundin«, sagt er und beugt sich zu mir herüber, als würde er mir gerade ein Geheimnis verraten. Es macht mich seltsam glücklich, als mir klar wird, dass er es mir die ganze Zeit erzählen wollte und nur darauf gewartet hat, dass ich wieder frage. »Es sollte ein erstes Date werden.«

»Für ein erstes Date wahrscheinlich nicht so gut gelaufen.«

»Nein, definitiv nicht«, antwortet er und lacht. Er schaut mir über die Schulter und sieht sich die Karten an.

»Was meinst du, wie es unserer Eule heute Morgen geht?«

»Ich glaube, es geht ihr gut«, sage ich. »Sie ist mit sich zufrieden, weil sie sich so schwer fangen lässt.«

»Du bist zu streng mit ihr. Immerhin ist sie ein wildes Tier.«

Am liebsten würde ich ihm sagen, dass er auch streng zu ihr wäre, wenn er einen Fluch ausgesprochen hätte, den die Eule gestohlen hätte. Ich seufze, lehne mich zurück und hole tief Luft.

Würde ich den Fluch doch nur besser verstehen und könnte mehr Beispiele oder Texte darüber studieren. Aber meine einzige Quelle ist die Geschichte, die Mom mir als Kind erzählt hat, und die hat ein katastrophales Ende. Ich weiß nicht, wie sich der Fluch auf die Region auswirken wird oder was alles geschehen kann, wenn er eintritt. Sicher ist nur, dass er Pike in einen Magier verwandeln wird, was schlimm genug ist. Dass er Pike verbrennen könnte, was noch schlimmer ist.

Aber was kann sonst noch passieren?

Mein Herz rast bei der Vorstellung, wieder auf diesem Feld stehen zu müssen, umgeben von Wildblumen und Lavendel, vor mir der Hexenrat, der mich sieben Mal umkreist. Ich möchte weinen, wenn ich an meine Mutter denke, die mich mit ihrer unerschütterlichen, immerwährenden Liebe von der Seite aus beobachtet.

Aber es geht hier nicht nur um mich. Es geht um Pike und seine Familie. Es geht um die Region, auf die sich dieser Fluch auswirken könnte.

Pike holt seine Karte hervor, vergleicht sie mit den Koordinaten auf meinem Handy und sieht sich die Ausgangspunkte für die unterschiedlichen Wanderungen in der Umgebung an. Nach ein paar Minuten tippt er auf eine Stelle und sagt: »Dieser hier.«

»Wie weit müssen wir fahren?«

»Ungefähr zwanzig Minuten. Aber wir müssen unterwegs an einem Laden halten und ein paar Sachen einkaufen. Ich habe nicht für einen so langen Ausflug geplant.«

Seine Bemerkung weckt meine Sehnsucht nach dem Wildgehege, nach meiner Mom und Winter. Hätte ich doch nur die Eule wieder und könnte endlich den Fluch rückgängig machen, dann würde ich endlich wieder zur Ruhe kommen.

Pike startet sein Auto. Wir fahren bergab und hören dieselbe Musik, die wir zwei Tagen zuvor auf der Herfahrt gehört haben.

Der Himmel ist verhangen, die Welt in Grautöne gehüllt. Ich lehne meinen Kopf an die Scheibe und lasse die Kälte in meine Haut eindringen. Schon bald biegen wir auf einen geschotterten Parkplatz ab und halten vor einem kleinen Supermarkt. Das aus dunklen Balken gezimmerte Gebäude mit dem steilen Giebeldach hebt sich von den Bergen in der Ferne ab. Das liebe ich am Leben auf dem Land: Wenn man weit genug von der Zivilisation entfernt ist, hat man selbst vom kleinsten Laden aus eine unglaubliche Aussicht.

Pike gibt durch und durch den Mann mit Mission. Er checkt seine Einkaufsliste auf dem Handy und geht dann zielstrebig die Gänge entlang. Jedes Mal, wenn er etwas von der Liste gefunden hat, läuft es gleich ab: Er nimmt die Ware aus dem Regal, dreht sie um, liest, was auf der Rückseite steht, prüft noch einmal die Liste auf seinem Handy und legt den Artikel dann behutsam in den Einkaufskorb.

So macht er das mehrere Male, aber als er die Zutaten für die Schokocracker findet, nehme ich sie ihm ab und lege sie in meinen Korb.

»Die nehme ich«, sage ich.

Ich kaufe noch ein paar Snacks, dann zahlen wir und gehen zum Auto zurück.

»Hey, macht es dir etwas aus, ein paar Minuten zu warten? Wir haben hier ziemlich guten Empfang, und ich möchte kurz meine Mutter anrufen.«

»Gute Idee«, sagt Pike. »Ich könnte meine Eltern auch kurz anrufen.«

Ich entferne mich ein paar Meter und gehe ungeduldig auf und ab. Nach dem dritten Klingeln nimmt Mom ab.

»Hallo?« Sie klingt ruhig und gut gelaunt, genau wie an dem Tag, als ich weggefahren bin. Ich vermisse sie.

»Hallo, Mom!« Ich bin so erleichtert, ihre Stimme zu hören.

»Iris! Ich bin so froh, dass du anrufst. Wir vermissen dich hier.«

»Ich vermisse euch auch«, antworte ich. »Wie läuft's denn so?«

Sarah sagt etwas im Hintergrund, das ich nicht verstehen kann, und dann ist Mom wieder am Telefon. »Du meldest dich genau zur richtigen Zeit. Gerade hat Cassandra angerufen.«

Bei der Erwähnung ihres Namens wird mir eiskalt. Meine Handflächen beginnen, zu schwitzen, und die Haare in meinem Nacken stellen sich auf. Mir wird so übel, dass ich einen Moment lang glaube, dass ich mich übergeben muss.

»Warum?« Es kostet mich alle Kraft, dieses eine Wort deutlich auszusprechen. Ohne zu zittern.

»Sie hat angeboten, mit der Eule zu helfen. Du weißt ja, dass der Hexenrat die Verstärker genau im Auge behält. Und da sie ohnehin in der Gegend arbeitet, hat sie angerufen und gefragt, ob wir etwas brauchen.«

Ich kann nicht mehr klar denken. Mein Kopf rast, und der Parkplatz beginnt, sich zu drehen. Ich reibe mir die Schläfen und versuche, mich zu konzentrieren, nachzudenken, aber ich sehe nur noch Cassandra, die mir meine magische Wahrnehmungsfähigkeit nimmt. Ich bin froh, dass ich auf ihre Hilfe zurückgreifen kann, wenn nötig. Aber ich dachte, ich hätte mehr Zeit, um das Problem selbst in den Griff zu bekommen.

Im Moment ist die Eule sicher, und es besteht keine unmittelbare Gefahr. Aber sobald sich der Rat einmischt, war's das. Sie werden den Fluch entdecken, und ich werde wieder vor Gericht gestellt.

Ich habe zu lange geschwiegen, sodass Mom jetzt fragt: »Schatz, geht es dir gut?«

»Mir geht es gut«, presse ich hervor, obwohl mein Herz rast und mir schwindelig ist.

Ich glaube nicht, dass ich es überleben würde, wenn ich meine Magie verlöre, meine Verbindung zu den lebendigen

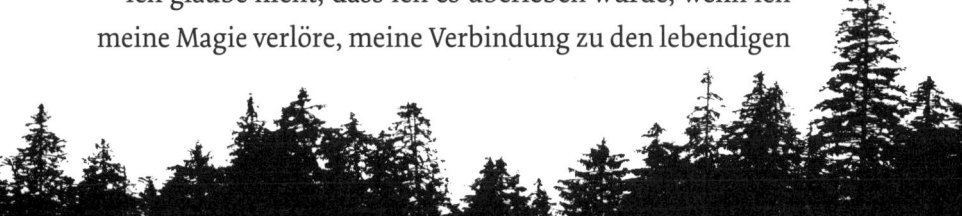

Dingen um mich herum. Trotz allem, was ich erlebt habe – meine beste Freundin, die einen geliebten Menschen tötete, mein Vater, der uns verlassen hat, unser fluchtartiger Umzug –, trotz all dem kann ich mir eine Welt ohne Magie immer noch nicht vorstellen.

Ich will mich nicht ändern müssen, um dazuzugehören, um geliebt und gesehen zu werden. Ein Leben ohne Liebe wäre mir lieber als ein Leben ohne Magie.

»Ist mit Pike alles in Ordnung?«, fragt Mom, und ich merke, dass sie sich langsam Sorgen macht.

»Schockierenderweise ja«, gestehe ich und zwinge mich zu einem lässigen Tonfall. Sie lacht, aber ich bin zu abgelenkt, um mich darüber zu freuen.

Ich war mit meinen Eltern bei Amys Verhandlung und umklammerte die Hand meiner Mutter so fest, dass mir noch tagelang die Finger wehtaten. Als Cassandra auf Amy zuging, sie an den Händen fasste und ihr die magische Wahrnehmungsfähigkeit entzog, flossen beiden die Tränen über das Gesicht. Mom und ich weinten auch. Ich respektierte Cassandra damals dafür, dass sie nicht zuließ, dass jemand anderes Amy das antat. Dass sie selbst das Urteil vollstrecken wollte.

Aber ich hatte immer das Gefühl, dass sie mir gegenüber Groll, Wut oder Frustration empfand. Vielleicht war sie enttäuscht darüber, dass ich in der Situation nicht mehr ausgerichtet hatte. Oder sie wünschte sich insgeheim, dass ich mich statt Amy schuldig gemacht hätte. Ich mache ihr keinen Vorwurf, aber mir wäre es wirklich lieber, wenn nicht ausgerechnet sie vom Rat hier stationiert worden wäre.

»Dann genießt mal euren letzten Abend. Cassandra erwähnte eine Trainingseinheit, die sie leitet. Offenbar hast du noch einen Tag Zeit, bevor sie dir helfen kann. Ich gebe dir für alle Fälle ihre Nummer – sie hat so ein modernes Satellitentelefon.«

Ich speichere die Nummer und danke Mom für die Vorwarnung.

»Wie geht's der Eule?«, will sie noch wissen.

»Es scheint ihr unheimlich viel Spaß zu machen, dass ich hinter ihr her bin. Aber sonst geht es ihr gut.«

Sie atmet erleichtert aus, und es macht mich glücklich, wie sehr ihr dieser Vogel am Herzen liegt. Wie wichtig er ihr ist.

»Gut. Grüß Pike von mir, und viel Glück beim Finden der Eule, damit du schnell nach Hause kommen kannst.«

»Mach ich. Ich lieb dich, Mom.«

Als ich aufgelegt habe, höre ich das Knirschen von Kies unter meinen Stiefeln. Ich habe immer noch Zeit, die Eule zu finden, bevor Cassandra kommt. Es muss nicht in Dunkelheit enden, nicht in einem Urteil, das die Magie des Universums aufflimmern, verblassen und schließlich vollständig erlöschen lässt.

Es gibt andere Lösungen, und ich werde eine davon finden.

14

Als wir die schmale, unbefestigte Straße zum nächsten Ausgangspunkt hinauffahren, verdunkelt sich der Himmel zusehends. Obwohl es mitten am Nachmittag ist, sieht es aus, als würde es bereits dämmern. Alles verschwindet hinter einem Filter aus Grau. Ich beuge mich vor, schaue durch die Windschutzscheibe nach oben und sehe die Baumkronen im aufkommenden Wind schwanken.

»Das dürfte eine interessante Nacht werden«, sagt Pike, als wir auf den Parkplatz einbiegen.

»Machst du dir keine Sorgen?«

»Ein bisschen Regen hat noch niemandem geschadet«, beruhigt er mich und stellt das Auto ab. »Kannst du mal nach MacGuffin schauen, bevor wir losgehen? Ich lade den Kofferraum aus.«

Er wartet meine Antwort nicht ab, sondern steigt aus dem Auto und öffnet die Heckklappe.

Ich ziehe mein Handy hervor und öffne die App für den Fall, dass er mich beobachtet. Dann schließe ich meine Augen und stelle die Verbindung zur Eule her, spüre, wie sich die magischen Partikel zu einer klaren Linie vereinen und direkt zu dem Vogel führen.

»Ja, sie ist immer noch am selben Ort.«

»Super«, ruft Pike mir vom Kofferraum aus zu. »Wir müssen diesmal etwa eine Stunde bergauf. Ich war schon einmal mit meinem Vater hier. Am Fluss gibt es einen schönen Platz, wo wir unser Lager aufschlagen können.«

Ich steige aus dem Auto und ziehe meine Outdoorjacke und eine Baseballmütze an. »Gehst du oft mit deinem Vater wandern?«

»So oft wie möglich«, antwortet Pike. »Wenn meine Mutter beruflich unterwegs ist, planen wir häufig eine Tour und nehmen uns ein paar Tage frei.«

Ich schultere den Rucksack und ziehe die Gurte fest, dann schaue ich noch mal auf den Rücksitz, um sicherzugehen, dass ich nichts vergessen habe. »Bist du so darauf gekommen, Ornithologe zu werden?«

Pike schließt die Heckklappe des Subaru, verriegelt ihn und nimmt seinen Rucksack. »Ja«, sagt er, »auch dadurch. Wir haben als Kinder viel Zeit im Freien verbracht. Mein kleiner Bruder hat die Vögel geliebt. Er hat sie immer an ihrem Gesang erkannt.«

Wir gehen den Pfad bergan, und hier, unter den Bäumen, klingt der Wind noch lauter. »Wie alt ist dein Bruder?«, frage ich.

Pike strauchelt leicht, als er über eine frei liegende Wurzel tritt. »Er wäre dieses Jahr vierzehn geworden.«

Wäre geworden.

»Oh, Pike, bitte entschuldige. Das habe ich nicht gewusst.«

»Woher auch?«, fragt er und erinnert mich damit an meine eigenen Worte, als er von meinem Asthma erfuhr. Es klingt nicht gehässig, nur realistisch. Auf dieser Reise sprechen wir zum ersten Mal über wesentliche Dinge. Schon seltsam, dass der Praktikant, der sich mit mir gemessen und mir das Leben so schwer gemacht hat, die ganze Zeit eine vielschichtige Person mit einer eigenen tragischen und schmerzhaften Geschichte gewesen ist.

Das ist eigentlich ganz normal, aber ich habe ihn nie so gesehen.

»Ich weiß es nicht«, gestehe ich leise.

Danach schweigen wir. Leichter Regen setzt ein, und ein Gewitter zieht auf. Ich überlege kurz, ob wir umkehren und eine Unterkunft in der Nähe suchen sollen, bis es vorbei ist. Aber die Eule ist nicht mehr weit, und da Cassandra nicht fern ist, will ich es nicht riskieren.

Wir haben anscheinend nur noch einen Tag Zeit, bevor sie sich selbst auf die Suche machen wird. Doch das kommt mir nicht sehr lange vor, also brauche ich jede Minute.

Ich behalte den Boden im Auge und gehe jetzt besonders vorsichtig, da die Felsen und Wurzeln vom Regen rutschig geworden sind. Cassandra wird mich viel leichter aufspüren, wenn ich Magie einsetze, deshalb kann ich sie ab jetzt nicht mehr nutzen.

Eigentlich sollte ich nicht einmal den Standort der Eule checken, aber das dauert nur Sekunden, und wenn Cassandra mich nicht gerade im selben Moment ausfindig machen will, spielt das keine Rolle. Aber das Heilen einer Verletzung oder der Versuch, einen Puma zu beruhigen, würde mehr Zeit in Anspruch nehmen und ist deshalb absolut tabu.

Ich weiß nicht, ob Cassandra den Rat angefleht hat, Amys Urteil zu überdenken, oder ob sie es bereitwillig akzeptiert hat. Ich weiß nicht, ob sie versucht hat, Amy vor ihrem Schicksal zu bewahren, oder ob sie sich an ihre Pflicht als Ratsmitglied gebunden gefühlt hat.

Cassandra wäre wahrscheinlich rasend vor Wut, wenn sie von dem Fluch für Pike erfahren würde. Aber weniger wegen der Konsequenzen, sondern weil ich mit angesehen habe, was meine beste Freundin durchgemacht hat. Cassandra ist ihre ältere Schwester und eine der engsten Freundinnen meiner Mutter gewesen – sie gehörte quasi zur Familie. Aber das hat sich vor zwei Jahren schlagartig geändert.

Jetzt weiß ich nicht, wie ich ihr in die Augen schauen und ihr sagen soll, wie leid es mir tut, was sie mit Amy erleiden musste. Wie ich ihr sagen soll, dass ich damals nicht hätte schlafen gehen sollen. Ich hätte auf mein Bauchgefühl hören und wach bleiben sollen, denn ich ahnte, dass Amy etwas im Schilde führte.

Aber ich tat es nicht, und weil es kein Verbrechen ist, schlafen zu gehen, kam ich glimpflich davon, und Amy musste allein die Konsequenzen tragen.

Tief in meinem Inneren weiß ich jedoch, dass Cassandras Unmut über den Fluch keine Rolle spielen wird. Was ich mit der Eule getan habe, ist so ungeheuerlich, dass ich jede Strafe verdiene, die der Rat für angemessen hält.

Es ist noch nicht zu spät, sage ich mir und klammere mich an diesen Gedanken, zwinge mich, daran zu glauben. Nur so kann ich weiter einen Fuß vor den anderen setzen.

Als wir den Fluss erreicht haben, ist der Regen stärker und die Erde aufgeweichter geworden. Pike hat recht: Nur ein paar Meter vom Ufer entfernt gibt es einen perfekten Platz zum Zelten, und wir beginnen, uns für die Nacht einzurichten. Die Bäume bieten einen guten Schutz vor dem Regen, und ich schaffe es in wenigen Minuten, mein Zelt aufzubauen und meine Sachen zu verstauen.

Pike holt eine Schnur aus seinem Rucksack, befestigt seine Plane an vier großen Kiefern und spannt sie fest. Er legt eine Decke darunter und zeigt stolz auf seinen behelfsmäßigen Unterstand.

»Bin ich nicht perfekt ausgerüstet?«, will er wissen.

»Nicht schlecht«, gebe ich zu.

Die Eule ist höchstens ein paar Hundert Meter von hier entfernt, aber das Gelände wird abschüssiger, und überall liegen Felsbrocken herum. Näher kommen wir fürs Erste nicht an sie heran. Aber es ist schön, ihr wieder so nahe zu sein. Hoffnung erfüllt mich und ergießt sich über meine Schultern bis in meine Arme – eine körperliche Reaktion, die mein rasendes Herz beruhigt.

Die Hoffnung ist im Moment mein Rettungsanker.

Pike schichtet ein paar Steine zu einem Kreis zusammen und schafft es, selbst im Regen ein Feuer zu entfachen.

»Okay, jetzt bin ich echt beeindruckt«, gestehe ich, ducke mich unter die Plane und setze mich auf die Decke. Das Feuer ist nur wenige Meter entfernt, und ich strecke meine Hände in die wohltuende Wärme.

»Feueranzünder«, sagt Pike und setzt sich neben mich. Er

reicht mir eines der Fertigsandwiches, die wir im Laden gekauft haben. Während wir essen, tropft der Regen auf die Plane, und der Wind bläst in den Bäumen.

Es ist ... schön. Hier mit ihm zusammen.

»Früher bin ich mit meinem Dad auch immer zelten gegangen«, setze ich an und schaue ins Feuer. »Das würde ihm gefallen.«

»Steht ihr euch nahe? Du und dein Dad?«

»Früher schon«, antworte ich.

»Was ist passiert?«

Ich lege mein Sandwichpapier zur Seite, lehne mich nach hinten und beobachte, wie die Flammen hochzüngeln. »Es gab eine schlimme Situation in unserer alten Stadt, und Mom und ich beschlossen, dass es das Beste für uns ist, umzuziehen. Mein Vater war einverstanden und hat uns sogar bei den Vorbereitungen geholfen, aber letzten Endes ist er dann doch geblieben. Mom reichte kurz darauf die Scheidung ein, und seitdem habe ich ihn nicht mehr gesehen.«

»Wirklich? Er hat euch einfach allein losgeschickt und ist zurückgeblieben?«

Ich zucke beinahe zusammen, als ich den Abscheu in Pikes Stimme höre, und möchte meinen Vater instinktiv verteidigen, ihn irgendwie beschützen.

»Ja, aber wir mussten früher schon mal umziehen. Er hatte einfach keine Lust mehr. Er wollte endlich Wurzeln schlagen.«

»Aber ihr seid seine Familie«, sagt Pike, und seine Stimme wird lauter. »*Ihr* seid seine Wurzeln.«

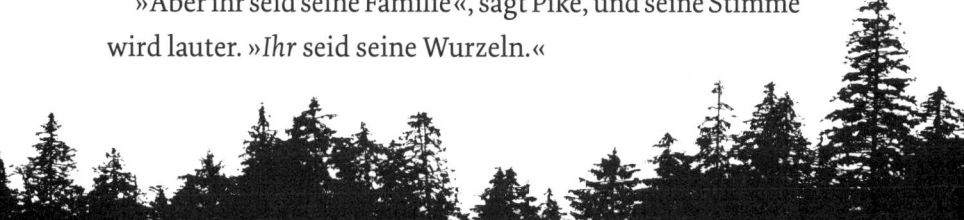

Ich sehe ihn an, und mein Widerstand schmilzt dahin, weil er recht hat. Ich weiß, dass er recht hat. »Das waren wir mal.«

»Es tut mir leid, Iris. Das ist eine wirklich beschissene Nummer.«

»Danke.« Ich bin verlegen und fühle mich ausgeliefert. Ich ziehe meine Knie an, als könnte ich meine Gefühle kleiner, überschaubarer machen, wenn ich weniger Platz einnähme.

Der Wind wird stärker und lässt die Flammen vor uns wild tanzen. Die Plane schwankt mit jeder Bö, und ich binde meine Haare zu einem Dutt, damit sie nicht in alle Richtungen fliegen.

Der Fluss rauscht durch den Wald, und eine weitere Bö lässt einen Ast ins Wasser stürzen.

»Glaubst du, wir sind hier sicher?«, frage ich Pike und schaue unter der Plane hervor zu den Bäumen. Die Wipfel schwanken erst nach links und schnappen dann wieder nach rechts zurück, wobei ständig Nadeln und Tannenzapfen auf den Zeltplatz prasseln.

»Der Wind ist definitiv stärker, als vom National Weather Service vorhergesagt«, gibt er zu bedenken.

Ich hoffe, der Eule geht es gut. Ich hoffe, sie hat sich in den Stamm einer alten, gemütlichen Tanne verkrochen und wartet zufrieden das Ende des Sturms ab.

»Das beantwortet meine Frage nicht wirklich.«

Dann sieht er mir direkt in die Augen und sagt: »Wir sind hier sicher«.

Er hält meinen Blick einige Sekunden lang fest, sodass sich ein Kloß in meiner Kehle bildet. Wusste er, dass ich genau das hören wollte? Weiß er, dass meine Sorgen mich manchmal fast überwältigen?

Ich schlucke schwer und sehe weg.

»Meine Großmutter hat immer gesagt, wenn man den Wind hört, hört man die Erde atmen.«

Pike lächelt, lehnt sich zurück und schließt seine Augen. »Ich glaube, ich hätte deine Großmutter gemocht.«

Das kann ich mir gut vorstellen. Pike und meine Oma sitzen am Tisch, er macht Witze, und sie lässt sein Ego ins Leere laufen. Mein Herz wird schwer, wenn ich daran denke, wie sehr sie ihn gemocht hätte.

»Sie hätte dich auch gemocht.«

Sie starb ein Jahr vor unserem Umzug, und manchmal, wenn es mir ganz schlecht geht, bin ich dankbar, dass sie das Chaos, in das wir dann gerieten, nicht mehr mitbekommen hat. Bin dankbar, dass sie nicht ihr ganzes Leben zusammenpacken und mit uns quer durchs Land ziehen musste. Aber ich weiß auch, dass es ihr hier gefallen hätte. Sie hätte sich mit diesem Ort tief verbunden, und ich bin am Boden zerstört darüber, dass sie nicht mit uns kommen konnte.

»Wie hieß dein Bruder?«, frage ich leise.

Pike antwortet nicht sofort, vielleicht hat er mich durch das Rauschen des Flusses und des Windes nicht gehört. Aber dann sagt er: »Leo.«

»Ich mag den Namen.«

Pike nickt und sieht ins Feuer. »Ich auch.«

Die Luft zwischen uns ist wie aufgeladen, der Wind entwickelt sich zu einem Tosen, aber ich achte nur noch auf den Abstand, der uns trennt. Er kommt mir plötzlich viel zu groß vor, und als ich aufblicke, sehe ich, dass Pike mich ansieht. Unsere Blicke treffen sich, mein Verstand befiehlt mir wegzusehen, mich hinter der Mauer zu verstecken, die ich zwischen uns errichtet habe.

Er beugt sich ein wenig zu mir herüber, und erschrocken ertappe ich mich dabei, wie ich dasselbe tue und den Abstand zwischen uns verringere, anstatt ihn zu vergrößern.

Da ertönt ein lauter Knall, und ich zucke zurück. Gerade in dem Moment, als ein riesiger Ast auf mein Zelt kracht, drehe ich mich um.

Ich nehme die Taschenlampe von der Decke und eile hinüber, um den Schaden zu begutachten. Der Wind peitscht aus allen Richtungen auf mich ein, ich ziehe meine Kapuze fest und stelle mich breitbeinig hin, um sicherer zu stehen. Es ist so laut, dass ich Pike nicht kommen höre, und ich zucke zusammen, als er spricht.

»Ich hätte darauf achten sollen, dass du dein Zelt an einem geschützteren Ort aufstellst«, sagt er. »Hier draußen ist es ziemlich dem Wetter ausgesetzt.«

»Wir konnten nicht wissen, dass der Sturm so zunimmt.« Ich schaue zu den hin und her schwankenden Baumkronen hinauf, die sich mit den stärker werdenden Böen immer weiter nach unten biegen. »Meinst du, wir sollten verschwinden?«

»Das habe ich mich auch gefragt, aber es scheint mir gefährlicher zu sein, im Dunkeln zurückzuwandern, als an Ort und Stelle zu bleiben. Ich denke, es ist das Beste, wenn wir hierbleiben.«

»Okay«, stimme ich zu und richte meine Aufmerksamkeit wieder auf mein Zelt. »Du hast wahrscheinlich recht.«

Mehrere Zeltstangen sind gebrochen, und die Nylonhülle ist von einer Ecke zur anderen aufgerissen. Ich versuche, das Zelt wieder aufzurichten und wenigstens die Stangen zu stabilisieren, aber es klappt nicht. Es lässt sich nicht aufrecht halten und fällt bei jedem Windstoß wieder zusammen.

Pike sieht mir amüsiert zu, was mich nur noch mehr frustriert.

»Das ist nicht lustig«, blaffe ich durch das Wetterrauschen. »Mein Zelt ist völlig ruiniert, und ich kann es nicht reparieren.«

»Ein bisschen lustig ist es schon«, erwidert er.

Ich seufze und arbeite weiter an meinem Zelt, aber es nützt nichts. Wenn ich es aufrichte, wirft der Wind es gleich wieder um. Ich könnte heulen.

»Du weißt, dass wir noch ein Zelt haben, oder?«

Ich sehe Pike schockiert an. »Hast du wirklich so vorausschauend gepackt? Und sogar ein Ersatzzelt mitgebracht?«

»Ernsthaft?«

»Was?«

Pike zeigt auf sein Zelt, und mir wird abwechselnd heiß und kalt, als ich begreife, was er damit andeuten will. »Ach, du bist also doch nicht so gut ausgerüstet, wie du dachtest, hm?« Ich versuche, ruhig und gelassen zu sprechen, aber innerlich schreie ich. Zusammen in einem Zelt mit Pike Alder, das kommt nicht infrage.

»Ja, wie dumm von mir. Ich habe doch tatsächlich vergessen, das Ersatzzelt einzupacken.«

Ich beachte Pike nicht länger und stopfe all meine Sachen in meinen Rucksack, den ich anschließend aus dem Zelt zerre und zur Plane hinüberschleppe. Dort habe ich vielleicht die Chance, trocken zu bleiben. Ich setze mich und beuge mich zum Feuer vor, um mich wieder aufzuwärmen. Die Dämmerung weicht allmählich der Dunkelheit, und bald werde ich Pikes Gesicht nur noch im Feuerschein sehen. Und wenn das Feuer erloschen ist, werde ich ihn gar nicht mehr sehen.

»Ich kann unter der Plane schlafen«, sage ich.

»Willst du wirklich lieber hier draußen schlafen, wo es wilde Tiere gibt, als mit mir zusammen in einem Zelt?«

»Ja?«, sage ich, aber es klingt wie eine Frage. Pike hat sein Zelt neben einer Felswand weiter oben am Hang aufgestellt, daher ist es nicht so durch herabfallende Äste gefährdet. Bestimmt wäre ich dort während des Sturms sicherer. Aber ich kann mich nicht dazu durchringen, sein Angebot anzunehmen.

Pike lacht und hält mir seine Hand hin. »Komm schon, Gray. Lass uns ein bisschen schlafen.«

Ich sehe seine Hand an und weiß nicht, was ich machen soll.

Ich liebe den Wald, und wenn der Sturm nicht wäre, würde es mir nichts ausmachen, draußen zu schlafen. Aber dann denke ich an Cassandra und den Fluch und dass es sich anfühlt, als geriete mein Leben langsam aus den Fugen, und ich bemerke, dass ich nicht allein sein will.

Zögernd strecke ich die Hand aus, und Pikes Finger schließen sich um meine Hand.

Er hilft mir auf, dann gehen wir zu seinem Zelt. Gemeinsam.

15

Pike geht mit einer Taschenlampe voraus und hält mir die Vorderseite des Zeltes auf, damit ich hineinkriechen kann. Er hat seinen Rucksack in einer Ecke verstaut, und sein Schlafsack liegt auf einer Decke. Es ist ein Einpersonenzelt und entsprechend winzig. Ich setze mich an den Rand und versuche, mich so klein wie möglich zu machen.

Pike kommt hinter mir her, knipst seine Taschenlampe aus und schaltet stattdessen eine gedimmte Laterne an, die er in der Mitte des Zeltes aufstellt. Dann öffnet er seinen Schlafsack.

»Da deine Sachen nass geworden sind, müssen wir ein bisschen improvisieren.« Er faltet die darunterliegende Decke auseinander und breitet sie zu voller Größe aus, dann legt er den aufgeschlagenen Schlafsack obenauf. »So ist es zwar nicht so warm, aber groß genug, um uns beide zu bedecken. Das muss reichen.«

Als ich mich weder rühre noch ein Wort sage, hält Pike in seinen Vorbereitungen inne und sieht mich an. »Hier drin ist es wirklich ein bisschen eng für zwei Leute. Ich kann draußen schlafen«, bietet er an.

Aber ich will nicht allein sein und an den Fluch und Cassandra denken oder daran, was geschieht, wenn der Fluch entfesselt werden würde. Ich will nicht an Alex und die schreckliche Nacht am See denken, will mir nicht vorstellen müssen, dass ich Pike vielleicht zum gleichen Schicksal verdammt habe.

Pike kann ich von all dem nichts erzählen, aber ich kann in seinem Zelt schlafen und mich von der Nähe eines anderen Menschen ablenken lassen.

Ich schlucke und sehe ihn endlich an. »Ich will nicht, dass du draußen schläfst.«

»Nein?«

Ich schüttle den Kopf und lasse mich dann langsam auf der Decke nieder. Pike hebt den Schlafsack für mich an, und ich lege mich auf den Rücken. Er legt sich neben mich, und als wir beide zugedeckt sind, schaltet er die Laterne aus.

Der Wind tobt weiter, das Nylonzelt flattert und wackelt unter dem Ansturm. Draußen knarrt und knackt es, die Bäume schwanken hin und her, während die Äste versuchen, dem Sturm standzuhalten. Ich zucke zusammen, als in der Ferne ein lautes Platschen ertönt, so als wäre etwas Schweres und Großes im Fluss gelandet.

»Alles in Ordnung?«, fragt Pike.

Ich nicke im Dunkeln, obwohl er mich nicht sehen kann.

»Iris?«

»Alles in Ordnung«, sage ich möglichst ruhig.

Er ist so nah. Ich kann einfach nicht ignorieren, dass sein Leben am seidenen Faden hängt und er nichts davon weiß.

Er weiß nichts davon.

Was würde er sagen, wenn ich ihm erzählen würde, dass

ich ihn verflucht habe? Wenn ich ihm direkt in die Augen sehen und ihm sagen würde, dass ich eine Hexe bin?

Erschrocken stelle ich fest, dass ich es herausfinden will, dass ich die Worte sagen will, obwohl ich geschworen habe, sie niemals auszusprechen, dass ich sehen will, wie er reagiert. Ich bin es so leid, mich zu verstecken.

Aber hinter dem Pike, der mir Marshmallows röstet und im Dunkeln nach mir sucht, ist der andere Pike, der Hexenhasser. Ich kann mich ihm nicht offenbaren, er würde es nicht verstehen. Und ich kann ihm nicht einmal einen Vorwurf machen, denn ich habe einen schrecklichen Fluch für ihn geschrieben, den ich nie hätte schreiben dürfen.

Ich habe ihn verflucht, und dennoch möchte ich, dass er mich versteht.

Unmöglich.

Der Regen wird stärker und prasselt so laut auf das Zelt, dass Einschlafen unmöglich ist. Nicht, dass ich überhaupt schlafen könnte.

»Hoffentlich übersteht MacGuffin den Sturm einigermaßen«, sagt Pike, was mein Herz fast zum Stillstand bringt.

»Warum sollte er nicht?«

»Regen ist für Eulen nicht ganz unproblematisch. Wenn ihre Federn nass werden, können sie nicht fliegen, und wenn sie nicht fliegen können, können sie nicht jagen. Durchnässte Federn können auch zu einem Verlust von Körperwärme führen, sodass eine Unterkühlung droht.«

Es fällt mir plötzlich schwer, zu atmen. Bei der Vorstellung, was alles mit der Eule passieren kann, bevor wir sie erreichen, wird mir ganz eng ums Herz. Ich bin unverhältnismäßig verärgert über Pike, weil er mir das so erzählt, als würde er aus einem Lehrbuch vorlesen, ohne daran zu denken, welche Wirkung seine Worte auf mich haben könnten.

»Nein, das darf nicht geschehen. Es muss ihr gut gehen.« Ich setze mich in der Dunkelheit auf und suche nach meinen Schuhen, kann aber nichts sehen.

»Ich bin sicher, dass es ihr gut geht«, beschwichtigt Pike. »Sie ist ein Wildtier und an den Regen gewöhnt.«

»Was denn jetzt? In der einen Sekunde hoffst du, dass die Eule den Sturm gut überlebt, und in der nächsten bist du dir sicher, dass es ihr gut geht?« Meine Stimme kippt, und ich spüre, wie die Panik meinen Körper packt. Ich kann nicht länger hierbleiben, in diesem viel zu engen Zelt mit dieser Person, die mich nie verstehen wird.

»He, beruhige dich«, sagt er und setzt sich auf. »Ich habe nur vor mich hin geredet. Ich bin sicher, es geht der Eule gut.«

»Das kannst du doch gar nicht wissen«, werfe ich ein, beschämt darüber, dass ich mich fast an meinen eigenen Worten verschlucke.

Ich muss die Eule sehen, muss sie sicher in einer Höhle oder einem Nest wissen, wo sie vor dem Sturm so gut geschützt ist wie wir. Es reicht nicht, ihren Standort zu kennen und zu spüren, dass sie noch am selben Ort ist. Ich muss wissen, dass sie behütet und sicher ist, dass es ihr gut geht und dass sie den Fluch beschützt, bis ich selbst an ihn herankomme.

Ich taste das Zelt ab, bis ich meine Schuhe finde.

»Mach die Laterne an«, befehle ich und versuche, in die Schuhe zu kommen.

»Was? Warum?«

»Ich werde sie jetzt suchen.« Es ist mir egal, wie abwegig ihm das vorkommt. Pike hat nicht alle Informationen, und dafür kann er nichts. Aber das bedeutet, dass ich Entscheidungen treffen muss, die er nicht versteht. Ich muss überreagieren, weil er es nicht tut. Er denkt, es geht nur um die Eule, dabei geht es nur um ihn. Das ist die schreckliche Wahrheit.

»Das kann nicht dein Ernst sein«, sagt Pike und tastet nach der Laterne. Als er sie endlich anmacht, binde ich mir die Schuhe zu und schnappe mir Handy und Jacke.

»Doch«, antworte ich und greife nach dem Zeltverschluss. Pike nimmt meine Hand, zieht sie vom Reißverschluss zurück und sieht mich entgeistert an.

»Ich verstehe das nicht.« Er klingt nicht wütend oder verärgert, sondern beinahe verletzt. Traurig.

Ein heftiger Windstoß lässt das Zelt schwanken, und ich schlüpfe in meine Jacke und greife erneut nach dem Zeltverschluss.

»Du musst das nicht verstehen«, sage ich und ziehe den Reißverschluss auf. »Aber ich gehe.«

»Das ist völlig absurd.« Pike klingt immer frustrierter.

»Dann bleib eben hier.«

Ich trete aus dem Zelt und knipse meine Taschenlampe an, dann gehe ich zu meinen Sachen, die unter der Plane trocknen. Ich ziehe meine Stirnlampe aus meinem Rucksack, schalte sie ein und verstaue mein Handy sicher im Rucksack. Nachdem ich ihn mir auf den Rücken geschnallt habe, starte ich in Richtung Eule.

Auf dem Weg ignoriere ich das Knacken der Bäume und das Heulen des Windes, das Rauschen des Flusses und den Regen, der auf meine Kapuze prasselt.

Der Wald fühlt sich unendlich an. Farne, Moose und Heidelbeeren bedecken die Erde, große Wurzeln schlängeln sich durch das Erdreich, umgestürzte Bäume ruhen auf ihren Stämmen. Eine unberührte Wildnis, genau wie es sein soll, wunderschön in ihrer Abgeschiedenheit.

Ein Blitz spaltet den Himmel in zwei Hälften, und Sekunden später grollt Donner in der Ferne. Ich schaue nach oben, aber das Licht meiner Lampe reicht nicht bis zu den Baumkronen hinauf. Meine Sicht ist auf wenige Meter beschränkt.

Ich gehe weiter.

»Iris«, ruft es hinter mir. »Warte!«

Ich drehe mich um und sehe Pike auf mich zukommen. Das Licht seiner Stirnlampe bewegt sich auf und ab. Ich weiß nicht, warum beim Anblick dieses Lichts meine Augen brennen und sich meine Kehle zuschnürt, warum ich am liebsten darauf zurennen will, bis es mich blendet.

Doch ich bewege mich nicht und sehe ihn stattdessen im Regen immer näher und näher kommen, bis ich endlich die Hand ausstrecken und ihn berühren könnte. Ich könnte, aber ich tue es nicht.

»Was machen wir hier draußen, Iris?«, fragt er. Verwirrung und Wut schwingen in seiner Stimme mit, sprechen aus seinen Augen und seinem Mund.

»Ich muss zu ihr«, antworte ich mit zitternder Stimme. Die Suche muss fortgesetzt werden, und ich drehe mich um, weil ich nicht länger warten will.

»Warum? Warum gerade jetzt?«, will Pike wissen. Seine Stimme wird lauter, als er mir folgt. »Die Eule ist ein Vogel. Sie weiß, wie man im Regen überlebt.« Er sagt es, als wäre es das Selbstverständlichste auf der Welt, als ob es total absurd wäre, etwas anderes zu denken.

»Lass das. Lauf mir nicht hinterher, nur um mir zu sagen, wie lächerlich ich deiner Meinung nach bin. Das weiß ich selbst.« Ich laufe schneller, springe über Wurzeln und klettere um Baumstämme herum. Dabei hüpft mein Rucksack auf und ab.

»Das habe ich nicht gemeint«, verteidigt er sich, holt mich ein und bleibt an meiner Seite. »Ich wünschte nur, du würdest mit mir reden. Du bist so vertieft in deine Gedanken, dass du vergisst, dass außer dir noch jemand hier ist.«

»Ja, vielleicht bin ich so vertieft in meine Gedanken, weil du dir zu wenig machst«, entgegne ich frustriert. »Und wenn ich dir zu wenig Aufmerksamkeit schenke, steht es dir frei, zu gehen.«

Pike stößt so laut die Luft aus, dass ich es über den Wind und den Regen hinweg hören kann. »Das ist so unfair. Ich bin doch hier, oder nicht? Ich *will* hier sein.«

»So hört es sich aber nicht an«, sage ich, rutsche auf einem Stein aus und rappele mich wieder auf.

Er greift nach meiner Hand, bringt mich zum Stehen und zwingt mich, ihm in die Augen zu sehen. »Das ist der Grund, warum ich wütend bin«, bringt er hervor. »Ich darf wütend sein. Das alles hier macht überhaupt keinen Sinn, und du weigerst dich, mit mir zu reden, und rennst ohne jede Erklärung davon. Der Sturm wird nur noch schlimmer, und wir sollten zurück zum Zelt und sein Ende abwarten, anstatt in kompletter Dunkelheit herumzurennen. Aber genau das willst du machen, und deshalb stehen wir jetzt um zwei Uhr morgens mitten im Wald, nur weil dir danach war.«

Ich atme schwer und sehe ihn an, während er spricht. Ich sehe, wie ihm die Haare an der Stirn kleben und wie die Regentropfen über sein Gesicht laufen. Ich sehe seinen Mund und seine Augen, seinen angespannten Kiefer und wie das Licht meiner Stirnlampe scharfe Schatten auf seine Haut wirft. Seine Brille ist mit Wassertropfen bedeckt, und in seinem Haar steckt ein kleiner Zweig, den ich am liebsten herausziehen würde. Ich sehne mich danach, ihn mit meinen Fingern zu berühren, und es kostet Kraft, mich zu zügeln.

Ich streiche mir die Locken aus dem Gesicht, damit ich ihn besser sehen kann.

»Du bist wütend, und trotzdem bist du gekommen«, stelle ich fest.

Pike seufzt verärgert. »Nun ... ja. Du hast mir eigentlich keine andere Wahl gelassen.«

»Du hättest im Zelt bleiben können.«

»Nein, hätte ich nicht.«

Ich will ihn fragen, warum, will wissen, weshalb er mir

hinterherläuft, wenn ich mitten in der Nacht mitten in einem Sturm einer Eule nachjage. Ich will es wissen. Aber vielleicht gibt es gar keinen besonderen Grund, und er fühlt sich nur verpflichtet, mich zu beschützen. Als ob ich das nicht selbst könnte.

Wahrscheinlich gibt es keinen besonderen Grund.

Ich drehe mich um und gehe weiter, wobei mich der Wind nach hinten drückt. Er bläst so stark, dass selbst das Dornengestrüpp erzittert und alles wie in einem Gleichklang faucht und zischt. Die Eule hat sich nicht wegbewegt. Ich rede mir ein, dass sie den Sturm in einer trockenen Höhle aussitzt und vor dem Unwetter geschützt ist.

Wieder erhellt ein Blitz den Himmel, diesmal so stark, dass ich ihn durch die Baumkronen hindurch sehen kann. Gleich darauf kracht der Donner, der Sturm wird immer stärker und bringt selbst den Boden zum Beben.

Dann zerreißt ein lauter Knall die Nacht.

»Iris, pass auf!« Bevor ich weiß, wie mir geschieht, packt Pike mich von hinten und wirft mich auf den Boden. Er landet genau in dem Moment auf mir, als ein riesiger Nadelbaum auf die Erde kracht. Die Erschütterung ist so groß, dass mein Körper vom Boden abhebt und gleich wieder nach unten fällt.

Etwas stößt an meine Kapuze, und ich hebe langsam meine Hand, um es zu berühren. Es ist ein riesiger Ast, der auf dem Teil meines Kopfes liegt, den Pike nicht mit seinem Körper bedeckt. Mein Atem wird schneller, als mir klar wird, wie dicht der umgestürzte Baum neben uns ist. Ich wäre von ihm erschlagen worden, hätte Pike mich nicht zur Seite geworfen.

»Pike?«, frage ich mit zitternder Stimme. Aber ich bin zu leise, und die Worte gehen im Wind unter.

»Pike?«, frage ich erneut und winde mich unter ihm hervor. Ich robbe mich über den Boden, bis meine Stirnlampe endlich direkt auf ihn zeigt. Entsetzt sehe ich, dass sein gesamter Körper mit Ästen bedeckt ist.

»Pike!« Ich stürze mich auf ihn. Er stöhnt, und ich bin so erleichtert über das Geräusch, dass ich weinen möchte.

Langsam robbt er unter den Ästen hervor, ist bedeckt mit Schlamm und Schmutz, seine Bewegungen sind unsicher und schwerfällig. Seine Brille sitzt schief, und er rückt sie zurecht, bevor er mich ansieht.

»Du sollst wissen«, flüstert er, bevor er zitternd einatmet und sich mit der Hand über die Stirn wischt, »dass ich dir die ganze Schuld für das gebe, was gerade passiert ist.«

Es schockiert mich, dass er selbst in dieser Situation gleich wieder einen Witz machen kann. Dass ihn anscheinend gar nicht beschäftigt, wie das Ganze hätte enden können. Dass er nicht unsere Leichen vor Augen hat, die unter einem Baum begraben sind. Dass unser Leben in einem Sekundenbruchteil hätte ausgelöscht werden können.

»Es tut mir leid«, sage ich mit zitternder Stimme und versuche mit aller Macht, nicht daran zu denken, was hätte passieren können. Ich atme mehrmals tief durch, um mich zu beruhigen. Immer noch bläst der Wind, der Regen prasselt, und immer noch ist die Welt dunkel.

»Bist du okay?«

»Mir geht's gut«, antwortet er. »Aber stell dir mal die Dreistigkeit dieses Baumes vor. Fast wäre er einfach auf uns draufgefallen.«

Ich weiß nicht, warum, aber die Worte machen mich wütend, und ich muss an mich halten, um nicht zu schreien. »Mein Gott, ist für dich alles immer nur ein Witz?«

Ich rappele mich auf und wische den Schmutz von meiner Kleidung, obwohl das keinen Sinn macht. Ich bin völlig verdreckt, der Matsch hat meine Hose durchnässt und verkleistert mein Gesicht.

»Nein«, antwortet Pike und steht ebenfalls auf. Er schiebt seinen Rucksack zurecht und justiert seine Stirnlampe. Ich kneife die Augen zusammen, als er sie direkt auf mich richtet. »Die meisten Dinge nicht.«

»Warum tust du dann immer so?«

»Weil diese Welt verdammt brutal ist, und Lachen ist für mich die einzige Möglichkeit, damit umzugehen.« Er klingt aufgebrachter, als ich ihn je gehört habe, und sieht mich an, als wolle er mich zu einer Antwort zwingen.

Ich schaue nach unten und bin wütend auf mich selbst, weil ich seinem Blick nicht standhalten kann.

Als ich nichts sage, schlägt er den Pfad ein, den wir gekommen sind, und ich habe nicht die Kraft, mich dagegen zu wehren. Ich folge ihm schweigend den ganzen Weg bis zu unserem Lagerplatz. Jedes Mal, wenn ein Ast knackt oder ein Tannenzapfen auf die Erde fällt, zucke ich zusammen.

Pike lässt seinen Rucksack unter die Plane fallen, und ich

tue es ihm gleich. Nachdem ich ein paar trockene Kleidungsstücke herausgeholt habe, folge ich Pike zu seinem kleinen Zelt, das bloß für eine Person gedacht ist. Wir klettern hinein und kehren uns gegenseitig den Rücken zu, damit wir uns umziehen können.

Ich ziehe meine nasse Kleidung aus und schlüpfe in eine trockene Hose. Bevor ich mein Sweatshirt überstreife, drehe ich mich vorsichtig um. Pike zieht sich gerade das Hemd über den Kopf, und ich sehe im Licht der schwachen Laterne, wie sich seine Schulterblätter bewegen und sich seine Rückenmuskulatur anspannt. Doch Pike blickt die ganze Zeit nur auf die Zeltwand und sieht kein einziges Mal zu mir herüber, nicht einmal, nachdem er vollständig umgezogen ist.

»Fertig«, flüstere ich, ziehe mein Sweatshirt über den Kopf und drehe mich wieder zu ihm um.

Wortlos hebt er die Decke an und wartet, bis ich daruntergekrochen bin, dann schlüpft er selbst darunter. Er rollt sich auf die Seite, den Rücken mir zugewandt. Dann schaltet er die Laterne aus.

Der Sturm hält an, und ich versuche, ihn zu ignorieren. Ich sage mir, dass dies natürliche Lebensbedingungen der Eule sind und sie besser dafür gerüstet ist als wir.

Ich drehe mich auf die Seite, weg von Pike. Nur wenige Zentimeter trennen uns, aber sie fühlen sich an wie so viel mehr. Wie ein ganzer Ozean aus vergangenen Verletzungen und Geheimnissen, aus Erfahrungen und Ängsten, von denen der andere nichts weiß.

So viel Unbekanntes.

»Gute Nacht, Iris.« Pikes Stimme erreicht mich in der Dunkelheit. Er hört sich immer noch verärgert an, aber ihr Klang löst die Enge in meiner Brust.

»Gute Nacht, Pike«, antworte ich und frage mich, was der Klang meiner Stimme in ihm auslöst. Wenn sie überhaupt etwas auslöst.

Er rückt ein wenig nach hinten und verringert den Abstand zwischen uns, und da entscheide ich, dass sie das tut.

16

Als ich aufwache, dringt sanftes blaues Licht durch das Zelt. Der Wind hat sich gelegt, aber der Regen prasselt immer noch auf die Nylonhülle. Am liebsten würde ich wieder einschlafen. Neben mir höre ich leises, rhythmisches Atmen, und da fällt mir plötzlich wieder ein, dass ich neben Pike in diesem Zelt liege.

Langsam drehe ich meinen Kopf in seine Richtung und sehe ihn an. Sein Gesicht ist mir jetzt zugewandt, wahrscheinlich hat er sich im Schlaf umgedreht. Sein rechter Arm ist in meine Richtung gestreckt, und mit einer Hand berührt er meine Hüfte. Die andere liegt unter seinem Kopf. Es ist das erste Mal, dass ich ihn ohne Brille sehe, und dieser Anblick berührt mich auf seltsame Weise. Er hat plötzlich etwas Verletzliches an sich, ganz anders als die sonst so selbstsichere, sarkastische Person, die ich kenne.

Eine verirrte Haarsträhne ist ihm in die Stirn gefallen, und wie von selbst greift meine Hand danach. Ich streiche das Haar sanft hinter sein Ohr und verweile länger in dieser Berührung, als ich sollte. Seine Haut ist warm, und er regt sich, als meine Fingerspitzen sein Gesicht berühren.

Seine Worte von gestern Abend kommen mir wieder in den Sinn. *Diese Welt ist verdammt brutal.* Ich sehe ihn an und frage mich, welche Geheimnisse er hat, welche Wunden und Schmerzen er hinter seinem lockeren Lachen und seinen ständigen Witzen verbirgt. Vielleicht könnten sich unsere Geheimnisse Gesellschaft leisten.

Aber es ist naiv, so etwas zu denken. Geheimnisse sind aus gutem Grund Geheimnisse, und meine müssen tief in meinem Inneren bleiben, weit unter der Oberfläche.

Pike öffnet blinzelnd seine Augen, und ich muss beschämt feststellen, dass meine Hand immer noch über seinem Ohr schwebt. Ich ziehe sie schnell zurück, aber es ist zu spät. Pike blickt auf meine Hand, dann wendet er sich langsam in meine Richtung.

»Ich sehe zugegebenermaßen furchtbar schlecht ohne Brille, aber es sah ganz danach aus, als hättest du mich beim Schlafen beobachtet.« Er klingt noch ganz verschlafen, seine Stimme ist leise und etwas wackelig. Mir wird ganz heiß, und ich schaue auf das Zeltdach, den Reißverschluss an der Tür, meine Schuhe auf dem Boden. Irgendwohin, nur nicht in sein Gesicht.

»Das ist eine krasse Fehlinterpretation der Tatsachen.«

»Wirklich?«, fragt er und greift nach hinten zu seiner Brille. Er setzt sie auf und blickt mich an, und mit der Morgendämmerung schwindet auch seine Verletzlichkeit dahin.

»Wirklich. Und ziemlich peinlich für dich.«

Pike lacht und dreht sich auf den Rücken, dann streckt er die Arme über seinen Kopf und rekelt sich. Ich habe das Gefühl, als sei es aufdringlich von mir, ihn so zu sehen. Aufwachen ist eigentlich nichts Besonderes, aber normalerweise ist er dabei allein. Es gibt wahrscheinlich nicht viele Menschen, die Pike Alder beim Aufwachen gesehen haben, und es ist seltsam, zu wissen, dass ich einer davon bin.

»Mir ist so schnell nichts peinlich«, sagt er und schaut mich an.

»Das ist eine deiner charakterlichen Schwächen«, erwidere ich möglichst beiläufig, obwohl mein Verstand rast und völlig unvorbereitet auf diese Version von Pike ist.

»Du bist morgens ziemlich angriffslustig.« Er setzt sich auf, und ich will ihm sagen, dass er sich irrt. Dass ich nicht angriffslustig bin. Vor allem versuche ich, mich normal zu verhalten. Er soll nicht merken, dass ich anfange, ihn mit anderen Augen zu sehen.

In der vergangenen Nacht wurde alles von meiner Panik beherrscht, die mich mitten im Sturm durch den Wald jagte, weil ich an nichts anderes mehr denken konnte. Und Pike schreckte nicht zurück, hat meine Angst nicht ignoriert oder versucht, mich aufzuhalten. Nein, er stand an meiner Seite, kämpfte sich mit mir durch Dunkelheit, Sturm und strömenden Regen und ließ mich nicht allein.

Obwohl er wütend war. Obwohl er mich nicht verstanden hat.

Er blieb bei mir, als es richtig schlimm wurde, und das ist es, was ich am liebsten vergessen würde. Ich möchte es vergessen, weil es so herzzerreißend liebenswürdig war. Weil ich mich ganz kurz gefragt habe, wie es wohl wäre, vollkommen akzeptiert zu werden. Vollkommen verstanden zu werden.

Doch ich weiß nicht, ob es so etwas wie vollständige Akzeptanz überhaupt gibt. Und wenn doch, dann sicher nicht von Pike. Immerhin verkörpere ich die Magie, die er so hasst.

Pike schiebt sich unter der Decke hervor, aber bevor er aufsteht, fasse ich ihn am Arm.

»Danke. Für gestern Nacht.«

»Gern geschehen.« Sein Blick ruht auf mir für ein, zwei, drei Atemzüge, dann zieht er den Reißverschluss des Zeltes auf und geht hinaus.

Kaum ist er weg, rufe ich meine Magie zu mir und verbinde mich mit der Eule. Ich bin erleichtert, als ich den Fluch an ihrer Brust spüre, der stark und gleichmäßig im Takt ihres Herzens pulsiert. Jetzt am Morgen wird mir klar, wie irrational es war, dass ich mir solche Sorgen gemacht habe, die Eule könnte den Sturm nicht überleben. Die Eulen leben seit Hunderten von Jahren in den Wäldern – sie wissen, wie man mit dem Wetter umgeht.

Aber so ist das mit der Angst: Ihr ist es egal, ob etwas rational ist oder nicht. Sie packt deinen Verstand und drückt zu, immer fester, bis sie nicht mehr ignoriert werden kann und deine ungeteilte Aufmerksamkeit einfordert. Innerhalb eines Atemzugs verwandelt sie unbedeutende Dinge in alles beherrschende und umgibt sie mit einem dichten Nebel, der unmöglich zu durchdringen ist. Kein Atmen, Zählen oder Visualisieren kann diesen Vorgang rückgängig machen.

Ich habe die Eule gestern Nacht nicht gesucht, weil ich es wollte, sondern weil ich es musste. Und auch wenn es im Licht des Morgens wie eine sinnlose Aktion erscheint, mache ich mir keinen Vorwurf deswegen.

Ich streife mir wärmere Sachen über, ziehe mir die Schuhe an, schnappe mir die Tüte mit Sarahs Müsli und schlüpfe aus dem Zelt. Kalte Morgenluft empfängt mich, und ich atme tief durch. Alles fühlt sich lebendig und frisch an nach dem Sturm. Neu. Der Zeltplatz ist mit Ästen und Tannenzapfen übersät, und der Fluss vom Regenwasser angeschwollen.

Heute ist meine letzte Chance, die Eule zu finden, bevor Cassandra sich einmischt. Ich bin voller Hoffnung. Optimistisch.

Ein Feuer hat Pike heute nicht gemacht, stattdessen geht er seinen Rucksack durch und hakt Dinge von einer Liste ab.

»Hier, etwas zum Frühstücken«, sage ich und reiche ihm die Tüte mit dem Knuspermüsli.

Er nimmt sie, streicht aber erst noch etwas von seiner Liste, bevor er isst. Nachdem wir unseren Hunger gestillt haben, verschließe ich die Tüte fest und verstaue sie wieder im Zelt. Ich will gerade unseren Tagesplan mit ihm durchsprechen, als von irgendwo in der Ferne ein schrilles Wimmern ertönt.

»Ein Bär?«, frage ich.

»Scheint so. Und ein ziemlich unzufriedener.« Pike steht auf und schultert seinen Rucksack. Wir lauschen beide, aber alles ist wieder ruhig. »Ich habe Bärenspray dabei, nur für den Fall. Ist MacGuffin an der gleichen Stelle wie letzte Nacht?«

»Ja, ich habe es gleich nach dem Aufstehen gecheckt.«

»Gut. Dann lass uns gehen.«

Wir gehen zur gleichen Zeit los und überlassen einander

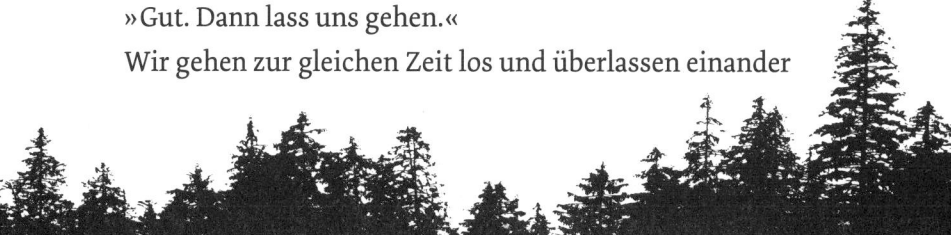

nicht die Führung. Pike seufzt übertrieben laut, dann streckt er widerwillig seine Hand aus und sagt: »Nach dir.«

»Danke.« Ich gehe vor ihm her und spüre, wie sich ein Teil meiner Anspannung löst, je näher wir der Eule kommen.

Wenn ich MacGuffin heute nicht nach Hause bringe, und zwar ohne den Fluch, wird Cassandra persönlich nach ihm suchen. Und wenn sie ihn findet, wird sie den Fluch so deutlich spüren wie eine Oase in der Wüste, die sich unmöglich ignorieren lässt.

»Bist du immer noch sauer wegen gestern Nacht?«, frage ich Pike, als wir tiefer in den Wald gehen. Ein Versuch, um mich abzulenken.

»An Wut trägt man schwer. Ich versuche, mit der, die ich mit mir rumschleppe, wählerisch zu sein.«

Eigentlich erwarte ich jetzt einen Witz oder dass er den Abend noch einmal Revue passieren lässt, nur um all meine Fehler aufzuzählen. Aber seine Antwort ist aufrichtig. Er meint es so.

»Und dass ich um zwei Uhr morgens durch einen Sturm renne, wiegt nicht schwer genug?«

»Nein.«

Am liebsten würde ich ihn fragen, was schwer genug für ihn wiegt, welche Wut er mit in den Schlaf nimmt, aber ich schweige lieber.

»Außerdem hast du getan, was deiner Meinung nach getan werden musste. Ich bin doch kein Arsch, dass ich dir deshalb das Leben schwer mache«, sagt er.

»Wirklich? Du hast mir schon für viel weniger das Leben schwer gemacht.«

Ich höre ihn hinter mir lachen – ein leichtes, unbeschwertes Lachen, das im Wind spielt und durch die Bäume streicht.

»Das ist nicht ganz fair. Manchmal mache ich das extra für dich«, sagt er.

»Oh, wie zuvorkommend.«

»Aber es stimmt. Du bist manchmal so in deine Gedanken vertieft, dass es fast wehtut, dir dabei zuzusehen. Als wärst du in einer Schlaufe gefangen, aus der du nicht herausfindest. Und wenn ich dir dann das Leben schwer mache, scheint dein Gehirn in den ›Streite mit Pike‹-Modus zu schalten. Das wirkt dann fast wie ein Reset, als ob du vergessen würdest, was dich belastet hat.«

Ich verlangsame meine Schritte, drehe mich um und sehe ihn an. Ich bin mir nicht sicher, ob ich mich über seine Worte ärgern soll – über seine Arroganz, weil er denkt, er wisse, wie mein Verstand funktioniert. Oder ob ich von seinem Mitgefühl gerührt sein soll. Ich denke, es ist beides.

»Tut mir leid, dass es so wehtut, mir zuzusehen«, erwidere ich, weil ich nicht weiß, wie ich auf den anderen Teil seiner Worte reagieren soll. Den mitfühlenden Teil.

»So habe ich das doch gar nicht gemeint.«

Ich sehe ihm in die Augen. »Ich weiß.« Dann gehe ich weiter.

»Wer macht hier eigentlich wem das Leben schwer?«

Ich will gerade etwas antworten, als ich einen starken, metallischen Geruch wahrnehme. Den unverwechselbaren Ge-

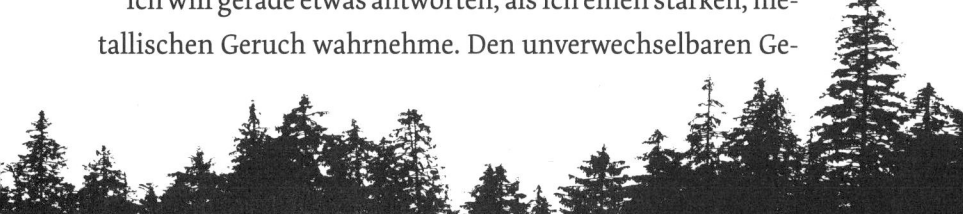

ruch von Magie. Aber ich benutze keine Magie, und wir sind hier mitten im Nirgendwo – das ist also das Letzte, wonach es hier draußen riechen sollte. Mein Herz schlägt schneller, und kalter Schweiß bildet sich auf meiner Stirn und in meinen Handflächen.

Zu viel Magie.

Pike wird sie nicht riechen können, der Geruch müsste noch viel stärker sein, damit jemand anderes als eine Hexe ihn bemerkt. Aber er überschwemmt meine Sinne wie eine Flutwelle.

Ich beschleunige meine Schritte und eile dorthin, wo ich die Eule heute Morgen geortet habe. Der Geruch wird mit jedem Schritt stärker. Sollte Cassandra mir zuvorgekommen sein, dann war's das – dann wird sie bereits von dem Fluch wissen, und ich kann nichts mehr dagegen tun.

Sie wird mich zum Rat bringen, wo man mich zur Rechenschaft ziehen wird, weil ich versucht habe, einen Jungen in eine Hexe zu verwandeln. Obwohl ich es nicht so gemeint habe. Obwohl ich nur versucht habe, mit meinen Frustrationen fertigzuwerden. Obwohl ich den Jungen jetzt gar nicht so wenig mag.

Er hasst Hexen, ermahne ich mich. Daran habe ich auf dieser Reise viel zu wenig gedacht. Er hasst Hexen, und ich habe ihn verflucht, damit er selbst eine wird. Darum geht es bei dieser Reise, und allein darauf muss ich mich konzentrieren.

Ich folge dem Duft der Magie, springe über große Wurzeln und durch dichtes Dornengestrüpp, achte weder auf den unablässigen Regen noch auf mein rasendes Herz, noch auf die vielen Was-wäre-wenn-Fragen, die durch meinen Kopf geistern.

Wir sind mitten im Wald, und ich haste gerade an einer großen Fichte vorbei, als erneut ein lautes Stöhnen die Stille durchbricht. Nur, dass das Geräusch dieses Mal in meinen Ohren schmerzt und in meiner Brust widerhallt, so nah ist es.

Zu nah.

»Pike?« Ich bleibe augenblicklich stehen und strecke meinen Arm aus, damit Pike nicht weitergeht. Er hält ruckartig neben mir an, als wir beide den Schwarzbären sehen, der wieder ein furchtbares Stöhnen ausstößt.

»Scheiße. Scheiße«, entfährt es Pike leise, während er langsam seinen Rucksack nach vorn schiebt.

Ich beobachte den Bären, traue mich aber nicht, meine Magie einzusetzen, bis ich nicht weiß, was los ist. An seinem Hinterteil entdecke ich eine große Brandwunde: rote, nackte Haut, dazwischen Flecken versengten Fells. Er hat schwere Verbrennungen. Auf dem Boden neben ihm liegen einige braune Federn mit weißen Sprenkeln. Die Farben sind durch das angetrocknete Blut, das an ihnen klebt, schwer zu erkennen. Als mir klar wird, was passiert ist, weiche ich einen Schritt zurück.

Der verletzte Flügel der Eule ist noch nicht vollständig geheilt, und um ihn nicht so sehr zu belasten, hat sie wahrscheinlich näher am Boden gejagt. Der Schwarzbär wird sie überrascht und gedacht haben, dass sie eine leichte Beute wäre. Mir wird schlecht, wenn ich mir ihren Kampf vorstelle. Der Bär kann nur deshalb solche Verbrennungen erlitten haben – und die Luft nur deshalb so stark nach Metall riechen –, weil die Eule verletzt ist. Da sie ein magischer Verstärker ist, befindet sich so viel Magie in ihr, dass diese aus sämtlichen ihr zugefügten Wunden entweicht. Deshalb hat der Bär diese Brandwunden, und deshalb ist die Luft voll von Magie.

Das ist die einzige Erklärung.

Pike ist aber kein Magier, das heißt, die Eule lebt noch und trägt den Fluch immer noch bei sich. Ich stelle eine Verbindung zu ihr her, spüre ihr durch den magiegetränkten Wald nach und atme erleichtert aus, als ich sie etwa vierhundert Meter von uns entfernt entdecke.

»Wir müssen etwas unternehmen«, flüstert Pike mir zu.

Der Bär stöhnt erneut auf und macht einen Schritt auf uns zu.

»Whoa, whoa!«, schreit Pike, streckt seine Arme über den Kopf, richtet sich hoch auf und versucht, so aggressiv wie möglich auszusehen.

Er verhält sich genau so, wie er sollte. Aber der Bär ist verletzt, und ich möchte ihm helfen. Ich muss versuchen, ihn zum Fluss zu locken. Das Wasser wird die Verbrennung lindern.

Aber das geht nur, wenn wir davonlaufen. Alles andere würde Pikes Misstrauen wecken. Es darf unter keinen Umständen nach Magie aussehen.

Ich fasse an den Saum meiner Jacke und fange an, zu zittern, um Pike den Eindruck zu vermitteln, dass ich in Panik ausbreche.

»Ganz ruhig, Iris, alles in Ordnung«, beschwichtigt Pike, der prompt darauf hereinfällt.

Ich atme schnell und flach, und Pike berührt sanft meinen Arm.

»Er will uns nicht wehtun. Er ist verletzt«, sagt Pike mit fester Stimme.

»Komm, mach mit«, sage ich stumm zu dem Bären, hülle ihn endlich in meine Magie und locke ihn näher zu mir heran.

Er hat mich gehört, macht einen Schritt auf mich zu und sieht mir direkt in die Augen. Pike erstarrt und holt das Bärenspray aus seiner Tasche. Aber es ist zu spät.

Ich renne los, und der Bär rennt hinter mir her.

17

Es ist riskant. Ich schicke so viel Magie wie möglich nach hinten zu dem Bären, versichere ihm, dass ich ihm helfen will. Gleichzeitig renne ich vor ihm davon, und sein Instinkt befiehlt ihm, anzugreifen, schneller und schneller zu rennen.

Er könnte mich leicht überholen. Also durchtränke ich ihn mit einem stetigen Strom von Magie und tue alles in meiner Macht Stehende, um ihm zu zeigen, dass ihm keine Gefahr droht.

Ich nehme den Rhythmus seines Herzens wahr, spüre das Stampfen seiner Pranken. Doch sein Gang ist unsicher, da er vor allem die nicht verbrannte Seite belastet. Dennoch rennt er weiter.

Ich schlängele mich zwischen den Bäumen hindurch und springe über Wurzeln. Der Regen prasselt mir ins Gesicht, und ich kann kaum etwas sehen. Ich renne auf das Rauschen des Flusses zu, mit wehendem Haar, mit leichtem Herzen, als gäbe es nichts Schöneres für mich, als mit den Tieren, die ich liebe, durch den Wald zu rennen. Als könnte nichts, weder ein Fluch noch der Rat, noch meine Einsamkeit, mir hier draußen etwas anhaben.

Immer möchte ich alles planen, immer und immer wieder meine Listen prüfen. Nachts bleibe ich wach, weil ich in meinem Kopf alle möglichen Gespräche durchgehe. Aber vielleicht habe ich aus lauter Bemühen, mein Leben in eine ordentliche, klar definierte Schublade einzusortieren, das Wichtigste vergessen: Ich bin so wild wie die Magie in meinen Adern und der Sternenstaub am Himmel, und das ist der Grund dafür, dass ich renne.

Pike brüllt immer noch den Bären an, seine Stimme übertönt meine schweren Atemzüge. Er versucht, ihn auf sich aufmerksam zu machen, ihn davon abzuhalten, mich zu verfolgen. Ich spüre, wie sich der Fokus des Bären, gereizt von Pikes Geschrei, verschiebt. Ich schicke noch mehr Magie in seine Richtung, mache ihm klar, dass es nicht mehr lange dauert.

Pike jagt schreiend hinter uns her, und als ich einen Blick nach hinten riskiere, sehe ich ihn mit einer hoch erhobenen brennenden Fackel herumfuchteln, mit der er den Bären von mir ablenken möchte. Das ist so lächerlich, dass ich fast lachen muss, würde Pikes Manöver mein Vorhaben nicht total erschweren. Ich renne weiter, spüre Stiche in meiner Brust. Hätte ich doch nur den Inhalator zur Hand, aber der steckt in meinem Rucksack.

Endlich sehe ich den Fluss vor mir. Stumm sage ich dem Bären, dass es ihm gleich besser gehen wird, dass das Wasser ihm wohltuen wird. Als ich nur noch wenige Meter vom Ufer entfernt bin, lasse ich mich zur Seite fallen, und der Bär stürzt sich ins kühle Nass.

Er seufzt erleichtert auf, und ich bleibe schwer atmend auf dem Boden liegen. Ich schiebe meinen Rucksack nach

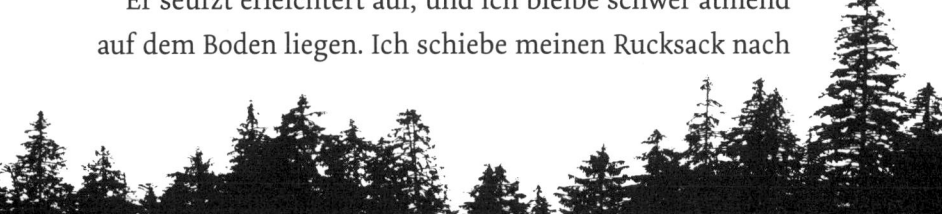

vorn und krame meinen Inhalator hervor, nehme zwei Stöße, lege meinen Kopf auf die nasse Erde und schließe die Augen.

Pike eilt herbei und lässt sich neben mich auf den Boden fallen, die brennende Fackel immer noch in seiner Hand.

»Mach das Ding aus«, presse ich zwischen zwei Atemzügen hervor.

Pike drückt die Fackel umgekehrt in den Boden und beobachtet erschöpft den Bären. Doch dieser beachtet uns gar nicht, er will nur seine Brandwunden im Wasser kühlen. Ich weiß, dass sie heilen werden, dass er wieder gesund werden wird.

»Was zum Teufel hast du dir dabei gedacht?« Pike sieht fassungslos und wütend aus, er hat seine Augenbrauen zusammengezogen, sein Kiefer ist angespannt.

»Ich weiß nicht, ich hatte plötzlich solche Angst«, sage ich und hoffe, dass er mir glaubt.

»Du weißt, dass du niemals weglaufen darfst! Das weißt du doch. Er hätte dich töten können.« Pike betrachtet meinen Körper, als wolle er sich vergewissern, dass der Bär mich nicht zerfleischt hat.

»Ich, äh … Ich habe nicht nachgedacht. Es tut mir leid.« Ich sehe in seine großen, ängstlichen Augen und fühle mich plötzlich schuldig, weil er das alles wegen mir durchmachen muss. Er dachte wirklich, der Bär würde mich angreifen.

»Es tut dir leid? Verdammt, Iris, du bist gerade von einem Bären gejagt worden. Ich dachte … Ich dachte …«

»Es geht mir gut«, versichere ich ihm, setze mich auf und fixiere ihn mit meinen Augen. »Es geht mir gut.«

»Ich verstehe dich einfach nicht. Er hätte dich ohne Weiteres erwischen können.«

»Die Brandwunde auf seinem Rücken ist riesig. Ich schätze, das war mein Glück.«

»Fuck, Iris!« Pike fährt sich mit der Hand durch die Haare. »Das war extrem leichtsinnig.«

»Ich weiß«, räume ich ein und hasse es, dass es mir wirklich unangenehm ist, obwohl ich absichtlich davongerannt bin. Obwohl ich genau diese Reaktion bei Pike hervorrufen wollte. Damit er wütend und erleichtert, aber nicht misstrauisch ist.

Ich berühre seinen Arm, und er schaut auf die Stelle, wo meine Finger liegen. Langsam hebt er seinen Blick, bis wir einander in die Augen sehen. »Es tut mir leid«, sage ich noch einmal und meine es ernst.

Er sieht mich unverwandt an, und ich verspüre den plötzlichen Drang, ihm näher zu kommen, mit meinen Fingern über sein Kinn zu streichen oder mich in seine Arme zu kuscheln. Ich könnte es einfach tun, näher rücken, mich zu ihm hinüberbeugen, ihm in die Augen sehen, obwohl alles in mir schreit, dass ich wegsehen soll.

Ich könnte.

Ein kalter Wasserschwall schwappt über meine Füße, und ich fahre zurück. Und einfach so spült der Fluss den Moment mit sich fort.

»Überschwemmung«, kommentiert Pike und hilft mir auf die Beine. Wir laufen ein paar Meter in den Wald hinein. Als ich mich umdrehe, sehe ich, wie der Bär auf der anderen

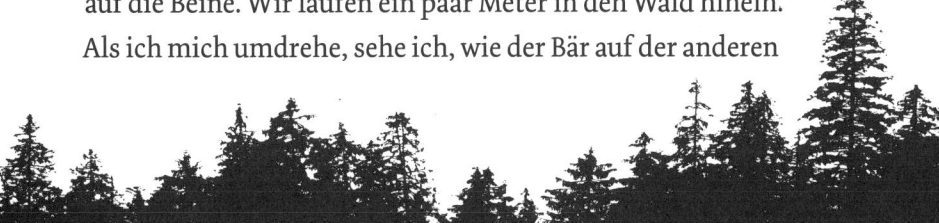

Seite des Flusses das Ufer erklimmt. Er sieht einen Moment lang zu mir herüber, und ich weiß, dass er versteht, was ich für ihn getan habe. Ich weiß, dass er dankbar ist.

»Wir müssen zum Zeltplatz zurück. Unser Zeug wird überflutet, wenn wir es nicht wegschaffen.« Er klingt immer noch angespannt, wütend, und mir wird klar, wie sehr ich ihn verärgert habe, wie sehr ihn die Ereignisse aufgewühlt haben. Wortlos bahnt er sich seinen Weg zurück in Richtung unseres Zeltplatzes.

Da erst fällt mir wieder ein, warum der Bär überhaupt verletzt worden ist, und ich bleibe abrupt stehen.

»Wir müssen die Eule suchen. Hast du die Federn auf dem Boden gesehen? Sie ist verletzt.«

»Wenn unsere ganze Ausrüstung wegschwimmt, haben wir sowieso nichts, womit wir ihr helfen könnten.«

Pike entfernt sich immer weiter vom Flussufer, und ich folge ihm hilflos. Er wird es nie verstehen, wenn ich jetzt die Eule suche. Nach allem, was mit dem Bären passiert ist und mit der ganzen Magie, die durch den Wald wabert, kann ich nicht zulassen, dass er mir irgendwelche Fragen stellt. Ich kann nicht zulassen, dass die Magie seinen Verstand einnimmt und sich in irgendeiner Weise manifestiert. Tief in seinem Inneren weiß Pike, dass ich niemals einen solchen Fehler machen und weglaufen würde. Er weiß, dass ich niemals so reagieren würde.

Mir wird schwindelig, wenn ich an den Bären, seine Verbrennungen und die Federn auf dem Boden denke. Ich verlangsame meine Schritte und lasse mich zurückfallen, um die Verbindung zur Eule herzustellen. Da der Fluch immer noch an ihr haftet und sie nicht weit von mir entfernt ist, kann ich ihre Verletzungen begutachten, um zu beurteilen, wie schlimm es um sie steht. Aber unabhängig von der Verletzung ist die viel größere Gefahr, dass sie eine Beute von Raubtieren wird. Dass sie stirbt.

Wenn die Eule in Gefahr schwebt, ist auch Pike in Gefahr.

Ich bleibe stehen, lehne mich an einen Baum und schnappe nach Luft.

Es war etwas anderes, als die Eule gesund war, als genug Zeit war, sie zu finden und ins Wildgehege zurückzubringen. Aber jetzt blutet sie und ist dadurch eine Einladung für andere Tiere. Das kann ich nicht mehr verantworten. Ich kann das nicht länger allein machen.

Ich werde mit Pike zum Lagerplatz zurückgehen, sicherstellen, dass die notwendige Ausrüstung noch vorhanden ist, und um Hilfe rufen. Und wenn es zu spät sein sollte, wenn die Eule zu schwer verwundet ist, werde ich die Kräuter für das Bindungsritual hervorholen und den Fluch an Ort und Stelle von ihr lösen. Hier, mitten im Wald, auch wenn Pike in der Nähe ist.

Ich mache die Augen zu, lasse meine Magie durch die Eule hindurchfließen und untersuche sie. Sie blutet, aber ihr Herz schlägt gleichmäßig, und sie atmet regelmäßig. Solange sie sich über dem Boden befindet, in einer Höhle oder einem Baumloch, besteht keine unmittelbare Gefahr.

»Bleib dort«, flüstere ich, mehr bittend als befehlend. »Bleib am Leben. Ich komme.«

Ich eile Pike hinterher, und er dreht sich um, als er mich hört.

»Wie zum Teufel hat sich der Bär diese Verbrennungen geholt?«, fragt Pike mehr sich selbst als mich. »Es regnet seit vierundzwanzig Stunden, und wir haben keinen einzigen Menschen gesehen, seit wir hier sind.«

»Blitzschlag?«, schlage ich vor und hoffe, dass es plausibel klingt. »Vielleicht lehnte der Bär an einem Baum, in den der Blitz eingeschlagen ist?«

Pike schweigt so lange, dass ich schon nicht mehr mit einer Antwort rechne. »Vielleicht«, sagt er schließlich. Seiner Stimme ist anzuhören, dass er versucht, Teile zusammenzusetzen, die keinen Sinn ergeben. Teile, die nur passen, wenn die Magie Teil der Gleichung ist.

Mehr sagt er nicht, und die Stille ist kaum zu ertragen. Wüsste ich doch nur, was er denkt. Ob er mir auf die Schliche gekommen ist. Ob ihm auffällt, dass die Welt ein wenig anders ist, wenn ich in der Nähe bin. Dass die Tiere in meiner Gegenwart viel ruhiger sind.

Er wird es herausfinden. Wenn ich um Hilfe rufe, werde ich zum zweiten Mal vor Gericht gestellt. Dann wird Pike erfahren, was ich unbedingt vor ihm verbergen wollte. Vor ihm und allen anderen. Ich weiß, dass es egoistisch ist, aber ich will auf diese letzten Momente mit ihm nicht verzichten. Momente, in denen er mich voller Neugier und Staunen betrachtet, als wäre ich das Interessanteste, was er je studiert hat.

Ich werde es ihm sagen, sobald der Fluch aufgelöst ist und wir wieder im Wildgehege sind. Sobald sein Leben wieder ihm gehört und keine Gefahr mehr für ihn besteht. Ich werde es ihm sagen, und dann wird er mich nicht mehr voller Neugier und Staunen ansehen.

Er wird mich überhaupt nicht mehr ansehen.

»Was hattest du eigentlich mit dieser Fackel vor?«, frage ich, um ihn auf andere Gedanken zu bringen.

»Ich wollte den Bären ablenken. Damit er mir statt dir hinterherjagt.«

»Warum?«, frage ich und will es wirklich wissen. Ich war diejenige, die davongelaufen ist – ich hätte auch die Konsequenzen tragen müssen, was auch immer geschehen wäre.

»Ich weiß es nicht. Ich habe nicht darüber nachgedacht. Aber ich nehme an, dass es irgendwie damit zu tun hat, dass ich nicht wollte, dass du stirbst.«

Ich hole Pike ein und berühre ihn sanft am Handgelenk. Er bleibt stehen, dreht sich um und sieht mich an. Haare kleben auf seiner schweißnassen Stirn, seine Brille ist mit Regentropfen bedeckt und sein Blick müde.

»Danke für das, was du getan hast«, bringe ich hervor. Ich habe ihn verflucht, und er hat versucht, einen Bären davon abzuhalten, mich anzugreifen. Ich hatte mir so große Sorgen gemacht, dass Pike für mich und meine Familie eine Gefahr darstellt, dass ich nicht bedacht habe, welche Gefahr ich für Pike bin. Es ist sein Leben, das auf dem Spiel steht, nicht meins.

»Dir war gar keine Angst anzusehen.« Er mustert mich aufmerksam. »Als du davongelaufen bist. Du hast überhaupt nicht ängstlich ausgesehen.«

»Wie habe ich denn ausgesehen?«, frage ich und begegne seinem Blick. Ich möchte nicht ausweichen. Er soll keinesfalls glauben, dass ich etwas zu verbergen habe.

»Du hast ... frei ausgesehen«, sagt er schließlich. »Wild.« Er hält inne und sieht auf den Boden. »Wunderschön.«

Mir stockt der Atem, ich bin sprachlos. Pike weiß nicht, wer ich bin, nicht wirklich. Und doch sagt er gewisse Dinge, die mir das Gefühl geben, als wüsste er es ganz genau. Das verunsichert und erschreckt mich. Und es ist wundervoll.

»Ich glaube, ich habe nie eine richtige Angstreaktion auf Tiere entwickelt«, erkläre ich und komme damit auf seine ursprüngliche Bemerkung zurück. Obwohl sich das, was er danach gesagt hat, bereits in mein Herz gearbeitet hat.

Frei. Wild. Wunderschön.

»Ja, das glaube ich auch«, erwidert er. Wir sehen uns einige Sekunden lang in die Augen, dann gehen wir weiter am Wasser entlang.

Der Fluss steigt immer weiter an, und als wir zum Zeltplatz zurückkommen, ist das Wasser bis zu meinem Rucksack gestiegen. Ich fluche leise. Hätte ich ihn doch nur heute Morgen sicher im Zelt verstaut. Alles ist durchnässt, und ich erwische ihn gerade noch, bevor er wegschwimmt. Pike räumt seine Sachen aus dem Zelt und zieht die Heringe aus dem Boden. Dann trägt er alles tiefer in den Wald hinein, bevor es ebenfalls überschwemmt wird.

Ich begutachte den Schaden und muss feststellen, dass ich meinen Rucksack wohl offen gelassen habe und nun mehrere Dinge fehlen. Als er umkippte, müssen sie heraus-

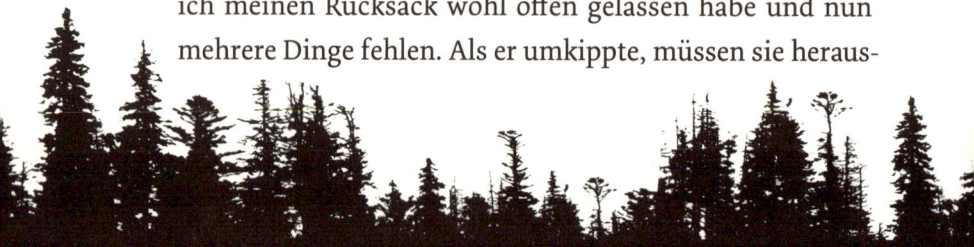

gefallen und weggeschwommen sein. Hektisch durchwühle ich die Fächer auf der Suche nach meinen Kräutern.

»Nein«, murmle ich, hole meine Sachen aus dem Rucksack, werfe sie auf den Boden und suche verzweifelt nach meinen Kräutervorräten. Meine Augen brennen, und mein Kopf dröhnt. Nachdem ich alles ausgeräumt habe, lasse ich meinen Rucksack fallen, eile zum Fluss und folge der Strömung, in der Hoffnung, dass meine Kräuter auf der Oberfläche treiben. Aber sie sind verschwunden. Nur Zweige und Blätter sind auf dem Wasser zu sehen.

Ich starre auf den Fluss, möchte es einfach nicht akzeptieren und flehe, dass die Kräuter jeden Moment an die Oberfläche kommen. Ich brauche sie, um den Fluch zu lösen. Sie waren das Behältnis, für das der Fluch ursprünglich geschrieben wurde. Nur sie sind stark genug, um ihn aufzunehmen und festzuhalten.

Und jetzt sind sie fort.

Ich fahre mir mit den Händen durchs Haar und laufe hin und her. Dabei versuche ich, mir einzureden, dass alles in Ordnung ist, dass die Eule vorerst in Sicherheit ist. Dennoch habe ich ständig Alex und den See vor Augen. Ein Schluchzen bricht aus mir hervor, als ich mir vorstelle, dass Pike auf die gleiche Weise umkommt, in Rauch und Flammen aufgeht. Für einen Moment bleibt mir die Luft weg.

Ich ziehe den Inhalator aus meinem Tagesrucksack, aber er reicht nicht aus, um meine Lungen zu füllen und meine zugeschnürten Atemwege zu befreien.

Ich muss Hilfe holen.

Ich eile zu Pike hinüber, der gerade das Zelt auf einem Streifen Erde zwischen zwei großen Eichen aufbaut, wo es kaum Wurzeln und Dornen gibt. Durch die Hanglage ist unser Lager hier vom überschwemmten Ufer weit genug entfernt. Am Fuß der Bäume wachsen Farne, deren Blätter durch den Regen glänzen und dadurch noch üppiger aussehen. Die Rinde der Bäume ist mit fahlen Flechten bedeckt, die an den Stämmen nach oben klettern. Ich wünschte, ich könnte den Anblick genießen.

»Ich muss runter zum Parkplatz«, sage ich etwas zu schnell. »Ich muss meine Mutter anrufen und habe hier oben keinen Empfang.«

»Ist alles in Ordnung?«, fragt Pike.

»Ich möchte Mom nur auf den neuesten Stand bringen. Sie muss wissen, dass wir mehr Zeit brauchen.« Er mustert mich kurz, dann geht er in die Hocke und öffnet seinen Rucksack.

»Ich habe ein Satellitentelefon dabei«, sagt Pike. »Das kannst du benutzen.«

»Du hast ein Satellitentelefon?«

»Ja, natürlich. Ansonsten wäre ich nicht besonders gut ausgerüstet.«

»Na ja, du hattest schon kein zusätzliches Zelt dabei. Den Glauben in deine gute Ausrüstung habe ich also schon länger aufgegeben«, erwidere ich, und es tut gut, mit ihm zu scherzen. So zu tun, als ob alles normal wäre. Als ob alles in Ordnung wäre.

Pike lacht, schüttelt den Kopf und kramt in seinem Rucksack, bis er das Telefon findet. Er schaltet es ein und wartet auf ein Signal, dann gibt er es mir.

»Danke. Bin gleich wieder da.« Ich entferne mich, damit er mich nicht hören kann. Dann nehme ich mein Handy und suche nach Cassandras Nummer, die Mom mir gegeben hat.

Ich hole tief Luft, tippe die Nummer ein und warte.

Cassandra antwortet nach dem dritten Klingeln, und obwohl die Verbindung schwach, ihre Stimme weit entfernt und durch Rauschen verzerrt ist, fangen meine Augen an zu brennen. Früher gehörte sie fast zur Familie, war wie eine ältere Schwester für mich. Bis Amys Urteil und mein Prozess alles verändert haben. Als sie sich jetzt mit »Cassandra Meadows« meldet, werde ich von den Erinnerungen und Gefühlen, die diese zwei Worte auslösen, fast überwältigt.

Im ersten Moment bringe ich keinen Ton heraus.

»Hallo?«, fragt sie.

Ich räuspere mich und finde endlich meine Stimme wieder. »Cassandra, ich bin's. Iris.«

»Hallo, Iris. Ich habe schon von deiner Mutter gehört, dass du hinter einem verlorenen Verstärker her bist.«

»Deshalb rufe ich an.« Ich halte das Telefon in der einen Hand und zerknülle den Saum meines Hemdes mit der anderen. »Er ist verletzt.« Ich erzähle ihr von der Begegnung mit dem Bären, lasse den Fluch aber vorerst aus.

»Das erklärt die energetischen Veränderungen, die wir in den Bergen wahrgenommen haben«, sagt Cassandra, als ich fertig bin. »Es hat einen großen Zufluss von Magie gegeben, und ich vermute, dass er vom Verstärker kommt.«

»Ich brauche deine Hilfe«, gestehe ich. »Wenn wir ihn in das Gehege zurückbringen, können wir ihn wahrscheinlich retten. Aber allein schaffe ich es einfach nicht.«

Cassandra ist einen Moment lang still, und ich höre, wie sie im Hintergrund mit jemandem spricht. »Wenn es eine Überlebenschance gibt, sollten wir sie nutzen. Aber in Anbetracht des Regens und der späten Stunde möchte ich bis zum Morgen warten. Du solltest dasselbe tun.«

»Ich glaube, das wäre keine gute Idee. Ich habe Angst, dass der Verstärker die Nacht nicht übersteht.« Ich versuche, ruhig zu sprechen, aber es fällt mir sehr schwer, da ich vor lauter Panik von oben bis unten zittere.

»Wir wollen den Verstärker natürlich heilen, aber dafür riskieren wir nicht unsere Hexen. Sobald die Sonne untergeht, wird das Terrain hier ziemlich tückisch. Durch den Regen wird es nur noch schlimmer. Warte mal«, sagt sie und spricht wieder mit der anderen Person.

»Wir werden die Eule mit einem Zauber belegen«, bietet sie schließlich an. »Wir können sie über die Magie erreichen, die von ihr ausgeht. Der Zauber wird ihre Blutungen verlangsamen und ihr etwas mehr Zeit geben, sollte die Situation wirklich so schlimm sein. So wird sie zumindest durch die Nacht kommen. Ihr könnt morgen früh eure Suche fortsetzen, und ich werde mich dann auch auf den Weg machen.«

Ich atme erleichtert aus. Cassandra ist erfahrener als ich und auch stärker. Wenn sie sagt, dass die Eule mithilfe ihrer Magie die Nacht überstehen wird, dann glaube ich es ihr auch.

»Ich gehe gleich morgen früh wieder los«, verspreche ich und informiere sie über unsere Koordinaten sowie die der Eule. Cassandra ist deutlich weiter entfernt und wird deshalb ein paar Stunden später mit der Suche anfangen. Aber sie wird kommen. Sie wird uns helfen.

Ich dachte, ich würde Angst haben. Davor, was Cassandra mir antun würde, wenn sie kommt und den Fluch spürt, der an der Eule haftet. Und ich habe auch Angst. Aber stärker als alles andere spüre ich Erleichterung. Cassandra wird helfen, und Pike wird in Sicherheit sein.

»Dann bis morgen.« Sie legt auf, bevor ich antworten kann.

Ich umklammere das Telefon noch mehrere Sekunden lang. Regentropfen laufen über mein Gesicht, und ich atme tief durch. Dies ist meine letzte Nacht, bevor Cassandra kommt und den Fluch entdeckt. Im Moment ist sie noch zu weit von der Eule entfernt und kann den Fluch selbst mit ihrem Zauber nicht spüren. Doch sobald sie näher kommt, wird sie ihn unmöglich übersehen.

Es ist die letzte Nacht, in der meine Mutter ruhig schlafen wird, in der sie noch nicht weiß, was ich getan habe.

Es ist meine letzte Nacht mit Pike, bevor er all das erfährt, was ich ihm niemals habe sagen wollen.

Ich gehe zu Pike zurück und reiche ihm sein Telefon. Er hat netterweise meine Sachen zum neuen Lagerplatz geschleppt. Ich greife nach meinem Rucksack, stoße ihn dabei aber um. Alle Taschen sind seit meiner panischen Suche nach den Kräutern noch geöffnet, und zu meinem Entsetzen fällt das Kondom heraus und Pike direkt vor die Füße.

»Ich mach das schon!«, beeile ich mich, zu sagen, und bücke mich, um es aufzuheben. Doch ich bin zu spät. Pike hält mir das Kondom mit hochgezogenen Augenbrauen vor die Nase.

»Das ist nicht das, wonach es aussieht«, verteidige ich mich schwach, nehme es ihm weg und verstaue es wieder in meinem Rucksack. Pike sieht mich mit einem Ausdruck an, als müsste er schwer an sich halten, nicht laut loszulachen – und ich bin mir ziemlich sicher, dass ich das Mom nie verzeihen werde. Mein Gesicht erstrahlt wahrscheinlich in allen Schattierungen von Rot, und ich schaue hinter mich, nach unten, nach oben, überall hin, nur um nicht in sein Gesicht sehen zu müssen.

»Ach nein?«, fragt er mit einem amüsierten Lächeln auf den Lippen.

»Ich meine, schon, aber es gehört nicht mir«, stottere ich. Ich hatte noch nie eine richtige Beziehung, war höchstens ein paarmal verknallt und hatte hier und da ein paar Dates. Nach diesem Moment werde ich vermutlich nie mehr eine haben, denn ich bin mir ziemlich sicher, dass ich vor Verlegenheit gleich tot umfallen werde.

»Wem gehört es denn dann?« Er schafft es kaum, sein Lachen zu unterdrücken.

»Können wir einfach nicht mehr darüber reden? Das wäre toll«, bringe ich zwischen zusammengebissenen Zähnen hervor, mache meinen Rucksack zu und schiebe ihn zur Seite.

»Was immer du willst.« Er schüttelt lachend den Kopf. Am liebsten würde ich mir das Satellitentelefon schnappen und meine Mutter anrufen, nur um ihr zu sagen, in was für eine unangenehme Situation sie mich gebracht hat. Aber das wird warten müssen.

»Danke.«

Das neue Lager, das Pike aufgeschlagen hat, liegt so weit oben am Hang, dass es vor den ansteigenden Fluten sicher ist. Gerade bereitet er eine kleine Feuerstelle unter dem behelfsmäßigen Unterstand vor, wo es relativ trocken ist. Ein großer, an einen Baumstamm gelehnter Felsbrocken schützt den Boden einigermaßen vor dem Regen. Dort hat bereits jemand einen kleinen Kreis aus Steinen gebildet, der mich an meinen Steinkreis zu Hause erinnert.

Pike ist völlig durchnässt. Sein Haar klebt an seinem Kopf, und ich kann sehen, wie Regentropfen von den Spitzen herabtropfen. Er schaut in den Himmel und schüttelt den Kopf.

»Für die Suche nach der Eule haben wir nicht mehr genug Licht«, stellt er fest, und ich bin so dankbar dafür, dass wir das Thema wechseln.

»Ich weiß.«

Wir sehen uns an, und ich frage mich, warum mein Magen sich so flau anfühlt, als Pikes Gesichtsausdruck ernst wird. Warum mein Herz schneller schlägt, als er mit seinen Augen einen Atemzug länger auf mir verweilt, als ich erwartet habe.

»Ich würde noch eine Nacht schaffen, wenn du willst«, sagt er.

»Verpasst du nicht deine *National Geographic*-Doku?«, frage ich und schlage wieder unseren normalen Umgangston an, um mithilfe des Gewohnten meine Sorgen und Was-wäre-Wenns zu besänftigen.

Aber er lacht nicht, antwortet auch nicht mit einer spöttischen Bemerkung oder einer witzigen Erwiderung. Stattdessen hält er meinen Blick fest.

»Nein«, sagt er. »Ich verpasse nichts.«

Und plötzlich will ich unseren normalen Umgangston gar nicht mehr. Ich will das Gewohnte nicht länger. Als seine Worte mich erfüllen, erwachen all meine zerstreuten Sehnsüchte und unerfüllten Wünsche auf eine Art und Weise, die mich überrascht.

Es ist nicht unbedingt Magie.

Aber vielleicht ist es genau das.

18

Der Regen hat aufgehört, und der Wind lässt langsam nach. Sein ständiges Tosen ebbt zu einem sanften Rauschen ab, das perfekt zum Einschlafen ist. Das Feuer ist fast heruntergebrannt, und ich betrachte die letzten bernsteinfarbenen Flammen, die im Dunkeln knistern und züngeln. Ich habe fast ein Dutzend Mal nach der Eule gesehen, und jedes Mal war sie noch am selben Ort. Ihr Herzschlag ist gleichmäßig. Der Fluch wartet.

Ich sage mir immer wieder, dass sie überleben wird und dass ich mir keine Sorgen machen muss. Cassandras Magie ist stark – viel stärker als meine, und sie hat einen Zauber ausgesprochen, der die Eule über Nacht schützt. Trotzdem verbinde ich mich noch einmal mit ihr. Ihr Zustand ist stabil, wie die vorherigen Male an diesem Abend, genau wie Cassandra es versprochen hat.

Ich spüre einen sanften Ruck in meiner magischen Verbindung zur Eule, als wüsste sie, dass ich hier bin, dass ich sie so schnell wie möglich holen werde. Sie wartet auf mich.

»Iris?«, fragt Pike, worauf meine Magie in die Dunkelheit entweicht und meine Verbindung zur Eule unterbrochen wird.

»Sorry, was?«

»Wo bist du gerade gewesen? Du hast ausgesehen, als wärst du in Trance oder so.«

»Ich war wohl in Gedanken«, weiche ich aus und konzentriere mich wieder auf die Gegenwart. Auf den Jungen, der neben mir sitzt.

Ich sehe ihn an, seine Brillengläser reflektieren den Feuerschein, der einen warmen, orangefarbenen Glanz auf sein Gesicht wirft. Ich habe das überwältigende Verlangen, ihm von dem Fluch zu erzählen und alles offenzulegen. Ich würde so gern sehen, wie er darauf reagiert. Er hat mich in den letzten Tagen immer wieder überrascht. Vielleicht würde er mich wieder überraschen. Vielleicht kann ich ihm die Wahrheit über mich erzählen, und vielleicht wird er es akzeptieren. Mich akzeptieren.

Vielleicht hat Mom recht. Vielleicht sind seine Witze und Bemerkungen belanglos, haben keine Bedeutung. Aber wenn ich an jenen Tag im Büro denke, an den Klang seiner Stimme und seinen Blick, an die grausamen Worte, die er über Amy gesagt hat, dann weiß ich tief in meinem Inneren, dass ihn etwas belastet. Etwas, das seine Meinung über Hexen geprägt hat. Und dass dieses Etwas nichts Gutes ist.

»Irgendwann würde ich gern in deine Gedanken blicken«, sagt er, und ich lache.

»Glaub mir, das willst du nicht wirklich.«

Pike reicht mir einen kleinen Zweig, dabei berührt er mich kurz mit seinen Fingern. Ein Stromschlag zuckt durch meinen Körper. »Hier, das könnte helfen.«

»Was ist das?«

»Ein Wunschzweig. Das hat sich mein Bruder ausgedacht, als wir mal zelten waren, und irgendwie ist die Idee bei mir hängen geblieben. Kurz bevor das Feuer ausgeht, belegt man den Zweig mit einem Wunsch und wirft ihn in die Flammen. Der Wunsch verbrennt, wobei die eine Hälfte von ihm im Wind verweht und die andere Hälfte zu Asche wird und in die Erde übergeht.«

Es erinnert mich so sehr an das Ritual meiner Großmutter, in dem ich meine Sorgen der Erde übergebe, dass ich fast losheulen muss. Er macht Wunschzweige, und ich schreibe Zaubersprüche – ist das wirklich so unterschiedlich?

»Das gefällt mir«, sage ich.

»Ja, mir auch. Vielleicht hilft es dir mit dem, was dich bedrückt.«

»Vielleicht«, flüstere ich kaum hörbar, weil meine Kehle wie zugeschnürt ist.

Pike hält seinen Zweig hoch. »Okay, mach die Augen zu und wünsch dir etwas.«

Und das tue ich. Ich drücke meine Augen fest zu und umklammere den Zweig. Ich wünsche mir einen erfolgreichen Morgen, an dem ich die Eule finde und den Fluch löse, bevor jemand zu Schaden kommt. Wünsche mir, dass die Gefahr für Pike und diese Region, die ich so sehr liebe, gebannt ist. Ich wünsche mir das so sehr, dass der Zweig in meiner Hand zittert.

Als ich meine Augen aufschlage, sieht Pike mich interessiert an.

»Fertig?«, fragt er.

Ich nicke, und Pike zählt bis drei. Dann werfen wir unsere Zweige ins Feuer und sehen zu, wie sich unsere Wünsche in Rauch und Asche verwandeln. Es ist nicht so therapeutisch wie ein Zauberspruch, aber es ist schön. Und es beruhigt auf eine ganz ähnliche Weise.

Ich beuge mich zum Feuer vor, strecke meine Hände zu den erlöschenden Flammen aus und nehme den letzten Rest ihrer Hitze auf. Dann geht die letzte Flamme aus, und übrig bleibt nur die mit Wünschen gefüllte Glut.

»Wir müssen morgen früh raus. Wie wäre es mit etwas Schlaf?«, schlägt Pike vor.

Ich sehe dem Rauch nach, der vor seinem Gesicht hin und her wabert und sich dann auflöst. Dann stehe ich auf.

»Ich kann heute Nacht auch draußen schlafen, wenn dir das lieber ist«, sagt er und schüttet Wasser auf die heiße Glut.

»Nein, ist schon in Ordnung«, antworte ich, obwohl mir immer flauer wird, je näher wir dem Zelt kommen. Pike geht mit einer Taschenlampe voran und hält die Plane auf, damit ich hineinkriechen kann. Drinnen dimmt er die Laterne auf die schwächste Stufe, und irgendwie kommt mir das Zelt heute Abend noch kleiner vor.

Es läuft wie in der Nacht zuvor: Wir drehen einander den Rücken zu, als wir die feuchten Sachen abstreifen und trockene anziehen, dann hält Pike die Ecke des Schlafsacks hoch, und ich schlüpfe darunter. Als ich mich endlich dazu durchringen kann, ihn anzusehen, bin ich enttäuscht, dass er statt seines Schlafanzugs einen Pullover trägt.

»Warum trägst du nicht deinen Pyjama?«, frage ich, weil

ich es ein bisschen lustig finde, aber hauptsächlich, weil er so unfassbar süß darin aussieht.

»Der hat leider den Sturz nicht überlebt«, bedauert er. »Dünner Stoff.«

»Ah«, mache ich und muss mir ein Lachen verkneifen, als ich daran denke, wie er mit dem Gesicht voraus aus seinem Zelt stolperte. »Du solltest dir einen neuen besorgen.«

»Schon längst geschehen. Ich habe eine Online-Bestellung aufgegeben, als wir in dem Laden waren.«

»War ja klar.«

Pike knipst die Laterne aus, und ich kuschele mich unter die Decke. Es beruhigt mich, im Schutz der Bäume zu sein. Noch beruhigender wäre es, wenn Pike Alder nicht direkt neben mir liegen würde. Ich bin mir mit jeder Faser meines Körpers bewusst, wie nahe wir uns sind, wie leicht es wäre, meine Hand auszustrecken und seine Finger zu berühren. Immer wenn er einatmet, hebt sich die Decke ein wenig, und mit jedem Ausatmen füllt sich der Raum zwischen uns mit seiner Atemluft, die nur darauf wartet, dass ich sie einatme. *Ihn* einatme.

Und genau das mache ich.

Ich atme ihn ein.

»Vermisst du deinen Dad?«, fragt Pike und erwischt mich damit völlig unvorbereitet.

Vielleicht liegt es an der totalen Dunkelheit, in der er mein Gesicht nicht sehen und meine Mimik nicht lesen kann, dass ich Dinge sagen möchte, die ich normalerweise nicht sagen würde. Vielleicht ist diese letzte Nacht genau dafür da: um das zu sagen, was wir wollen, unsere Worte in Dunkelheit zu hüllen und sie an die andere Person weiterzugeben.

»Ja. Aber es wäre mir lieber, wenn nicht.«

»Warum?«

»Weil ich finde, dass er es nicht verdient hat. Nach allem, was er uns angetan hat.«

Pike bewegt sich, und dabei verschiebt sich der Schlafsack ein wenig. Ich rühre mich nicht, aus Angst, ihm zu nahe zu kommen, wenn ich tief einatme.

»Das ist verständlich.« Er klingt nachdenklich. »Aber wenn du ihn vermisst, bringt ihm das eigentlich nichts. Das bringt nur dir etwas.«

»Wie meinst du das?«

»Jemanden zu vermissen, ist eine Form der Trauer. Man trauert darum, dass jemand verschwunden ist. Darum, dass jemand zu weit weg ist. Darum, dass man jemanden nie wiedersehen wird. Egal, wie und weshalb man trauert, das Vermissen ist nur ein Symptom davon.«

»Aber ich will nicht um jemanden trauern, der nie hätte gehen sollen.«

»Dann trauere nicht darum, dass er weg ist«, sagt Pike. »Trauere darum, dass er sich als ein solches Arschloch entpuppt hat.«

Ich muss fast lachen, denn seine Wortwahl überrascht mich in diesem sonst so schwierigen Gespräch. »Mir gefällt diese Einstellung.«

»Es ist alles eine Frage der Perspektive«, erklärt Pike. »Sagt man jedenfalls so.«

Er hält inne, und ich denke schon, dass er nichts weiter sagen wird. Dann: »Glaubst du, dass wir jemals an einen Punkt kommen können, an dem du mich vermisst?«

»Hast du vor, irgendwo hinzugehen?«, frage ich betont unbeschwert, um den Ernst in seiner Stimme zu überspielen.

»Ich meine es ernst.«

Ich starre an die Decke, obwohl ich nichts sehen kann. Mein Atem geht flach, und ich habe Angst, meine Lungen zu füllen, mich zu sehr zu bewegen. Ich habe Angst vor dem, was ich gleich fragen werde. »Warum willst du, dass ich dich vermisse?«

»Weil du etwas Besonderes bist, Iris. Du bist seltsam und ungewöhnlich, und ich bin unendlich neugierig darauf, was dir alles durch den Kopf geht.«

»Jede Menge Worst-Case-Szenarien«, erwidere ich wie beiläufig und versuche, zu ignorieren, wie seine Worte in meine Blutbahn eindringen und durch meinen Körper rauschen. Wie mein Herz schneller schlägt und mein Verstand flüstert, dass dies vielleicht das Schönste ist, was jemand zu mir gesagt hat.

»Du neigst dazu, das Schlimmste anzunehmen«, stellt er fest und zieht den Schlafsack bis zu seinem Kinn hoch.

»Guter Beobachter.«

»Stimmt. Und das ist nicht das Einzige, was ich beobachtet habe.«

»Ach ja? Was hast du noch bemerkt?«, frage ich in einem bewusst leichten Ton. Leicht ist gut. Leicht ist sicher.

Pike dreht mir sein Gesicht zu. Die ganze Luft im Zelt ist

auf einmal wie aufgeladen, und ich atme endlich wieder richtig ein, halte die Luft an und hoffe, dass er nicht merkt, wie angespannt ich bin. Wie sehr ich mich zusammenreißen muss.

»Du überprüfst alles zwei Mal, manchmal sogar drei Mal. Du gehst auf und ab, wenn du gestresst bist. Du presst deine Hände auf die Brust, wenn du dir über etwas Sorgen machst. Du schüttest heimlich Vitamin D in den Kaffee deiner Mutter, wenn sie nicht hinsieht. Du trägst dein Haar hochgesteckt, wenn wir Gruppenführungen machen, und den Rest der Zeit offen. Wenn Sarah Doughnuts mitbringt, lässt du allen anderen den Vortritt, bevor du dir einen aussuchst. Selbst mir. Deine Lieblingsfarbe ist Grün. Und wenn ich etwas sage, das dich ärgert, siehst du mich mit einem Ausdruck an, mit dem du sonst niemanden ansiehst. Also ärgere ich dich weiter, nur damit du das Gesicht machst, das du nur für mich machst.«

Seine Worte bringen mein Herz zum Rasen und rauben mir meinen Verstand. »Pike«, flüstere ich und rolle mich langsam auf die Seite, bin ihm so nah, dass ich seinen Atem auf meiner Haut spüre. »Wir wissen beide, dass du nichts dafürkannst, dass du so nervig bist.«

»Du kommst nur nicht damit klar, dass ich immer recht habe.« Sein dunkler, ernster Tonfall passt nicht zu seinen Worten.

»Ich nehme an, ich würde damit tatsächlich nicht klarkommen. Wenn du denn jemals recht hättest«, kontere ich.

Er lacht, so leise, dass ich es mehr spüre als höre. »Die Sache ist die: Du bist immer in Gedanken und trägst all diese Sorgen mit dir herum, aber trotzdem ist da etwas in dir, das

sich mit dieser Welt gut auszukennen scheint. Besser als jeder andere Mensch, den ich kenne. Ich weiß nicht, wie ich es beschreiben soll«, sagt er und verstummt.

Ich habe Angst, mich zu bewegen, Angst, zu atmen, Angst, zu sprechen. Angst, diesen Moment zu verlieren, in dem ich mich zum ersten Mal so richtig sehe. Als würde Pike mir einen Spiegel vorhalten, der es mir ermöglicht, meine Unsicherheiten hinter mir zu lassen und das Mädchen dahinter zu sehen.

»Souverän«, stellt er nach einer Weile fest und kann damit unmöglich mich meinen. »Du bist souverän.«

Mit seinen Fingerspitzen berührt er mein Gesicht, fährt langsam über meinen Nasenrücken und über meinen Mund. Ich atme scharf ein und denke, das ist wahrscheinlich die schlechteste Idee, die ich je hatte. Gleich nach dem Fluch, den ich für ihn geschrieben habe.

Ich schließe meine Augen und öffne meine Lippen. Er streicht mit seinen Fingern über mein Kinn, über die Mitte meines Halses und zieht sich dann wieder zurück. Seine Berührung erweckt meinen ganzen Körper zum Leben, alles wird durch die Dunkelheit verstärkt, jedes Geräusch und jede Berührung. Meine Sinne spielen verrückt, weil er so nah ist. Ich greife nach seiner Hand, lege sie um meine Taille und drücke seine Hände auf meinen Rücken. Einige Augenblicke lang verharren wir so und rühren uns nicht, lauschen dem Wind, dem Fluss und dem Atem des anderen. Dann zieht er mich an sich, und sein Mund trifft auf meinen.

Er küsst mich langsam und fährt mit seinen Fingern an

meiner Wirbelsäule hinauf bis zu meinen Haaren. Eigentlich müsste ich ihn zurückstoßen, müsste ihm von der Eule und dem Fluch erzählen, ihn bestimmen lassen, ob er eine Hexe küssen will. Aber stattdessen drücke ich mich fester an ihn, so nah es geht.

Entweder ich löse den Fluch und bringe alles in Ordnung, oder es gelingt mir nicht, und ich ruiniere alles. Aber so oder so möchte ich diesen Moment nicht missen. Diesen Moment, der unberührt ist von Tragödien, Flüchen und Magie. Der uns ganz allein gehört. Der weit weg ist von dem, was uns morgen früh erwartet.

In diesem Moment bin ich ein Mädchen, das den Jungen küsst, den es mag. Nicht eine Hexe, die den Jungen küsst, den sie verflucht hat.

Ich öffne ganz leicht meinen Mund, und Pike atmet aus. Das Geräusch seines Atems schießt durch meinen gesamten Körper. Er rollt mich auf den Rücken, und ich hebe beide Händen, berühre sein Gesicht, sein Kinn, seinen Hals. Ich spüre das Gestell seiner Brille und stocke.

»Warte«, bitte ich.

Pike zieht sich zurück und fragt, ob es mir gut geht.

»Könntest du die Laterne anmachen?«

Er stellt die Laterne auf die schwächste Stufe, sodass das Zelt in mildes Licht getaucht ist. Schwer atmend setzt er sich auf und fixiert mich mit seinem Blick. Ich knie mich gegenüber von ihm hin und betrachte ihn im Schein der Lampe.

»Geht es dir gut?«, fragt er wieder, seine Stimme sanft und besorgt.

»Ja«, antworte ich. »Aber ich möchte dich ohne Brille sehen. Dich wirklich sehen.«

Pike nimmt meine Hände und führt sie zu seinem Gesicht. Langsam nehme ich seine Brille ab und lege sie beiseite, ohne den Blick von seinem Gesicht abzuwenden. Er blinzelt, sieht mir aber dabei die ganze Zeit in die Augen, und ich bin erstaunt, wie verletzlich er aussieht. Wie ungeschützt er in diesem Moment ist. Keine Arroganz, kein Ego, keine witzigen Sprüche, kein perfekt sitzendes T-Shirt und keine unglaublich coole Brille.

Einfach nur Pike, ehrlich und unverfälscht und perfekt.

Sein Anblick nimmt mir den Atem. Ich streiche sanft über seine Augenwinkel, dann drücke ich wieder meinen Mund auf seine Lippen.

Er legt beide Hände um mein Gesicht und küsst mich, drängender jetzt und voller Verlangen. Dann schaltet er die Laterne wieder aus, legt mich auf den Rücken und wandert mit seinem Mund von meinen Lippen über mein Kinn bis zu meinem Hals.

Auf meinem gesamten Körper breitet sich eine Gänsehaut aus, als seine Finger die nackte Haut über meiner Hose berühren. Ich möchte sie ausziehen, möchte Pike näher sein, als ich es je einem anderen Menschen war. Aber die naive Hoffnung in mir sagt, dass ich warten soll und Pike sich vielleicht trotz Magie und allem für mich entscheiden wird. Vielleicht will er mich immer noch auf dieselbe Art und Weise, wenn er es erfährt.

Ich führe seine Hände zu meinen Rippen, wölbe mich ihm

entgegen und vertiefe unseren Kuss. Ich möchte so sehr vergessen, was im Morgengrauen auf mich wartet. Ich hoffe so sehr, dass das hier zwischen uns, was auch immer es ist, im Tageslicht überleben kann.

Ich meine, die Eule ganz in der Nähe zu hören, aber vielleicht ist es nur ein Streich des Windes. Ein Streich meines Geistes.

Ich ziehe den Schlafsack über unsere Köpfe. Mit Pikes Arm um meine Taille und seinen Lippen auf meinem Mund schrumpft unsere Welt in diesem unvorstellbar großen Universum auf einen winzigen Punkt zusammen.

Und einen kurzen Moment gelingt es mir wirklich. Ich vergesse.

19

Als ich aufwache, ist Pike verschwunden. Draußen zwitschern die Vögel, und es fällt gerade genug Licht ins Zelt, um etwas sehen zu können. Mit der Morgendämmerung ist auch die ganze Last des Tages wieder da. Die Angst. Die schrecklichen Auswirkungen, die auf uns zukommen, wenn ich das vermassele.

Aber auch Hoffnung. So viel Hoffnung.

Draußen höre ich Pike hantieren. Ich bin ein wenig enttäuscht, weil ich ihn so gern schlaftrunken und ohne seine Brille hätte aufwachen sehen.

Bei diesem Gedanken stockt mir der Atem, und ich verbinde mich sofort mit der Eule, um ihren Herzschlag und den Fluch zu spüren und um mich zu vergewissern, dass alles noch genauso ist wie in der vergangenen Nacht.

Und tatsächlich ist sie an demselben Ort und wartet, wie sie mir versprochen hat.

Ich krabble aus dem Zelt und strahle, als ich sehe, wie Pike zwei Bagels über dem Feuer erwärmt und mit Butter bestreicht. Darin ist er wirklich gut.

Er schaut auf und lächelt, als er mich sieht. Ein sanftes, glückliches Lächeln, das sich direkt in mein Herz schleicht.

»Morgen«, sagt er.

»Morgen.«

Ich gehe zum Feuer hinüber, unsicher, wie ich mich verhalten soll. Doch er zieht mich ohne Umschweife zu sich und küsst mich sanft. »Wie hast du geschlafen?«

»So gut habe ich nicht mehr geschlafen, seit wir das Wildgehege verlassen haben«, gestehe ich.

»Ich auch nicht.«

Ich nehme dankbar einen Bagel von ihm entgegen. Der Tag beginnt vielversprechend. Ich setze mich auf die Decke und bemerke, wie sauber es auf dem Zeltplatz ist.

»Hast du heute Morgen schon aufgeräumt?«

»Ein wenig. Ich weiß, dass du früh aufbrechen willst, deshalb wollte ich hilfreich sein. Ich hoffe, das ist okay.«

»Das ist toll. Vielen Dank.«

»Ist die Eule immer noch am selben Ort?«

Ich nicke. Die Hoffnung weitet meine Brust.

»Gut, das ist nämlich nicht weit. Wahrscheinlich nur eine halbe Stunde zu Fuß.«

Pike isst seinen Bagel auf, legt dann seine Serviette beiseite und zieht seine Beine hoch, sodass sein Körper eine V-Form bildet. Er stützt seine Arme auf den Knien ab, seine Haare sind vom Schlaf perfekt zerzaust. Er trägt eine Jogginghose und ein Sweatshirt, und ich weiß nicht, wie ich sein Aussehen in diesem Moment anders beschreiben soll als mit dem Wort *eingelebt*.

So wie ich mich in meiner Lieblingsjeans oder in der Decke fühle, die meine Großmutter für mich gestrickt hat.

Ich bin schon im Begriff, ihm zu sagen, was ich seit zwei Jahren verschweige.

Ich bin eine Hexe.

Beinahe sage ich es auch, als wäre es ohne Bedeutung, als würde ich über das Wetter oder den Gesang der Vögel sprechen. Beinahe. Aber ich weiß nicht, wie ich damit umgehen würde, wenn sich sein Gesicht zu etwas Unkenntlichem verzerren würde. Außerdem muss ich meine ganze Energie darauf verwenden, die Eule zu finden und den Fluch zu brechen. Das allein zählt im Moment.

Nach dem Frühstück und dem restlichen Aufräumen packen wir unsere Tagesrucksäcke. Ich gehe im Geist meine Liste durch und vergewissere mich, dass Pike die Vorräte für unsere provisorische Falle dabeihat. Sobald wir fertig sind, schultere ich meinen Rucksack und setze meine Mütze auf.

Es ist bewölkt und kühl, die Erde vom Regen feucht. Ich atme langsam ein. Heute wird sich alles klären, und Cassandra wird kommen. Vielleicht gehört Pike zu den Glücklichen, die die Verwandlung in einen Magier überleben, und vielleicht bin ich stark genug, ihn da durchzubringen. Vielleicht sind die Auswirkungen auf die Region nicht so schlimm, wie ich befürchte, und alles wird gut werden, selbst wenn der Fluch entfesselt werden sollte.

Aber das möchte ich lieber nicht herausfinden. Amys Magie war stark für ihr Alter. Sie war eine Stellarin, die enorme Kräfte auf Menschen ausüben konnte. Doch auch sie konnte nicht verhindern, was mit Alex geschah. Ich habe immer geglaubt, dass der katastrophale Fehler, die Bruchstelle, die zu jener Nacht am Strand führte, ihre Verliebtheit war.

Aber das stimmt nicht. Ihr Fehler war ihr Hochmut: zu

glauben, dass der Tod kein Risiko darstellt, weil sie sich für stark genug hielt, ihn aufzuhalten.

Ich werde nicht denselben Fehler machen.

»Bereit?«, fragt Pike.

Ich nehme einen tiefen Atemzug. »Bereit.«

Er drückt meine Hand. »Holen wir sie uns.«

»Wusstest du, dass Krähen einen Groll gegen Menschen entwickeln können?«, fragt Pike, als wir auf dem Hauptwanderweg bergan steigen. Wie es sich für Pike gehört, wartet er nicht auf eine Antwort, sondern redet weiter: »Das sind extrem schlaue Vögel. Wenn sie sich von dir bedroht fühlen, können sie sich dein Gesicht für Jahre merken. Nicht nur das: Sie warnen auch ihre Krähenkumpel vor dir, und die haben dich dann auch auf dem Radar.«

»Das ist schon erstaunlich.«

»Ist es. Leo dachte, wenn Krähen Menschen etwas übel nehmen können, können sie auch lernen, Menschen zu mögen. Er fing an, ein paar Krähen hinter unserem Haus zu füttern. Zuerst hielten sie sich zurück, aber mit der Zeit vertrauten sie ihm, und schließlich kamen sie jeden Tag um die gleiche Zeit zu unserem Haus und warteten auf Leo.«

»Ich finde es toll, dass er das getan hat«, sage ich und passe mich Pikes Tempo an. Meine Hoffnung wächst mit jedem Schritt.

»Ich auch. Ich bereue es noch häufig, dass wir die Krähen

in den Tagen nach seinem Tod vergessen haben. Hätte ich nur daran gedacht, sie zu füttern ... Als sie gemerkt haben, dass er nicht mehr da ist, blieben sie fort. Ich fühle mich immer noch schlecht deswegen.«

»Was ist mit ihm passiert?«, frage ich vorsichtig, unsicher, ob ich diese Frage stellen darf.

Pike sagt zunächst nichts, und ich will ihm gerade sagen, dass er nicht zu antworten braucht, als er endlich sein Schweigen bricht. »Er wurde krank. Wirklich krank, eine seltene Art von Krebs. Als die Ärzte die Krankheit entdeckten, gab es nur eine einzige Behandlungsoption, und die hätte ihn noch kränker gemacht, ohne Garantie auf Erfolg.« Pike geht jetzt vor mir her, und ich höre, wie er vor dem nächsten Schritt tief Luft holt.

»Trotzdem haben wir es probiert, und es war schrecklich. Die Behandlung hat ihn so krank gemacht, dass sein PET-CT danach schlechter war als davor. Es hat überhaupt nichts gebracht. Mein Vater kannte eine Frau aus seinem Ruderclub, die sich mit alternativen Heilmethoden beschäftigte, und er hat sie darauf angesprochen. Sie hat ihn und meine Mutter gedrängt, Leo behandeln zu dürfen. Hat ihnen erzählt, dass sie in der Vergangenheit erfolgreich Kinder geheilt hätte. Sogar ein Kind, das dieselbe Art von Krebs hatte wie Leo. Meine Eltern haben viel darüber gestritten. Mom wollte Leo in seiner gewohnten Umgebung behalten, aber Dad wollte die alternative Medizin ausprobieren. Ich weiß nicht, warum er sich durchsetzen konnte. Jedenfalls entschieden sie sich für die Frau, und es stellte sich heraus, dass sie eine komplette

Betrügerin war. Sie zahlten ihr Tausende von Dollar und brauchten dafür ihre gesamten Ersparnisse auf. Kaum hatte sie das Geld, verließ sie die Stadt, und kurz darauf starb Leo.«

»Oh, Pike, das ist schrecklich.« Mein gesamter Körper schmerzt von dem Gewicht seiner Geschichte. »Es tut mir so leid, dass du und deine Familie das durchmachen musstet.«

Pike bleibt stehen und dreht sich zu mir um. »Danke«, sagt er und streicht mit den Fingern über die Riemen meines Rucksacks. »Es war eine wirklich schwierige Zeit für unsere Familie und etwas, wovon wir uns wahrscheinlich nie ganz erholen werden. Mom und Dad haben es mithilfe von vielen Therapiesitzungen geschafft, zusammenzubleiben, und dafür bin ich dankbar.«

Ich nicke und überlege, wie eine Ehe nach einer solchen Tragödie wiederhergestellt werden kann. Pike sieht mich an, als wolle er noch mehr sagen, als hadere er mit sich selbst, ob er es tun soll oder nicht.

»Du hast mich mal gefragt, warum ich Hexen so sehr hasse«, fährt Pike schließlich fort. Mein Blut gefriert. »Genau deshalb. Diese Frau, sie war eine Hexe. Sie hat meinem Vater eingeredet, dass ein so aggressiver Krebs wie der von Leo nur mit Magie geheilt werden kann. Das war ihre alternative Form der Medizin: Magie. Nichts, was wir sehen oder spüren konnten. Wir mussten darauf vertrauen, dass sie jedes Mal, wenn wir Leo zu ihr brachten, jedes Mal, wenn meine Eltern ihr einen weiteren Scheck ausstellten, etwas für ihn tat. Und als sie ihre letzte Zahlung bekommen hatte – die größte –, ist sie verschwunden. Später fanden wir heraus, dass wir nicht die einzige Familie waren, der sie das angetan hat. Sie hat über eine Million Dollar von Familien wie unserer eingesackt.«

Für einen Moment kann ich nicht sprechen, nicht denken. Meine Beine zittern und knicken fast unter mir ein.

Sein ständiges Prahlen, seine Sprüche im Büro, sein Augenverdrehen und seine harschen Bemerkungen, all dies sollte die tiefe, klaffende Wunde verdecken, die eine unvorstellbar grausame Hexe ihm zugefügt hatte. Die ihn und seine Familie auf die schlimmste Art und Weise ausgenutzt hatte.

Ich muss es ihm sagen. Er hat ein Recht darauf, es zu erfahren. Aber wie soll ich ihm sagen, dass wir nur deshalb hier draußen sind, weil auch ich eine Hexe bin, die ihn verflucht hat?

Ich habe ihn verflucht.

Meine Augen brennen, und ein Kloß bildet sich in meinem Hals, der mir die Kehle zuschnürt. Ich kann kaum noch atmen, hole meinen Inhalator aus meiner Seitentasche und nehme zwei lange Stöße.

»Geht es dir gut?«, erkundigt sich Pike. In seinem Blick liegen so viel Anteilnahme und Sorge. So viel Aufrichtigkeit.

»Es tut mir leid«, bringe ich hervor und versuche, wieder ruhiger zu atmen. »Ich wollte nur … Das ist schrecklich, was dir und deiner Familie passiert ist. Ich kann es mir nicht einmal vorstellen.« Ich schlinge meine Arme um ihn und halte ihn fest, will ihn nicht loslassen. Er legt seinen Kopf in meine Halsbeuge, dann richtet er sich wieder auf und küsst mich auf die Stirn.

»Danke, dass du zugehört hast«, sagt er. »Ich habe schon lange nicht mehr darüber gesprochen. Vielleicht habe ich das gebraucht.«

»Danke, dass du mir das anvertraut hast«, sage ich und verabscheue mich für jedes Wort.

Pike küsst mich noch einmal, dann setzt er die Wanderung fort. Er erzählt mir noch mehr über Vögel, besonders über die, die Leo am liebsten mochte, und ich höre ihm zu, während mich ein grauenvolles Gefühl beschleicht. Ein Gefühl, das all meine Hoffnung verschlingt und mir immer wieder sagt, dass diese Situation niemals gut ausgehen wird. Selbst wenn wir die Eule finden und Pike nie erfährt, dass ich ihn verflucht habe, können wir nicht zusammen sein.

Denn Zusammensein kann zu Liebe führen, und Liebe setzt voraus, dass man sich kennt. Wenn ich Pike sage, wer ich bin, nach allem, was er mir erzählt hat, wird er mich nie akzeptieren. Geschweige denn lieben. Und ich weigere mich, ihn weiter anzulügen, nur um mit ihm zusammen sein zu können. Er muss wissen, wer ich bin, wenn er sich für mich entscheiden will. Und ich will, dass er sich für mich entscheidet.

Nach allem, was eine Hexe seiner Familie angetan hat, ist er auf eine weitere Hexe getroffen. Eine Hexe, die ihn verflucht hat.

Meine Lungen brennen beim Versuch, einzuatmen. Ich presse meine Hand auf mein Brustbein und flehe meinen Körper und meinen Verstand an, mir zu helfen, das durchzustehen. Ich darf jetzt keine Panikattacke bekommen, ich

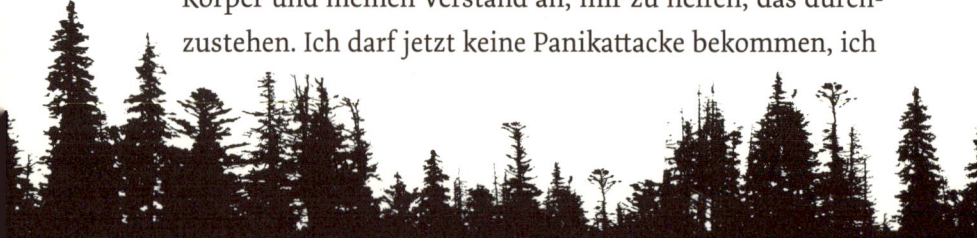

darf mich nicht in meiner Angst verlieren und nur mich sehen, obwohl Pike doch gerade so viel von sich preisgegeben hat. Das ist seine Geschichte, seine Vergangenheit, sein Leben. Und ich muss alles in mich aufnehmen, bis ich mit jeder Faser meines Körpers verstehe, was ich Schreckliches getan habe.

Ich kann mich an den Vorfall mit der Hexe, die Pikes Familie betrogen hat, erinnern. Es war ein riesiger Skandal in der Hexen-Community, weil es einer der wenigen Fälle der jüngeren Vergangenheit war, in dem eine Hexe sowohl ihrer magischen Fähigkeiten beraubt als auch ins Gefängnis geschickt wurde. Zumindest bis zum Fall mit Amy. Ich erinnere mich, dass ich am Esstisch saß und mit meinen Eltern und meiner Großmutter darüber sprach. Wie schockiert sie waren, als sie davon erfuhren.

Am liebsten würde ich Pike sagen, dass wir nicht alle so sind. Dass es nicht fair ist, jede Hexe für die Taten einer einzelnen zu verdammen. Dass wir zusammen sein können und er mir vertrauen kann und wir glücklich sein können.

Aber das stimmt nicht.

Jetzt in diesem Moment steht sein Leben auf dem Spiel, und er weiß es nicht einmal. Wenn der Fluch entfesselt wird, wird er sich meilenweit ausbreiten und dabei Pike und alle, die er je geliebt hat, in Gefahr bringen. Wenn es wahr ist, was ich über Flüche und Verstärker weiß, werden manche Menschen den Fluch nicht überleben, und ich werde schuld daran sein.

Das ist unverzeihlich.

Gerade kann ich bloß die Hoffnung darauf begraben, was Pike und ich in einem anderen Leben hätten sein können. Stattdessen muss ich mich auf dieses Leben und diesen Fluch konzentrieren und dafür sorgen, dass er Pike niemals trifft.

Ich muss dafür sorgen, dass er so leben kann, wie er es will. Nicht als Magier, zu dem zu werden er von dem Mädchen, in das er sich verliebt hat, verflucht wurde.

Meine Gedanken werden von einem schwachen, metallischen Geruch unterbrochen. Er verschwindet gleich wieder, aber ich bin mir ganz sicher. Ich bleibe stehen, schaue mich um, versuche, herauszufinden, woher er kommt. Doch er ist längst weg, vom Wind fortgetragen.

Dann nehme ich den Geruch wieder wahr und weiß, dass es der Eule schlechter geht. Die Magie sickert wie Gift in die Luft. Ich suche den Boden nach irgendwelchen Spuren der Eule ab, kann aber nichts finden. Cassandras Bann ist verflogen, und die Magie der Eule ergießt sich über den Berg, viel zu viel davon und viel zu schnell.

Ich überhole Pike und renne los, schneller und immer schneller, meine Beine brennen vor Anstrengung. Wenn so viel Magie freigesetzt worden ist, dass ich sie riechen kann, dann wird es nicht lange dauern, bis auch Cassandra sie riecht. Wenn es nicht schon zu spät ist.

»Iris, was ist los?«, ruft Pike und rennt hinter mir her. »Iris, bleib stehen!« Er packt meine Hand und hält mich fest. Es kostet mich alle Kraft, mich nicht von ihm loszureißen, weiterzulaufen und verzweifelt nach der Eule zu suchen.

»Wir sind nah dran!« Meine Stimme klingt schrill, und

ich schaue überallhin, nur nicht in seine Augen. »Wir müssen sie finden.«

»Aber genau das machen wir doch«, erwidert Pike verwirrt.

Er holt seine Karte und seinen Kompass hervor, während ich mir die Hände an meinen Kopf lege und unruhig hin und her gehe. Dem Drang folge, mich zu bewegen.

»Wenn sie immer noch dort ist, wo sie war, sind wir nicht mehr allzu weit von ihr entfernt«, sagt Pike. Er verstaut die Sachen, biegt vom Pfad ab und geht tiefer in den Wald hinein, dorthin, wo ein Fleckenkauz sich verstecken würde.

Der metallische Geruch wird immer stärker, je weiter wir in den Wald vordringen. Sie muss in schlechter Verfassung sein, vielleicht wegen des verletzten Flügels oder wegen der Wunde durch den Bären oder wegen beidem. Die Magie ist überall, sie durchdringt alles, und ich kann nur hoffen, dass die Bäume das meiste davon abschirmen, sodass die Menschen und die anderen Tiere in der Gegend nichts davon mitbekommen.

Die Situation ist so viel schlimmer, als ich dachte, und ich kann einfach nicht ruhig bleiben. Ich sage mir, dass ich mich Pikes Tempo anpassen muss und keine Szene machen darf. Doch ich halte es nicht aus und renne voraus, will endlich die Eule sehen, suche die Bäume, die Baumstümpfe und die Baumhöhlen ab. Mein Stiefel verfängt sich an einer frei liegenden Wurzel, und ich stürze zu Boden. Mein Knie prallt im Fallen gegen einen spitzen Stein, und ich schreie auf.

»Scheiße.« Ich ziehe mein Bein an die Brust. Der Schmerz

strahlt vom Knie aus, und ich schaukle hin und her, wütend auf mich selbst, weil ich so unachtsam war.

Pike holt mich ein, lässt sich auf den Boden fallen und legt sanft eine Hand auf meinen Rücken. »Hast du dich verletzt?«

»Mein Knie«, sage ich und atme zittrig ein.

»Lass mal sehen.«

Das Blut sickert durch mein Hosenbein. Pike hebt vorsichtig den Stoff an, damit er an die Wunde herankommt. Ich schließe meine Augen und fluche, als ich sie wieder öffne und sehe, wie schlimm es ist.

»Die Wunde ist ziemlich tief«, sagt Pike und inspiziert mein Knie. »Ich kann einen Verband anlegen, aber es muss wohl genäht werden.« Er seufzt und wirft mir einen entschuldigenden Blick zu. »Ich befürchte, wir müssen nach Hause.«

»Was? Nein«, entfährt es mir. Dabei bin ich mir der Panik in meiner Stimme nur allzu bewusst. »Wir sind so nah dran.« Ich versuche, den Schmerz in meinem Bein sowie das Blut zu ignorieren, das an meinem Schienbein hinunterläuft.

»Ich weiß, aber das muss medizinisch versorgt werden. Ich will nicht, dass es sich entzündet.«

»Verbinde mich einfach, okay? Wir können die Wunde säubern und bandagieren und dann die Eule suchen. Danach kann ich immer noch in die Notaufnahme gehen.«

Pike sieht mich an und ist offensichtlich unschlüssig.

»Bitte«, flehe ich. »Wir sind so nah dran.«

Er seufzt tief, dann kramt er seine Erste-Hilfe-Tasche aus seinem Rucksack. Als er beginnt, die Wunde zu säubern, halte ich mein Bein fest und schaue zu den Bäumen hinauf.

Mein Knie pocht, und jedes Mal, wenn Pike die Wunde berührt, durchfährt mich ein stechender Schmerz. Ich atme scharf ein, halte die Luft an und versuche, ruhig zu bleiben.

»Ich verstehe das nicht«, sagt Pike, während er das Blut abtupft. »Das tut doch höllisch weh und müsste genäht werden. Aber du redest nur über die Eule. Ich kapier das einfach nicht.«

»Diese Eule ist wichtig, okay? Sie ist wichtig«, wiederhole ich mit flehender Stimme. Könnte er mich doch verstehen, aber wie sollte er? Woher soll er wissen, wie ernst die Lage ist, in der wir uns befinden?

»Warum ist sie dir so wichtig? Erkläre es mir bitte.«

»Ich habe dir doch schon gesagt, dass es sich um eine bedrohte Spezies handelt, und dieses Exemplar unterliegt unserem Schutz. Ich bin für sie verantwortlich.« Ich höre, wie wenig überzeugend das klingt, wie lächerlich in Anbetracht unserer aktuellen Situation. Aber etwas Besseres fällt mir nicht ein.

Es fängt an, zu regnen, zuerst kleine Tropfen, die aber in Sekundenschnelle groß und schwer werden. Ich blicke blinzelnd nach oben, da prasselt der Regen bereits auf uns herab und wäscht das Blut an meinem Bein weg.

»Irgendetwas verheimlichst du mir«, sagt Pike, ohne mich anzusehen. Er holt einen Verband aus seiner Tasche und reißt die Verpackung auf. »Du weißt immer genau, wo die Eule ist, und manchmal sieht es so aus, als wärst du in Trance«, fügt er leise hinzu, fast als würde er laut denken.

Er geht sanft vor, als er die Wunde verarztet, obwohl er

mich gleichzeitig ausfragt. Obwohl er merkt, dass ich ihm nicht die Wahrheit sage. Etwas bricht in mir auf.

»Bitte sag mir, was mir entgeht.« Er ist mir so nahe, und ich habe ein unglaubliches Verlangen, ihn zu berühren, die Regentropfen auf seiner Haut zu spüren.

»Da ist nichts. Es waren anstrengende Tage, und wir sind beide erschöpft. Lass uns einfach die Eule finden und wieder absteigen, damit ich mich um mein Bein kümmern kann.« Meine Worte klingen hohl.

»Das ist jetzt nicht dein Ernst.« Die Art, wie Pike die Worte ausspricht, mehr traurig als wütend, bringt mich fast um. Er hat mir seinen tiefsten Schmerz anvertraut, und ich kann ihm nicht die Wahrheit sagen.

Millionen von Wörtern liegen mir auf der Zunge, aber ich kann mich nicht dazu durchringen, auch nur eines davon auszusprechen.

Als Pike damit fertig ist, mein Bein zu verbinden, packt er seine Sachen zusammen und sieht mir in die Augen. Sein intensiver Blick fordert mich auf, etwas zu sagen, doch ich bleibe stumm.

Er schüttelt den Kopf und geht davon.

20

Ich will ihm nachlaufen, aber ich bin wie erstarrt. Mir wird schwarz vor Augen, und ich sehe winzige Lichtpunkte, die so hell funkeln wie Sterne an einem tiefschwarzen Himmel. Ich bin erleichtert, denn es bedeutet, dass Cassandra auf dem Weg ist und mit magischer Kraft meinen Standort ausfindig macht.

So schnell diese Vision gekommen ist, so schnell ist sie auch wieder vorbei. Sie hat in Erfahrung gebracht, was sie wollte, und das ist gut. Obwohl mir gleichzeitig alles zu viel wird, sich mein Magen vor Unbehagen umdreht und mich schieres Grauen ergreift. Ich will, dass sie kommt. Ich brauche ihre Hilfe. Und doch sehe ich ständig Amys Gesicht vor mir, als Cassandra ihr damals auf dem Feld ihre magische Wahrnehmungsfähigkeit nahm. Ein Blick, als hätte sich die ganze Welt in nichts aufgelöst. Eine totale Leere.

Ich bin erleichtert, dass Cassandra kommt, erleichtert wegen Pike und jeder anderen Person, die sich diesem Fluch in den Weg stellen könnte. Und ich habe schreckliche Angst um mich selbst.

Ich drücke mich vom Boden hoch und versuche, mich neu zu orientieren, noch etwas wackelig auf den Beinen von Cassandras Magie. Pike ist schon ein ganzes Stück weg, und ich rede mir ein, dass ich ihn ignorieren, ihn ziehen lassen und die Sache allein zu Ende bringen muss. Aber ihn weggehen zu sehen, mit gesenktem Kopf und abgewandtem Rücken, war unerträglich. Dieser Anblick hat mir körperliche Schmerzen verursacht. Ich lasse unser Gespräch von vorhin noch einmal Revue passieren, die Art und Weise, wie er mir seinen Schmerz und seine Trauer anvertraut hat. Ich kann ihn nicht einfach weggehen lassen. Ich schaffe es nicht.

»Pike, warte!«, rufe ich ihm hinterher, entferne mich von der Eule und renne zu dem Menschen, der mir in so kurzer Zeit so wichtig geworden ist. Der Schmerz in meinem Knie ist kaum auszuhalten, und ich spüre, wie frisches Blut an meinem Bein herunterläuft. Trotzdem renne ich weiter.

Pike geht weiter, und ich eile hinter ihm her. Erst als das Gelände steiler abfällt, werde ich langsamer. Der Regen fällt unaufhörlich, und die moosigen Felsen und umgestürzten Bäume sind glitschig wie Eis.

Ich möchte Pike anschreien, dass uns die Zeit davonläuft, dass es kindisch ist, wegzulaufen. Aber noch mehr als das möchte ich ihn anflehen, mir nicht böse zu sein und mich anzuhören, wenn die Zeit dafür gekommen ist. Noch immer klammere ich mich an die törichte Hoffnung, dass ich ihn nicht aufgeben muss.

»Pike, bitte!« Schließlich hole ich ihn ein, noch bevor er den Hauptwanderweg erreicht, aber er bleibt nicht stehen. Ich packe ihn am Handgelenk und drehe ihn zu mir um, zwinge ihn, mir in die Augen zu sehen. »Pike, es tut mir leid, okay? Ich bin erschöpft, und mein Bein bringt mich um. Ich habe Angst, dass die Eule verletzt ist, und ich vermisse meine

Mutter. Als du gerade von mir weggelaufen bist, ist etwas Seltsames mit mir geschehen, und das gefällt mir nicht.«
Ich atme zitternd ein. »Bitte gib mich jetzt nicht auf. Bitte.« Ich bin außer Atem, als ich geendet habe. Die Regentropfen prasseln auf uns herab, und meine Kleidung ist durch und durch nass, aber das ist mir egal.

Pike atmet aus, und ich beobachte, wie sich seine Schultern dabei senken. Seine Kiefer sind angespannt, aber ich kann sein Gesicht nicht lesen. »Du verheimlichst also nichts vor mir?«

Ich will ihn nicht anlügen, aber wir haben nicht genug Zeit für das Gespräch, das wir führen müssten. Eines Tages werde ich es ihm sagen, irgendwann, wenn es keine Eule gibt, die einen tödlichen Fluch mit sich herumträgt. Und dann werde ich ihm alles erzählen und nichts auslassen. Dann werde ich ihn um Verzeihung bitten.

Aber jetzt schaue ich Pike direkt in die Augen und sage: »Nein, ich verheimliche nichts vor dir.« Die Worte schmecken furchtbar, als sie über meine Lippen kommen, und die Schuldgefühle schnüren mir fast die Kehle zu.

»Okay«, sagt er und beobachtet mich. »Ich glaube dir. Es tut mir leid, dass ich einfach so abgehauen bin.« Er holt tief Luft. »Ist alles in Ordnung mit uns?«

»Ja, natürlich.« Seine Entschuldigung macht die Sache noch viel schlimmer. Ich möchte ihn beruhigend anlächeln, bringe es aber unter dem Gewicht meiner Lügen nicht zustande.

»Gut.« Er scheint meine Unehrlichkeit nicht zu bemerken.

Er legt seinen Kopf schief und blickt mich an. »Was hast du damit gemeint, dass etwas Seltsames mit dir geschehen ist, als ich weggegangen bin?«

Ich muss fast lachen. Es ist wieder typisch Pike Alder, mich dazu zu bringen, die Worte auszusprechen. Aber wenigstens jetzt will ich ihm etwas Wahres sagen. »Du kannst es wirklich nicht lassen, oder?«

»Ich will nur sicher sein, dass ich verstehe, was du meinst«, erwidert er, und ich bin so dankbar für den spielerischen Ton in seiner Stimme. So dankbar, dass er noch nicht ganz mit mir fertig ist.

»Ich mag dich, okay? Das ist es, was ich gemeint habe.«

Er tritt einen Schritt näher an mich heran und hält den Blick leicht gesenkt, ein Lächeln spielt um seine Mundwinkel. »Ich mag dich auch.«

Er beugt sich zu mir herab und küsst mich, und ich könnte vor Erleichterung auf der Stelle zusammenbrechen, gleich hier auf der klatschnassen Erde. Sein Mund ist warm im kalten Frühlingsregen, und ich atme seinen Duft ein, als sei er die Lösung all meiner Probleme. Als sei er das Einzige, was zählt.

Widerstrebend löse ich mich von ihm und präge mir ein, wie sein Haar an seiner Stirn klebt, wie seine Brille mit Regentropfen übersät ist. Es gibt so viele Dinge zu tun, aber Küssen im Regen gehört nicht dazu.

»Bitte geh nicht«, sage ich und sehe ihn an. »MacGuffin ist mittlerweile genauso deine Eule, wie sie meine ist. Und wir sind ganz in ihrer Nähe.«

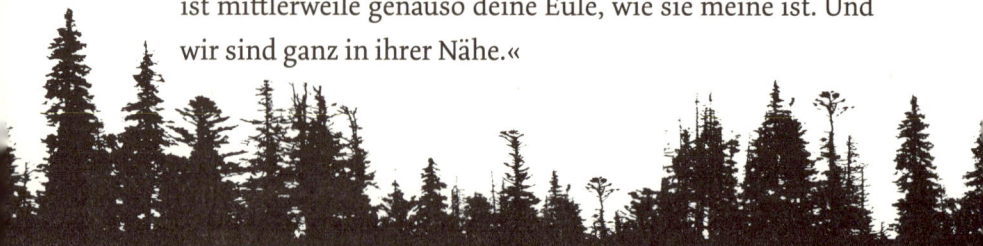

Pike betrachtet stirnrunzelnd mein blutgetränktes Hosenbein. »Bist du sicher? Das sieht wirklich schlimm aus.«

»Ich spüre es kaum«, entgegne ich leichthin, obwohl mein Knie vor Schmerzen pocht.

»Ich bin mir ziemlich sicher, dass das kein gutes Zeichen ist«, beharrt er.

»Du weißt, was ich meine. Ich halte es noch eine Weile aus.«

»Okay, aber wenn du ohnmächtig wirst und an einer Blutvergiftung stirbst, möchte ich nicht verantwortlich gemacht werden.«

»Abgemacht.« Ich wundere mich, wie schnell er wieder mit mir scherzt. Er hat mir geglaubt, als ich sagte, dass ich ihm nichts verheimliche. Er hat meine Worte für bare Münze genommen und ist wieder zur Tagesordnung übergegangen.

An Wut trägt man schwer – ich versuche, mit der, die ich mit mir rumschleppe, wählerisch zu sein.

Seine Aussage schießt mir in den Kopf. Am liebsten möchte ich weinen, jetzt, da ich weiß, woran er so schwer tragen muss. Ich frage mich, ob er jemals in der Lage sein wird, über meinen Betrug hinwegzukommen, da ich das verkörpere, was er am meisten auf der Welt hasst.

Ich räuspere mich, drehe mich um und mache mich wieder auf den Weg in die Tiefe des Waldes. Pike weicht nicht von meiner Seite, und wir gehen langsam, um mein Bein zu schonen. Die Belastung tut weh, und bei jedem Schritt scheint die Wunde ein bisschen mehr aufzureißen. Aber wir kommen der Eule näher, und das allein zählt.

Der Regen lässt langsam nach, und ich bin dankbar für dieses Wetter, dankbar, dass wir ganz allein hier sind. Wir steigen stetig bergan, machen keine Pause, sprechen nicht, trinken nichts. Meine Lunge schmerzt von der Anstrengung, und ich nehme einen Stoß aus meinem Inhalator, ohne anzuhalten.

Ich spüre, wie sich alles verändert, und mein Bauchgefühl sagt mir, dass dies unsere letzten gemeinsamen Stunden sind. Cassandra ist unterwegs und schon so nah, dass sie ihre Magie auf mich anwenden kann. Die Eule wird nicht noch eine Nacht ohne medizinische oder magische Hilfe verbringen müssen. Es ist fast vorbei, und entweder ich kann das in Ordnung bringen oder nicht. Es gibt kein Dazwischen, nicht bei so etwas. Nicht bei einem Fluch.

So schnell ich kann, nehme ich Verbindung zur Eule auf. Ich weiß, dass wir fast bei ihr sind, aber die Verbindung ist schwach, viel schwächer als zuvor. Ich nehme sie nur ganz gedämpft wahr. Sie verliert viel Blut und viel Magie, und ich spüre, dass ihre Zeit abläuft.

Ich zwinge mich, mich auf den nächsten Schritt zu konzentrieren, und weigere mich, mir all die Konsequenzen auszumalen, sollte die Eule sterben.

Wir sind jetzt tief im Wald. Der Boden ist von Farnen bedeckt, deren Blätter vom Regen niedergedrückt sind, Moos klebt an Steinen und hängt von den Zweigen. Die vielfältigen Grüntöne des Waldes erinnern mich daran, wie viel Leben es hier gibt. Durch den Regen wird alles üppiger, lebendiger, und ich staune über die Magie, die in diesen Bäumen steckt, die ganze Magie, die sie über Jahrhunderte in sich aufgenommen haben.

Ich weiß nicht, wer ich sein werde, wenn ich diese Magie nicht mehr wahrnehmen kann. Mein Vater hat sie nicht verstanden, und Pike traut ihr nicht, aber Magie ist die einzige Konstante, die meinem bisherigen Leben einen Sinn gegeben hat. Ich will sie nicht verlieren.

»Wir sind da«, sagt Pike und schaut auf seine Karte. Er steckt den Kompass zurück in seine Tasche und greift nach seinem Fernglas. Ich setze meine Mütze ab, streiche mein Haar zurück und laufe nervös hin und her, während Pike mit der Suche beginnt. Mir fehlt die Zeit dafür, ebenfalls vorzugeben, nach der Eule zu suchen. Gerade, als ich der magischen Spur folgen will, ertönen vier laute Rufe durch den Wind, die beiden mittleren dicht beieinander. Sie klingen weiter weg als erwartet. Hoffentlich bewegt sie sich nicht mehr, denke ich. Hoffentlich strapaziert sie ihren ohnehin schon schwachen Körper nicht zu sehr.

Aber sie ist es. Das ist unsere Eule.

»Hast du das gehört?«, frage ich.

Pike schaut in die gleiche Richtung wie ich, den Berg hinauf. Er nickt, und wir laufen auf das Geräusch zu. Mein Knie fleht mich an, langsamer zu machen. Der metallische Geruch der Magie ist so stark, dass ich kaum atmen kann. Scharf und stechend. Die Magie hüllt uns alle ein, mich und auch Pike.

Plötzlich fängt direkt vor uns eine alte Fichte an, zu knistern und Funken zu sprühen. Ich springe erschrocken zurück, als der ganze Baum in Flammen aufgeht. Gerade war er noch lebendig und vom Regen durchtränkt, im nächsten Moment wird er von Flammen verschlungen. Bäume können unglaubliche Mengen von Magie absorbieren, die sie aber im Laufe der Zeit an den ganzen Wald abgeben. Wahrscheinlich hat sich die Eule in diesem Baum aufgehalten, ihre eigene Magie auf Rinde und Äste abgegeben und dabei zu viel Energie erzeugt. Zu viel Hitze. Verstärkte Magie, die so intensiv war, dass ein einziger Funke ausreichte, das ganze Ding zu entzünden.

Pike starrt den Baum an, als wäre er ein Monster aus einem Kinderbuch, etwas, von dem er weiß, dass es nicht real sein kann, und das doch direkt vor ihm steht. Die übrige Umgebung ist still bis auf die leichte Brise, die auf der Halbinsel allgegenwärtig ist und die die Äste in der salzigen Seeluft leicht schwanken lässt. Er kneift seine Augen zusammen, öffnet sie langsam wieder und sieht sich um, als sei er selbst das Problem und würde unter Wahnvorstellungen leiden.

Ich möchte ihm sagen, dass das, was er sieht, real ist. Dass er es sich nicht nur einbildet. Aber ich muss so tun, als sei ich genauso verwirrt wie er. »Was ist los?«, flüstere ich laut genug, dass Pike mich hört. Ich bin wütend auf mich, weil ich immer noch an meinem Geheimnis festhalte, obwohl ich weiß, dass es bald gelüftet werden wird, egal, wie sehr ich mich daran klammere.

»Ich weiß es nicht«, antwortet Pike, schiebt seinen Rucksack nach vorn und kramt darin herum. »Ich muss es melden, bevor es schlimmer wird. Bevor es sich ausbreitet.«

Seine Stimme zittert. Er ist verunsichert, weil er weiß, wie abwegig es ist, dass ein einzelner Baum mitten an einem regennassen Frühlingsmorgen in Flammen aufgeht.

Dichter grauer Rauch zieht in meine brennenden Augen. Dicke Schweißtropfen rollen an meinem Hals hinunter und werden vom Stoff meines Hemdes aufgesogen. Die Luft um mich herum flimmert vor Hitze, es ist, als würde ich durch trübes Glas blicken.

Ich erstarre, als vor meinem inneren Auge ein Bild von Pike auftaucht, der genau wie der Baum vor uns in Flammen aufgeht. Der genau wie Alex verbrennt.

Nein, sage ich mir und wende mich von dem Baum, von dem inneren Bild ab. Weise eine Gefahr von mir zurück, die mir viel zu nah erscheint.

Es ist mir egal, was Pike denkt. Ich gehe zu der Eule, jetzt sofort, bevor alles noch schlimmer wird.

Pike hält sein Satellitentelefon zum Himmel und wartet auf ein Signal. Dabei beobachtet er den brennenden Baum, als könnte der sich jeden Moment entwurzeln und auf ihn zugehen.

»Ich suche die Eule«, sage ich und lenke so Pikes Aufmerksamkeit von den Flammen ab.

»Nein.« Pike schüttelt heftig den Kopf. »Irgendetwas stimmt nicht. Ich denke, wir sollten zusammenbleiben.«

»Die Eule ist ganz in der Nähe. Wenn du mich nach deinem Anruf nicht finden kannst, rufst du einfach nach mir. Ich bin nicht weit weg.«

Pike will gerade widersprechen, als sein Anruf durchgeht

und jemand antwortet. Ich signalisiere ihm, dass ich weitergehe, dann mache ich mich auf den Weg, bevor er etwas sagen kann. Sobald ich den brennenden Baum hinter mir gelassen habe und Pike mich nicht mehr sehen kann, renne ich los.

Ohne Pike muss ich mich nicht mehr verstellen und so tun, als wüsste ich nicht, wo die Eule ist. Ich spüre, dass ich ihr ganz nah bin, und renne tiefer in den Wald hinein. Mein Knie brennt, und mein Hosenbein ist mit Blut getränkt. Ich ignoriere es, so gut ich kann, und folge der Spur der Magie. Die Eule verströmt so viel davon, dass ich mich wundere, dass nicht der ganze Berg in Flammen aufgeht. Wahrscheinlich meidet sie die Bäume, nachdem sie gesehen hat, was mit der Fichte passiert ist. Sie liebt diese alten Wälder genauso wie ich. Sie will nicht, dass diese verbrennen.

Ich stolpere über eine frei liegende Wurzel und zwinge mich, langsamer zu gehen. Der Boden ist feucht und glitschig, es gibt keinen klaren Weg mehr, und ich kämpfe mich durch Farne, über Wurzeln, lose Steine und umgestürzte Bäume. Je weiter ich vordringe, desto dichter stehen die Bäume und desto undurchdringlicher ist das Gestrüpp – der perfekte Ort für eine entflohene Eule, um sich zu verstecken.

Der metallische Geruch wird immer stärker, er sticht beim Einatmen in der Nase, und als ich auf meiner Haut das Kribbeln von Magie verspüre, obwohl ich selbst keine Magie benutze, weiß ich, dass ich fast da bin.

Dann sehe ich sie, nicht in einem Baum oder auf einem Ast, sondern auf dem feuchten Boden, unfähig zu fliegen. Ich eile zu ihr, und sie zuckt weder zurück, noch versucht sie, zu entkommen. Stattdessen bohren sich ihre großen schwarzen Augen direkt in die meinen.

»Hallo, MacGuffin«, begrüße ich sie und knie mich neben ihr nieder.

Auch ohne die Hilfe von Magie spüre ich ihre Schmerzen, und jede Ablehnung, die ich ihr gegenüber empfunden habe, ist verflogen. Ich möchte nur noch, dass sie überlebt.

»Ich werde dir helfen«, versichere ich ihr und inspiziere sie.

Dann sehe ich die Verletzung, eine große, klaffende Wunde auf ihrer linken Seite, die sich von ihrem Flügel bis zu ihrem Bauch erstreckt. Ich weiß, dass sie von dem Bären angegriffen worden ist und es in der Wildnis so zugeht, trotzdem steigen mir brennende Tränen in die Augen.

Wäre ich doch da gewesen, um sie zu beschützen.

»Jetzt bin ich hier«, sage ich laut, fest und deutlich, nehme meinen Rucksack ab und mache mich an die Arbeit. »Jetzt bin ich hier.«

21

Ich löse die Schnalle an meinem Tagesrucksack und ziehe den Kordelzug auf. Der Himmel ist so grau, dass ich nicht viel sehen kann, besonders nicht so tief im Wald. Ich ziehe meine Mütze ab und lege sie beiseite, um mehr Licht zu haben. Der Boden ist nass, die Äste und Farne sind vom Regen niedergedrückt. Ich atme tief ein und fülle meine Lunge mit der kühlen, salzigen Luft.

Die Eule beobachtet mich aus geduldigen, ruhigen Augen und bestätigt, was ich schon immer gewusst habe: Sie hat es von Anfang an geplant. Sie wollte – warum auch immer –, dass ich ihr bis in den Wald folge, um sie zu finden.

»Warum hast du das getan?«, frage ich sie, nicht aus Wut, sondern aus echter Neugierde. Ich will es wissen.

Sie sieht mich an, neigt den Kopf zur Seite und blinzelt einmal.

Seufzend ziehe ich das Handtuch aus meinem Rucksack und wickele MacGuffin sanft darin ein, um ihn warm zu halten. Pike hat die Kisten, ich muss also warten, bis er hier ist, um die Eule sicher zu transportieren. Aber wenigstens kann ich sie wärmen und die Verletzungen begutachten. Der Wind nimmt wieder zu, und das Geräusch der schwankenden Baumkronen gaukelt mir vor, dass es ein friedlicher Tag ist. Dass alles so ist, wie es sein sollte.

Aber dieser Fluch zerrt an sämtlichen Fasern meines Seins, und jeden Moment wird sich alles entwirren.

Ich hole die Erste-Hilfe-Tasche heraus und durchstöbere die verschiedenen Fächer, wobei Pflaster und Desinfektionstücher auf die Erde fallen. Ich weiß nicht einmal, wonach ich suche – MacGuffin müsste auf den Stahltisch in unseren Schuppen gebracht werden, wo Mom sie mit desinfizierten Instrumenten und ruhigen Händen behandeln könnte. Die Eule braucht Medizin genauso dringend wie Magie, aber nur Letzteres gibt es hier.

Der Wind streicht durch die Äste, liest Tannennadeln auf und weht sie in meine Haare. Meine Hose ist vom Sitzen auf dem feuchten Boden durchnässt, und in meiner Brust pocht die vertraute Panik. Die Eule wird den Abstieg vom Berg auf keinen Fall überleben. Ich muss jetzt handeln, mitten im Wald, und hoffen, dass ich ihren Zustand so weit verbessern kann, dass wir etwas Zeit gewinnen.

Ich fahre mir mit den Händen durchs Haar und versuche, mein rasendes Herz zu beruhigen. MacGuffin sieht zu mir hoch und fängt meinen Blick auf. Seine Wunde blutet immer noch und hinterlässt leuchtend rote Schlieren auf dem weißen Handtuch. Sein Blick ist ruhig, aber seine Atmung flattert.

Ich muss wissen, womit ich es zu tun habe. Vielleicht ist seine Verletzung nicht so schlimm, wie sie aussieht, und vielleicht kann ich ihn mithilfe meiner Magie so weit stabilisieren, dass wir ihn zurück ins Wildgehege bringen können. Ich denke an meine Zauberkräuter, die unerreichbar irgendwo flussabwärts treiben. Ich habe hier nicht die Mittel, die ich brauche, um den Fluch rückgängig zu machen. Sollte MacGuffin sterben, bevor ich weiß, wie ich den Fluch binden soll, ist alles umsonst gewesen. Ich kann nur versuchen, ihn zu heilen, damit er am Leben bleibt.

Nebel zieht durch den Wald, und ich kann nicht einmal mehr die schwankenden Baumkronen oder die Wolken erkennen, die über den Himmel ziehen. Immerhin bringt er eine willkommene Frische mit, die meine Haut kühlt und das Atmen erleichtert. Ich drehe mich um und schaue nach hinten, wo immer noch die Rauchwolke eines einzelnen, durch Magie zerstörten Baumes emporsteigt.

So etwas geschieht, wenn sich zu viel Magie ansammelt, zu viel in zu kurzer Zeit. Genau das ist bei Alex geschehen, und es könnte auch … Ich will mir diese Möglichkeit nicht weiter ausmalen, denn sie macht mir zu drastisch die möglichen Folgen meines Fehlers bewusst.

Ich schließe meine Augen, aktiviere meine Sinne und nehme die ganze Magie der Umgebung wahr. Ich blende bewusst aus, dass Pike in der Nähe ist und sich auch Cassandra irgendwo auf diesem Berg befindet. Blende aus, dass dies vielleicht das letzte Mal ist, dass ich meine magischen Sinne benutze.

Das alles verdränge ich, bis ich nur noch mich und meine Magie wahrnehme.

Ich staune darüber, wie sich diese Verbindung zu meiner Umwelt anfühlt, wie es ist, einer der wenigen Menschen zu sein, der das Universum in seiner ganzen Pracht erleben kann. Seit Anbeginn der Zeit gibt es Magie, und ich kann sie hervorrufen, sie lenken und die Energie der Sterne spüren, die ihr Ursprung ist.

Durch sie bin ich unendlich.

Die Magie strömt zu mir, erhitzt meine Haut und prallt knisternd gegen meine eigene Schutzschicht. Ich verbinde mich mit der Eule, spüre ihren unruhigen Herzschlag und ihre flache Atmung. Mein Herz rast, als ich ihre Qualen spüre, ein tiefer Schmerz, der bis in ihr Innerstes reicht.

Ich mache die Augen auf und sehe sie an. Sie beobachtet mich, sieht aber so ruhig aus wie zuvor. Offenbar will sie mir ihren Schmerz nicht zeigen.

Doch sie leidet unendlich.

Und in diesem Augenblick wird mir klar, dass sie ihr Möglichstes getan hat, um dem Tod zu entgehen. Sie ist nur am Leben geblieben, damit ich sie finden kann. Vielleicht bereut sie, dass sie meinen Fluch gestohlen hat. So wie ich es bereue, ihn ausgesprochen zu haben. Vielleicht hat sie sich dazu gezwungen, noch so lange zu überleben, bis ich dieses Problem in Ordnung gebracht habe. Als müssten wir das nun zusammen durchstehen.

Ich schließe wieder die Augen und schicke einen Strom von Magie in ihren Körper, der ihre Nerven mit Tausenden von Partikeln einhüllt, um ihren Schmerz zu absorbieren. Sie atmet leise pfeifend aus, als würde sie vor Erleichterung seufzen.

»Na also«, sage ich und schicke ihr so viel Magie, wie ich kann. »Alles wird gut.«

Aber sie blutet immer noch, und ich muss herausfinden, woher die Blutung kommt, wenn ich sie lebend ins Wildgehege zurückbringen will. Meine Magie durchkämmt ihr System, doch sie blutet so stark, dass ich die Ursache nicht entdecken kann.

»Wir müssen dich ein bisschen sauber machen«, sage ich und hole die Wasserflasche aus einer Seitentasche meines Rucksacks. Ich entferne das Handtuch, damit es nicht nass wird, dann gieße ich Wasser über ihre Wunde. Rote Flüssigkeit rinnt aus ihren Federn in die Erde.

Sie sieht so zerbrechlich aus, dass mir die Tränen kommen. Meine Kehle ist wie zugeschnürt. Die Eule verharrt still und lässt sich, so gut es geht, von mir säubern. Ich lege ihr das Handtuch wieder um und nehme einen Mullverband aus der Erste-Hilfe-Tasche. Ich drücke ihn vorsichtig auf die Wunde und sauge so viel Blut wie möglich auf, dann lege ich ihn beiseite und nehme einen neuen Verband.

Mit geschlossenen Augen schicke ich wieder meine Magie in den Vogel und suche erneut nach dem Ursprung der Blutung. Plötzlich sammeln sich Hunderte von magischen Partikeln um eine verletzte Arterie, und ich atme erleichtert aus. Ich habe den Ursprung gefunden. Ich bedecke die Verletzung mit Tausenden von Partikeln, die die Arterie verstärken und die Blutung so lange stoppen sollen, bis wir die Eule wieder ins Gehege gebracht haben.

Ich hocke mich auf meine Fersen, streiche mein Haar zurück und atme langsam aus. Vielleicht kann ich sie doch noch den Berg hinunter transportieren.

Der Mullverband färbt sich mit einem Mal wieder rot, und ich weiß, dass meine Magie nicht ausgereicht hat. Ich beuge mich über sie und schicke noch mehr Magie zu der Wunde, aber die Verletzung ist zu tief. Magie kann nur begrenzt helfen, und MacGuffin braucht mehr, als ich ihm geben kann.

Er muss richtig behandelt werden.

»Iris!«, ruft Pike, und ich habe das Gefühl, dass mir das Herz gleich aus der Brust springt. Es hämmert wie verrückt.

»Hier drüben!«

Ich stehe auf und warte. Ich überlege, was ich ihm sagen soll, aber mir fehlen die richtigen Worte. Der Fluch, den ich geschrieben habe, ist für einen Menschen bestimmt. Aber da ich keine Stellarin bin, weiß ich nicht, wie stark er wirklich ist. Vielleicht kann ich Pike von diesem Berg wegbringen, bevor der Fluch entfesselt wird, und vielleicht ist er dann weit genug entfernt und wird verschont. Vielleicht stirbt der Fluch in diesen uralten Bäumen und wird Pike niemals treffen.

Ich muss bei der Eule bleiben und sie so lange wie möglich am Leben erhalten, damit Pike die Chance auf einen großen Vorsprung bekommt. Aber ich weiß nicht, wie ich ihn dazu bringen soll. Ich weiß nicht, wie ich das anstellen soll, ohne ihm zu sagen, wer ich bin. Und das kann ich nicht. Ich kann es einfach nicht.

»Okay, die Meldung ist abgesetzt«, sagt Pike, als er um einen Baum biegt. »Die Feuerwehr wird so schnell wie möglich hier sein.« Sein Blick trifft auf mein blutgetränktes Hosenbein, und er runzelt die Stirn.

»Das sieht nicht gut aus.«

»Pike«, sage ich, seine Worte ignorierend, »du musst mir jetzt genau zuhören.«

»Was ist los?«, fragt er, kommt näher und sucht meinen Blick.

»Du musst gehen. Jetzt sofort.«

»Was? Wovon redest du?«

»Du musst mir einfach vertrauen.« Meine Stimme ist vor Panik laut und schrill. »Es ist hier nicht sicher für dich. Bitte geh.«

»Du machst mir langsam Angst. Was ist denn hier los? Hast du die Eule gefunden?«

Ich zeige hinter mir auf die Erde, wo MacGuffin in ein weißes Handtuch gewickelt liegt und uns beide beobachtet, als wäre unser Gespräch irgendwie von Bedeutung. Als würde es ihn interessieren.

Pike lässt sich neben der Eule auf die Knie nieder und sieht sich die Verletzung an. »Oh, Kumpel, das tut mir so leid«, sagt er. Aber für so etwas haben wir keine Zeit.

»Pike, bitte. Du musst gehen, sofort. Lauf den Pfad hinunter zu deinem Auto, dann fahr zurück zum Wildgehege und bleib bei meiner Mutter. Sie kann dir alles erklären.« Mom weiß nichts von dem Fluch, aber falls Pike nicht weit genug kommt und der Fluch ihn findet, muss eine Hexe ihm helfen. Mom wird wissen, was in diesem Fall zu tun ist.

Pike steht auf und sieht mich an, aber ich kann seinen Blick nicht deuten. Ich kann mich nicht konzentrieren. »Ich gehe nirgendwo hin, bis du mir nicht sagst, was hier los ist.«

»Sei nicht so stur und hör einfach zu! Irgendwann werde ich dir alles erzählen, das verspreche ich. Aber jetzt muss ich sicher sein, dass du den Weg runter läufst und nicht zurückschaust.« Ich glaube, ich weine, aber das ist schwer zu sagen bei dem Regen, der von den Ästen tropft, und bei dem Schweiß, der mein Gesicht bedeckt. Meine Stimme ist schrill und zittert, und ich möchte mir lieber nicht vorstellen, was Pike denkt.

Aber darauf kommt es jetzt nicht an.

»Wer ist hier stur? Du erzählst mir nicht das Geringste und erwartest, dass ich deine Befehle ohne Erklärung befolge. Das ergibt doch keinen Sinn.«

»Wir haben keine Zeit für so etwas. Es ist mir egal, ob du mich für stur oder unfair oder unvernünftig hältst. Ich will nur, dass du von diesem Berg wegkommst.«

»Tut mir leid, Iris, das reicht nicht.«

Pike lässt sich auf den Boden sinken, schlägt die Beine übereinander und stützt die Unterarme auf die Knie, als wolle er sich mit der Eule unterhalten. Seine Augen tasten MacGuffin von oben bis unten ab. Dann dreht er sich langsam zu mir um. »Er trägt keinen Peilsender«, sagt er.

»Was?«

»Peilsender. Wir haben ihn mit der App geortet, aber er trägt keinen Peilsender.« Er spricht langsam, als wollte er während seiner Feststellung das Rätsel lösen. Es ergibt für ihn alles keinen Sinn.

»Vielleicht ist er abgefallen«, schlage ich verzweifelt vor und ärgere mich, dass er nicht zuhört.

»Die fallen nicht einfach ab.«

»Der Peilsender ist egal.« Ich renne voller Angst hin und her. »Du musst gehen. Du machst einen riesigen Fehler, wenn du jetzt nicht gehst.«

Was ich sage, schmerzt mich. Eigentlich ist es nichts Schlimmes, in einen Magier verwandelt zu werden. Aber nein. Die Risiken sind zu hoch. Er würde womöglich verbrennen, der Rat würde mich bestrafen, und der Fluch würde noch stärker werden. Und Pike würde in etwas verwandelt werden, was er aus tiefstem Herzen verabscheut. Es ist alles so furchtbar, und ich wünschte, ich könnte es rückgängig machen. Aber der Teil mit der Magie? Der ist fantastisch, und ich würde niemandem seine magische Wahrnehmungsfähigkeit missgönnen.

Doch selbst wenn Pike sich die magischen Kräfte so sehr wünschte wie Alex damals, könnte ich ihm nicht einfach Magie übertragen. So funktioniert es nicht, das Risiko ist zu groß. Das war schon immer so, und ich hätte das wissen müssen, bevor ich den Fluch konstruierte.

»Dann erkläre es mir«, fordert Pike in scharfem Ton.

Ich beachte ihn nicht, tigere weiter hin und her und überlege verzweifelt, was ich sagen soll, was ich tun soll, um ihn zum Gehen zu bewegen. Plötzlich trifft es mich wie eine Lawine. Die Erkenntnis bringt mein Herz fast zum Stillstand, und mein Inneres fühlt sich wie ausgehöhlt an. Mir wird übel, und ich frage mich, ob ich die Worte überhaupt herausbekomme. Ob mein Körper mir erlaubt, die Worte zu sagen, die ich sagen muss.

Wenn ich sie einmal ausgesprochen habe, kann ich sie nicht mehr zurücknehmen. Er wird mich sehen, wie ich bin, und alles von mir wissen. Und ich werde abwarten müssen, ob er mich akzeptieren wird.

Es ist die einzige Möglichkeit.

Langsam lasse ich mich vor Pike auf den Boden sinken, MacGuffin neben mir. Ich nehme Pikes Gesicht in beide Hände, beuge mich zu ihm vor und drücke meine Lippen auf seine. Ich küsse ihn sanft, meine salzigen Tränen benetzen seinen Mund. Anfangs zögert er, aber dann erwidert er den Kuss, erst zaghaft, dann drängend. Er öffnet seine Lippen, küsst mich tief und verzweifelt, und vielleicht weiß er, dass dies das letzte Mal sein könnte, dass wir uns küssen. Das letzte Mal, dass wir unseren Atem spüren und mit den Fingern durch das Haar des anderen fahren.

Ich weiche zurück und wische mir die Tränen aus den Augen. Der Wind frischt auf und weht mir meine Locken ins Gesicht. Ich streiche sie mir hinters Ohr, dann sehe ich Pike an.

»Okay, du hast gewonnen«, sage ich.

Er starrt mich verwirrt an. In seinen Augen liegt ein Schmerz, so als wüsste er, dass ich nicht nur sein Herz, sondern auch ihn brechen werde.

Ich atme tief ein, schließe meine Augen und rufe die Magie herbei, die Pike so verabscheut.

22

Sofort strömt die Magie aus dem Wald auf mich zu und hüllt mich ein. Ich nehme so viel Magie in mir auf, dass meine Haut heiß wird und ich genug Energie habe, um Pikes Fragen zu beantworten. Genug, damit er nie mehr daran zweifelt, wer ich bin. Genug, um das Band zu zerreißen, das uns im Schutz der Bäume verbunden hat.

Pikes Sicht wird verblassen, und der Wald, die Farne, die Eule und ich werden einer totalen Dunkelheit weichen, einer unendlichen Schwärze, die nur von winzigen Lichtpunkten unterbrochen sein wird. Sternenlicht, das er mitten am Tag und mit offenen Augen erblicken wird.

Magie. Unwiderlegbare, unbestreitbare, unanfechtbare Magie.

Ich gehe nicht behutsam mit ihr um. Ich überschütte Pike mit Magie, hülle sein Herz und seinen Verstand ein, als wollte ich ihn aufspüren, wie ich die Eule aufgespürt habe. Wie Cassandra mich aufgespürt hat. Ich kann fühlen, wie sein Herz schneller schlägt, wie sich sein Magen zusammenzieht. Eine körperliche Reaktion auf die Erkenntnis, wer ich bin. Plötzlich verspüre ich den Drang, die Magie zurückzuziehen, ihn mit einer Ausrede abzuspeisen, aber ich tue es nicht. Ich öffne meine Augen und beobachte, wie die Magie ihn durchströmt, wie sie seine Welt verdunkelt.

Seine Augen weiten sich, er schüttelt heftig den Kopf und blinzelt, als könnte er sich so vom Sternenlicht und der Magie befreien. Er reibt sich die Augen und verbirgt sein Gesicht in seinen Händen. Es bricht mir das Herz, als ich sehe, wie er gegen die Magie, gegen mich anzukämpfen versucht. Meine Augen brennen, meine Kehle ist wie zugeschnürt, und ich weiß, dass mich dieser Anblick für den Rest meines Lebens verfolgen wird.

»Aufhören!«, schreit er.

Ich unterbreche den magischen Strom, sodass Pikes Sicht zurückkehrt. Seine Augen sind starr auf mich gerichtet. Er schiebt sich über den Erdboden nach hinten, dann zwingt er sich, aufzustehen. Auch ich stehe auf, aber als er vor mir zurückweicht, halte ich inne.

»Was war das?«, fragt er leise. Der Ton seiner Stimme ist messerscharf. Meine Antwort bleibt mir im Hals stecken.

»Antworte mir!«, brüllt er mich an.

Ich zucke bei seinen Worten zusammen, mein Herz rast, meine Handflächen schwitzen. Alles verengt sich um uns herum, bis ich nur noch das Blut in meinen Adern rauschen höre und Pikes haselnussbraune Augen sehe.

»Du weißt bereits, was es war«, antworte ich. Die Enthüllung meines Geheimnisses macht mich wehrlos und lässt meine Stimme erzittern.

»Nein, nein, das weiß ich nicht«, gibt Pike zurück, schüttelt seinen Kopf noch heftiger und fährt sich mit den Händen durch die Haare. »Denn wenn es das ist, was ich denke, dann ist es … ist es …«

»Magie«, beende ich seinen Satz. Ich bin so wütend auf ihn, weil er mich dazu gezwungen hat, mein Geheimnis preiszugeben. Gleichzeitig bin ich voller Hoffnung, dass alles gut werden könnte. Wie naiv, mir so etwas zu wünschen.

Ich sehe ihn an und bereite mich darauf vor, dass mein mühsam errichteter Schutzwall in sich zusammenfällt. Dann reiße ich mich zusammen und fange an, zu sprechen.

»Ich bin eine Hexe.« Die Worte hallen in den Bäumen wider, laut und harsch. Schockiert presse ich mir die Hand auf die Brust. Schockiert darüber, dass ich laut ausgesprochen habe, was ich niemals wieder jemandem anvertrauen wollte.

Etwas in meinem Inneren gerät durcheinander, als wäre mein Geheimnis das Gerüst, das mich zusammenhält. Ein Gerüst, ohne das ich auseinanderbrechen könnte.

Schwer atmend starren wir uns an und warten darauf, dass der andere etwas sagt. Etwas tut. Irgendwie reagiert.

Aber er steht immer noch reglos vor mir. Vielleicht wird ja doch alles gut werden.

Dann – als hätten die Worte endlich sein Gehirn erreicht und als hätte er nun verstanden, was ich gerade gebeichtet habe – macht Pike ein paar Schritte nach hinten, streckt seinen Arm abwehrend in meine Richtung aus und sagt, ich solle mich nicht bewegen, keinen einzigen Schritt auf ihn zugehen.

»Ich werde dir nicht wehtun«, sage ich sanft und mache mir klar, dass er vielleicht Angst vor mir hat.

»Wie nett von dir.«

Als ein Windstoß durch die Bäume fährt, schlage ich meine

Arme um meinen Leib. Ich drehe mich in die Richtung des brennenden Baumes um. Der Rauch hat inzwischen nachgelassen. Da außer uns niemand hier zu hören oder zu sehen war, ist er wohl von allein ausgebrannt. Offenbar ist nichts mehr übrig, um das Feuer zu speisen, was mich unsagbar traurig macht.

Ich drehe mich wieder zu Pike um, bereit zu reden, auf seine Fragen oder Anschuldigungen zu antworten. Ich öffne meinen Mund, aber er hebt die Hand und schüttelt den Kopf. Also halte ich inne, während mir die Worte in meiner Kehle stecken bleiben.

Er geht noch ein paar Schritte nach hinten, dann dreht er sich um und rennt davon.

Als er sich immer weiter von mir und der Eule entfernt, fließen ungehindert Tränen über mein Gesicht. Genau das wollte ich erreichen: dass er so weit wie möglich von hier wegläuft. Ich bin erleichtert. Wirklich. Aber es tut auch weh, ein körperlicher Schmerz, der in meiner Brust pocht.

Pike läuft vor mir davon, und ich bin mir sicher, dass mich auch dieses Bild für den Rest meines Lebens begleiten wird. Genau wie das Bild von Amy, als sie ihrer magischen Wahrnehmungsfähigkeit beraubt wurde, von Alex am Ufer des Sees, von meinem Vater, der sich zum Bleiben entschied, als Mom und ich wegzogen. All diese Dinge sagen mir, dass ich meine Magie immer hätte für mich behalten sollen. Als meinen ganz eigenen Schatz.

Und jetzt habe ich das Geheimnis aufgedeckt.

Ich gehe zurück und lasse mich neben die Eule auf den Boden sinken. MacGuffin sieht mich an, als wären seine Augen voller Mitgefühl. Vielleicht sind sie das auch. Tiere verstehen eine Menge von Menschen, viel mehr, als wir ihnen zutrauen. Manchmal frage ich mich, ob sie mehr über uns als wir über sie wissen.

Endlich kann ich damit beginnen, den Fluch zu lösen, jetzt, wo Pike weg ist. Trotz des Schmerzes keimt tief in mir Hoffnung auf. Vielleicht habe ich nach allem, was geschehen ist, nur Pikes Zuneigung verloren.

Trotzdem stehe ich vor einer schier unmöglichen Aufgabe. Ich zwinge mich zur Ruhe und konzentriere mich auf den Fluch. Ohne meine Zauberkräuter werde ich improvisieren müssen. Ich sehe mich nach etwas um, das ich benutzen kann.

Da durchschneidet ein Schrei die Stille.

Pike.

»Es tut mir wirklich leid«, sage ich zur Eule. »Bitte habe noch etwas Geduld.«

So schnell wie möglich schicke ich noch mehr magische Partikel zu ihrer verletzten Arterie und hoffe, dass ich ihr damit mehr Zeit verschaffe. Ich umhülle ihre Nerven mit Magie, um den Schmerz zu lindern, und streichle sanft über ihr Gefieder. Dann verspreche ich ihr, gleich wieder zurück zu sein.

Ich springe auf und renne in die Richtung, aus der der Schrei gekommen ist.

»Pike!«, schreie ich und laufe so schnell durch den Wald, wie es mein Knie zulässt. »Ich komme!«

Ich höre ein Stöhnen und folge dem Geräusch, aber es ist

leise, viel leiser als sein Schrei. »Pike, wo bist du?«, rufe ich, bleibe stehen und lausche.

Seine Antwort besteht aus einem gequälten Seufzen, auf das ich zueile. Doch als die Erde unter mir wegzubrechen beginnt, bleibe ich abrupt stehen. Ich klettere ein Stück zurück und bemerke in diesem Moment die Schlucht, die sich gähnend hinter den Bäumen auftut und an deren Wänden Felsbrocken in der Größe von Lkw-Reifen herausragen. Der unebene Boden fällt steil in die Schlucht ab und ist von dichter Vegetation und zerklüfteten Stümpfen umgestürzter Bäume bedeckt. Ich spähe über den Rand und halte Ausschau nach Pike.

»Pike, ich bin hier!«, brülle ich und versuche, durch das Gewirr von Ästen und Unterholz zu spähen.

»Iris?« Es klingt wie eine Frage. Ich schaue in die Tiefe und sehe ihn schließlich auf halber Strecke im Matsch liegen.

»Warte, ich komme!«, rufe ich, lasse mich auf die Erde sinken und rutsche den Steilhang hinab. Meine Hände schrammen an spitzen Steinen entlang, und stachelige Sträucher greifen nach mir. Auf halber Höhe sehe ich seine Brille. Ich ergreife sie und befestigte sie im Ausschnitt meines Shirts. Dann rutsche ich weiter, tiefer und tiefer, bis ich schließlich Pikes Atem höre. Er atmet flach und stoßartig, und als ich ihn endlich erreiche, liegt er ausgestreckt auf dem Boden und hat sein rechtes Bein an die Brust gedrückt.

»Ich bin bei dir«, sage ich, hocke mich neben ihn und versuche, mir ein Bild von seiner Verletzung zu machen. Als ich ihm seine Brille reiche, verweilen seine Finger einen Augenblick länger auf meinen, als ich erwartet habe. Die Bilder von unserer gemeinsamen Nacht im Zelt durchfluten meinen Kopf und lösen sich erst auf, als er mir die Brille abgenommen hat.

»Lass mich dein Bein ansehen«, flüstere ich.

Er antwortet nicht, sondern lässt mit zitternden Händen sein Knie los. Langsam strecke ich sein Bein aus und ziehe seine Wanderhose nach oben. Erschrocken halte ich die Luft an.

»Was ist?«

Ich sehe ihn an. »Dein Bein ist gebrochen.«

»Woher willst du das wissen?«, fragt er mit zusammengebissenen Zähnen.

»Weil dein Knochen durch die Haut stößt.«

Sein Atem wird hektisch, und er versucht, sich aufzusetzen, um sich selbst ein Bild davon zu machen. »Scheiße, Scheiße, Scheiße, Scheiße«, stößt er zunehmend panisch hervor.

Ich drücke ihn sanft zurück und nehme seine Hand. »Alles wird gut«, sage ich ihm. »Du wirst wieder gesund.«

Er legt den Kopf zurück, blickt in den Himmel und stöhnt vor Schmerzen. »Nimm mein Satellitentelefon«, befiehlt er und versucht, sich auf die Seite zu drehen. »Es ist in der vordersten Tasche.«

Ich öffne den Reißverschluss seines Rucksacks und ziehe das Telefon heraus. Ein langer Riss zieht sich quer über die Mitte. »Es ist kaputt«, sage ich. »Wahrscheinlich ist das passiert, als du in die Schlucht gestürzt bist.«

»Scheiße«, sagt er noch einmal mit zittrigem Atem und lehnt sich zurück. »Du musst Hilfe holen. Du kannst mich auf keinen Fall allein die Schlucht hochbringen.«

Ich folge seinem Blick und sehe, wie sich der Nebel einer Decke gleich über uns legt und uns vor dem Rest der Welt abschirmt. Hier unten erreicht uns nicht einmal der Wind, und ich habe keine einzige Menschenseele auf diesem Berg gesehen.

»Wen soll ich denn holen? Es sind nur wir zwei hier oben.«

»Wir können«, er hält inne und holt tief Luft, »auf die Feuerwehrleute warten. Sie haben gesagt, dass sie kommen.«

»Ich glaube nicht, dass sie kommen«, sage ich. »Das Feuer ist aus.«

Pike lässt sich wieder zurück in den Matsch sinken und atmet scharf ein. Dann fällt mir Cassandra ein. Sie wollte kommen, und ich habe gespürt, wie sie mich mit ihrer Magie geortet hat. Sie muss irgendwo auf diesem Berg sein. Ich wünschte, ich könnte sie anrufen und ihr sagen, dass sich der Zustand der Eule verschlechtert hat. Aber wie soll ich sie erreichen, wie kann ich sie dazu bringen, sich zu beeilen?

Erschöpft fahre ich mir durch die Haare und denke nach. Ich könnte ihn die Schlucht hinaufschaffen, wenn ich sein Bein so weit stabilisiert bekomme, dass er mitarbeiten kann. Mithilfe meiner Magie könnte ich seine Schmerzen dämpfen. Er müsste es mir nur erlauben.

»Ich kann dich hier rausholen«, sage ich.

Er sieht mich an, und seine Augen weiten sich, als er begreift, was ich vorschlage. »Nein, auf keinen Fall.«

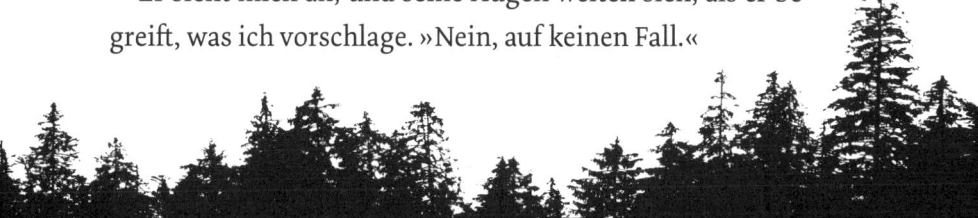

»Warum?«, frage ich, und mein Ton wird ungeduldiger. »Wir sind nicht alle böse, weißt du.«

»Die Tatsache, dass du mich seit dem Tag, an dem wir uns kennengelernt haben, angelogen hast, spricht dagegen«, kontert er und verzieht schmerzhaft sein Gesicht. Er zieht sein Bein an die Brust und schaukelt vor und zurück.

»Ich war dir gar nichts schuldig«, erwidere ich und sehe ihn an. »Dass ich mein Geheimnis mit dir teilen muss, nur weil wir zusammenarbeiten, ist genauso absurd wie die Vorstellung, dass du mir die Geschichte deines Bruders hättest erzählen müssen. Wir haben kein Anrecht auf diese Dinge – wir müssen sie uns verdienen.«

»Ja, und ich wünschte, ich könnte meine Geschichte zurücknehmen. Denn du hast sie definitiv nicht verdient.«

»Und womit hast du dir mein Geheimnis verdient?« Meine Worte klingen aggressiver als beabsichtigt, und als Pike nicht antwortet, hole ich tief Luft. Regenwasser rauscht über den Rand der Schlucht und bahnt sich seinen Weg durch Gestrüpp und Baumstümpfe. Am liebsten würde ich mich jetzt zurücklehnen und mich von dem Geräusch beruhigen lassen, aber dafür ist keine Zeit. »Ich bin nicht den ganzen Weg hierhergekommen, um mit dir zu streiten«, sage ich schließlich. »Lass mich dir helfen.«

Er antwortet nicht, und ich nehme das als Aufforderung, weiterzumachen. »Erstens, spürst du deinen Fuß? Kannst du ihn bewegen?«

Er beugt das Knie und gibt einen Laut von sich, der nach irgendetwas zwischen Bellen und Husten klingt. »Ja.«

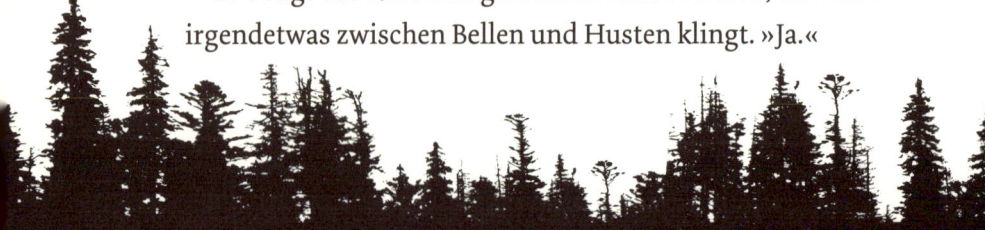

»Gut. Ich wasche deine Wunde aus und baue eine Schiene, dann bringen wir dich hier raus.«

Ich suche zwei große Stöcke, dann hole ich meinen Fleecepulli aus dem Rucksack und wickle es um sein Bein, wobei ich den Knochen ausspare. Ich lege die Stöcke an beiden Seiten an. Mit meinem Taschenmesser schneide ich den Saum meines Shirts ab und verwende die Stoffstreifen, um die Schiene zu befestigen.

»Dein Bein wird anschwellen, also sag mir Bescheid, wenn es sich irgendwann zu eng anfühlt.«

Pike nickt. Seine Atmung wird schneller, und seine Augenlider fallen zu.

»Hey, hey, hierbleiben«, ermahne ich ihn, nähere mich rasch seinem Gesicht und berühre seine Wange mit meiner Hand. Er öffnet seine Augen und sieht mich an. Das rechte Brillenglas ist gesprungen und mit Schmutz bedeckt. Ich nehme ihm die Brille ab, wische sie sauber und setze sie ihm behutsam wieder auf. Pikes Kiefer ist angespannt, und er sieht mich wütend an.

»Also, dann bringen wir dich hier raus.«

»Was hast du vor?« Selbst im schlimmsten Schmerzzustand schafft er es noch, angewidert zu klingen, wenn er an Magie denkt.

»Ich werde so viel Magie in deine Nerven senden, dass du kaum noch Schmerzen haben wirst. Dein Bein wird sich etwas warm anfühlen, aber der Schmerz wird sofort nachlassen. Ich halte dich von hinten unter den Armen und schiebe dich hoch, während du dein gutes Bein zu Hilfe nimmst.«

»Kannst du uns nicht fliegen lassen oder so einen Scheiß?«, will Pike wissen. Ich verdrehe meine Augen.

»Nein, ich kann uns nicht fliegen lassen oder so einen Scheiß. Magie arbeitet im Einklang mit dem Universum, sie widersetzt sich ihm nicht.« Ich sehe ihn an. »Bist du mit diesem Plan einverstanden?«

»Ich habe wohl keine andere Wahl.«

»Gut.« Ich schließe meine Augen und konzentriere mich auf die Magie, auf die Millionen von magischen Partikeln, die diesen alten Wald bewohnen und schon hier waren, bevor es überhaupt Bäume gab.

Ich ziehe genug Magie aus der Atmosphäre, um sie in Pikes Bein zu leiten, umhülle seine Nerven mit winzigen magischen Teilchen, die wirksamer sind als jede Medizin. Es gibt viele magische Anwendungsbereiche für Menschen, die ich nicht beherrsche, aber auf diesem Gebiet kenne ich mich aus. Menschen sind erstaunlich ähnlich gebaut wie Tiere. Wir brechen uns die gleichen Knochen und empfinden den gleichen Schmerz. Bei diesen Dingen kann ich ihm helfen.

Pikes Augenlider werden schwer. »Es geht schon besser.«

»Gut«, sage ich und stelle mich hinter ihn, »denn wir werden dich jetzt die Schlucht hinaufschaffen.« Ich versuche, zu ignorieren, wie er bei meiner Berührung zurückzuckt, und sage mir, dass es nur die Schmerzen sind. Aber ich weiß es besser.

Unsere Blicke treffen sich, aber ich sehe weder Erleichterung noch Erschöpfung oder gar Angst in seinen Augen. Was ich sehe, ist Wut. Intensive, brennende Wut.

23

Ich platziere mich hinter Pike und verschränke meine Arme unter seinen. Er spannt seinen Rücken an und richtet sich starr auf. Ich rücke ein Stück näher, um einen besseren Halt zu bekommen. Ich sehe den Schweiß auf seinem Nacken und die Gänsehaut, die sich auf seiner Haut bildet, als er meinen Atem spürt.

»Lehn dich richtig an mich«, fordere ich und ignoriere meine Wunde am Knie, die sich anfühlt, als würde sie immer weiter aufklaffen. Es ist nichts im Vergleich zu Pikes Bein, und sobald ich meines wieder strecken kann, wird es auch nicht mehr so wehtun.

Erst rührt er sich nicht, dann holt er tief Luft. Beim Ausatmen entspannt er sich, sein Rücken lehnt sich schwer gegen meine Brust, sein Kopf ruht in meiner Halsbeuge. Seine Haut fühlt sich warm an, und ich schließe für einen Moment die Augen, um dieses Gefühl in Erinnerung zu behalten.

Ich will ihn gerade hochziehen, als er sagt: »Warte. Erzähl mir etwas Wahres.« Seine Stimme ist leise und klingt angestrengt.

»Etwas Wahres?«

Er nickt, sein Kopf bewegt sich an meinem Hals auf und ab.

Etwas Wahres. Ich überlege einige Sekunden lang, während Pikes ganzes Gewicht auf mir ruht. Die Tatsache, dass ich sein Gesicht nicht sehen kann, verleiht mir Mut. »Ich möchte, dass du mich so siehst, wie ich bin«, sage ich schließlich. »Und mir ist es lieber, du kennst mich richtig und hasst mich, als dass du nur Teile von mir kennst und mich magst.«

Er ist kurz ganz still und atmet schwer und unruhig. »Lass uns gehen«, erwidert er.

Ich nicke, umklammere ihn fester und lasse meine Worte in der kühlen Bergluft dahintreiben. Es regnet jetzt nur noch leicht, das leise Klopfen der Tropfen auf Blätter und Steine ist das einzige Geräusch um uns herum. »Auf drei ziehe ich dich hoch. Halte dein rechtes Bein hoch, setze den linken Fuß fest auf den Boden und drücke dich ab. Bist du bereit?«

»Ja.«

»Eins, zwei, drei«, zähle ich und ziehe ihn hoch, während er sich vom Boden abstößt. Ich unterdrücke einen Schmerzensschrei, weil dabei die Wunde an meinem Knie aufreißt und warmes Blut an meinem Bein hinunterrinnt. Aber wir haben uns bewegt, wir haben Fortschritte gemacht. Es wird langsam gehen, aber wir können die Schlucht auf diesem Weg erklimmen.

Je länger wir uns fortbewegen, desto schwerer lastet Pikes Gewicht auf mir. Ich verstärke meinen Griff, damit er nicht fällt oder ausrutscht. Ich höre seinen schweren Atem und spüre seine angespannten Muskeln, bis er nach einigen weiteren Runden um eine Pause bittet. Ich bin froh darüber, setze mich hinter ihn und strecke mein Bein aus, um die Anspannung in meinem Knie zu lindern. Er lehnt sich auch im Sitzen noch an mich. Ich sage mir, dass es an seinem gebrochenen Bein liegt, weil er geschwächt ist und nicht die Kraft hat, sich aufzurichten. Aber was auch immer der Grund ist, ich spüre ihn gern an mir.

»Warum kannst du mein Bein nicht einfach reparieren? Warum dieses ganze Hin und Her?«, fragt Pike, ohne den Kopf zu drehen und mich anzusehen.

»Du willst, dass ich mehr Magie anwende?«

»Nein. Ich will wissen, warum du es nicht tust.«

Ich seufze, und Pike lehnt sich noch stärker an mich, als hätte ihm die Frage seine letzte Energie geraubt. »So funktioniert das nicht. Magie ist untrennbar mit der Welt verbunden, sie ist eine Erweiterung von ihr. Sie geht Hand in Hand mit Dingen wie Medizin, Wissen und Erfahrung. Sie achtet die natürliche Welt, indem sie *mit* ihr arbeitet. Sie kann nicht etwas aus dem Nichts erschaffen oder etwas zerstören, das bereits existiert. Sie funktioniert innerhalb der Parameter unserer Welt.«

Zuerst antwortet Pike nicht, und ich frage mich, ob meine Ausführungen Sinn gemacht haben oder ob er sie lächerlich findet. Er senkt seinen Kopf. »Sie kann nichts zerstören, was bereits existiert. Also Krebs zum Beispiel. Sie kann keine Krebszellen zerstören.«

Mein Magen krampft sich zusammen, und ein Schmerz breitet sich in mir aus, als ich merke, worauf er hinauswill. Langsam schüttle ich den Kopf. »Nein. Sie könnte vielleicht die Beschwerden lindern, könnte die gesunden Zellen stärken, um die Krankheit besser zu bekämpfen. Sie könnte den

Kranken mit Nährstoffen versorgen und vor den Auswirkungen härterer Therapien schützen. Aber sie könnte die Krankheit nicht vernichten, nein.«

»Leo hatte also nie eine Chance?«, presst Pike zwischen zusammengebissenen Zähnen hervor. Seine Stimme ist rau und zittrig. »Wir wurden von Anfang an belogen? Die Magie hätte ihn überhaupt nicht retten können, selbst wenn es nicht nur ums Geld gegangen wäre?«

Tränen treten in meine Augen und fließen über meinen Wimpernkranz, und ich wische sie schnell mit meiner freien Hand weg. »Nein«, sage ich. »Nicht Magie allein. Sie hätte mit einer medizinischen Behandlung kombiniert werden müssen.«

Pike zieht scharf die Luft ein. Seine Schultern beginnen, zu zittern, und er stößt ein ersticktes Schluchzen aus. Ich möchte ihn enger an mich drücken, sein ganzes Gewicht tragen und ihn ruhen lassen, solange er es braucht. Aber ich traue mich nicht, weil ich Angst habe, dass ihm schon die geringste Bewegung klarmacht, wen er berührt. Ich habe Angst, dass er vor mir zurückschreckt.

Und sosehr ich ihn auch trösten möchte, weiß ich, dass ich das nicht darf. Ich habe ihn verflucht. Ich habe einen Fluch geschrieben, der viel zu grausam war, und habe diesen auch noch entkommen lassen. Jetzt sitzen wir hier fest, Pike mit einem gebrochenen Bein und die Eule mit einer verletzten Arterie. Und ich bin der Lösung des Problems nicht näher als vor drei Tagen.

Er hat recht, sich von mir abzuwenden, vor mir zurückzuweichen. Wegzuschauen, wenn ich ihm sage, dass ich mir Sorgen um ihn mache.

Wir sitzen lange in dieser Schlucht, und ich sehe die Nebelschwaden über uns hinwegziehen und die Regentropfen auf den Blättern, in denen sich die darüberliegende Welt spiegelt.

»Wir müssen gehen«, sage ich schließlich, als ich die Trennung von der Eule nicht länger ertrage. Sie ist noch in demselben Zustand wie zuvor, als ich zu Pike rannte, aber das kann sich von einem Augenblick zum nächsten ändern. Wenn ich ihr helfen will, darf ich nicht auf halbem Weg in der Schlucht stecken bleiben.

Pike packt sein rechtes Bein, ich schlinge meine Arme wieder unter seine Achseln, und wir starten den langsamen Anstieg. Am Anfang gebe ich laut Kommando, aber schließlich finden wir einen Rhythmus und sprechen den Rest des Weges kein Wort mehr. Als wir oben ankommen, sind wir beide außer Atem und schweißgebadet. Pike kauert sich an einen nahe gelegenen Baum, und ich spüre plötzlich die kalte Luft an meinem Körper, an den sich die ganze Zeit Pikes warmer Rücken gepresst hatte. Er nimmt einen Schluck Wasser, während ich nervös hin und her tigere und überlege, was als Nächstes ansteht.

Die Eule. Ich muss zur Eule gehen.

Mithilfe meiner Magie kann ich nur noch Minuten herausschlagen, nicht annähernd genug Zeit, um sie zu unserem Lagerplatz zu bringen, geschweige denn zum Wildgehege. All die Zeit, die ich ihr zusätzlich verschafft habe, ist dabei draufgegangen, Pike aus der Schlucht zu retten. Alles, was in den letzten Tagen schiefgehen konnte, ist schiefgegangen. Am liebsten möchte ich schreien und weinen und Pike die Schuld geben, weil er in eine Schlucht gestürzt ist, aber das kann ich nicht.

Es ist allein meine Schuld, und ich werde mit diesem Wissen für den Rest meines Lebens leben müssen.

»Ich gehe jetzt zur Eule«, teile ich Pike mit. »Wenn ich sie hergebracht habe, können wir versuchen, zum Lager zu gehen.«

»Nimm die Kisten aus meinem Rucksack mit«, sagt er und beugt sich vor. »Das Behelfsnest ist für sie viel bequemer.«

»Danke«, sage ich und nehme mir alles Notwendige. »Aber erst schaue ich mir noch mal dein Bein an.«

Pike lehnt an einem Baumstamm und weicht die ganze Zeit meinen Blicken aus. Ich ziehe sein Hosenbein hoch und überprüfe die Schiene. Die Blutung hat aufgehört, und die Schiene hält gut.

»Was ist mit den Schmerzen?«, erkundige ich mich und schiebe vorsichtig meine Hand zwischen sein Bein und die Stöcke, um sicherzugehen, dass die Schiene durch die Schwellung nicht zu eng geworden ist.

»Es geht«, antwortet er und schaut in die Nebelschwaden hinauf.

»Das musst du nicht sagen, weißt du. Ich kann die Schmerzen notfalls noch mal lindern.«

»Ich habe gesagt, es geht.« Er reibt mit der freien Hand über seinen Oberschenkel und sieht mich schließlich an. Ich wünschte, er hätte es gelassen. Es steht ihm ins Gesicht geschrieben, dass er mich nie so akzeptieren wird, wie ich bin, auch ohne etwas über den Fluch und die Eule zu wissen. Aus seinen Augen schlägt mir so viel Hass entgegen, dass nicht einmal Liebe ihn überwinden kann.

Die Grenze zwischen Hass und Liebe ist hauchdünn und rasiermesserscharf, und wir sind auf der falschen Seite gelandet. Vielleicht war es sowieso unvermeidlich, doch wenn es von vorherein klar gewesen wäre, würde es sich jetzt nicht wie ein Verlust anfühlen.

»Du solltest etwas essen, während ich weg bin«, empfehle ich und krame einen Power-Riegel aus meinem Rucksack. Zuerst denke ich mir nichts dabei, weil der Witz schon so lange zurückliegt. Aber die Art, wie er ihn ansieht, bringt alles zurück und verschlimmert den Schmerz in meiner Brust. Ich verdrehe meine Augen, damit er nicht sehen kann, wie weh es tut.

»Nimm und iss«, sage ich und reiche ihm den Riegel. »Ich werde nicht lange weg sein.«

Ich laufe so schnell in Richtung Eule, wie es mein Bein zulässt, ohne mich noch einmal nach Pike umzusehen. Im dichten Wald ist es dunstig und grau, unter meinen Füßen gibt die weiche, feuchte Erde leicht nach. Ich fröstele, denn dort, wo ich den Stoff von meinem Shirt abgeschnitten habe für Pikes Schiene, zieht kalte Luft an meinen Bauch.

Mithilfe meiner Magie nehme ich die Spur der Eule auf und kann es kaum erwarten, zu ihr zurückzukehren. Ich fühle mich schrecklich, weil ich sie so lange allein gelassen habe, und zwinge mich, noch schneller zu gehen. Ich um-

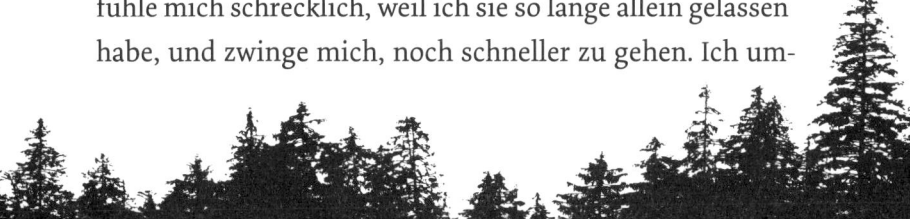

runde ein besonders dichtes Brombeergestrüpp, und dann sehe ich meine Baseballkappe, genau dort, wo ich sie habe liegen lassen.

Noch ein Schritt, und die Eule kommt in Sicht. Und ein Kojote, der bedrohlich über ihr steht.

Mein Herz setzt beinahe aus, und ich bleibe stehen, um den Kojoten nicht zu verschrecken. Ich bin auf mich selbst wütend, weil ich die Eule nicht an einen sicheren Ort gebracht habe, in eine Baumhöhle oder eine Astgabel, hoch genug, um sie vor Raubtieren zu schützen. Aber der Kojote ist nicht verbrannt oder verletzt, was bedeutet, dass er die Eule noch nicht angerührt hat.

»Es tut mir leid, dass ich dich allein gelassen habe«, flüstere ich MacGuffin zu und hoffe, er weiß, wie ernst ich die Entschuldigung meine.

Dann wende ich mich an den Kojoten. »Nein«, sage ich fest und schaue ihm in die Augen. »Verschwinde von hier.«

Der Kojote rührt sich nicht von der Stelle und lässt ein leises Knurren hören. In meinem Inneren brennt irgendeine Sicherung durch, sodass ich jetzt keine Magie mehr anwende, um ihn sanft von dem verletzten Vogel wegzulocken. Stattdessen schreie ich, so laut ich kann, fuchtle mit den Armen herum und stürme wie wild auf das Tier zu.

Zuerst sieht es so aus, als wollte er sich auf mich stürzen und mich in Stücke reißen, aber im letzten Moment macht er kehrt und rennt in die entgegengesetzte Richtung davon. Zwischen den Bäumen hindurch, an einem großen Felsbrocken vorbei, bis er außer Sichtweite ist.

Ich lasse mich auf den Boden fallen, und MacGuffin sieht zu mir hoch. Er ist müde. Seine Augen sind schwer und glasig, aber trotzdem scheint er sich zu freuen, mich zu sehen. Unglaublich, wie sehr ich an diesem dummen Vogel hänge, nach allem, was er mir angetan hat. Dennoch würde ich alles dafür geben, damit er das hier lebend übersteht.

»Ich freue mich auch, dich zu sehen«, flüstere ich ihm zu und entferne das Handtuch, um die Verletzung zu begutachten. Die Wunde blutet wieder, aber ich kann keine neuen Verletzungen feststellen.

Wieder wasche ich die Wunde aus und sauge das Blut mit den Mullbinden auf. Dann sende ich zusätzliche Magie in die verletzte Arterie. Mehr kann ich im Moment nicht tun.

Am liebsten würde ich jetzt gleich den Fluch von der Eule lösen, aber erst muss ich einen Ersatz für meine Zauberkräuter finden, und ich kann Pike nicht so lange allein lassen. Wenn er Anzeichen einer Infektion zeigt, muss ich bei ihm sein.

»Tut mir leid, MacGuffin«, sage ich und klappe das provisorische Nest auseinander. »Ich muss dich hier wegbringen, aber es ist nicht weit.« Ich lege die Box mit dem Handtuch aus, dann nehme ich die Eule vorsichtig hoch und setze sie hinein. »Pike wird sich freuen, dich zu sehen«, versichere ich ihr, nehme meine Mütze und hebe den Kasten vorsichtig an.

Auf unserem Weg durch den Wald zurück zu Pike beobachtet mich die Eule aufmerksam. Doch dann werden ihre Augen schwer, und sie kann sie kaum noch offen halten.

Ich werde den Fluch hier draußen im Wald lösen müssen, auch wenn Pike mit seinem gebrochenen Bein in der Nähe ist. Auf die Hilfe meiner Mutter oder Sarahs oder von sonst jemandem kann ich nicht mehr hoffen. Cassandra sollte längst hier sein, aber sie ist nicht gekommen und hat auch keine Magie mehr geschickt. Ihr muss etwas dazwischengekommen sein.

Ich bin auf mich allein gestellt.

Pikes Augen sind geschlossen, und er hat seinen Kopf nach hinten gegen den Baum gelehnt. Die leere Verpackung des Power-Riegels liegt auf seiner Brust. Ich schäme mich, als mir Tränen in die Augen steigen.

Da schnellt Pikes Kopf plötzlich hoch, und er sieht mich an. Ich blinzle die Tränen weg und räuspere mich.

»Sie stirbt«, bringe ich mühsam hervor. »Ich muss mich jetzt um sie kümmern.«

»Hier?«, will Pike wissen.

»Ja.«

Er sieht MacGuffin an und fragt traurig: »Vielleicht ist es einfach seine Zeit?« Dabei wird mir bewusst, dass Pike immer noch nichts von dem Fluch weiß. Er weiß, dass ich eine Hexe bin, aber das Schlimmste habe ich ihm noch gar nicht gesagt.

Ich schlucke. »Ich möchte es versuchen«, sage ich und hoffe, dass Pike nicht hört, wie meine Stimme am Ende wegbricht.

Bestimmt wird er mich ausfragen, mir sagen, dass ich es lassen soll. Aber ich täusche mich.

»Okay«, sagt er bloß und setzt sich aufrecht hin. »Sag mir, wie ich helfen kann.«

Wenn ich das nur wüsste. Während ich überlege, wo ich anfangen soll, entweicht immer mehr Magie in die Luft. Meine Großmutter sagte immer, dass Flüche die unberechenbarsten Zaubersprüche seien, weil sie ihren eigenen Willen haben. Ohne meine Kräuter habe ich Angst, etwas Falsches zu tun und den Fluch hier in die Wildnis zu entlassen. Direkt auf Pike. Ich habe noch nie einen Fluch gelöst und sitze jetzt in diesem Wald fest, ohne die nötigen Hilfsmittel zu haben.

Aber Magie ist fließend, und unter diesen uralten Bäumen muss es etwas geben, das den Fluch binden kann. Etwas, das stark genug ist, sein Gewicht zu tragen. Irgendetwas muss es geben, und ich werde jede einzelne Pflanze und Wurzel ausprobieren, bis ich etwas Passendes gefunden habe.

MacGuffin muss mir nur die Zeit geben, es zu versuchen. Ich brauche Zeit. Aber eine Eule, in der so viel Magie und Zauber steckt, hat keine Zeit.

24

Der Nebel lichtet sich, und mir wird bewusst, wie lange wir bereits in dieser Situation sind – es ist schon Stunden her, dass Cassandra mich aufgespürt hat. Eine kühle Brise streicht durch den Wald und fühlt sich gut an auf meinem schweißnassen Körper. Nasse Blätter und dicke Zweige rauschen im Wind, und in der Ferne singen Vögel.

»Was ist der Plan?«, fragt Pike. Ich schaue ihn an, und dabei wird mir mehr als klar, was jetzt zu tun ist. Ich muss den Fluch direkt vor seinen Augen entfernen, direkt neben ihm. Er sitzt hier mit mir fest, und wenn ich es nicht richtig mache oder den Fluch nicht rechtzeitig zerstöre, ist Pike derjenige, der den Preis dafür zahlt.

Mein Brustkorb schnürt sich zusammen, und ich bekomme kaum noch Luft. Es gibt nicht genug Sauerstoff auf dieser Welt, um mir durch diese Situation zu helfen. Schließlich stehe ich auf, gehe um die Eule herum und habe solche Angst vor dem, was die nächsten Minuten bringen werden.

Wäre doch meine Mom hier. Wäre doch Pikes Satellitentelefon nicht kaputt, damit ich Hilfe rufen könnte. Könnte ich doch mit meiner Großmutter sprechen und mich von ihrer kratzigen Stimme beruhigen lassen. Sie vermittelte einem immer das Gefühl, das man selbst die schlimmsten Situationen bewältigen kann, und verstand es, selbst die schrecklichsten Tage erstrahlen zu lassen. Ich vermisse sie so sehr.

Ich nehme zwei kräftige Stöße aus meinem Inhalator, dann setze ich mich wieder hin und beuge mich über die Eule. Ich wickle sie aus dem Handtuch und besehe mir noch mal die Wunde. Sie blutet viel zu stark.

Ich wiege mich auf meinen Fersen vor und zurück und kann die Tränen nicht zurückhalten. Konzentration. Ich muss mich konzentrieren.

»Was ist los?«, fragt Pike und klingt eher besorgt als böse. Als ich ihm in die Augen schaue, kann ich erkennen, dass er Angst hat. »Bitte, sag es mir.«

Ich sehe mich um, als ob es im Wald etwas gäbe, das etwas an dieser Situation ändern könnte. Doch da ist nichts. Ich atme zitternd ein und setze mich direkt vor ihn.

Er hat ein Recht darauf, es zu erfahren.

Ich schmecke Salz auf meinen Lippen, aber das ist mir egal. Er hat schon so viel von mir gesehen, dass es mir nichts mehr ausmacht, vor ihm zu weinen. »Es ist schlimm«, sage ich vorsichtig. »Es ist wirklich richtig schlimm.«

»Um Himmels willen, Iris. Sag es mir einfach!«

Ich wische mir die Tränen aus dem Gesicht und nicke. »Ich habe dich verflucht«, gebe ich schließlich so leise zu, dass ich nicht sicher bin, ob ich es überhaupt gesagt habe.

Pike starrt mich an. »Du hast *was*?«

»Ich habe dich verflucht«, wiederhole ich, lauter diesmal. »Das war nicht meine Absicht. Also ... eigentlich doch. Aber der Fluch sollte nie real werden.«

Pike sieht mich an, als verstünde er nicht, was ich gesagt habe. Als ergäben meine Worte keinen Sinn. Er massiert sich den Oberschenkel. »Das musst du mir erklären.«

Und das mache ich: »Meine Großmutter lehrte mich dieses Ritual, damit ich besser mit Dingen fertigwerde, die mich nicht loslassen. Stress, Ängste, Frustrationen. Sie brachte mir bei, Zaubersprüche oder Flüche zu wirken, die diese Gefühle aufnehmen. Anschließend werden sie an etwas Lebloses wie ein Kräuterbündel gebunden und verbrannt. Als würde man einen Brief schreiben, den man nie abschickt. Um mit meinen Gefühlen besser fertigzuwerden, habe ich mir also Flüche ausgedacht, die nie realisiert werden sollten.« Ich sehe Pike an. »Das erinnert mich sehr an Leos Methode, seine Wünsche dem Feuer zu übergeben.«

Pike zuckt zusammen, als ich den Namen seines Bruders ausspreche. Vermutlich aus Wut auf sich selbst, weil er mit mir, einer Hexe, darüber gesprochen hat.

»Okay«, sagt Pike und nickt mit dem Kopf. »Mach weiter.«

»Du wirst wahrscheinlich schockiert über diese Neuigkeiten sein, aber ich konnte dich vor dieser Reise wirklich nicht ausstehen. Und als du dann diese Bemerkungen über Hexen gemacht hast, habe ich Angst bekommen. Es hat mich nervös gemacht, dich Tag für Tag sehen zu müssen, weil ich wusste, wie sehr du Magie verabscheust. Und dann hast du das über Amy gesagt. Dass sie diejenige hätte sein sollen, die verbrennt.« Ich hole tief Luft und sehe ihn an, seine Gesichtszüge verschwimmen vor meinen Augen.

»Amy war meine Freundin. Meine beste Freundin. Ich war

in jener Nacht dabei, als ihr Freund an dem See verbrannt ist. Und als du diese Bemerkung über sie gemacht hast, habe ich angefangen, mir Sorgen darüber zu machen, dass du etwas über mich und meine Familie herausfindest und unser Leben hier in Gefahr bringst. Also habe ich einen Fluch für dich geschrieben, damit ich mich besser fühle, damit ich meine Angst überwinde. Aber bevor ich den Fluch verbrennen konnte, ist die Eule vom Baum herabgestürzt, und der Fluch hat sich stattdessen mit ihr verbunden. Und dann ist sie mit ihm davongeflogen.«

Ich wische mir noch einmal über das Gesicht, meine Brust schmerzt vor Anstrengung.

Pike sieht auf die Eule. »MacGuffin trägt also einen Fluch«, sagt er langsam, während er versucht, zu verstehen, was ich gerade gesagt habe.

»Ja, und der Fluch ist mit seinem Leben verbunden. Wenn er stirbt, wird der Fluch entfesselt werden.«

»Entfesselt«, wiederholt Pike und zieht eine Grimasse. Dann verengen sich seine Augen, und er sieht mich an. »Womit hast du mich verflucht?«

Ich schüttle heftig den Kopf, weil es mir so schwerfällt, zu antworten. Ich schaffe es einfach nicht. Ich unterdrücke ein Schluchzen, schaue auf den Boden und zittere vor Angst am ganzen Körper. Ich habe einen Fluch gewirkt, der sein Leben genauso beenden könnte wie das von Alex, ohne das Risiko für real zu halten. Im Lauf der Jahre habe ich Dutzende Zaubersprüche geschrieben, und kein einziges Mal ist mir einer entflohen. Ich habe nicht genug darüber nachgedacht, und jetzt muss ich Pike ins Gesicht sagen, womit ich ihn verflucht habe und dass es meine volle Absicht war. Ich wollte es tun und habe es einfach gemacht.

»Iris, sag es mir.« Pike schreit nicht und klingt auch nicht böse. Er klingt müde, erschöpft, als hätte er aufgegeben – und das macht es irgendwie noch viel schlimmer.

»Der Fluch würde dich in eine Hexe verwandeln«, gestehe ich, »einen Magier.« Meine Augen weiten sich, und mein Herz rast, als ich die Worte innerlich wiederhole und wie in Zeitlupe dabei zusehe, wie sie Pike treffen. Er zuckt sichtlich zurück, und seine Augen füllen sich mit Tränen.

»Du hast *was*?«

»Es tut mir so leid«, sage ich so schnell, dass meine Worte ineinander verschwimmen. »Mit diesem dummen Fluch wollte ich gegen meine Frustrationen ankämpfen – mehr nicht. Du hättest nie davon erfahren sollen. Der Fluch hätte überhaupt nicht existieren sollen. Er hätte wie alle vorherigen Flüche verbrennen sollen, aber wegen der Eule ist alles anders gekommen.« Ich würde mir wünschen, dass ich ihm alles unaufgeregt und emotionslos erzählen könnte, damit er so reagieren kann, wie er will. Aber ich bin völlig außer Atem und kann mich nicht beruhigen. »Es tut mir so leid«, sage ich noch einmal.

»Es tut dir leid?«, schreit Pike. »Es tut dir leid? Herrgott noch mal, Iris. Du hast einen Fluch gewirkt, der mich in eine Hexe verwandelt!«

»Ich weiß!«, schreie ich zurück, springe auf und renne hin und her. Ich muss mich bewegen. »Ich weiß.«

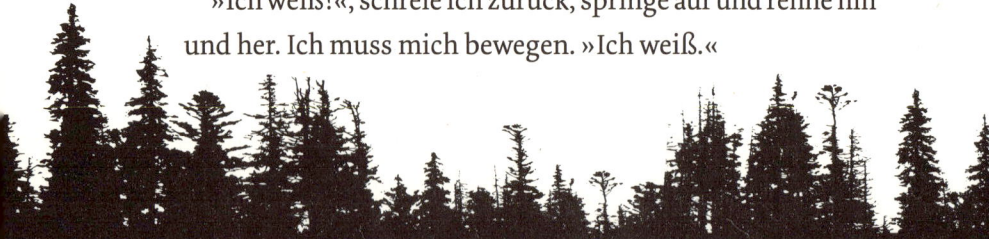

Wie muss es wohl für Pike sein? Er ist so wütend und verängstigt und kann sich wegen seines Beins nicht wegbewegen. Er reibt sich ständig den Oberschenkel und stemmt sich gegen den Baum, sein ganzer Körper ist in Anspannung angesichts dessen, was er gerade erfahren hat.

»Wie geht es deinem Bein?«, frage ich. Er muss unbedingt in ein Krankenhaus, fort aus diesem Wald, fort von der Hexe, die ihn verflucht hat, fort von der Eule, die den Fluch womöglich noch verstärkt.

»Es tut verdammt weh«, antwortet Pike.

»Dann lass mich dir helfen.«

Er sieht zu mir auf, seine Augen sind gerötet. »Hast du nicht schon genug getan?« Seine Worte schneiden mir direkt ins Herz. Ich fasse an meine Brust, aber das hilft auch nicht. Ich drehe mich zur Eule um, gehe in die Hocke und streiche mit den Fingern über ihre Kopffedern. Sie sieht zu mir hoch. Ihr Atem pfeift, und ihre Lungen sind erschöpft.

»Ich muss versuchen, den Fluch zu lösen, bevor wir sie verlieren«, erkläre ich.

Pike schließt die Augen und lehnt seinen Kopf an den Baum. »Selbst wenn sie stirbt, muss es doch jemanden geben, der das rückgängig machen kann, oder? Eine Hexe aus eurem Rat wird es doch wieder richten können?«

Langsam schüttle ich den Kopf und senke meine Augen. Ich kann ihn kaum anschauen. Ich wünschte, ich könnte etwas sagen, das ihm Grund zur Hoffnung gäbe. Etwas, woran er sich festhalten könnte, aber da ist nichts.

»Ich glaube nicht«, sage ich so aufrichtig wie möglich.

»Wenn ein Fluch die Person findet, für die er bestimmt ist, dann war's das. Der Fluch lebt und stirbt mit dir.«

Eine Träne läuft Pike über die Wange, und obwohl er sie schnell wegwischt, brennt sich das Bild in mein Gedächtnis ein. Ich möchte es wegblinzeln, es irgendwie auslöschen, aber vergeblich. Dann sieht er zu mir auf. »Du hast mich so sehr gehasst, dass du mir das angetan hast?«

Einen Moment lang kann ich nicht sprechen. Meine Stimme ist verschwunden, und ich bekomme keinen Ton heraus. Ich versuche mich daran zu erinnern, wie es vor dieser Reise war, mit Pike zusammenzuarbeiten. Ich war mir absolut sicher gewesen, dass ich ihn nicht leiden kann. Aber jetzt muss ich auch daran denken, was er gesagt hat, dass er mir das Leben schwer machen wollte, damit ich mich mit ihm streite, damit mein Verstand sich nicht immer im Kreis dreht. Und das hat vielleicht auch funktioniert. Vielleicht habe ich ihn gar nicht so sehr gehasst.

»Ich hatte Angst vor dir«, gebe ich schließlich zu. Wenigstens das ist die volle Wahrheit. »Nach Amys Prozess stürzte mein Leben in sich zusammen, weil sich alle an der Tatsache festgebissen haben, dass ich eine Hexe bin. Selbst mein Vater kam nicht mehr damit zurecht. Mom und ich haben uns für einen Neuanfang entschieden und kamen hierher. Als du dann mit den Hexen anfingst, konnte ich nur noch daran denken, dass wir wieder umziehen müssen. Dass wir noch einmal von vorne anfangen und diesen Ort aufgeben müssen, den ich mehr als alles andere liebe.« Ich unterbreche mich und sehe ihn an. »Du hast mir Angst gemacht.«

Er sieht mich an, während ich ihm das erzähle. Bei meinen letzten Worten zuckt er zusammen. »Das tut mir leid. Ich finde es schrecklich, dass ich dir dieses Gefühl gegeben habe.« Er spricht leise, und seine Stimme klingt rau. Er reibt sich den Oberschenkel und atmet scharf ein. »Aber ich bin doch kein Arschloch auf der Mission, Hexen zu vernichten. Ich traue der Magie einfach nicht, und wenn ich das mit dir herausgefunden hätte, dann wäre ich gegangen. Das ist alles. Ich hätte nicht versucht, dein Leben zu ruinieren.«

Dann wäre ich gegangen.

Seine Worte versetzen mir einen unerwarteten Stich ins Herz. Ich schaue weg. Er soll nicht sehen, wie sehr sie mir wehtun. Dann, nach einer kurzen Atempause, spreche ich weiter.

»Das spielt jetzt keine Rolle«, sage ich und zwinge mich zur Ruhe. »Sobald wir den Fluch vernichtet haben, kannst du gehen. Doch hör genau zu, was ich dir jetzt sage. Sobald die Eule stirbt, wird ein Schalter in deinem Gehirn umgelegt. Du wirst in der Lage sein, die Magie, die dich umgibt, wahrzunehmen. Es wird unheimlich spannend und aufregend für dich sein, aber du wirst keine Kontrolle darüber haben. Instinktiv wirst du eine astronomische Menge an Magie an dich ziehen, einfach nur deshalb, weil du es kannst. Aber dein Körper ist daran nicht gewöhnt, und er wird anfangen, zu brennen.« Ich halte inne und schlucke. »Wenn du nicht vorsichtig bist, wird die Magie dich verbrennen.«

Ich versuche vergeblich, die Bilder von Alex, der in Flammen steht, aus meinem Gedächtnis zu löschen. Er verbrennt,

während meine beste Freundin entsetzt dabeisteht und ich über die Wiese sprinte, um irgendwie zu helfen.

Ich blinzle mehrmals und sehe Pike an. Ich werde nicht zulassen, dass so etwas mit ihm geschieht. Keinesfalls.

»Ist das mit dem Freund deiner Freundin passiert?«, fragt er mit zitternder Stimme.

»Ja.«

Pike schluckt, dann räuspert er sich. »Okay, was machen wir jetzt?« Es tut mir in der Seele weh, als ich die Angst in seiner Stimme höre.

»Ich werde dir helfen, das durchzustehen«, antworte ich und schaue ihm in die Augen. »Ich schwöre, dass ich nicht zulassen werde, dass dir das passiert.«

Pike nickt, aber ich weiß nicht, ob er mir glaubt. Ich möchte ihm sagen, dass ich es ernst meine. Dass ich noch nie etwas so ernst gemeint habe, aber das wird nichts daran ändern. Er vertraut mir nicht mehr.

Ich sehe zu der Eule hinüber, die ganz ruhig ist. Sie scheint unserem Gespräch interessiert zu folgen, wobei ihr Blick von mir zu Pike und wieder zurück wandert. Ich streichle sanft ihr Gefieder und fahre fort.

»Das ist nicht das Schlimmste«, sage ich schließlich.

Pike starrt mich an, antwortet aber nicht. Noch nie hat mich jemand auf diese Art angesehen. Als wäre ich durch und durch schlecht, eine einzige menschliche Enttäuschung. Ich kann diesem Blick nicht standhalten und schaue weg.

»Es ist mir kaum möglich, dir zu beschreiben, wie viel Macht diese Eule hat«, zwinge ich mich, weiterzusprechen.

»Sie ist ein magischer Verstärker. Sie kann die Intensität der Magie in ihrem Inneren verstärken, also auch den Fluch. Wenn ich den Fluch nicht rechtzeitig lösen kann, wirst du in einen Magier verwandelt werden. Aber der Fluch wird nicht bei dir haltmachen. Er wird sich meilenweit ausdehnen. Ich weiß nicht genau, wie sich die Verstärkung auswirken wird. Aber im schlimmsten Fall werden nicht nur du, sondern noch viele andere Menschen verwandelt werden.«

»Und diese Menschen«, sagt Pike angestrengt nachdenkend, »können die ebenfalls verbrennen?«

»Ja, das kann immer passieren.« Ich versuche, ruhig zu bleiben, auch wenn ich dadurch gefühllos klinge. Leise fahre ich fort: »Es muss nicht so sein. Manche Menschen haben sich verwandelt, ohne irgendwelche Schäden davonzutragen. Aber ich will dich nicht mehr anlügen. Die Wahrheit ist, dass das Risiko existiert. Ein erhebliches Risiko.«

»Fuck.« Pike versucht, aufzustehen. »Fuck.« Er schafft es, auf die Beine zu kommen, aber dann knickt sein Bein weg, und er bricht zusammen, wobei er vor Schmerzen schreit.

Ich eile zu ihm, aber er stößt mich weg. »Fass mich nicht an«, zischt er, umklammert sein Bein und zieht es an seine Brust.

»Ich möchte dir helfen«, sage ich und nähere mich seinem Bein.

»Nein. Komm mir nicht zu nahe. Fass mich nicht an. Sprich meinen Namen nicht aus. Tu, was immer du tun musst, um die Eule zu retten oder den Fluch zu verhindern oder was auch immer. Aber wage es nicht, mich anzufassen.«

»Okay.« Ich halte meine Hände in die Höhe. »Aber die Situation wird auch nicht besser davon, wenn du Schmerzen hast.«

»Tu nicht so, als hätte ich mir das alles ausgesucht, Iris. Das habe ich nicht. Ich bin hier wegen dir. Und so, wie ich das sehe, hast du nichts, aber auch gar nichts besser gemacht.« Er atmet flach und viel zu schnell, krümmt sich vor Schmerzen und reibt sich den Oberschenkel.

»Du hast recht«, gebe ich zu und ziehe mich wieder zurück. »Aber ich werde es trotzdem versuchen, und du musst dich ausruhen.«

Er schließt seine Augen und reibt weiter an seinem Bein. Ich wende mich wieder der Eule zu. Die Luft riecht so intensiv metallisch, und ich wundere mich, dass Pike es noch nicht bemerkt hat. Wenn ich durch meine Nase einatme, spüre ich das knisternde, brennende Stechen der magischen Teilchen.

Schnell erhebe ich mich und suche Kiefernzweige und Wurzeln, an die ich hoffentlich den Fluch binden kann. Diese uralten Wälder bergen mehr Magie als jeder andere Ort auf der Erde, und obwohl ich den Fluch nicht speziell für diese Pflanzen geschrieben habe, hoffe ich, dass sie stark genug sind, um ihn an sich zu binden.

Nachdem ich mehr als genug gesammelt habe, lege ich alles neben die Eule und fange an. Ich blende Pike und seine angsterfüllten Worte aus, schließe meine Augen und konzentriere mich auf den Fluch. Ich vergegenwärtige mir die Frustration und die Angst, die ich empfunden habe, als ich ihn schrieb. Ich versetze mich in den Hof hinter der Hütte, als ich wütend auf meine Mom war, weil sie die Sache mit Pike nicht ernst genommen hat. Als ich wütend auf Pike war, weil er so hasserfüllt war.

Ich wollte den Fluch doch einfach nur der Erde übergeben, wie meine Großmutter es mir beigebracht hatte. Ich wollte nie, dass das alles passiert.

Da spüre ich, wie sich der Fluch in der Eule zu einer dichten, greifbaren Form materialisiert, die ich von ihr lösen und an etwas anderes binden kann.

Ich atme ganz gleichmäßig und konzentriere mich auf nichts als auf diese Aufgabe.

Ich kann es schaffen.

Und los geht's.

Die Eule holt tief Luft, und in diesem Moment ergreife ich den Fluch. Während sie ausatmet, ziehe ich ihn von ihrer Brust und werfe ihn auf das Kiefernbündel. Doch irgendetwas stimmt nicht. Der Fluch wehrt sich und will nicht dorthin, wohin ich ihn lenke.

Ich schiebe ihn auf die Kiefern und Wurzeln, stelle mir vor, wie er sich an ihre Nadeln heftet und von ihrer Rinde aufgesogen wird und darauf wartet, verbrannt zu werden, so wie es immer gewesen ist.

Aber es funktioniert nicht.

Ich lasse den Fluch los, und in Sekundenschnelle hat er sich wieder mit der Eule verbunden.

25

Ich reiße meine Augen auf und starre die Eule entsetzt an. Ich suche den Boden ab, als ob ich dort die Antwort darauf finden könnte, was schiefgelaufen ist. Aber da ist nichts. Vielleicht war ich zu hastig, oder ich hätte die Kiefern besser für den Fluch vorbereiten müssen. Ich schließe wieder die Augen und beginne von vorn, zwinge mich zu Geduld. Aber das Ergebnis ist das gleiche, und der Fluch springt auf die Eule zurück. Verzweifelt versuche ich es noch einmal und noch einmal, immer und immer wieder, aber es klappt nicht.

»Was ist los?«, will Pike wissen. Seine Stimme klingt panisch. »Konntest du alles wieder in Ordnung bringen?«

»Nein.« Ich schüttele den Kopf und beobachte die Eule. »Es klappt nicht. Ich weiß nicht, was ich falsch mache.«

»Was soll das heißen, es klappt nicht?« Pikes Stimme wird lauter, und er verlagert sein Gewicht, als wollte er herkommen und es selbst in die Hand nehmen. Seitdem ich mich an die Arbeit gemacht habe, wurde ein kleiner Hoffnungsschimmer in Pike entfacht, und er klammert sich mit jeder Faser seines Seins daran. Hoffnung ist etwas sehr Mächtiges, unmöglich, sich davon abzuwenden. Wie ein Leuchtturm an der Felsenküste des Pazifiks, dem alles entgegenstrebt.

»Ich weiß es nicht«, antworte ich, während mich das Entsetzen lähmt. »Es hätte funktionieren müssen.«

»Na, dann versuch's noch mal.« Pike starrt mit wildem Blick erst die Eule, dann wieder mich an.

»Das habe ich«, sage ich und wische meine Handflächen an meiner Hose ab. »Es funktioniert nicht.«

»Streng dich doller an«, schreit Pike.

»Halt die Klappe«, schreie ich zurück und funkle ihn böse an. »Das hilft jetzt wirklich nicht. Setz dich einfach hin, sei still und lass mich nachdenken.« Ich stehe auf, lasse meinen Kopf in beide Hände sinken und gehe durch den Wald.

Ich gehe alles durch, was ich über den Fluch und die Eule weiß, über verstärkte Magie und gebundene Flüche. Und plötzlich wird mir klar, warum es nicht funktioniert.

Der Fluch hat sich an die Eule geheftet und ist deshalb stärker und mächtiger geworden. Die magischen Kräfte der Eule haben den Fluch verstärkt, sie hat ihn mit ihrem Blut und ihrem Herzschlag genährt. Eingehüllt von ihrem Leben, ist der Fluch gewachsen, und jetzt kann ich ihn nur mit etwas verbinden, was selbst ein Leben hat.

Er kann sich nur noch an einem Herzschlag festhalten.

Eine verwandte Behausung, genau wie es in dem Buch geschrieben steht.

Ich schreie halb keuchend, halb weinend, und meine Beine drohen, wegzusacken. Das hier ist so viel größer als ich, und ich weiß nicht, ob ich es allein bewältigen kann. Ich weiß nicht, ob ich stark genug bin.

Der Nebel lichtet sich, und durch die Bäume dringen goldene Lichtstreifen, die keine Angst vor dem hier lebenden Fluch haben. Keine Angst vor den unvorstellbaren Konse-

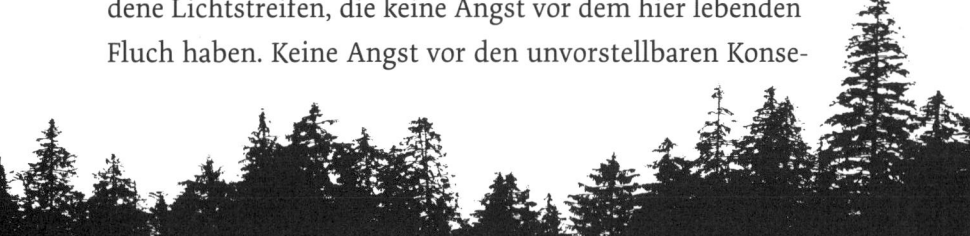

quenzen, sollte ich das Problem nicht lösen können. Das Sonnenlicht berührt mein Gesicht, und ich schließe meine Augen und genieße einen Moment lang die Wärme.

So plötzlich wie die Sonne, die gerade durch die Wolken bricht, kommt mir eine Idee. Ich kann den Fluch an mich selbst binden. Das ist nicht üblich, aber damals, bevor der Hexenrat gegründet wurde und als es noch keine offiziellen Strafverfahren gab, wurden kriminelle Hexen oft als Bestrafung verflucht. Der Fluch wurde der Schwere des Vergehens angepasst und von den mächtigsten Hexen der jeweiligen Gemeinschaft ausgesprochen.

Es liegt schon Generationen zurück, dass diese Art der Bestrafung zulässig war. Doch ich erinnere mich, in unseren alten Familienbüchern darüber gelesen zu haben. Eine Hexe zu verfluchen, ist möglich, und allein darauf kommt es jetzt an.

Es ist keine dauerhafte Lösung. Ich will nicht, dass Pike sein Leben lang Angst vor mir haben muss. Aber es ist eine Lösung für den Moment. Wenn ich den Fluch an mich binden kann, kann ich zum Wildgehege zurückkehren und Hilfe holen.

Ich eile zur Eule und lasse mich vor ihr auf die Knie fallen. Schmerz schießt in mein Bein, und ich muss ein Wimmern unterdrücken. Ich beiße die Zähne zusammen und zwinge mich, den Schmerz zu ignorieren. MacGuffin öffnet langsam seine Augen und sieht mich an. Ich würde mir so sehr wünschen, dass seine Verletzungen geheilt werden und ihm ein langes und angenehmes Leben im Wildgehege vergönnt wäre – wo er beobachten könnte, wen er will, und nach Belieben in die Nacht hineinrufen und hinter mir herfliegen könnte.

Aber im Moment ist es das Beste, ihm einen friedlichen Tod zu ermöglichen, einen Tod, der ihn ins Jenseits gleiten lässt, ohne dass ein Fluch auf ihm lastet.

Ich hülle mehr Magie um seine Nerven, um es ihm so angenehm wie möglich zu machen. Dann mache ich mich an die Arbeit.

Der Fluch klammert sich fest an das Innere der Eule, hat sich dort eingenistet und ist zufrieden in seinem Verstärker, von dem aus er in eine Katastrophe verwandelt werden könnte. Ein Fluch, über den man in Büchern schreiben und von dem man nachts im Flüsterton erzählen würde. Ein Fluch, der schaurige Kinderlieder und lustige Reime hervorbringen würde, um andere vor der Macht der Magie zu warnen.

Ein Fluch, der so schrecklich wäre, dass er nicht einmal einen Namen bräuchte.

Ich löse den Fluch aus dem Inneren der Eule und ziehe ihn vorsichtig heraus, bis er sich schließlich löst und vor mir in der Luft schwebt, schwer und furchtbar. Ich atme durch den Mund, um den beißenden Metallgeruch auszublenden, und erwecke die Magie in mir, bereit, den Fluch in mich aufzunehmen.

Magische Partikel strömen auf mich zu. Ich spüre, wie die Bäume in diesem uralten Wald mir etwas von ihrer Magie abgeben. Sie helfen mir, und meine Haut wird heiß von all der Energie. Selbst mit dem Fluch, der vor mir schwebt, selbst

mit dem Jungen, den ich mag und der völlig verängstigt neben mir hockt: Das hier ist mein Zuhause. Das bin ich. Ich will das nicht verlieren.

Die Magie höhlt meinen Körper aus, macht Platz für den Fluch, damit er sich neben meinen Organen, Muskeln und Knochen einnisten kann. *Eine verwandte Behausung.* Es fühlt sich an, als hätte mir jemand die Luft genommen, als hätte ich Teile von mir abgestoßen, um diesem Ding, das ich nie in mir haben wollte, Platz zu machen.

Ich atme ein und lasse die Luft des Waldes tief in meine Lungen dringen. Beim Ausatmen schiebe ich den Fluch in die Lücken in meinem Körper. Ich keuche, als er in mich eindringt und nach mir greift, um eine neue Behausung zu finden. Er strömt durch mich hindurch, klammert sich an meine Eingeweide, als würde er ansonsten von einer Klippe stürzen. Doch er findet keinen Halt.

Er fällt und fällt und fällt, und als er durch meinen ganzen Körper gerauscht ist, ohne etwas Sicheres zum Festhalten zu finden, stürzt er aus mir heraus und lässt sich wieder in der Eule nieder.

»Nein!«, schreie ich in die Stille hinein und trommele mit meinen Fäusten auf den Boden.

Ich verstehe es nicht.

»Was ist los?«, fragt Pike, und seine Augen wandern hektisch zwischen mir und dem Vogel hin und her.

»Es funktioniert immer noch nicht. Er braucht ein Lebewesen, an das er sich binden kann, und ich habe versucht, ihn an mich zu binden. Aber es funktioniert nicht.«

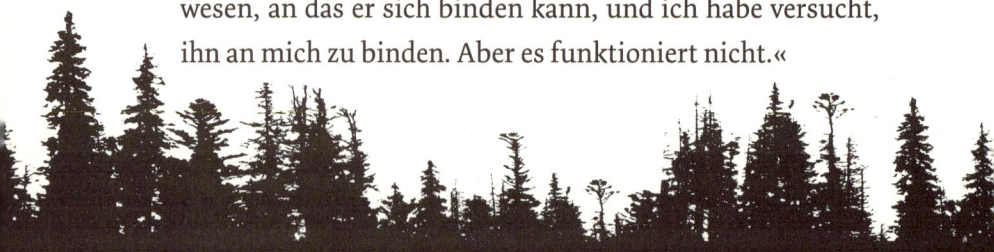

Etwas rührt sich in Pike, und ich sehe, wie ihn alle Hoffnung verlässt, wie der Leuchtturm ins Meer stürzt und ihn in völliger Dunkelheit zurücklässt.

Er sieht niedergeschlagen aus, aber mehr als alles andere sieht er traurig aus. Nicht wütend oder ängstlich oder gar verletzt. Traurig. »Das war's also?«

Ich sehe zu ihm auf, wobei mir Tränen den Blick verschleiern. »Nein«, antworte ich fest entschlossen. »Nein, ich werde es weiter versuchen.«

Ich wische die Tränen weg und setze mich aufrecht hin. Dann versuche ich es erneut. Der Fluch ist unruhig, er kämpft darum, in der Eule zu bleiben. Er ist verärgert darüber, dass er immer wieder gestört wird. Ich reiße ihn heraus und drücke ihn fest in mich hinein, aktiviere meine ganze Magie, um den Fluch in mir zu halten.

Er bewegt sich eine Sekunde lang hin und her, dann fliegt er wieder hinaus. Ich versuche es immer und immer wieder, zwinge den Fluch in meinen Körper und spüre dann, wie er wieder hinausströmt.

Ich sitze keuchend und zitternd auf dem Erdboden, stoße den Fluch immer wieder in mich herein und verliere immer mehr Kraft. In der Luft liegt so viel Magie. Meine Haut brennt und knistert von all den magischen Partikeln, die ich herbeigerufen habe. Aber ich mache weiter, weil ich nicht weiß, was ich sonst tun soll.

»Iris, hör auf«, sagt Pike, seine Stimme ist jetzt ganz nah bei mir.

Ich reiße die Augen auf, er ist nur Zentimeter von meinem

Gesicht entfernt. Er muss herübergerobbt sein. Voller Verzweiflung schaue ich ihn an, möchte es unbedingt wiedergutmachen, habe aber keine Ahnung, wie.

Er nimmt sanft meine Hand und zieht meinen Ärmel hoch, wobei Brandwunden zum Vorschein kommen, die meine Haut übersäen. Ich starre auf die roten Blasen, die sich auf meinem Arm gebildet haben, und atme scharf ein. Lange werde ich damit nicht weitermachen können, ohne Gefahr zu laufen, so zu enden wie Alex. Niemand kann alles beherrschen, weder die Magie noch das Land oder das Meer. Auch Hexen können das nicht.

Ich muss nachdenken.

Die Eule stößt einen pfeifenden Ton aus, sie fiept und keucht mit jedem Atemzug.

»Ich versuche es weiter«, flüstere ich und schaue in ihre großen, dunklen Augen. »Ich brauche nur ein bisschen mehr Zeit. Bitte.«

Ich hocke mich auf meine Fersen und schaukle vor und zurück, lasse den Kopf hängen und schließe meine Augen. Der Fluch bindet sich nicht an die Kiefer, weil in ihr kein Herz schlägt, und er bindet sich nicht an mich, weil ...

Ich lasse mich ganz auf den Boden sinken und schlage die Hände über meinem Kopf zusammen. Ich habe das Gefühl, mir würde mein Herz aus dem Körper fallen und sich in der Erde einnisten.

Natürlich! Der Fluch kann sich nicht an mich binden, weil ich eine Hexe bin. Er kann niemanden in eine Hexe verwandeln, die bereits eine ist.

Ich schnappe mir Pikes Rucksack und suche nach etwas, womit ich irgendein anderes Tier fangen kann.

»Er kann sich nicht an mich binden, weil ich eine Hexe bin«, erkläre ich und verteile Pikes Sachen auf dem Boden. »Ich muss ein anderes Tier finden, ein gesundes Tier, an das ich den Fluch binden kann.«

»Es ist unheimlich still«, gibt Pike zu bedenken und sieht sich um. »Außer uns ist hier nichts und niemand.«

Ich sehe zu den Bäumen hinauf und zu dem goldenen Licht, das durch die Äste auf die Erde fällt. Hier im Wald wimmelt es von Leben, aber ich habe nichts, womit ich ein Tier aufspüren und fangen kann. Pike hat recht: Wir sind auf uns allein gestellt.

Und selbst wenn ich ein anderes Tier finden würde, an das sich der Fluch binden könnte, würde die Eule wahrscheinlich nicht lange genug durchhalten.

»Wo ist das Satellitentelefon?«, frage ich und wühle weiter in Pikes Rucksack. Ich ziehe es heraus, springe auf und halte das Telefon zum Himmel. *Bitte*, flehe ich, *schalte dich ein und finde ein Signal.*

»Es ist kaputt«, sagt Pike.

»Vielleicht nicht. Vielleicht hat es nur einen Sprung. Viele Telefone funktionieren auch mit einem Sprung.« Ich halte es hoch über meinen Kopf und starre auf das Display und hoffe verzweifelt, dass es angeht. Ich muss Cassandra anrufen und herausfinden, wo sie ist. Sie muss mir helfen. Ich weiß nicht mehr weiter, und ich brauche sie.

Ich brauche sie.

Aber das Telefon bleibt schwarz.

»Es funktioniert nicht.« Pike beobachtet mich.

Ich sehe ihn an, werfe das Telefon beiseite und eile zu ihm. »Du musst hier weg«, sage ich, knie mich neben ihn und versuche, ihn hochzuziehen. Wahrscheinlich kann er vor einem Fluch nicht davonlaufen, bestimmt ist das unmöglich. Aber das ist alles, was mir noch einfällt. »Ich werde die Eule so lange wie möglich am Leben erhalten, und du musst zu deinem Auto gehen und wegfahren. Fahr, so schnell du kannst, direkt zum Wildgehege. Dort kann Mom dir helfen, sollte der Fluch dich doch noch erreichen. Fahr einfach weiter und …«

»Du weißt, dass das nicht geht«, wendet er mit ruhiger Stimme ein.

»Ich werde dir noch mehr Magie einflößen, damit du keine Schmerzen mehr hast. Du schaffst das, denk einfach nicht darüber nach und geh«, flehe ich und ziehe sein Hosenbein hoch.

Pike legt seine Hand auf meine Hand und stoppt mich. »Iris«, sagt er, wobei seine Augen zum ersten Mal seit Stunden wieder Sanftheit ausstrahlen. »Du weißt, dass ich es nicht rechtzeitig schaffen werde. MacGuffin wird nicht so lange überleben.«

Ich schluchze auf, als Pike den Namen der Eule sagt, dieses wilden Tiers, das mir meinen Fluch und mein Herz gestohlen hat. Ich möchte sie hassen, sie sollte mir egal sein. Aber die Wahrheit ist, dass ich am Boden zerstört bin. Ich will, dass sie lebt.

»Es tut mir so leid«, sage ich zu Pike und der Eule und allen anderen, die von diesem Fluch betroffen sein könnten. Ich denke an meine Mutter und hoffe, dass sie mit Sarah zusammen ist. Hoffe, dass sie glücklich sind, lachen und nicht ahnen, dass sich alles für immer ändern wird. Dass sie nicht ahnen, dass das, was wir durchgemacht haben, nichts ist im Vergleich zu dem, was noch kommen wird.

Ich werde meine Magie verlieren und mich vor dem Rat und dem Gericht verantworten müssen. Höchstwahrscheinlich wird es Tote geben. Menschen, die noch nicht bereit dafür sind, werden Magie einsetzen. Es wird Chaos und Verwüstung geben, und das alles nur, weil ich einen Jungen verflucht habe, der sagte, dass er Hexen nicht mag. Was für eine unvorstellbare Tragödie.

»Ich werde mich in eine Hexe verwandeln, egal, was passiert«, unterbricht Pike meine Gedanken. Es klingt nicht wie eine Frage.

Trotzdem nicke ich.

»Es tut mir so leid«, wiederhole ich, weil ich nicht weiß, was ich sonst sagen soll.

»Wenn es nicht anders geht, wenn du nichts anderes tun kannst, dann binde den Fluch an mich.«

Ich sehe hoch. »Was?«

»Binde den Fluch an mich«, sagt er noch einmal, diesmal lauter. Entschlossener. »So wird wenigstens sonst niemand gefährdet. Nur ich.«

Wir sehen uns im milden Licht des Nachmittags an, und ich sehe ein, dass er recht hat. Ich habe so verzweifelt versucht, Pike zu retten, dass ich die offensichtlichste Lösung nicht erkannt habe. Ich kann ihn nicht retten. Aber ich kann verhindern, dass der Fluch auf alle anderen losgelassen wird. Pikes Situation wird sich dadurch nicht verbessern, auch wird es mich nicht vor meinen Fehlern schützen oder mir eine zweite Chance bei diesem Jungen verschaffen. Aber es ist das einzig Richtige, was ich tun kann.

Es ist das Einzige, was uns noch bleibt.

»Bist du sicher?«, frage ich, obwohl wir beide wissen, dass es keine Alternative gibt.

Einen kurzen, qualvollen Moment lang denke ich, er fängt an, zu weinen. Doch dann schluckt er, richtet sich auf und nickt.

»Ja.«

»Okay«, sage ich, wische mir die Tränen weg und setze mich auf. »Ich werde es tun.«

26

Die Welt um uns scheint stillzustehen. Der Wind hat sich gelegt, und die Vögel in der Ferne haben aufgehört, zu singen. Kein Kojote heult, kein Getier huscht über den Boden. Es ist, als hätte der gesamte Wald die Luft angehalten und wartete auf das, was nun kommt.

Meine Haut brennt, als ich noch mehr Magie zu mir ziehe und mich für das Finale dieser schrecklichen Woche rüste. Zitternd atme ich ein.

»Pike, du musst mir genau zuhören«, sage ich, halte inne und vergewissere mich, dass er mich anschaut. »Sobald es losgeht, wirst du einen übermächtigen Drang verspüren, Magie in dich aufzunehmen. So als würdest du zum allerersten Mal Luft einatmen. Es wird ein überwältigendes und ergreifendes Gefühl sein, und du wirst immer mehr davon haben wollen, immer mehr davon aufsaugen wollen, bis du verbrennst. Gegen diesen Drang musst du ankämpfen, verstehst du? Du musst damit aufhören, wenn ich es dir sage, und darauf vertrauen, dass du später mehr davon bekommen wirst. Die ersten paar Minuten sind die schlimmsten – wenn du die überstehst, kann dir nichts mehr passieren.«

Pike sieht mich an. Seine Augen sind weit aufgerissen, und seine Hände zittern. Ich berühre ihn vorsichtig mit der Hand, und zu meiner Überraschung weicht er nicht zurück.

»Ich werde dich da durch bringen. Das verspreche ich dir. Aber ich brauche deine Hilfe. Verstehst du das?«

Er schluckt, seine Augen sind feucht und gerötet. »Ich verstehe«, flüstert er kaum hörbar. Er räuspert sich und versucht es erneut. »Ich verstehe.«

Ich drücke seine Hand. »Gut.« Am liebsten würde ich ihm helfen, sich zu entspannen und irgendwie zu beruhigen. »Erzähl mir etwas Wahres«, wiederhole ich seine Worte von vorhin.

»Was?«, fragt er und sieht mich an.

»Während ich den Fluch löse, erzähl mir etwas Wahres.«

Er nickt, und ich glaube, dass er versteht. Er atmet ängstlich ein, dann schließt er die Augen und lehnt seinen Kopf an den Baumstamm. Ich wende mich der Eule zu und mache mich an die Arbeit.

»Ich weiß noch, wie ich das erste Mal etwas über Hexen hörte«, setzt Pike so leise an, als ob er mit sich selbst spräche. »Ich war vielleicht sechs oder sieben, und ich habe mit einem Jungen aus der Nachbarschaft gespielt. Er hat mir erzählt, dass es Menschen gibt, die Hexen genannt werden und echte Magie anwenden. Wie im Fernsehen.«

Ich arbeite weiter, während seine Stimme mein rasendes Herz beruhigt und ich ein letztes Mal nach dem Fluch greife.

»Ich habe ihm gesagt, dass ich ihm nicht glaube, und bin nach Hause gerannt, um meine Eltern zu fragen. Sie haben gesagt, dass es wahr ist. Von da an war ich von dieser Vorstellung fasziniert. Von der Magie.« Seine Stimme wird schwä-

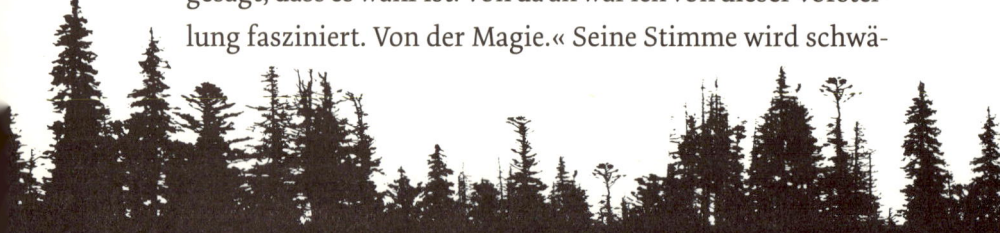

cher. Leiser. Er zittert. Er hat Angst, und er ist verletzt. Er muss in ein Krankenhaus.

Aus den Augenwinkeln sehe ich, wie sein Arm sich hin und her bewegt, während er sich über sein Bein reibt. Ich unterbreche stillschweigend meine Arbeit an dem Fluch und schicke mehr Magie zu ihm, damit die Partikel den Schmerz lindern. Er atmet aus, und ich weiß, dass er es merkt. Dass er jetzt Sterne sieht.

»Ich habe Bücher über Magie besessen und mit meinen Freunden Hexe gespielt. Wir sind herumgerannt und haben so getan, als könnten wir die Welt um uns herum verzaubern.«

Ich lächle in mich hinein, als ich an den kleinen Pike denke, der so tut, als wäre er eine Hexe. Es erinnert mich daran, wie Amy und ich unsere Magie trainierten, wie wir in die Ebenen von Nebraska liefen und bis lange nach Sonnenuntergang an einfachen Aufgaben arbeiteten – ich an Tieren und sie an mir.

Ich greife wieder nach dem Fluch und fange an, zu ziehen.

»Als Leo alt genug war, erzählte ich ihm von der Magie, und ich weiß noch, wie er übers ganze Gesicht strahlte. Er fand das richtig cool. Das fanden wir beide«, erzählt er und holt tief Luft. Sein ganzer Körper beginnt, zu zittern, entweder vor Kälte oder vor Angst oder beidem.

Ich schicke mehr Magie in seine Richtung, gerade genug, um ihn warm zu halten.

»Danke«, wispert er, und bei dem Klang seiner Stimme geht mir das Herz auf. Ich arbeite weiter.

»Vielleicht wollte mein Vater ihn deshalb unbedingt mit Magie behandeln lassen.« Am Ende dieses Satzes versagt Pikes Stimme, als würde er zum ersten Mal an diese Möglichkeit denken. »Weil Leo so begeistert von der Magie war. Weil es keinen besseren Weg gab, als seinen Sohn mit etwas zu heilen, das für ihn das Allercoolste war.«

Pike holt zitternd Luft, und ich höre, dass er weint. »Als Leo starb, verwandelte sich meine ganze Liebe für Magie in einen abgrundtiefen Hass. Bis auf die Knochen. Ich kam über meine Wut nicht hinweg und dachte lange Zeit, ich würde mich nie wieder erholen. Ich dachte, meine Wut würde mich bei lebendigem Leib auffressen.«

Der letzte Rest des Fluchs löst sich von der Eule und schwebt vor mir in der Luft. Meine Haut brennt, und es kostet mich all meine Kraft, die Hitze zu ignorieren und weiterzumachen.

»Die Wut ist immer noch da. Ich versuche, sie mit Sarkasmus und Witzen zu überspielen, aber sie ist immer noch da«, sagt er.

Ich konstruiere einen magischen Strom, der in einer direkten Linie vom Fluch zu Pikes Brust führt, sodass der Fluch hindurchfließen kann. Meine Hände zittern, und ich muss einen Schmerzensschrei unterdrücken, als sich meine Verbrennungen weiter ausbreiten. Aber es ist fast geschafft.

»Früher fand ich das so cool«, flüstert er so leise, dass ich ihn kaum verstehe. »Ich dachte, dass es nichts Besseres auf der Welt gibt.«

Wind kommt auf und weht mir die Haare ins Gesicht. Pike

beobachtet mich jetzt, ich spüre seinen Blick auf mir und hebe schließlich den Kopf, um ihn anzusehen. Der Fluch pulsiert in der Luft, und ich kann ihn nicht mehr zurückhalten. Mein Körper fühlt sich an, als ob er jeden Moment in Flammen aufgehen könnte.

»Vielleicht kann ich wieder dorthin zurückkehren«, sagt er.

Bei diesen Worten richte ich den Fluch auf Pike, befördere ihn durch den magischen Strom und direkt in seine Brust. Pikes ganzer Körper verkrampft sich bei dem Versuch, sich gegen den Fluch zu wehren, den ich fest im Griff habe. Er schreit, und es kostet mich alle Kraft, nicht loszulassen und zu ihm zu eilen, den Fluch nicht zurück zur Eule fliegen zu lassen.

Meine Arme zittern, und Tränen strömen über mein Gesicht, aber ich halte den Fluch fest. Ganz ruhig.

Der Fluch kriecht durch Pike hindurch, und ich spüre, wie er sich seines Körpers bemächtigt. Wie er sich um sein Herz und seine Lunge rankt. Wie er in seinen Blutkreislauf eindringt und sich seinen Weg zum Gehirn bahnt.

Dann, mit einer plötzlichen Bewegung, schießt er in Pikes Verstand und legt den Schalter um.

An.

Pike keucht, als er von der Empfindung überflutet wird. In der Spanne eines einzigen Atemzugs, eines einzigen Herzschlags dehnt sich seine ganze Welt aus. Sein Körper hört auf, zu zucken, und es wird unheimlich still.

Kein einziges Geräusch ist zu hören. Weder von Pike noch

von mir oder der Eule. Nicht von den Bäumen oder dem Wind oder den Tieren, die in diesem Wald leben.

Nichts.

Dann holt Pike tief Luft, und die Magie, die ihn umgibt, erwacht zum Leben.

Es ist vorbei.

Ich lasse meine Hände sinken und krieche zu ihm hinüber, krieche durch den Dreck, taste mich zu ihm vor. Ich wimmere vor Schmerzen, meine Kleidung scheuert an meinen Brandblasen, und die Wunde an meinem Knie klafft immer weiter auf.

»Pike«, keuche ich und lege meine Hand auf seinen Arm, »du musst mit mir reden. Wie geht es dir?«

Zuerst sagt er nichts, zuckt bei meiner Berührung aber auch nicht zurück und stößt mich nicht weg. Er ist ganz stumm und atmet die Stille ein.

»Es ist ... überall«, sagt er schließlich, seine Stimme eine Mischung aus Verwunderung und Verzweiflung.

Kaum hat er gesprochen, erwacht der Wald wieder zum Leben. Der Wind weht wieder, rauscht durch die Äste und streicht über meine Haut. Tiere huschen über den Boden und an Baumstämmen hinauf, Vögel zwitschern.

Die Luft um Pike pulsiert vor Energie und wird mit jeder Sekunde heißer und heißer. Da wird mir klar, wie viel Magie er an sich zieht, dass er sich damit überflutet. Es ist zu viel.

»Pike, hör auf damit«, sage ich schnell und versuche, seine Aufmerksamkeit auf mich zu lenken. Aber er hört mich nicht. Seine Augen sind geschlossen, und er überschüttet sich mit

Magie, als wäre es Wasser und als hätte er seit Tagen nicht getrunken.

Ich schüttle seine Schultern und gehe ganz nah an sein Gesicht. »Pike, hör mir zu. Wenn du nicht aufhörst, wirst du dich selbst verbrennen, genau wie ich es dir gesagt habe. Hör auf, zu ziehen.«

Pike beginnt, zu zittern, und seine Haut erwärmt sich so schnell, dass ich die Temperaturveränderung durch sein Hemd hindurch spüre. Aber er hört nicht auf.

»Pike!«, schreie ich.

Er reißt die Augen auf und sieht mich an, rasend und voller Angst. Tränen treten über seine Wimpern. »Ich kann nicht aufhören«, sagt er mit rauer Stimme und so schnell, als würde es ihn alle Kraft kosten, zu sprechen.

Ich versuche, die richtigen Worte zu finden, um ihm zu helfen, ihm zu sagen, was er tun muss, um damit aufzuhören. Aber ich habe mein ganzes Leben lang mit Magie zu tun gehabt und gehe damit ganz intuitiv um. Es ist, als wollte ich jemandem erklären, wie mein Herz schlägt – ich weiß nicht, wie es funktioniert, es schlägt einfach.

»Okay«, starte ich und rücke näher an ihn heran. »Sag mir, wohin deine Magie gehen will. Zieht sie am stärksten zur Eule hin, zu den Bäumen oder zu mir?«

»Was? Ich weiß es nicht«, bringt er zwischen zusammengebissenen Zähnen hervor. Er hat seine Augen zusammengekniffen, und sein ganzer Körper zittert.

»Konzentrier dich, Pike! Sag mir, wohin dich die Magie am stärksten zieht.«

Seine Augen öffnen sich und bleiben an mir hängen. »Zu dir«, sagt er schnell. »Zu dir.«

Ich möchte ignorieren, wie diese zwei Wörter auf mich wirken. Möchte ignorieren, dass sie etwas in mir wecken, etwas, das ich nicht wollen darf. Auf das ich nicht einmal hoffen darf.

»Konzentriere dich auf mich. Richte deine ganze Energie auf mich, deinen ganzen Willen. Wenn du dich auf mich konzentrierst, wird die Magie dir folgen.«

»Es geht nicht«, keucht er mit vor Schmerz verzerrter Stimme. »Ich kann es nicht abstellen.«

»Das musst du auch nicht«, sage ich schnell. »Leite sie einfach um.«

Seine Haut färbt sich rot, und ich weiß, dass wir keine Zeit mehr haben. Ich hole tief Luft und entziehe ihm seine Magie mit aller Kraft. Auf meiner Haut flammen neue Verbrennungen auf, und stumme Tränen fließen über mein Gesicht, während ich versuche, ihm zu helfen.

»Lass deine Magie zu mir fließen. Lass es einfach geschehen. Öffne deine Augen und sieh mich an«, sage ich mit zusammengebissenen Zähnen und ziehe, so fest ich kann. »Hierher.«

Unsere Augen treffen sich, und ich flehe ihn an, zu verstehen, flehe ihn an, nicht weiter gegen mich anzukämpfen. Wir sehen uns an, atemlos und voller Schmerzen und in Panik. Mit letzter Kraft leite ich seine Magie um, kralle mich an ihr fest und suche ihre Aufmerksamkeit, ziehe sie mit einer unvorstellbaren Wucht auf mich. Dann legt sich ein Schalter in ihm um, und seine Augen weiten sich, als seine Magie wie ein Schwall aus Feuer und Hitze auf mich einstürmt.

Ich schreie vor Schmerz auf, falle zu Boden und werde von der kühlen, feuchten Erde aufgefangen. Und dann ist es auf einmal vorbei. Pike hört auf, zu ziehen, und ich auch. Ich will aufstehen, kann mich aber nicht bewegen. Ich atme schnell und flach, und mein Herz hämmert gegen meine Rippen. Meine Augen verdrehen sich und fangen dabei das Licht der Sonne ein.

»Iris?«, fragt Pike und schiebt sich näher an mich heran. »Es hat funktioniert.« Seine Stimme droht, zu brechen.

Doch ich bringe kein Wort heraus. Es ist, als würde die ganze Welt in Flammen stehen. Als ich mich umschaue, sehe ich den Schatten der Bäume und Pike, der sich über mich beugt. Ich sehe schier endlose Schattierungen von Grün, sehe Sonnenlicht, das sich in den Regentropfen verfängt.

Ich zwinge mich, zu atmen, und bringe endlich ein Wort über die Lippen: »Inhalator.«

»Ja, okay«, erwidert Pike und greift nach meinem Rucksack. Er beugt sich wieder über mich und hält mir den Inhalator an den Mund. Ich ergreife ihn mit zitternder Hand, drücke drauf und atme tief ein.

Ich warte ein paar Sekunden, dann nehme ich noch einen Stoß. »Danke«, bringe ich schließlich hervor. Sobald ich mich wieder einigermaßen stabil fühle, bringe ich mich in eine sitzende Position und sehe Pike an.

»Bist du okay?«, frage ich ihn und suche seinen Körper nach Anzeichen von Verbrennungen oder anderen Schäden ab. Dann mustere ich ihn noch einmal von oben bis unten. Bis auf sein gebrochenes Bein scheint es ihm gut zu gehen. Er hat überlebt.

Er ist ein Magier geworden, aber er hat überlebt.

»Ich glaube schon.« Er schaut an sich herunter, als wollte er sich selbst vergewissern. Dann atmet er erleichtert aus.

»Wende jetzt keinesfalls Magie an«, bitte ich ihn. »Ich habe heute schon zu viel benutzt und kann dir nicht noch mal helfen, wenn du dich wieder darin verfängst. Du kannst sie wahrnehmen, sie spüren und sie bestaunen, aber du darfst sie nicht zu dir ziehen. Noch nicht.«

Er nickt und sieht zu Boden. »Habe ich dir wehgetan?«, fragt er. Am liebsten würde ich weinen, weil er sich um mich sorgt, obwohl ich seine Sorge nicht verdiene.

»Es geht schon«, antworte ich, obwohl meine Haut in Flammen steht. Es kostet mich unendlich viel Kraft, nicht zu schluchzen oder in Ohnmacht zu fallen. Aber ich reiße mich zusammen, um mit ihm zu sprechen.

»Ich weiß wirklich nicht, was ich jetzt zu dir sagen soll. ›Es tut mir leid‹ wird niemals reichen, aber du sollst wissen, dass ich es ernst meine. Es tut mir leid, *unendlich* leid. Ich erwarte nicht, dass du mir verzeihst. Aber ich muss es trotzdem sagen.« Ich halte inne und hole Luft. »Ich werde für dich da sein und dir helfen, so viel oder auch so wenig, wie du es willst. Das verspreche ich. Und ich glaube wirklich, dass du die Magie eines Tages lieben wirst. Du hast dir das nicht ausgesucht, und das kann ich nicht ändern, aber ich denke, ich kann dir helfen, sie lieben zu lernen.« Ich zittere beim Sprechen, der Schmerz brandet durch meinen Körper, und die Welt um mich verschwimmt.

Pike nickt, aber er antwortet nicht. Seine Kiefer sind angespannt, und sein Mund ist zu einer harten Linie zusammengepresst. Er braucht Zeit, um alles zu verarbeiten, und ich werde ihm alle Zeit geben, die er benötigt. Aber er hat meine Worte gehört, und das ist das Wichtigste.

Die Eule gibt einen bebenden Ton von sich, der sich fast wie ein Husten anhört, und ich zwinge mich, mich ihr zuzuwenden. Zwinge mich, meine Schmerzen zu ignorieren und bei ihr zu sein, solange es nötig ist. Mein Sichtfeld ist verschwommen, und ich reibe mir die Augen, flehe meinen Körper an, nicht aufzugeben. Noch nicht.

Ich zittere am ganzen Körper, als ich zur Eule rutsche. Ihre großen schwarzen Augen sehen mich an.

»Ich bin hier«, sage ich. »Ich gehe nirgendwo hin.«

Und ich meine es ernst. Ich werde mit ihr in diesem magiegetränkten Wald bleiben, solange ich kann, bis der Tod uns scheidet.

27

Ich meine, in der Ferne einen Zweig knacken zu hören, bin mir aber nicht sicher. Mein Verstand ist vom Schmerz benebelt, und ich weiß nicht mehr, was ich höre, spüre und sehe. Pike hat sich noch näher an die Eule und an mich herangeschoben und scheint im Moment stabil zu sein.

Ich kann mich kaum noch bewegen. Die Verbrennungen tun höllisch weh, und es kostet mich größte Überwindung, näher an die Eule zu rutschen. Aber sie soll wissen, dass sie nicht allein ist. Selbst wenn sie noch länger durchhielte, wäre ich nicht mehr imstande, sie den Berg hinunter und ins Wildgehege zu bringen.

Ich habe auch keine Ahnung, wie ich oder Pike es hier raus schaffen sollen.

Ich bin zu nichts mehr zu gebrauchen und kann auch meine Magie nicht mehr lenken. Ich habe zu viel Energie verbraucht und kann wegen der Schmerzen sowieso nichts unternehmen. Bevor ich meine magischen Kräfte wieder nutzen kann, muss ich erst gesund werden. Mom weiß, wo wir sind, und Cassandra wollte uns entgegenkommen. Irgendwie werden wir gerettet werden.

Vorsichtig hebe ich MacGuffin hoch und setze ihn auf meinen Schoß. Er kann kaum noch seine Augen offen halten, seine Lider öffnen sich nur halb und fallen dann wieder zu. Ich fahre mit den Fingern durch sein Gefieder und wickle ihn ins Handtuch, um ihn warm zu halten. Pike sitzt still neben mir, während die Eule ihren Blick von mir zu ihm und wieder zurück schweifen lässt.

Wie sie so zwischen uns hin und her schaut, weiß ich mit absoluter Sicherheit, dass alles Absicht gewesen ist. Dass sie mit ihrem verletzten Flügel in die Wildnis geflogen ist, damit ich sie suchen muss. Wenn ich nur wüsste, warum.

Ich streiche über eine Feder und sehe plötzlich ganz deutlich vor mir, wie Pike und ich an einem Strand Magie praktizieren. So wie Amy und ich, als wir Kinder waren. Pike lächelt und zieht mich für einen Kuss an sich, mein Haar weht im Wind, und ein Schwarm Möwen kreist über uns. Das Bild ist so klar, so lebendig, als würde es sich direkt vor meinen Augen abspielen.

Ich ziehe meine Hand von der Eule weg, und die Vision verschwindet. Verschwindet so schnell, wie sie gekommen ist.

Ich blinzle mehrmals, um in die Gegenwart zurückzufinden. Die Vision weckt eine Sehnsucht in mir. Wie sehr wünsche ich mir, dass sie Wirklichkeit wäre. Ich glaube nicht, dass die Eule das alles inszeniert hat, nur um Pike und mich zusammenzubringen. Andererseits, wenn ich mir überlege, wie sie aus dem Wildgehege oder von unserem ersten Lagerplatz davongeflogen ist, als Pike und ich uns gestritten haben, und wie sie jetzt eindeutig auf uns wartet, fällt es mir schwer, zu einem anderen Schluss zu kommen.

Als mein Vater mir nicht mehr in die Augen sehen konnte, als er in Nebraska blieb und zusah, wie ich in ein gelbes Taxi

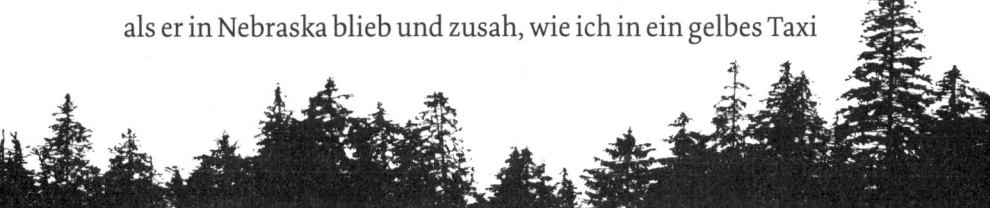

stieg, wollte ich nie wieder einem Menschen vertrauen. Es sollte nur noch mich und Mom geben, und das war's. Das musste reichen. Aber ich habe Pike gesagt, was ich nie jemandem hatte sagen wollen. Ich habe ihm gesagt, dass ich eine Hexe bin, habe ihn in mein Herz blicken lassen, und die Welt dreht sich immer noch. Mein Leben ist nicht eingestürzt, so wie ich es mir vorgestellt hatte.

Ein Zittern durchläuft MacGuffin, als ob ihm kalt wäre, und ich wickle das Handtuch fester um ihn. Er ruht in meinem Schoß, und ich spüre, wie sich sein Körper entspannt.

»Du musst nicht mehr kämpfen«, flüstere ich.

Pike beobachtet MacGuffin. Er wirkt immer noch angespannt, und seine Augen sind rot umrandet. Ich erinnere mich an die Geschichte, die er erzählte, als ich den Fluch auf ihn übertragen habe. Darüber, dass für ihn und Leo Magie das Größte auf der Welt gewesen ist. Ich bilde mir nicht ein, dass seine magische Wahrnehmungsfähigkeit seinen Schmerz, seinen Kummer oder seine Wut lösen kann, aber vielleicht kann sie ihm helfen. Pike ist ein Stellar – deshalb strebte seine Magie so zu mir hin. Eine der häufigsten Aufgaben von Stellaren ist die Schmerzbehandlung. Sie unterstützen kranke Kinder und Erwachsene dabei, medizinische Behandlungen besser zu überstehen.

Leo bekam nicht die Hilfe, die er brauchte, und das ist unverzeihlich. Es ist eine entsetzliche Tragödie. Aber Pike könnte anderen geben, was Leo hätte bekommen sollen. Vielleicht hilft ihm das in gewisser Weise.

Vielleicht versuche ich auch nur, etwas schönzureden, das

nie hätte passieren dürfen. Vielleicht wird Pike sein Leben lang die Magie verabscheuen.

Aber ich werde das Gefühl nicht los, dass diese Reise für uns wichtig war, für jeden von uns aus einem ganz unterschiedlichen Grund, und dass die Eule dies erkannt hat.

Eulen sind für Hexen heilige Tiere. Es ist also gar nicht so abwegig, zu glauben, dass sie mir helfen wollte. Vielleicht hat das alles auch keine Bedeutung, vielleicht sind das alles Zufälle gewesen, die sich aneinandergereiht haben. Aber nachdem ich siebzehn Jahre lang mit meiner Großmutter zusammengelebt habe, bin ich geneigt, das Gegenteil zu glauben.

Was ist der Zufall anderes als eine subtile Form der Magie?

Dad verdrehte immer die Augen, wenn meine Großmutter das sagte, aber das hat sie nie gestört. Sie war selbstbewusst und vertraute ihren Überzeugungen. Schließlich strich mein Vater das Wort *Zufall* aus seinem Vokabular, damit er diesen Satz nicht mehr hören musste. Aber Mom und ich wussten, dass sie recht hatte, und nickten jedes Mal, wenn sie das sagte.

MacGuffin bewegt sich in meinem Schoß, und ich ziehe ihn näher an mich und wiege ihn in meinen Armen. Er atmet mit Unterbrechungen, und sein Herzschlag ist kaum noch wahrnehmbar.

»Ich bin hier«, versichere ich, und zum ersten Mal seit langer Zeit sieht er mich mit seinen großen, wachen Augen an und beobachtet mich so wie damals, als er das erste Mal ins Wildgehege kam. Er vergräbt sich in meinem Schoß und schaut zu Pike, dann wieder zu mir. Er hält meinem Blick einige Augenblicke lang stand, dann lässt er langsam seine Augenlider zufallen.

Ich halte ihn fest, als er seinen letzten Atemzug tut. Ich spüre, wie seine Magie seinen Körper verlässt und in den Wald strömt, wo sie sich unter den windgepeitschten Bäumen verstreut, die sie aufnehmen und über Jahrhunderte hinweg bewahren werden.

Nichts ist je wirklich verloren.

Tränen laufen über meine Wangen und tropfen in sein Gefieder. Ich schaukle hin und her, berge ihn in meinem Schoß und will ihn nicht mehr loslassen. Und als ich ihn nicht mehr halten kann, als die Schmerzen zu stark werden, mache ich das Einzige, was ich tun kann: Ich begrabe ihn unter den uralten Bäumen, die er so sehr liebte, umgeben von Farnblättern und Moos und jahrhundertealter Magie.

Ich flüstere ein Gebet, danke ihm, dass er über mich gewacht hat, und übergebe ihn der Erde.

Ich bleibe lange an seinem Grab stehen, dann kehre ich zu Pike zurück. Aber in diesem Moment werden die Schmerzen auf meiner Haut so schlimm, dass sich alles um mich dreht. Ich greife vergeblich in die Luft, um meinen Sturz irgendwie abzufangen.

Meine Augen verdrehen sich, und ich falle zu Boden.

Das Letzte, was ich höre, ist Pike, der meinen Namen ruft. Und das Letzte, was ich sehe, ist eine Hexe, die auf mich zu rennt und die Amy sehr ähnlich sieht.

»Iris? Iris, kannst du mich hören?«

Ich kann kaum meine Augen öffnen, und als ich es endlich schaffe, dreht sich immer noch alles um mich. Cassandra beugt sich über mich und streicht mir die Haare aus dem Gesicht, ihre Gesichtszüge sind verschwommen. Ich bekomme gerade so mit, dass Pike sie fragt, wer sie ist, aber ich kann ihn nicht sehen. Ich versuche, an ihr vorbeizuschauen, um Pike zu finden, aber ich kann meinen Kopf nicht heben.

»Cassandra«, antwortet sie, ohne ihren Blick von mir abzuwenden. »Vom Hexenrat.«

Ich schließe meine Augen wieder, mein Kopf kippt zur Seite, aber Cassandra redet weiter. Ich spüre, wie sie an meinem Hemd zupft, meine Ärmel hochschiebt und wie ihre Hände dann zu meinen Hosenbeinen wandern. Ich möchte sie wegstoßen, sie anflehen, damit aufzuhören, denn der Stoff scheuert auf meiner Haut. Aber ich bringe kein Wort heraus.

Wäre doch nur meine Mom hier.

»Mein Gott«, entfährt es Cassandra, als sie den zerrissenen Saum meines Hemdes hochhebt. »Wie kann es sein, dass sie noch lebt?«

Dann höre ich Pike von irgendwo hinter ihr, seine Stimme klingt zittrig und aufgebracht. Ich öffne meine Augen und suche vergeblich sein Gesicht. »Ich habe nicht gewusst, dass es so schlimm ist«, flüstert er und sieht auf meine Verbrennungen. »Ich habe es wirklich nicht gewusst.«

»Sie muss ins Krankenhaus«, sagt Cassandra in der ihr typischen Art, geradlinig und kühl. »Und du ebenfalls.«

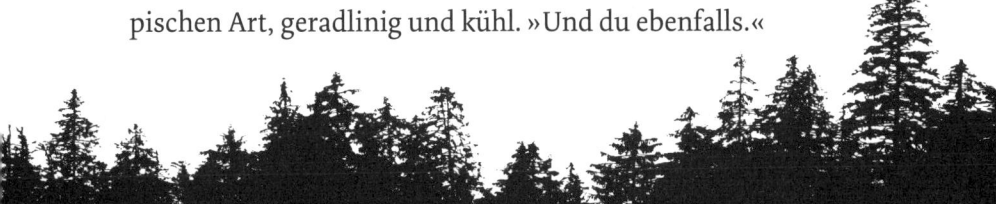

Dann wird mir schwarz vor Augen, und in der großen Leere blinken helle weiße Punkte auf. Ich seufze, als der Schmerz in meinem Körper weniger wird, als das Stechen auf meiner Haut und das Brennen nachlassen.

»Danke«, sage ich und versuche, mich auf Cassandras Gesicht zu konzentrieren. Ich atme ein, lasse ihre Magie durch mich hindurchströmen, und meine Muskeln entspannen sich. Dann treffen sich unsere Blicke. »Er auch.«

Sie nickt und geht ein paar Schritte beiseite. Ich höre, wie sie telefoniert und der Person am anderen Ende der Leitung unsere Verletzungen schildert. Als mir klar wird, dass wir diesen Berg bald hinter uns lassen werden, bin ich erleichtert. Jemand wird sich um meine Verbrennungen und Pikes gebrochenes Bein kümmern, und ich werde meine Mutter und Sarah wiedersehen.

»Es tut mir leid, dass ich nicht früher da war«, sagt Cassandra, als sie wieder an meiner Seite ist. »Ich wurde von einem wilden Tier aufgehalten.«

»Ich konnte ihn nicht retten.« Meine Stimme bricht, und ich bin mir nicht sicher, ob ich Pike oder MacGuffin meine.

»Du hast es versucht«, sagt sie. »Mehr kann niemand von uns tun.«

Cassandra hat schon andere Verstärker sterben sehen. Teil ihrer Arbeit ist es, sie in freier Natur zu pflegen und ihr Verhalten zu beobachten. Das bedeutet, dass sie auch sieht, wenn sie aus dem Leben scheiden. Dem Ernst ihrer Stimme ist diese Erfahrung anzuhören.

»Bald wird Hilfe da sein«, versichert sie, und ich nicke bloß, weil alles andere zu schwierig ist.

Sie sitzt schweigend neben mir, kontrolliert ab und zu meine Verbrennungen und stellt sicher, dass Pikes Zustand stabil ist. Ich möchte mit ihm reden, ihm etwas über Cassandras Arbeit mit den Verstärkern erklären, aber mir fehlt die Kraft dazu. Mir fehlen die Worte. Ich möchte ihn berühren, seine Hand halten, damit er weiß, dass ich da bin, doch er ist zu weit weg.

»Er ist okay«, sagt Cassandra, hält meine Hand fest und zwingt mich zur Ruhe. Ich habe nicht bemerkt, dass ich nach ihm gegriffen habe. »Er hat keine Infektion, und die Blutung ist minimal. Es wird ihm besser gehen, sobald der Knochen versorgt ist.«

»Das ist gut«, erwidere ich und halte meine Augen geschlossen. Ich möchte schlafen, finde aber wegen der vielen Verbrennungen keine bequeme Position. Selbst Cassandras Magie reicht nicht aus, um die Schmerzen zu vertreiben. Aber sie sind erträglicher geworden, und dafür bin ich ihr dankbar.

»Ich bin froh, dass du hier bist«, sage ich mit schwacher Stimme.

»Ich auch.« Sie ist so sanft, wie ich es seit der Zeit vor Amys Prozess nicht mehr erlebt habe. Mich bewegt der Gedanke, in wie viele Leben dieser Prozess eingegriffen hat. In Amys und Cassandras Leben, in mein Leben.

Falls sie spürt, dass Pike ein Magier ist, lässt sie es sich nicht anmerken. Sie sagt nichts, was darauf hinweisen könnte, dass sie es weiß. Ich möchte sie fragen, warum sie es nicht anspricht, warum sie mich nicht dafür zur Rede stellt, dass ich Pike in die gleiche Lage wie Alex und mich in die gleiche Lage wie Amy gebracht habe.

Aber mir tut alles weh, und ich habe nicht die Kraft, zu fragen.

Ich spreche nicht weiter, lasse mich von der beruhigenden Stille des Nachmittags einhüllen und warte darauf, dass der Such- und Rettungsdienst eintrifft.

Pike fragt mehrmals, wie es mir geht. Seine Stimme klingt angespannt. Doch er fragt, obwohl er wütend, hilflos und entkräftet klingt. Und das will etwas heißen.

»Es geht mir gut«, sage ich leise. Ich bin heiser und weiß nicht, ob Pike mich hört, ob ich laut genug gesprochen habe. Aber dann spüre ich einen Druck an meinem Fuß und öffne meine Augen. Ich hebe meinen Kopf gerade hoch genug, dass ich Pikes Hand sehe, die auf meinem Schuh ruht. Er zieht sie aber gleich wieder zurück.

Ich lehne mich betäubt zurück. Der Druck war so leicht, meine Sicht so vernebelt. Vielleicht ist es gar nicht passiert.

Schritte nähern sich. Cassandra steht auf und geht dem Geräusch entgegen. Gedämpfte Worte werden gesprochen, die ich aber nicht verstehen kann. Die Sonne geht unter, lässt den Himmel und Wald in einem sanften Blaugrau zurück, und ich meine, eine Fledermaus über mir fliegen zu sehen.

Die Rettungskräfte kommen mit einer Art langem Metallkorb und sagen mir ihre Namen, bevor sie mich hineinheben. Dasselbe machen sie mit Pike, dann tragen sie uns hintereinanderweg aus dem Wald heraus und den Pfad hinunter. Ich kann Pike leider nicht sehen, kann nicht sehen, ob er Schmerzen hat oder ob es ihm gut geht. Pikes ganze Welt hat sich innerhalb eines Augenblicks verändert, und jetzt liegt er in einem kalten Metallkorb und ist von fremden Menschen umgeben.

Ich zucke bei jedem Schritt zusammen, weil die Brandwunden auf meinem Rücken über das Metall scheuern, aber Cassandras Magie lindert die Schmerzen. Sie begleitet uns eine Weile, schlägt dann aber einen anderen Weg ein. Vermutlich will sie unseren Lagerplatz zusammenpacken.

Ich öffne die Augen und beobachte, wie die Dämmerung in die Nacht gleitet und die Sterne am Himmel aufleuchten. Ich staune über all die Magie in dieser Unendlichkeit, die von so wenigen Menschen wahrgenommen werden kann, und ich weiß, dass ich alles tun werde, damit Pike seine magischen Kräfte lieben lernt. Hoffentlich wird er von der Magie genauso fasziniert sein wie ich, und sie, wie damals als Kind, für die coolste Sache der Welt halten. Hoffentlich wird er irgendwann nicht mehr nur mit unendlichem Bedauern auf diese Reise zurückblicken.

»Wir sind fast da«, sagt die Frau an meinem Fußende. Dann verlassen die Sanitäter den Pfad, und mein Korb gerät in Schräglage.

Zwei Krankenwagen warten auf uns. Ich ertrage es kaum, dass Pike in einen anderen Krankenwagen verfrachtet wird, und wünschte, ich könnte mit ihm fahren. Mir bereitet die

Vorstellung, dass er allein dort liegt, körperliche Schmerzen, und ich muss gegen die Tränen ankämpfen, die mir in die Augen schießen. Ich versuche, einen Blick auf ihn zu erhaschen, als ich am Krankenwagen vorbeigetragen werde. Ich hebe den Kopf an und recke den Hals, aber vergeblich. Ich rufe seinen Namen, aber er hört mich nicht. Ich muss mich zwingen, nicht aus dem Korb zu springen und zu ihm zu eilen.

Allerdings habe ich ihm das alles eingebrockt. Er würde nicht wollen, dass ich bei ihm im Krankenwagen sitze, genauso wenig, wie er nicht wollen würde, dass die Hexe, die seine Familie betrogen hat, bei der Beerdigung seines Bruders dabei gewesen wäre. Dieser Gedanke zieht mir den Boden unter den Füßen weg.

Als ich in den zweiten Krankenwagen gehievt werde, schließe ich die Augen. Und gerade, als die Türen zugehen, höre ich die Stimme meiner Mutter.

»Warte!«, ruft sie und klettert in letzter Sekunde auf den Rücksitz.

»Mom?«, frage ich und kann meine Tränen nicht länger zurückhalten. Ich zittere vor Erleichterung, versuche aber, mich zusammenzureißen, weil meine Brandwunden jetzt doller wehtun, da Cassandras Magie nachlässt.

»Sarah ist auch hier, Schatz. Sie fährt mit Pike.« Ich nicke bloß, weil mein Hals schmerzt und ich jetzt unmöglich etwas sagen kann. Dabei gibt es so viel, was ich sagen müsste.

Sie setzt sich und ergreift meine Hand. »Oh, meine Kleine, was ist passiert?« Sie sieht mich voller Zärtlichkeit und mit

feuchten Augen an. Ich nehme ihre Hand und bin so dankbar, dass sie hier ist.

»Ich konnte die Eule nicht retten«, presse ich hervor.

»Schon gut«, sagt sie, streicht mir das Haar aus dem Gesicht und küsst mich auf die Stirn. »Alles wird gut. Ruh dich jetzt aus. Du kannst mir später alles erzählen.«

Der Krankenwagen fährt los, seine rot-orangefarbenen Lichter leuchten durch die dunkle Nacht. Ich denke an MacGuffin, der im Wald friedlich unter den Bäumen ruht, sage ein stilles Lebewohl und hoffe, dass er es spürt.

Vielleicht sind es die Schmerzen oder der Schlafmangel, aber ich könnte schwören, dass vom Berg ein magischer Strom direkt in den Krankenwagen herabfließt, als wir davonfahren. Eine letzte Verbindung zwischen der Eule und mir.

Nichts geht je verloren.

28

An meinem dritten Tag im Krankenhaus kommt Cassandra zu Besuch. Ich habe versucht, mich darauf vorzubereiten, was als Nächstes mit mir geschieht, auf die Strafe, die der Rat für angemessen hält. Trotzdem zittere ich am ganzen Leib, als sie hereinkommt. Ich hoffe, sie merkt es nicht.

Mom sitzt auf dem Sofa am Fenster und kaut auf der Innenseite ihrer Unterlippe herum. Ich habe sie in den letzten drei Tage über alles informiert: angefangen bei dem Fluch, über den verwundeten Bären bis hin zur Verwandlung von Pike in einen Magier. Sie kennt die Konsequenzen und weiß, dass der Rat mich zu Recht vor Gericht stellen und mir die magische Wahrnehmungsfähigkeit entziehen wird. Ihre Beine wippen nervös auf und ab. Sie fährt mit der Hand über ihre Oberschenkel und versucht, sich zu beruhigen. Ich sehe ihr an, wie besorgt und verängstigt sie ist. Genau das habe ich verhindern wollen.

Ich suche ihren Blick und lasse sie ohne Worte wissen, dass ich sie liebe.

»Schön, dich zu sehen, Isobel«, sagt Cassandra. Sie haben sich immer nahegestanden, und obwohl ihr Tonfall nicht mehr so behutsam ist wie im Wald, sieht sie meine Mutter mit einer Zuneigung an, die aus jahrelanger Freundschaft herrührt.

»Dich auch, Cass«, antwortet Mom. Ich bin überrascht, dass sie in dieser Situation einen Kosenamen benutzt, aber das ist typisch Mom. Ich weiß das, und Cassandra weiß es auch.

Die Rückenlehne meines Krankenhausbettes ist hochgeklappt, sodass ich mit Cassandra auf Augenhöhe bin, nachdem sie einen Stuhl herangezogen hat und sich neben mich setzt. Sie sieht Amy so ähnlich: langes, dunkles Haar und große braune Augen. Wären da nicht die Brille mit Drahtgestell und die grauen Haarsträhnen, könnte ich denken, dass es Amy ist, die neben mir sitzt. Cassandra öffnet ihre Mappe und legt ihre Hand darauf. Natürlich ist sie nicht Amy, und dies ist kein Freundschaftsbesuch.

»Wie geht es dir?«, fragt sie mich.

»Besser«, entgegne ich. »Danke für alles, was du auf dem Berg getan hast.«

»Ich wünschte, ich wäre früher da gewesen.«

Hätte das etwas geändert? Hätte sie uns helfen können? Die *Hättes-* und Was-wäre-wenn-Fragen türmen sich in meinem Kopf, und ich überlege, ob sie sie wahrnehmen kann.

Cassandra streicht sich eine Haarsträhne hinters Ohr und sieht mich aufmerksam an, als überlege sie, wie sie mich als Ratsmitglied und nicht als alte Freundin der Familie befragen soll. Ich werde nie verstehen, wie sie das mit ihrer Schwester geschafft hat. Woher nahm sie die Kraft und Selbstlosigkeit, den Fall nicht an ein anderes Mitglied abzugeben, obwohl sie mit an Sicherheit grenzender Wahrscheinlichkeit wusste, wie der Fall ausgehen würde?

»Ich habe nur ein paar Fragen an dich«, beginnt sie und nimmt ihren Stift. »Bei unserer Arbeit mit Verstärkern beobachten wir ihr Verhalten nicht nur zu Lebzeiten – wir führen auch Buch darüber, wie sie sterben. Es handelt sich um ein formelles Verfahren, und ich werde diese Woche den Bericht über den Tod der Eule einreichen. Aber da du dabei warst, würde ich gerne von dir hören, wie es passiert ist.«

Ich wische meine verschwitzten Handflächen an der Bettdecke ab und schaue Mom an. Ich hatte damit gerechnet, dass Cassandra mit Pike beginnen würde, mir eröffnen würde, dass sie weiß, was ich getan habe. Ich bin mir nicht sicher, ob sie es nicht anspricht, weil sie es nicht weiß, oder ob sie abwartet, dass ich es freiwillig gestehe.

Mom nickt mir zu, und ich hole tief Luft. Ich will nicht mehr in der Angst leben, dass ein Geheimnis ans Licht kommt. Das war in den vergangenen zwei Jahre der Fall und hat mich viel Kraft gekostet. Aber vor allem will ich nicht lügen, um mich vor dem zu schützen, was ich Pike angetan habe. Niemand hat ihn vor mir geschützt, auch ich habe keinen Schutz verdient.

»Die Eule ist in meinem Schoß gestorben«, erzähle ich. »Ich habe sie im Arm gehalten, es war ganz friedlich. Durch einen Bärenangriff war eine Arterie gerissen, und sie hatte starke innere Blutungen. Ich konnte die Blutung nicht stoppen, und daran ist sie schließlich gestorben. Danach habe ich sie im Wald begraben.« Es ist mir peinlich, dass meine Stimme versagt, und ich räuspere mich, um mich wieder zu fassen.

Cassandra macht sich Notizen, während ich weiterrede.

»Das ist die einfache Version«, sage ich. »Es gibt noch eine andere, die viel komplizierter ist.«

Ihr Stift steht still, und sie schaut mich an. »Dann lass mal hören.«

»Die Eule war verflucht«, erkläre ich. »Sie trug einen von mir verfassten Fluch, der Pike in einen Magier verwandeln würde. Pike hatte bei der Arbeit ein paar Dinge gesagt, die mich sehr geärgert hatten, aber ich wollte nie, dass der Fluch Realität wird. Es war ein Ritual, das mir meine Großmutter beigebracht hat …«

»Ihn der Erde übergeben. Ich erinnere mich«, sagt sie, und ich nicke. Natürlich erinnert sie sich. Auch sie hat meine Großmutter gekannt. Ihr Tonfall verrät nichts über ihre Gefühlslage, und ich fahre fort.

»Gerade als ich den Fluch mit den Kräutern verbinden wollte, schoss die Eule vom Baum herab. Der Fluch sollte nie freigesetzt werden, und ich habe die ganze Woche lang versucht, ihn zu vernichten. Aber dann wurde die Eule angegriffen, und mir lief die Zeit davon. Ich habe Pike erzählt, was ich getan hatte, und er hat gesagt, dass ich den Fluch an ihn binden soll, bevor die Eule stirbt. Damit nicht die ganze Umgebung ins Unglück gestürzt wird. Und das habe ich dann auch getan.«

Cassandra hört zu und sieht mich die ganze Zeit an, aber sie schreibt nichts auf.

»Du hättest uns sofort benachrichtigen sollen, nachdem die Eule weggeflogen war«, sagt sie schließlich.

»Ich weiß. Aber ich dachte nicht, dass die Eule in unmittelbarer Gefahr war. Ich dachte, ich könnte sie ins Wildgehege zurückbringen und den Fluch lösen, ohne …« Meine Worte versiegen, und meine Augen füllen sich mit Tränen. »… ohne dass der Rat davon erfährt. Ohne dass ich meine magische Wahrnehmungsfähigkeit verliere.«

»So wie Amy«, schlussfolgert Cassandra, und ich nicke.

»Ja.« Meine Stimme ist nur ein Flüstern.

Cassandra schließt ihre Mappe und schaut auf ihre Uhr. Dann wendet sie sich an meine Mutter. »Isobel, Pike müsste draußen warten. Schickst du ihn bitte herein, damit wir unter sechs Augen reden können?«

»Pike ist hier?«, frage ich. Mein Herz rast.

Ich habe seit unserer Rettung nicht mehr mit ihm gesprochen. Mom hat mich auf dem Laufenden gehalten, als er operiert wurde. Vor zwei Tagen ist er aus dem Krankenhaus entlassen worden, aber er hat auf keine meiner Nachrichten reagiert. Ich schlucke.

»Ich warte vor der Tür, mein Schatz«, sagt Mom. Sie drückt im Vorbeigehen mein Bein, dann macht sie die Tür auf. Ich höre mit klopfendem Herzen, wie sie mit jemandem spricht. Nach ein paar Sekunden verlässt sie das Zimmer vollständig, und einen Moment später kommt Pike herein.

Er bleibt stehen, als sich unsere Blicke treffen. Er geht an Krücken, und sein Bein ist bis zum Oberschenkel geschient. Aber er hat wieder Farbe im Gesicht und sieht gesund aus. Es zieht in meiner Brust, als ich ihn sehe. Am liebsten würde ich ihm die Hand reichen und ihm sagen, wie leid es mir tut.

Wie viele Sorgen ich mir gemacht habe. Wie sehr ich ihn vermisse. Aber ich rühre mich nicht.

Cassandra schlüpft aus dem Zimmer, und ich überlege, was ich sagen soll, suche vergeblich nach den richtigen Worten. Wir sehen uns an, und gerade, als ich den Mund aufmache, kommt Cassandra mit einem Klappstuhl wieder herein. Der Moment ist vorbei.

»Setz dich«, sagt sie zu Pike, und er tut, wie ihm geheißen.

»Ich komme gleich zur Sache. Es ist gegen das Gesetz, jemanden in einen Magier zu verwandeln, wenn dies Verletzungen oder den Tod zur Folge hat oder wenn die Person gegen ihren Willen verwandelt wird. Uns liegen nicht viele derartige Fälle vor, weil das Sterberisiko so groß ist. Aus diesem Grund sind die Gesetze erlassen worden.« Cassandra hält inne, und ich bin sicher, dass sie wie ich an Amy denkt. Sie schluckt, dann fährt sie fort. »Wenn keiner dieser drei Fälle vorliegt, wird die Anklage auf fahrlässigen Gebrauch von Magie herabgestuft, was wesentlich mildere Konsequenzen hat. Unter normalen Umständen würde ich dieses Gespräch mit Pike separat führen. Aber als ich mich gestern mit ihm getroffen habe, wollte er unbedingt abwarten, um dir seine Entscheidung persönlich mitzuteilen.«

»Seine Entscheidung?« Ich schaue zu Cassandra, dann zu Pike, doch er weicht meinem Blick aus. Er sieht zu Boden, und seine Brille rutscht auf seine Nase herunter. Er schiebt sie wieder hoch, und ich bemerke, dass das Glas immer noch gesprungen ist. Aus irgendeinem Grund vergrößert das den Schmerz in meinem Herzen.

»Pike lebt, und sein gebrochenes Bein kann nicht darauf zurückgeführt werden, dass er in einen Magier verwandelt wurde. Wenn wir mit der Anklage fortfahren wollen, muss Pike bezeugen, dass er gegen seinen Willen verwandelt wurde.«

Plötzlich scheint alle Luft aus dem Raum entwichen zu sein. Ich versuche, gleichmäßig zu atmen und Ruhe zu bewahren, kann die aufsteigende Panik aber kaum abwehren. Diese Entscheidung sollte nicht auf Pike abgewälzt werden. Ich möchte nicht, dass er nach allem, was er durchgemacht hat, noch mehr belastet wird.

Schließlich sieht er mich an, und sein Blick ist traurig. Wütend. Zwiespältig.

»Es ist okay«, sage ich bewusst ruhig, damit er mir glaubt. Es ist meine Schuld, nicht seine. Und ich werde die Konsequenzen tragen, so wie er gezwungen wurde, sie zu tragen. »Ich verspreche es dir. Es ist okay.«

Cassandra sagt seinen Namen. »Hast du deine Entscheidung getroffen?«

»Ja.« Er sieht mir noch einen Atemzug lang in die Augen, dann wendet er sich Cassandra zu. Mein Magen krampft sich zusammen, und ich habe das Gefühl, mich übergeben zu müssen. »Ich werde nicht aussagen, dass ich gegen meinen Willen verwandelt wurde.«

»Pike«, entfährt es mir, und ich setze mich im Bett auf, damit er mich anschaut. »Du musst nicht für mich lügen.«

»Ich lüge nicht für dich«, entgegnet er mit fester Stimme. »Es gab eine Zeit, da hätte ich das für die coolste Sache auf der Welt gehalten.« Er hält inne, und fast sieht es so aus, als würde er gleich weinen. Dann holt er tief Luft und fängt sich wieder.

»Lieber kehre ich zu dieser Haltung zurück, als mir einzureden, dass es mir egal ist, was mit dir passiert. Denn nur eine dieser Möglichkeiten erscheint mir auch nur im Entferntesten vorstellbar.«

»Ich will nicht, dass du das bereust«, flüstere ich kaum hörbar.

»Das will ich auch nicht. Deshalb habe ich mich ja auch so entschieden.« Pike wendet sich an Cassandra. »Meine Entscheidung steht fest.«

»Sehr gut«, sagt sie.

»Ist das alles, was Sie von mir wollen?«, fragt Pike.

»Für den Moment, ja.«

Er nickt, greift nach seinen Krücken und steht auf. Bevor er geht, sieht er mich noch mal an. Ich versuche, nicht zu blinzeln, aus Angst, den Kontakt zu unterbrechen. Ich bin so erleichtert, dass er hier ist, bei mir, in Sicherheit.

»Du hast mich verflucht, aber du hast auch dein Leben riskiert, um es rückgängig zu machen. Das bedeutet einiges«, sagt er.

Dann geht er.

Ich atme laut aus und lehne mich, plötzlich total erschöpft, in meinem Bett zurück. Mom kommt wieder herein und setzt sich wortlos auf das Sofa.

»Er hat recht, weißt du«, sagt Cassandra. Sie nimmt ihre Brille ab und reibt sich das Gesicht. Eine Geste, die ich von ihr nicht kenne und auch nicht genau interpretieren kann. »Ich werde nicht in die Einzelheiten gehen, wie Amys Leben seit jener Nacht verlaufen ist. Du warst dort und kannst es dir sicher vorstellen. Ich habe mir die letzten zwei Jahre immer gewünscht, ich hätte ein Schlupfloch gefunden. Hätte meine Schwester davor bewahren können, ihre Magie zu verlieren, nachdem sie den Menschen, den sie geliebt hat, verloren hatte. Das ist mein größtes Bedauern und wird mir immer auf der Seele lasten.«

Ich bin schockiert über ihre Offenheit, und meine Augen fangen an, zu brennen. Ich weiß nicht, worauf sie hinauswill, aber ich will es hören. Ich muss es hören.

»Ich will nicht die Bürde auf mich nehmen, noch eine junge Hexe vor Gericht zu stellen. Schon gar nicht eine, die einst fast zur Familie gehörte. Also, wenn du dich schuldig bekennst, Magie fahrlässig gebraucht zu haben, werde ich dem Rat empfehlen, auf einen Prozess zu verzichten und dich zu sechzig Stunden Dienst in der Hexengemeinschaft zu verurteilen.«

Ich öffne den Mund, um zu antworten, aber ich bringe kein Wort heraus. Es ist viel weniger als das, was ich verdiene.

»Das ist äußerst nachsichtig von dir«, sagt Mom an meiner Stelle, weil ich immer noch nicht sprechen kann. »Danke.«

»Wie ich schon sagte, ich will diese Bürde nicht mehr tragen. Aber Iris: Es ist dir verboten, jemals wieder das Ritual deiner Großmutter durchzuführen. Keine Zaubersprüche mehr und keine Flüche mehr. Egal, wie unbedeutend sie sein mögen. Es ist dir absolut untersagt. Hast du das verstanden?«

»Ja«, erwidere ich und knete das Laken in meinen Händen. Ich weiß, es ist vernünftig, und es ist ein kleiner Preis, den ich für Cassandras Nachsicht zahlen muss. Aber trotzdem tut es weh, darauf zu verzichten. Dann erinnere ich mich an Leos Methode, Wünsche ins Feuer zu werfen. Sie erscheint mir wie ein unglaubliches Geschenk, über das ich am liebsten weinen würde. Es gibt einen Ersatz für das Ritual meiner Großmutter, und plötzlich tut das Verbot nicht mehr so weh.

»Das Maß an Kontrolle und Stärke, das du gezeigt hast, als Pike verwandelt wurde, ist wirklich beeindruckend. Die meisten Hexen wären nicht in der Lage gewesen, einer solchen Menge Magie standzuhalten, und ich weiß, dass du damit einen anderen Menschen schützen wolltest. Du solltest stolz auf dich sein.«

»Danke«, bringe ich hervor, wieder halbwegs gefasst. Wenn ich darüber nachdenke, was Cassandra gerade gesagt hat, wünsche ich mir zum millionsten Mal, dass ich die Ereignisse in jener Nacht am See irgendwie hätte abwenden können.

»Schließlich sind wir der Meinung, dass Pike in deiner Verantwortung liegt. Deshalb bestehen die sechzig Stunden darin, ihn beim Erlernen seiner Magie zu unterstützen.«

»Was bedeutet das genau?«

»Das bedeutet, dass du Pike beibringen wirst, wie man ein Magier wird. Du wirst ihm beibringen, wie man Magie einsetzt und wie man verantwortungsvoll mit ihr umgeht. Du wirst ihm die Gesetze und Regeln beibringen, ihm zeigen, was zulässig ist und was nicht, und ihn in diesen neuen Lebensabschnitt einführen. Und du wirst für ihn verantwortlich sein, bis wir sehen, dass er in der Lage ist, allein zu trainieren, und keine Aufsicht mehr benötigt.«

Es ist eine große Aufgabe, einer Person, die erst später im Leben die magische Wahrnehmungsfähigkeit erhalten hat, beizubringen, wie man Magie gebraucht. Besonders am Anfang. Der Rat beschäftigt Hexen, die sich hauptberuflich darum kümmern, und Pike müsste dem Vorschlag zustimmen. Der Rat hat keine rechtlichen Befugnisse über ihn, weil er nichts Unrechtes getan hat.

»Meinst du nicht, dass es besser wäre, wenn ihm jemand helfen würde, der das schon mal gemacht hat? Ich habe keine Ahnung, wie man einem Magier beibringt, Magie zu nutzen.«

Cassandra rutscht in ihrem Sitz hin und her und legt ihre Hände auf ihre Mappe. »Die Familie Alder hat eine komplizierte Geschichte mit Hexen. Und da Pike sein Studium unterbrechen muss, um den richtigen Umgang mit seiner Magie zu erlernen, ist es ihm wichtig, dass er von jemandem lernt, dem er vertraut. Und er vertraut dir.«

Ich schaue zu ihr auf. »Das hat er gesagt?«

»Ja, das hat er gesagt.«

Die Worte beruhigen meinen Magen und erfüllen mich mit Wärme. Pike vertraut mir. Nach allem, was geschehen ist.

»Okay«, sage ich und schaue Cassandra in die Augen. »Ich bin bereit.«

»Gut.« Sie steht auf. »Wir werden dich mit jemandem vom Rat zusammenbringen, der dir den Einstieg erleichtern kann.« Sie geht zur Tür, dreht sich aber noch einmal zu mir um, bevor sie den Raum verlässt. »Es tut mir leid, was du durchgemacht hast. Ich spreche im Namen des gesamten Rates, wenn ich sage, dass wir alle sehr beeindruckt sind von den Schmerzen, die du auf dich genommen hast, um Schlimmeres zu verhindern. Du hast sein Leben gerettet, Iris. Sei nicht zu streng mit dir.«

»Danke«, entgegne ich. Auf dem Weg zur Tür wendet sich Cassandra noch an meine Mutter. »Ich habe mich sehr gefreut, dich wiederzusehen.«

Mom nickt. »Ich mich auch«, sagt sie. Dann steht sie auf und schlingt ihre Arme um Cassandra. Sie flüstert etwas, das ich nicht hören kann. Aber Cassandra schließt die Augen und drückt sie fest an sich.

Nachdem sie sich von Mom losgerissen hat, zupft Cassandra ihre Jacke zurecht und räuspert sich.

»Hey, Cassandra?«, frage ich.

Sie sieht mich an.

»Glaubst du, Amy wäre es recht, wenn ich mich bei ihr melde?«

Ein kleines Lächeln umspielt ihre Lippen, so schwach, dass ich mich frage, ob ich es überhaupt gesehen habe. »Es gibt nur einen Weg, das herauszufinden.« Sie öffnet die Tür und sieht mich ein letztes Mal an. »Gute Besserung, Iris.«

Dann ist sie fort.

29

Eine Woche später werde ich aus dem Krankenhaus entlassen. Mom fährt mich direkt zum Wildgehege, damit ich Winter begrüßen kann. Ich war nur ein paar Wochen weg, aber der Frühling hat alles erstrahlen lassen. Die Wiesen sind grüner, und das Erdreich ist fruchtbarer. Überall sprießen Wildblumen hervor, und die Vögel singen stundenlang. Ich schaue suchend zu den Bäumen hinauf, doch dann fällt mir ein, dass die Eule nicht mehr da ist. Trotzdem mustere ich noch einen Moment lang die Zweige, bevor ich in den Wald zu den Wölfen gehe.

Winter hört mich sofort und stürmt auf mich zu, springt um meine Beine und stupst meine Hände an. Sie achtet aber darauf, dass sie mich nicht umwirft oder verletzt. Ich gehe in die Knie, streichle ihre Brust und lege meinen Kopf an ihren.

»Ich habe dich vermisst«, flüstere ich ihr zu. Sie leckt mir das Gesicht.

Ich lasse mich auf den Boden nieder und lehne mich an sie, und sie setzt sich neben mich, unbeirrbar und stark. Ein Stück weiter entdecke ich den Wolf, den Mom und ich verarztet haben. Er ist jetzt mit den anderen Wölfen zusammen. Ich lächle. Bald kann er wieder in die Freiheit entlassen werden, zurück in die Wildnis, wo er hingehört. Nicht jedes Tier, das wir aufnehmen, kann wieder freigelassen werden. Doch wenn es möglich ist, ist es immer unglaublich schön.

Nachdem ich über eine Stunde mit Winter verbracht habe, gehe ich noch im Büro vorbei. Sarah möchte heute Abend ein Begrüßungsessen mit allen meinen Lieblingsspeisen kochen, und ich kann es kaum erwarten, mit meiner Familie am Tisch zu sitzen. Das Büro ist gerade leer, ich kann also hineingehen und ihm unbeobachtet nachspüren.

Pike.

Er öffnet sich mir ganz langsam, und es ist schwer für mich, wenn ich ihn nicht sehe. Am liebsten würde ich stündlich nachschauen, ob es ihm gut geht. Ich möchte ihm den Raum und die Zeit geben, die er braucht, aber heute vermisse ich ihn besonders. Ich schließe die Tür auf und gehe in den hinteren Bereich des Büros, wo er sein Foggy-Mountain-Sweatshirt aufbewahrt und einen Kaffeebecher mit der Aufschrift *I'm duckin' awesome*. Darauf ist eine Ente mit Sonnenbrille abgebildet.

Ich fahre mit den Fingern am Henkel des Bechers entlang und berühre sein Sweatshirt. Am liebsten würde ich daran schnuppern, aber ich würde es mir nie verzeihen, wenn Pike das herausfände. Nach dem Ende des Semesters wird er Vollzeit im Wildgehege anfangen. Dann werde ich ihm beibringen, wie er seine Magie nutzen kann. Wenn er sich mehr auf Menschen fokussieren möchte, wird er für die weitere Ausbildung eine Stellarin brauchen. Aber ich kann ihm alle Grundlagen beibringen, die Gesetze, Regeln und Erwartungen, die ein Leben mit Magie mit sich bringen.

Ich will mein Handy hervorholen, um ihm eine Nachricht zu schicken. Aber ich halte mich zurück, so wie ich es jedes Mal tue, wenn ich den Drang habe, ihn zu kontaktieren. Er wird mich anrufen, wenn er so weit ist. Wir werden reden, wenn er dazu bereit ist.

Ich stecke mein Handy zurück und will mich gerade auf den Heimweg machen, als ich einen Zettel an meinem Spind entdecke. Ich ziehe den Zettel von der Tür, und mein Herz macht einen Sprung. Es gibt nur eine Person, die mir so einen Zettel hinterlassen würde.

Vorsichtig öffnen: Der Inhalt könnte dein Leben retten.

Ich starre auf den Zettel und frage mich, wann er ihn geschrieben hat. Ob es ihm gut ging, als er ihn schrieb. Ob er dabei lächelte. Dann stecke ich den Zettel vorsichtig in meine Tasche und öffne meine Spindtür.

Ich mache einen Satz zurück, als Dutzende von Power-Riegeln herauspurzeln, so viele, dass ich damit das ganze Hinterzimmer auslegen könnte. Ich bin einen Moment lang fassungslos, dann lache ich so laut, dass mir der Bauch wehtut und meine Augen tränen. Die allerbeste Art von Lachen.

»Stell dir vor, wie lange du damit überleben könntest.«

Ich drehe mich um, und da steht er in der Tür. Auf seine Krücken gestützt. Er sieht fast wieder wie früher aus: leichtes Grinsen und zerzaustes Haar, die Brille ohne Sprung. Ich möchte auf ihn zustürmen, aber ich habe Angst vor seiner Reaktion. Also bleibe ich, wo ich bin.

»Mindestens ein paar Monate«, gebe ich ihm recht.

Er stellt seine Krücken vor sich hin und bewegt sich in schwingenden Schritten auf mich zu. Er bückt sich, hebt einen Riegel vom Boden auf und reicht ihn mir. »Ich hoffe, du verstehst, wie schwer das für mich ist«, sagt er ohne jeden Anflug von Scherz.

Ich schaue zu Boden, mein Herz hämmert mir gegen die Rippen. »Es tut mir so leid, Pike. Ich wünschte, ich könnte …«

»Du weißt, was ich von Power-Riegeln halte«, unterbricht er mich.

Ich sehe zu ihm auf, und da ist wieder dieses Grinsen. Erleichterung überflutet mich, und ich verdrehe die Augen. »Du bist echt ein ganzes Stück Arbeit.«

»Ich weiß«, erwidert er selbstgefällig. »Du hast mich schon als Praktikanten unausstehlich gefunden. Warte nur, bis ich dein Schüler bin.«

Ich stöhne auf und muss unwillkürlich lachen. »Das will ich mir gar nicht ausmalen.«

Er kommt einen Schritt näher an mich heran, und ich lehne mich an meinen Spind, aus Angst, sonst umzufallen. »Es tut mir wirklich leid«, sage ich. »Unendlich leid.«

»Das weiß ich doch.« Pike sieht mich an, und sein Blick wird ernst. Er mustert mein Gesicht, hebt langsam die Hand und streicht eine verirrte Locke hinter mein Ohr. »Ich habe in der vergangenen Woche nichts anderes getan, als nachzudenken. Nur nachzudenken. Ich habe herausfinden wollen, wie mein Leben aussehen soll. Wie ich weitermachen will.

Was ich meinen Eltern sagen kann. Aber ich kann mich nicht darauf konzentrieren. Jedes Mal, wenn ich versuche, an diese Dinge zu denken, kreisen meine Gedanken um dich.«

»Wirklich?«, frage ich und schlucke schwer.

»Ja. Es ist ziemlich nervig, ehrlich gesagt.«

»Das tut mir leid«, sage ich und merke, wie sich meine Mundwinkel nach oben ziehen.

»Irgendwie glaube ich dir das nicht.« Er erwidert mein Lächeln, dann wird er wieder ernst. Er zieht vorsichtig den Ärmel meines Hemdes nach oben und zuckt zusammen, als er meine rote, wulstige Haut sieht. Narben, die nie verschwinden werden. Ich verspüre den Impuls, den Ärmel wieder herunterzuziehen, aber ich will mich nicht mehr verstecken. Er wiederum lässt seine Augen an meinem Arm auf und ab wandern, dabei macht er ein Gesicht, als spüre er die Verbrennungen auf seiner eigenen Haut. Dann zieht er meinen Ärmel wieder herunter und sieht mich an.

»Du bist fast selbst verbrannt, um mich vor diesem Fluch zu retten. Und du hast unvorstellbare Schmerzen ertragen, um mir Schmerzen zu ersparen.« Er atmet aus und schüttelt den Kopf. »Es ist Arbeit, dir das nachzutragen, Iris. Und ich will mir diese Arbeit nicht mehr machen. Ich würde dir stattdessen lieber verzeihen.«

»Glaubst du, dass du das kannst?«, frage ich hoffnungsvoll. Ich erwarte nicht, dass wir wieder an den Punkt zurückkehren, an dem wir in der Nacht im Zelt waren. Als er mich küsste und berührte und mich ansah, als wäre ich der einzige Mensch auf der Welt. Aber wenn wir Freunde sein könnten, wenn wir wieder miteinander lachen und scherzen könnten, wäre das schon genug.

»Der Fluch ist nur ein Fluch wegen meiner ablehnenden Haltung gegenüber Hexen, stimmt's?«

Ich nicke. »Ja. Ich liebe es, eine Hexe zu sein, und ich liebe die Magie. Ich würde sie niemals als einen Fluch betrachten.«

Er holt Luft und kommt einen Schritt näher. So nah, dass ich meinen Kopf an seine Schulter legen oder seine Lippen mit meinen berühren könnte. So nah, dass ich seinen Atem auf meiner Haut spüre, wenn er spricht.

»Dann lehre mich, wie man sie liebt.«

Wir sehen uns lange in die Augen, keiner von uns bewegt sich. Ich weiß nicht, wie ich sein Angebot annehmen soll, mir zu verzeihen. Aber ich weiß, dass ich ihm beibringen kann, die Magie lieben zu lernen. Die Art zu lieben, wie das Universum mit einem einzigen Gedanken zum Leben erwacht. Es gibt so viel für ihn zu entdecken, eine ganze neue Welt, und ich kann es kaum erwarten, sie ihm zu zeigen.

Langsam, zögernd, neigt Pike seinen Kopf. Ich bin zunächst regungslos, will sichergehen, dass ich ihn nicht falsch verstehe. Will mir keine falschen Hoffnungen machen. Er sieht mir in die Augen, dann wandert sein Blick zu meinen Lippen. Das gibt mir die Gewissheit, die ich brauche, um die Distanz zwischen uns zu überbrücken. Als unsere Münder sich berühren, habe ich das Gefühl, endlich wieder atmen zu können. Sein Kuss ist sanft und geduldig, weich und zart. Er befreit mich von etwas, das ich schon zu lange in mir trage.

Pike Alder weiß, dass ich eine Hexe bin.

Er weiß, dass ich ihn verflucht habe und dass er selbst auch eine Hexe ist.

Und so, wie er mich küsst, weiß ich, dass er nichts anderes will. Ich lehne mich gegen meinen Spind und schlinge meine Arme um seinen Hals, sein Haar gleitet durch meine Finger, und sein Atem strömt in meine Lunge. Ich führe meine Hand zu seinem Gesicht und fahre die Linie seines Kiefers nach, spüre seine Bartstoppeln und wie sich seine Lippen auf meine drücken.

Ich möchte für immer hierbleiben, will, dass dieser Augenblick niemals endet. Doch ich weiß, dass es andere Augenblicke und andere Küsse geben wird, ein ganzes Leben voller Magie.

Dann zieht er sich sacht von mir zurück und lehnt seine Stirn an meine. Er schließt die Augen, als würde er die entstandene Distanz zwischen uns nicht ertragen.

»Ich habe dich vermisst«, sagt er.

»Ich habe dich auch vermisst.«

Widerstrebend ziehe ich mich zurück und schaue auf die Uhr. Mom und Sarah erwarten mich, und nachdem ich so viele Tage weg war, sehne ich mich nach der Geborgenheit des eigenen Zuhauses.

»Möchtest du zum Abendessen mitkommen?«, frage ich, noch nicht bereit, Tschüss zu sagen.

»Danke, sehr gerne.«

Er streicht über meine Finger, und wir bahnen uns einen Weg durch das Meer von Power-Riegeln, hinaus in die traumhafte Dämmerung.

30

Es ist ein kühler Frühlingsmorgen. Dichter Nebel liegt über dem Wildgehege. Es fühlt sich angenehm auf der Haut an, durch ihn hindurchzugehen. Mom hat alle Gruppenführungen übernommen, da ich erst jetzt begonnen habe, wieder ganztags zu arbeiten, und da Pike immer noch an Krücken geht. Es ist schön, dass ich mich ganz allmählich wieder hier in meine Welt eingewöhnen kann. Ich lächele der Touristengruppe zu, die meiner Mutter zu den Raubvögeln folgt, und gehe selbst in die andere Richtung, zu den Wölfen.

Winter folgt mir auf Schritt und Tritt, als ob ich jeden Moment wieder verschwinden könnte, und winselt, wenn ich weggehe. Wenn wir neue Tiere aufnehmen, nimmt sie eine aggressive Haltung ein. Manchmal könnte ich schwören, dass sie es mir verübelt, dass ich sie nicht mitgenommen habe. Als ob sie alles, was schiefgelaufen ist, hätte verhindern können.

Ich brauche für meine Arbeit noch sehr lange. Trotz Moms Magie ist meine Haut immer noch sehr gespannt und empfindlich, sodass mir kleinste Bewegungen Tränen in die Augen treiben können. Ich bin immer wieder überrascht, wie schnell sich mein Schmerzempfinden ändert: innerhalb eines Augenblicks von erträglich zu unerträglich. Manchmal weiß ich nicht einmal, was die Ursache dafür ist.

Aber es geht mir mit jedem Tag besser, und ich bin dankbar, wieder arbeiten zu können.

Cassandra hat ihr Wort gehalten. Der Rat hat all ihre Empfehlungen angenommen. Man hat mir eine Hexe zur Seite gestellt, die mir helfen wird, Pike zu trainieren. Nach sechzig Stunden ist meine Strafe abgegolten. Aber ich hoffe auf viele weitere Stunden, Tage und Wochen, Monate und Jahre.

Es ist keine Strafe. Ganz im Gegenteil.

Ich gehe zu dem Schuppen, wo Mom die meisten medizinischen Eingriffe durchführt. Dan bringt heute einen verletzten Fuchs rein, und während Mom sich um ihn kümmert, werde ich Pike beibringen, wie man ihn mithilfe von Magie beruhigt. Auch wenn seine magischen Kräfte mehr auf Menschen gerichtet sind, gefällt ihm unser Unterricht mit den Tieren. Sein wissenschaftliches Gehirn lernt, Dinge zu vergessen, die er zu wissen glaubte, um sie mit magischen Mitteln neu zu erlernen.

Es ist ein Geschenk, mit Tieren so in Kontakt treten zu können, wie wir es tun, und Pike nimmt das nicht als eine Selbstverständlichkeit an. Auch dann nicht, wenn er frustriert ist oder sich schuldig fühlt, weil er an etwas Freude hat, das er immer noch stark mit dem Tod seines Bruders verbindet.

Ich desinfiziere zuerst den großen Metalltisch, dann kommen Moms Instrumente dran, die ich anschließend bereitlege. Die Tür geht auf, und ich drehe mich um. Pike humpelt auf seinen Krücken herein.

»Hey«, sagt er, tritt an den Tisch und sieht sich die ausgelegten Instrumente an. »Wofür ist das alles?«

»Verletzter Fuchs. Dan bringt ihn in ein paar Stunden vorbei. Ich dachte, wir könnten üben, ihn mit Magie zu beruhigen.«

»Ich liebe Füchse. Hoffentlich ist die Verletzung nicht zu schlimm.«

»Nach dem, was Dan gesagt hat, klingt es nicht danach.« Ich gehe um den Tisch herum, hole Einmalhandschuhe, Mulltupfer und Spritzen aus den Wandschränken und lege sie ebenfalls bereit. Bevor das Tier vor uns auf dem Tisch liegt, wissen wir nie, was wir wirklich brauchen. Doch es gibt ein paar grundlegende Dinge, die bei fast jedem Tier, das wir behandeln, zum Einsatz kommen.

Ich zucke zusammen, als mein Bauch die Tischecke streift. Schützend lege ich meine Hand auf meinen Unterleib.

»Alles in Ordnung?«, fragt Pike. Ich bin immer wieder überrascht, wie besorgt er ist. Selbst noch nach sechs Wochen, als würde er zum ersten Mal bemerken, dass etwas nicht stimmt.

»Alles gut«, beruhige ich ihn und berühre seinen Arm. »Tut nur ein bisschen weh.«

»Ich wünschte, du würdest mir beibringen, wie man den Schmerz lindert«, sagt er nicht zum ersten Mal.

»Das weiß ich doch, und wir werden auch noch dahin kommen. Es ist nur ein bisschen komplizierter. Außerdem«, sage ich und lege meine Hand auf seine Brust, »ist Magie nicht das einzige Mittel, damit ich mich besser fühle.«

»Ach ja?«, neckt er mich, legt seine Krücken beiseite und stützt sich am Tisch ab. »Bitte sag mir, was dann.«

Ich stelle mich vor ihn hin, lege meine Arme um seinen Hals und spiele mit seinem Haar. »Es ist ehrlich gesagt besser, wenn ich es dir zeige.«

Seine Mundwinkel wandern nach oben, er zupft an einer verirrten Locke von mir, und sein Blick lässt mich nicht los. »Dann zeig es mir.«

Ich stelle mich auf die Zehenspitzen, schließe die Augen und drücke meinen Mund auf seinen. Ich achte darauf, genug Raum zwischen uns zu lassen, um meine Verbrennungen zu schützen. Doch sein Kuss weckt in mir die Sehnsucht nach einer Zeit, in der wir uns näherkommen können. Wenn ich endlich meinen ganzen Körper an ihn pressen und ihn überall spüren kann.

Er umfasst mein Gesicht mit den Händen, hält mich fest und berührt mich an einer der wenigen Stellen, die nicht wehtun. Das gibt mir das Gefühl, kostbar zu sein, wie ein Schatz, den er in den regennassen Bergen Washingtons gefunden und mitgebracht hat.

Ich öffne meinen Mund, drücke meine Zunge gegen seine. Es ist so wunderbar, seinen Atem zu spüren, seine Hände, die durch meine Haare fahren, seine Finger, die meinen Nacken streicheln. Wie sein übriger Körper ganz ruhig bleibt, darauf bedacht, meine Verbrennungen nicht zu berühren.

Meine Finger wandern an seinem Hals hinab, über seine Schultern und seine Brust bis zum Bund seiner Jeans. Sein ganzer Körper spannt sich unter meiner Berührung an. Ich stemme meine Hände gegen seine Hüften und verlangsame unseren Kuss, dann löse ich mich widerstrebend von ihm.

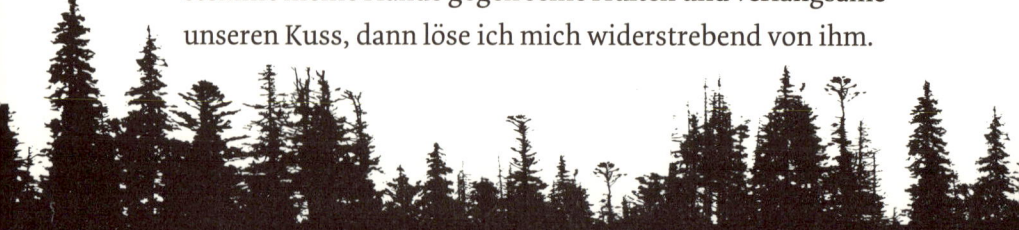

»Ich kann es kaum erwarten, dir näher zu sein«, sage ich und spüre, wie er über meine Worte lächelt.

»Näher wäre schön«, stimmt er zu. »Aber ich bin auch ein Fan von Nicht-so-nahe-wie-wir-wollen.«

»Das muss erst einmal reichen.« Ich drücke seine Hand und überprüfe, ob alles Nötige bereitliegt.

Pike greift nach meinen Fingern und dreht mich wieder zu sich. »Es ist mehr als genug«, sagt er, seine Stimme klingt ernst. »Du bist mehr als genug.«

Ich räuspere mich und schaue zu Boden. Es ist mir peinlich, dass meine Augen bei seinen Worten zu brennen beginnen. Es ist mir peinlich, dass sich seine Worte in meinem Herzen einnisten, als hätte ich sie schon mein ganzes Leben lang vermisst.

»Das sagst du nur, weil ich seit unserer Rückkehr das Faultiergehege putzen musste«, kontere ich mit einem skeptischen Blick. »Und nur damit das klar ist, ich glaube keine Sekunde lang daran, dass dein Bein dich davon abhält.«

»Das ist eine schwere und völlig unbegründete Anschuldigung«, entgegnet er. »Selbst wenn ich es für den Rest meines Lebens jeden Tag putzen müsste, würde ich für dich immer noch so empfinden.«

»Das kann doch nicht dein Ernst sein.«

»Doch«, sagt er feierlich. Er hält inne, und ein leichtes Grinsen macht sich auf seinem Gesicht breit. »Kaum zu glauben, dass du mich verflucht hast, wenn man bedenkt, wie unglaublich charmant ich bin.«

»Na ja, das war nur dieses eine Mal«, sage ich und verdrehe die Augen. Eigentlich bin ich froh, dass Pike darüber scherzt und seine magischen Fähigkeiten genießt, sie als Teil seines Lebens akzeptiert. Trotzdem lasten die Schuldgefühle immer noch schwer auf meiner Seele.

Er hat sich nicht frei dafür entschieden, deswegen werde ich mich immer schuldig fühlen. Aber sein unbeschwertes Lachen und seine lockeren Bemerkungen helfen mir, mich ein wenig zu entspannen und der Sache nicht so viel Raum zu geben, wie es sonst meine Art wäre.

Und jedes Mal, wenn er Magie nutzt, seine Augen sich weiten und seine Stimme von Staunen und Ehrfurcht erfüllt ist, denke ich, dass ich mir eines Tages vielleicht selbst verzeihen kann. Dass ich eines Tages die Sache, die ich am meisten auf der Welt liebe, mit dem Menschen teilen kann, der mir so schnell ans Herz gewachsen ist.

»Ich muss ein paar Dinge erledigen, bevor Dan kommt. Aber wenn dein Bein eine Pause braucht, kannst du gerne hierbleiben, bis ich zurück bin.« Ich nehme einen Klappstuhl von der Wand und stelle ihn auf den Boden. Pike sieht mich dankbar an.

Ich verlasse die Hütte und will ins Büro gehen, entscheide mich dann aber unwillkürlich dafür, den Weg durch den Wald zu nehmen. Der Morgennebel hat sich verzogen, und ich kann die Wipfel der Bäume sehen, die sich ganz still gegen den bedeckten Himmel abheben.

Die Luft ist klar und frisch und riecht, als hätte es gerade geregnet, obwohl es das nicht hat. Ich wusste nicht, dass es seelische Verbindungen zu Orten geben kann. Dass sich mein ganzes Wesen mit einem Stück Erde verwurzeln kann, aber genau das empfinde ich hier.

In ein paar Wochen kommt Amy. Sie wird den Sommer hier verbringen, im Wildgehege aushelfen und Nebraska für eine Weile den Rücken kehren. Die salzige Luft hat die besondere Eigenschaft, alles zu verlangsamen und gleichzeitig alles ein bisschen besser zu machen. Ich hoffe, dass sich dieser Effekt hier für sie einstellt. Ich hoffe, dass ihr das hilft, wieder stark zu werden. Ich notiere mir im Geiste alle Orte, die ich ihr zeigen möchte, alle Wanderungen und alle Strände, die wir besuchen werden. Das Wildgehege wird ihr dennoch bestimmt am besten gefallen.

Ich gehe so weit in den Wald hinein, dass ich weder die Reisegruppe noch die Tiere in ihren Gehegen mehr hören kann, weder das Rennen der Wölfe noch die Reifen auf dem Schotterweg. Ich setze mich langsam auf den Boden und höre eine Weile gar nichts. Ein Eichhörnchen flitzt einige Meter vor mir über den Weg, und ich fröstele, als eine Brise aufkommt, die die salzige Pazifikluft zu mir trägt.

Dann höre ich in der Ferne ein Hupen und stehe widerwillig auf. Dan ist früh dran.

Ich gehe zum Schuppen zurück, stecke meine Hände in die Taschen und achte darauf, dass ich nicht über Wurzeln oder herumliegende Steine stolpere. Gerade als ich aus dem Schutz der Bäume trete, höre ich hinter mir einen Ton. Zuerst denke ich mir nicht viel dabei. In diesen Wäldern leben unzählige Tiere, die immer auf ihre eigene Art und Weise miteinander sprechen.

Aber irgendwie kommt mir der Ton bekannt vor, und ich habe plötzlich ein beklemmendes Gefühl in meiner Brust.

Ich gehe auf den Weg zurück, bleibe stehen, lausche und warte einige Sekunden. Aber ich höre nichts, keine weiteren Töne oder unbekannten Geräusche. Ich schüttle den Kopf und verlasse den Wald. Dann passiert es wieder.

Ein langer Ruf.

Eine Pause.

Zwei kurze Rufe, näher beieinander.

Noch eine Pause.

Dann ein letzter Ruf.

Es klingt genau wie meine Eule. Schnell renne ich in den Wald zurück und suche Äste und Baumhöhlen nach ihr ab. Aber sie ist nicht da, kann nicht da sein. Eine vergebliche Hoffnung.

Dann erinnere ich mich an die Geschichte, die meine Mutter mir erzählte, von der Hexe, die mithilfe der heiligen Eule das Haus jenes Mannes verfluchte, der ihren Partner umgebracht hatte. Der Legende nach kreist der Vogel noch immer über dem Land, auch nach Hunderten von Jahren noch, für immer an den Ort gebunden, an dem er verflucht wurde.

»MacGuffin?«, frage ich.

Ein Luftstoß streift direkt an meinem Gesicht vorbei und wirbelt meine Haare durcheinander. Ich lache laut und aus voller Kehle, und meine Augen füllen sich mit Tränen.

Sie ist bestimmt hier, um Pike zu suchen. So wie die Eule in der Legende nicht von dem Land lassen konnte, in dem sie verflucht wurde. Ich freue mich riesig darüber, dass wir sie nie wieder loswerden, diese unausstehliche, laute Eule, die uns durch den Pazifischen Nordwesten gejagt hat, nur weil sie Lust dazu hatte.

»Willkommen zurück«, sage ich. »Ich kenne jemanden, der sich sehr freuen wird, dass du hier bist.«

Dann eile ich zum Schuppen zurück und habe das Gefühl, dass ich auf dem ganzen Weg dorthin von einer Eule begleitet werde. Auch wenn ich sie nicht sehen kann.

Die beste Reihe seit »Herr der Ringe«! [handelsblatt.com]

Suzanne Collins
Die Tribute von Panem 1.
Tödliche Spiele
416 Seiten · ab 14 Jahren
ISBN 978-3-7891-2127-2

Suzanne Collins
Die Tribute von Panem 2.
Gefährliche Liebe
432 Seiten · ab 14 Jahren
ISBN 978-3-7891-2128-9

Suzanne Collins
Die Tribute von Panem 3.
Flammender Zorn
432 Seiten · ab 14 Jahren
ISBN 978-3-7891-2129-6

Um ihre Schwester zu retten, meldet sich Katniss freiwillig für die grausamen Spiele von Panem. Unter ihren Mitkämpfern ist auch Peeta, der ihr das Leben rettet und damit gegen alle Regeln verstößt. Katniss beginnt zu zweifeln – kann es denn wirklich nur einen Sieger geben?

Die atemberaubende, faszinierende Gesellschaftskritik voller Spannung – vielfach ausgezeichnet und aktueller denn je.

Auch als eBook und Hörbuch

Weitere Informationen unter:
www.dietributevonpanem.de und www.oetinger.de
Newsletter: www.oetinger.de/newsletter

Ehrgeiz treibt ihn an. Rivalität beflügelt ihn. Aber Macht hat ihren Preis.

Suzanne Collins
Die Tribute von Panem X.
Das Lied von Vogel und Schlange
608 Seiten · Ab 14 Jahren
ISBN 978-3-7891-2002-2

Es ist der Morgen der Ernte der zehnten Hungerspiele. Im Kapitol macht sich der 18-jährige Coriolanus Snow bereit, als Mentor bei den Hungerspielen zu Ruhm und Ehre zu gelangen. Die einst mächtige Familie Snow durchlebt schwere Zeiten und ihr Schicksal hängt davon ab, ob es Coriolanus gelingt, seine Konkurrenten zu übertrumpfen und Mentor des siegreichen Tributs zu werden. Die Chancen stehen jedoch schlecht. Er hat die demütigende Aufgabe bekommen, ausgerechnet dem weiblichen Tribut aus dem heruntergekommenen Distrikt 12 als Mentor zur Seite zu stehen – tiefer kann man nicht fallen. Er muss sich entscheiden: Folgt er den Regeln oder dem Wunsch zu überleben – um jeden Preis.

Auch als eBook und Hörbuch

Weitere Informationen unter:
www.dietributevonpanem.de und www.oetinger.de
Newsletter: www.oetinger.de/newsletter

Erste Liebe. Harte Wahrheiten.

Antonia Michaelis
Scheißglitzertage
400 Seiten · Ab 14 Jahren
ISBN 978-3-7512-0393-7

Es ist Sommer auf der Insel Usedom, und Finnley, 17, Förderschüler im letzten Schuljahr, will endlich raus. Raus aus der Platte, raus in die Welt. Leben. Doch in den sozialen Netzwerken häufen sich Gerüchte über einen russischen Angriff, und an den Stränden stehen plötzlich Panzer und Soldaten.

Vor Finnleys Eiswagen steht Ulja. Sie kommt aus der Ukraine, trägt die Sonne ins Gesicht gesprenkelt und ein Geheimnis in den Augen. Gemeinsam mit Finnleys besten Freunden durchleben sie einen Sommer, der ungeahnte Wahrheiten bereithält: Einige sind furchtbar. Und andere furchtbar schön.

Auch als eBook

Weitere Informationen unter: www.oetinger.de
Newsletter: www.oetinger.de/newsletter

Was geschah wirklich in Mückemoor?

Renate Kölpin
Traces. Finde mich
(Taschenbuch)
320 Seiten · Ab 14 Jahren
ISBN 978-3-7512-0372-2

Mückemoor, ein Kaff in den Weiten Norddeutschlands. Backsteinhäuser, Tratsch unter Nachbarn – und Elsas Zuhause. Hierhin verirrt sich niemand Fremdes. Eigentlich. Bis Leone auftaucht, mit einem Kopf voller wilder Locken und vielen Fragen. Seine Großmutter, die einst als Gastarbeiterin nach Mückemoor kam, kehrte nie wieder in ihre Heimat Italien zurück. Elsa ist skeptisch, sie kennt alle hier schon ihr Leben lang. Unvorstellbar, dass jemand etwas mit dem Verschwinden der Frau zu tun haben soll. Doch dann bekommt Leone anonyme Drohungen, und Elsa beschließt, auf ihr Herz zu hören und ihm zu helfen. Und wird damit selbst zur Zielscheibe.

Auch als eBook

Weitere Informationen unter: **www.oetinger.de**
Newsletter: **www.oetinger.de/newsletter**